高等院校培养应用型人才电子技术类课程系列规划教材

单片机原理与应用

主　编　曾　屹
副主编　刘　辉　刘理云　陈日新
参　编　王　莉　张玲玲　夏向阳
主　审　彭楚武

中南大学出版社

内容简介

　　本书是作者多年教学经验和科研成果的结晶。全书内容以培养 21 世纪复合型、应用型人才为目标，为有利于更新教学内容和教学方法，反映当前单片机应用的新技术、新进展而编写。

　　根据高等教育对单片机原理与应用技术课程教学的基本要求，本书以 51 单片机为主要对象，系统地介绍了单片机的基本硬件结构和工作原理、指令系统与汇编语言程序设计、计数/定时器、串行接口和中断系统等片内功能部件、基本接口应用技术、功能扩展、应用系统设计基础、C 语言程序设计和仿真设计技术。

　　本书注重将理论讲授和实践训练相结合，强调应用性和实践性，结合应用实例对单片机应用系统的汇编语言和 C 语言程序设计方法进行了讨论；并特别介绍了方便实用的单片机仿真设计技术。

　　每章安排了较丰富的例题、思考题和练习题，便于学生的复习、巩固和训练提高。

　　本书前面部分主要介绍了微型计算机的基本知识，因此，也可作为微机原理课程的教材。

　　本书可作为电子类、机电类和计算机类各专业的本科学生和高职专科学生的教材，也可供相关工程技术人员参考。

高等院校培养应用型人才
电子技术类课程系列规划教材编委会

丛书主编：吴新开

从书副主编：张一斌、俞子荣、郭照南

编委会人员：（排名不分先后）

吴新开(湖南科技大学)	刘安玲(长沙学院)
欧青立(湖南科技大学)	张　丹(长沙学院)
沈洪远(湖南科技大学)	刘　辉(长沙学院)
姚　屏(湖南科技大学)	张跃勤(长沙学院)
韦文祥(湖南科技大学)	张海涛(长沙学院)
赵延明(湖南科技大学)	周继明(邵阳学院)
曾　屹(中南大学)	江世明(邵阳学院)
张一斌(长沙理工大学)	余建坤(邵阳学院)
王小华(长沙理工大学)	罗邵萍(邵阳学院)
刘　晖(长沙理工大学)	石炎生(湖南理工学院)
夏向阳(长沙理工大学)	张国云(湖南理工学院)
刘奇能(湘潭大学)	刘　翔(湖南理工学院)
俞子荣(南昌航空大学)	陈日新(湖南文理学院)
周南润(南昌大学)	王南兰(湖南文理学院)
吴舒辞(中南林业科技大学)	周志刚(湖南文理学院)
朱俊杰(中南林业科技大学)	王　莉(湖南商学院)
李　颖(中南林业科技大学)	何　静(湖南商学院)
任　嘉(中南林业科技大学)	蒋冬初(湖南城市学院)
曹才开(湖南工学院)	雷　蕾(湖南城市学院)
郭照南(湖南工程学院)	祖国建(娄底职业技术学院)
孙胜麟(湖南工程学院)	刘理云(娄底职业技术学院)
贺攀峰(湖南工程学院)	姜凤武(湖南铁道职业技术学院)
余晓霏(湖南工程学院)	张玲玲(郴州职业技术学院)

总 序

随着我国科学技术不断地发展、完善，以及教育体系不断地更新，社会用人单位对高校人才培养模式提出了更高更新的要求。复合型、创新型、实用型人才日益受到用人单位的青睐。这种发展趋势必将会使高校的人才培养模式面临着新的挑战，这就意味着如何提高高等学校毕业生的实际工作能力尤为重要。诚然，除了努力加强实践教学之外，还应着力加强和推进理论教学及其教材的建设与更新，显然，它是提高高等学校教学质量的一个必不可少的重要环节。根据教育部、财政部《关于实施高等学校本科教学质量与教学改革工程的意见》的文件精神，启动"万种新教材建设项目，加强新教材和立体化教材建设"工程，积极组织好教师编写新教材。

鉴于此，中南大学出版社特邀请湖南省及外省部分高等学校从事电工电子技术教学、实验和应用研究的教授、专家和教学第一线的骨干教师、高级实验师组成了教材编委会，编写了电工电子技术等系列教材。

本系列教材的主要特点为：

1. 充分吸取了教学改革、课程设置与教材建设等方面的经验成果，在内容的选材上(如例题和习题)力求理论紧密联系实际、注重实用技术的讲解和实用技能的训练。同时也能较好地反映出电子电气信息领域的最新研究成果，体现了电子电气应用领域的新知识、新技术、新工艺与新方法。

2. 根据专业特点，对传统教材的内容进行了精选、整合、优化，以满足理论教学与实验教学的要求。同时，注意到与相关课程内容之间的衔接，从而保证了教学的系统性，有利于理论教学。

3. 编写与电子技术类课程设计相配套的指导性教材，有利于实践性教学。

4. 该系列教材中，基本概念的阐述较清晰，层次分明，语言表述做到了通俗易懂，有利于学生自学。

目前，我国高等教育的模式还有赖于日趋完善，教材体系尚未完全建立，教材编写还处于不断探索的阶段，仍需要我国高等学校的广大教师持之以恒、不懈地努力、辛勤地耕耘，编写出更多更好的满足新形式下教学需要的实用教材。

我相信并殷切地期望该系列教材的出版，它不仅会受到广大教师的欢迎，满足教学的需要，而且还将会对我国高等学校的教材建设起到积极的促进作用。最后，预祝《高等院校培养应用型人才电子技术类课程系列规划教材》出版项目取得成功，为我国高等教育事业和信息产业的蓬勃发展与繁荣昌盛培土施肥。同时，也恳切地希望广大读者、同仁，对该系列教材的不足之处提出中肯的意见和有益的建议，以便再版时更正。

谨识

教育部中南地区高等学校电子电气基础课教学研究会理事长
武汉大学电子信息学院　教授/博士生导师
2009 年 2 月 15 日

前　言

随着经济社会发展对智能化和信息化要求的不断提高,单片机作为智能控制的核心,逐渐渗透到社会生产和生活的各个方面。单片机芯片的使用量每年以数百亿片计,广泛应用于仪器仪表、信息处理和通信设备、家用电器和汽车,以及精密制导武器等方方面面,似乎已经找不到不使用单片机的领域了。因此,社会上需要大量的学习和掌握了单片机应用技术的专门人才。单片机原理及应用技术课程可以作为专业课程来学习,现在却越来越呈现出专业基础课的特征了。

单片机及其接口应用技术的综合性很强,涉及模拟和数字电子技术、集成电路芯片、传感器、程序设计和电路设计,需要使用多种 EDA 软件。学习单片机原理及应用技术课程,能够促使我们将这些知识融会贯通,自然而然会提高我们解决实际工程技术问题的能力。

本书内容以培养 21 世纪复合型、应用型人才为目标,为有利于更新教学内容和教学方法,反映当前单片机应用的新技术、新进展而编写。内容层次结构组织新颖、合理,概念条理清晰,应用举例实用;在叙述上力求深入浅出、通俗易懂,便于学生的学习和掌握。

本书的结构特点和使用指南:

1. 全书分成:①基本知识及其应用;②拓展的知识及其应用;③系统综合应用与实用设计方法三个层次。这样,可以适应不同层次的教学和应用要求,方便不同课时安排的专业选择教学内容,也为有较高要求的专业和学生提供了学习的内容和研究的方向。

2. 第一部分阐述了:单片机的基本硬件结构、汇编语言指令系统、汇编语言程序设计基本知识和方法、单片机的定时/计数器以及串行接口和中断系统、单片机的基本接口(包括开关量接口、显示接口、键盘接口和 AD/DA 接口)应用技术。学完这部分内容后的学生可以对 51 单片机系统有一个基本的了解,可以从事较简单的应用。

3. 第二部分包括:51 单片机的功能扩展和接口设计,单片机应用系统设计基础。学完这部分内容后的学生,对 51 单片机系统应有一个比较全面的认识,能够进行单片机应用系统设计。

4. 第三部分的内容:单片机的 C 语言程序设计,单片机应用系统的仿真设计技术。学完这部分内容后，学生能够初步掌握用高级语言和新颖的 EDA 技术设计单片机应用系统的方法，具有较高的设计应用水平。

本书由曾屹策划和统稿并担任主编，参加编写的人员有：张玲玲，第 1 章；曾屹，第 2、7、10 章；王莉，第 3、4 章；刘理云，第 5 章；陈日新，第 6 章；刘辉，第 8、9 章。此外，李日辉提供了第 10 章的部分实例。

本书的编写参阅了许多文献资料，编者在此谨向各位作者表示诚挚的感谢。彭楚武教授在百忙之中也挤出时间，认真仔细地审阅了全部书稿，谨致谢意。

由于笔者学识和水平所限，虽经努力，但书中仍难免有疏漏和不妥，甚至错误之处。恳请读者指出，帮助改正。

编　者

2009 年 2 月

E – mail：zqcsu@ yahoo. com. cn

目　录

第1章　单片微型计算机概论

【本章要点】　单片机是微型计算机的一个重要分支。本章首先讨论单片机与微型计算机的关系，然后介绍单片机的结构特点及其分类，还讨论了计算机常用的数制、补码以及 BCD 码、ASCII 码。

1.1　微型计算机与单片微型计算机

1.1.1　微型计算机的基本硬件结构

微型计算机由微处理器、存储器、I/O 接口电路等组成，相互之间通过三组总线（BUS）即地址总线（Address Bus）、数据总线（Data Bus）和控制总线（Control Bus）来连接。微型计算机的基本结构如图 1 - 1 - 1 所示。

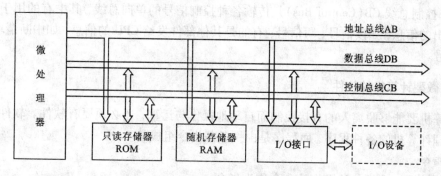

图 1 - 1 - 1　微型计算机的基本结构

1. 微处理器

微处理器 MPU（Micro Processor Unit），也叫中央处理单元 CPU（Central Processor Unit），主要由运算器、控制器以及相关的寄存器阵列组成，是计算机的核心部件。运算器用于算术运算和逻辑运算的操作；控制器用于控制计算机进行各种操作以及协调各部件之间的相互联系，是计算机的指挥系统；寄存器主要用于临时存放计算机运行过程中的中间结果、地址或指令代码等。

2. 存储器

存储器的主要功能是存放程序和数据。无论是程序还是数据，在存储器中都是用二进制数 "1" 或 "0" 组成的代码来表示的，称为信息。

存储器分为随机存储器 RAM 和只读存储器 ROM 两大类。

随机存储器 RAM 可进行读出/写入操作，RAM 是易失性存储器，断电后所存信息立即消失，用来存放可随时修改的数据，因此也称之为数据存储器。

只读存储器 ROM 中信息一经写入，存储单元里的内容就不会轻易改变，即使在断电后也不会消失，正常工作时只能读出。ROM 只存放程序、常数及数据表，因此又称为程序存储器。

3. 输入/输出接口(I/O 接口)

输入/输出接口(I/O 接口)是 CPU 与外部设备进行信息交换的部件。I/O 接口的主要功能是：完成外设与 CPU 的连接；转换数据传送速度；转换电平；转换数据格式及将 I/O 设备的状态信息反馈给 CPU 等，如 A/D 和 D/A 转换接口，其作用是转换信号种类。

4. 总线(Bus)

总线是将 CPU、存储器和 I/O 接口等相对独立的功能部件连接起来，并传送信息的公共通道。总线是一组传输线的集合，根据传递信息种类，分为地址总线、数据总线和控制总线。

(1)数据总线 DB(Data Bus)是用于实现 CPU、存储器及 I/O 接口之间数据信息交换的双向通信总线。数据总线的宽度决定微型计算机的位数，如 8051 单片机的 DB 为 8 根，用 D0 ~ D7 表示；Pentium Pro 的数据总线为 64 位。

(2)地址总线 AB(Address Bus)是 CPU 用于给存储器或输入/输出接口发送地址信息的单向通信总线，以选择相应的存储单元或寄存器。地址总线的宽度(根数)决定了 CPU 的寻址范围(即 CPU 所能访问的存储单元的个数)。例如，8051 单片机的 AB 有 16 根，用 A0 ~ A15 表示，则它的寻址范围为 $2^{16} = 64K$，即其地址范围为 0000H ~ 0FFFFH。

(3)控制总线 CB(Control Bus)是传输各种控制信号的单向总线，其中有的用于传送从 CPU 发出的信息，如读信号、写信号；有的是其他部件发给 CPU 的信息，如中断请求信号、复位信号。

1.1.2 微型计算机的软件

计算机要能够脱离人的直接控制而自动地操作与运算，还必须要有软件。软件是指操作和管理计算机的各种程序，而程序是由一条条指令组成的。

1. 指令

控制计算机进行各种操作的命令称为指令。

例如：MOV A, #29；该指令的功能是把数 29 传送到累加器 A，称为传送指令。

又如：ADD A, #38；该指令的功能是将累加器 A 的内容与数 38 相加，相加的结果存放在累加器 A 中，这是一条加法指令。

2. 程序

为了计算一个数学式，或者要控制一个生产过程，需要事先制定计算机的计算步骤或操作步骤。计算步骤或操作步骤是由一条条指令来实现的。这种一系列指令的有序集合称为程序。编制程序的过程称为程序设计。

例如，计算 13 + 23 + 16 = ? 编制的程序如下：

```
MOV    A, #13    ;将 13 送入累加器 A 中。
ADD    A, #23    ;A 的内容 13 与数 23 相加，其和 36 送回 A。
ADD    A, #16    ;A 的内容 36 与数 16 相加，运算结果 52 保存在 A 中。
```

为了使机器能自动进行计算，要预先用输入设备将上述程序输入到存储器中。计算机启动后，在控制器的控制下，CPU 按照顺序依次取出程序的一条条指令，加以译码和执行。程序中的加法操作是在运算器中进行的。运算结果可以保存在 A 中，也可以通过输出设备从计算机中输出。

3. 机器语言、汇编语言和高级语言

汇编语言是面向机器的语言，各种不同计算机 CPU 的汇编语言有所不同。用汇编指令编制的程序称为汇编语言程序。这种程序占用存储器单元较少，执行速度较快，能够准确掌握执行时间，可实现精细控制，因此特别适用于实时控制。使用汇编语言编程，必须对所用处理器的结构和指令系统比较清楚才能编写出汇编语言程序，汇编语言程序不能通用于其他机器，这是汇编语言的不足之处。

高级语言是面向任务的语言，常用的高级语言有 BASIC 语言、C 语言等。用高级语言编写程序主要着眼于算法，而不必了解计算机的硬件结构和指令系统，因此易学易用。高级语言是独立于机器的，一般地说，同一个高级语言程序可在任何种类的机器中使用。高级语言适用于科学计算、数据处理等各方面。

由于计算机只能存放和处理二进制信息，所以，无论高级语言程序还是汇编语言程序，都必须转换成二进制代码后才能由计算机执行。二进制代码形式的指令又称为机器指令或机器码、目标码。由二进制代码构成的程序又称机器语言程序，也叫目标程序。

4. 程序的分类

计算机软件系统即程序可以分成面向用户的程序、面向维护管理人员的程序和面向计算机的程序三大类，进一步的细分见图 1-1-2。

用来解决用户各种实际问题的程序称为应用程序。应用程序标准化、模块化后，形成解决各种典型问题的应用程序的组合，称为软件包。

语言翻译程序如汇编程序、编译程序、解释程序。

计算机应用于信息处理、情报检索以及各种管理系统时要处理大量数据，并建立大量的表格。这些数据、

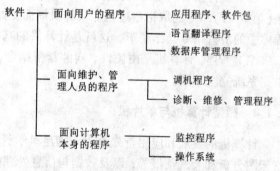

图 1-1-2　计算机程序分类示意图

表格应按一定规律组织起来，使检索更迅速，处理更方便，于是就建立了数据库。相应地出现了数据库管理程序。

调机程序是测试计算机性能的程序。调机程序和诊断、维修、管理程序都由计算机生产厂家提供，用于计算机的维护及管理。

监控程序固化于内部存储器中，上电后能自动担负起管理整个计算机的工作，包括机器正常启动、调用磁盘操作系统、调用汇编程序或编译程序、扫描键盘、输入用户程序并运行等。在一些较大的计算机系统中，硬件与软件都很复杂。如果由人通过控制台直接参与硬件、软件的管理调度，不仅效率很低，而且非常困难，必须让计算机自己管理自己。操作系统就是指挥计算机管理自己的软件。操作系统能根据任务和设备情况，按照使用者的意图，合理分配硬件和软件的工作，实现多个程序成批地在计算机中自动运行，充分发

挥计算机系统的效率。

1.1.3 微型计算机的基本工作过程

CPU、存储器、I/O 接口及外部设备构成了微型计算机的硬件，要使计算机有效地工作，还必须有软件的配合。当用微型计算机来完成某项任务(比如解一道数学题时)，一旦启动计算机，它便能按照程序安排的顺序执行指令，从而完成规定任务。下面以微型计算机执行第 N 条指令的工作过程来说明计算机的工作过程。

1. 取指令的过程

(1) CPU 把程序计数器 PC 中第 N 条指令所在存储单元通过地址总线 AB 送到存储器中的地址译码器，选中第 N 个存储单元；

(2) CPU 通过控制总线 CB 向存储器发出读取数据的控制信号；

(3) 存储器中被选中的存储单元的内容送到数据总线 DB 上，CPU 通过 DB 读入指令代码。

2. 执行指令的过程

(1) CPU 读取指令后进行译码，判断该指令要进行哪一类操作，以及参加这类操作的数据所在的单元地址(如果指令需要操作数)；

(2) CPU 根据译码结果发出为完成指令所需要的控制信号(如果还需要从存储器中取操作数，则 CPU 将通过 AB 发出存放操作数的存储单元地址，并通过 CB 发出读取数据的控制信号，然后通过 DB 读取操作数)；

(3) 执行指令所规定的操作，同时程序计数器 PC 的内容自动加 1，计算机又进入下一条(第 N + 1)指令的取指令过程。计算机周而复始地取出指令，分析指令，执行指令，直到程序中的所有指令操作完毕。这就是计算机的基本工作原理。

综上所述，计算机是由硬件、软件紧密结合，共同完成工作任务的，这与一般的数字电路系统完全不同。

1.1.4 微型计算机与单片机

计算机的发展和应用首先是为了满足科学计算的需要，如：导弹飞行轨迹的计算，大气云图分析和天气预报等；以及数据与信息处理的需求，如：人类基因密码分析等。

随着互联网的延伸，微型计算机普及到了千家万户，现代人们的工作、学习、生活和娱乐样样离不开计算机，这些是看得见摸得着的计算机。还有的计算机人们也天天在用，但却可能没有意识到它的存在。

通用的微型计算机以运行速度高，存储容量大，具备多媒体输入/输出功能见长。但在许多场合，人们更需要的是体积小、价格低廉、性能稳定可靠的微型计算机。

以微波炉为例，使用微波炉需要根据不同的食物调节加热时间和加热温度，一般通过控制加热时的输出功率、加热间歇时间和总的加热时间来实现。分析微波炉的操作，主要在于工作过程的控制。简单的微波炉产品用机械式定时开关实现控制功能。早期较复杂的产品用模拟和数字电路实现控制功能，但存在线路复杂、故障较多、工作不稳定的缺陷。现在已经完全被电脑智能化的产品所取代。

微波炉中需要使用什么样的电脑呢？显而易见，谁都不会想把通用的微型计算机装入微波炉里去。微波炉中使用的是单片微型计算机(Single Chip Micro-computer)，简称单片机。

　　单片机是微型计算机的一个重要分支，它的结构特点是把 CPU、存储器和输入/输出接口电路集成在一块超大规模的集成电路芯片上。一块单片机芯片接上少量的外围电路，就可以执行一台计算机的基本任务。单片机具有体积小、可靠性高、控制能力强、性能价格比高和使用方便、容易产品化等一系列优点。单片机每年数以亿计，在各领域得到广泛的应用。

1.2　单片微型计算机概述

1.2.1　单片机的应用领域

　　单片机的应用，以过程控制为主，领域非常广泛。按计算机网络结构的特点，可以分成以下两大类别：

　　1)单片机应用于相对独立的小型机 – 电一体化产品和设备中。此类设备中一般以一片单片机芯片为核心，构成电路控制系统。

　　(1) 智能仪器仪表

　　单片机用于各种仪器仪表，增强了功能和精度，使仪器仪表智能化，简化了仪器仪表的电路结构。如：示波器、三用表、各种工程测量仪器仪表、医用仪器仪表等。

　　(2) 计算机外围设备

　　使用单片机作为控制器的常用计算机外围设备有键盘、打印机、绘图仪、扫描仪等。

　　(3) 商用电子设备

　　商用电子设备如自动售货机、电子收款机、点钞机、电子秤等。

　　(4) 家用电器

　　单片机在家用电器领域似乎无所不在。如空调器、电冰箱、洗衣机、微波炉、电饭煲、热水器、遥控电视机、摄像机、数码照相机、智能电话机等。

　　2)单片机作为计算机控制网络系统中的前端控制器件应用，在系统中，单片机执行信息输入/输出、网络通信等任务。

　　(1) 分布式控制系统

　　在较复杂的工业系统中，经常采用分布式测控系统完成大量分布参数的采集。在这类系统中，采用单片机作为分布式系统前端数据采集、控制模块，系统具有运行可靠、数据采集方便灵活、成本低廉等一系列优点。现在工业系统中常用的 PLC(可编程控制器)的核心也是单片机。

　　(2) 汽车电子

　　现代的汽车电子控制系统就是一个计算机网络控制系统，其中可能包含几十片单片机芯片。在系统中单片机作为前端，可以控制油汽混合比、点火、排气、变速、防滑、防撞等诸多参数，还可提供防盗报警、电子地图、车载通信装置等辅助服务功能。

　　(3) 电信

　　电信领域的移动通信手机、投币电话机、磁卡电话机、传真机等要用到单片机。

（4）城市公共服务或管理

水、电自动计费，交通信号灯指挥系统，楼宇门禁系统、消防安全系统等都有单片机的用武之地。

此外，在军工领域中各种精确制导的炮弹、导弹和鱼雷，雷达、红外线等侦察探测仪器，通讯设备等都是单片机非常重要的应用领域。

1.2.2　单片机的分类

在不断增长和变化的市场需求刺激下，单片机的品种和类型在不断更新，日益丰富多样。单片机有专用型与通用型的区别，本书仅讨论通用型单片机。根据软硬件体系结构的特点，通用型单片机可以分为 CISC、RISC、ARM、DSP 四大类。

1. CISC 单片机

CISC（Complex Instruction Set Computer）指的是复杂指令集计算机。CISC 结构的单片机具有指令丰富、功能较强的特点。CISC 单片机一般采用普林斯顿（Princeton）结构，即数据和指令共线分时复用的方式。由于取指令和取数据不能同时进行，速度受到限制。CISC 单片机的多周期指令占有较大比例。

随着单片机的发展，CISC 的指令集和硬件体系结构越来越复杂。但是，经过大量的分析与研究，发现 CISC 的指令集中，各种指令的使用频度相差悬殊。约 20% 的指令经常使用，其使用量占整个程序的 80%；而有 80% 左右的指令则很少使用，其使用量约占整个程序的 20%。这使得 CISC 的指令利用效率比较低。

典型 CISC 结构的单片机有 Intel 公司的 MCS - 51 系列、Atmel 公司的 AT89 系列和 Winbond（华邦）公司的 W78 系列等。

2. RISC 单片机

RISC（Reduced Instruction Set Computer）精简指令集计算机，是为了提高运行速度而发展起来的一种单片机。

RISC 具有哈佛（Harvard）结构，数据线和指令线分离，由于一般指令线宽于数据线，使其指令较同类 CISC 单片机指令包含更多的处理信息，执行效率更高，速度也更快。

RISC 单片机取指令和取数据可以同时进行。这种指令流水线结构是在一个周期内完成两部分工作，一是执行指令，二是从程序存储器取出下一条指令，这样总的看来每条指令只需一个周期（个别除外），这也是高效率运行的原因之一。

RISC 单片机优先选取使用频率最高的简单指令，避免复杂指令；指令格式和寻址方式种类较少；RISC 的指令长度较短（多为单字节），运行速度比 CISC 要快。

RISC 型单片机常用于控制关系较简单的小家电中。应用比较广泛的 RISC 单片机有 Microchip 公司的 PIC 系列、Atmel 公司的 AVR 系列单片机等。

3. 基于 ARM 核的 32 位单片机

这主要是指以 ARM（Advanced RISC Machines）公司设计为核心的 32 位 RISC 嵌入式 CPU 芯片的单片机。ARM 提供一系列 IP（Intelligence Property）内核、体系扩展、微处理器和系统芯片方案。由于其设计的芯片核具有功耗低、成本低等显著优点，因而获得众多的半导体厂家和整机厂商的大力支持，在 32 位嵌入式应用领域获得了巨大成功，目前具有很高的 32 位 RISC 嵌入式产品市场占有率。基于 ARM 核的 32 位单片机在低功耗、低成本的嵌入式应用领域确立了市场领导地位。

采用 RISC 架构的 ARM 微处理器的特点有：体积小、低功耗、低成本、高性能；支持 Thumb(16 位)/ARM(32 位)双指令集，能很好地兼容 8 位/16 位器件；大量使用寄存器，指令执行速度更快；大多数数据操作都在寄存器中完成；寻址方式灵活简单，执行效率高；指令长度固定等。

ARM 微处理器目前包括 ARM7、ARM9、ARM9E、ARMl0E、SecurCore、Intel 的 XScale 和 StrongARM 几个系列。除了具有 ARM 体系结构的共同特点以外，每一个系列均提供一套相对独特的性能来满足不同应用领域的需求。其中，ARM7、ARM9、ARM9E 和 ARMIO 为 4 个通用处理器系列，SecurCore 系列是专门为安全要求较高的应用而设计的。

4. DSP 单片机

数字信号处理器 DSP(Digital Signal Processor)是一种具有高速运算能力的单片机，是一种专门为实时、快速实现各种数字信号处理算法而设计的、具有特殊结构的微处理器。

DSP 是单片机的一个分支，DSP 器件具有较高的集成度。DSP 具有更快的 CPU，更大容量的存储器，内置有波特率发生器和 FIFO 缓冲器。提供高速、同步串口和标准异步串口。有的片内集成了 A/D 和采样/保持电路，可提供 PWM 输出。DSP 器件采用改进的哈佛结构，具有独立的程序和数据空间，允许同时存取程序和数据。内置高速的硬件乘法器，增强的多级流水线，使 DSP 器件具有高速的数据运算能力。DSP 器件比 16 位单片机单指令执行时间快 8～10 倍，完成一次乘加运算快 16～30 倍。DSP 器件提供专门的运算指令集，提高了 FFT 快速傅里叶变换和滤波器的运算速度。此外，DSP 器件提供 JTAG 接口，具有较先进的开发手段，批量生产测试很方便，开发工具可实现全空间透明仿真，不占用用户任何资源。软件配有汇编/链接 C 编译器、C 源码调试器。

目前国内推广应用最为广泛的 DSP 器件是美国德州仪器(TI)公司生产的 TMS320 系列。

与普通单片机相比较，DSP 擅长于对数据量大、对实时性和精度要求高的信号分析处理，特别适合作语音、图像等多媒体信号的识别和处理。而单片机具有位处理能力，长于过程控制，价格低廉。开发环境完备，开发工具齐全。对单片机能解决的问题，采用 DSP 的开发成本要大得多。不过目前这两者的特点有一定的互相融合的趋势。

1.2.3　单片机的发展趋势

单片机应用系统的飞速发展，不断促进着单片机的结构和性能的发展。通用型单片机按其数据线的位数主要分为 8 位、16 位和 32 位三种，其中 8 位的 CISC 单片机应用范围最广、使用率最高，其次是 32 位机型。因此，学好 8 位单片机有比较普遍的意义。此外，根据大多数的学习经验，先学好 8 位单片机，再涉足其他类型的单片机，能够起到事半功倍的效果。

下面主要讨论 8 位 CISC 单片机的发展趋势。

Intel 的 MCS-51 系列 8 位单片机，由于产品硬件结构合理，指令系统规范，是最经典的 8 位 CISC 单片机。世界上许多芯片公司都生产以 MCS-51 为内核的单片机(如 Atmel 公司的 AT89、Philips 的 P89 和 SST 的 STC89 等系列)，并在其基础上进行性能上的扩充和完善，为了与 Intel 公司早期的 MCS-51 系列产品相区别，也为了突出其在工艺上都采用了

CHMOS 技术，后来统称为 80C51 系列，也简称为 51 系列。这样 51 系列单片机就发展成为有众多制造厂商支持的、有数百个品种的 51 单片机大家族。

51 单片机是国内最为普及的单片机系列，具有品种类型多、应用广泛、可替换性强的特点，而且仍在不断创新发展，有人推测 51 芯片可能最终形成事实上的标准 MCU 芯片。有鉴于此，本书以 51 单片机为例，讨论这些单片机的共性；而在具体例子中可能会用到不同型号的 51 单片机，请读者留意。

51 单片机的发展趋势表现在降低功耗、提高抗干扰能力、改进存储能力、改进 CPU 的体系结构、引入串行总线及接口、外围电路片内集成化等几个方面。

1. 低功耗

CMOS 集成电路具有低功耗的优点，CMOS 型低功耗单片机芯片已经成为主流。这类单片机还具有待机、掉电等低功耗工作方式，能够进一步降低功耗。

2. 低电压

许多系列单片机都有低电压工作的品种，它们可以在 +5V 以下电压工作。低电压工作的单片机能够提高系统的抗干扰能力；有的单片机通过降低外时钟要求和采用引脚的电磁干扰抑制技术，明显提高了单片机的电磁兼容性。

3. 改进存储能力

以往单片机内的 ROM 和 RAM 较小，存储器容量不够。改进型单片机片内 ROM 可达 4 ~ 32KB 或更多，一般采用 EEPROM 或 Flash ROM；RAM 为 256B ~ 1KB。Flash 存储器的使用加速了单片机技术的发展，基于 Flash 存储器的 ISP/IAP（在系统可编程/在现场可编程）技术，极大地改变了单片机应用系统的结构模式以及开发和运行条件，是 51 单片机技术发展的一次重大飞跃。

Atmel 公司所生产的 AT89 系列单片机是源于 8051 而又优于 8051 的单片机系列，是目前主流的 MCS–51 单片机系列。AT89 系列单片机又分成 AT89C51/52 和 AT89S51/52 两个子系列。AT89C51/52 系列单片机采用 Flash 存储器，其他硬件和指令系统与 8051 完全兼容；AT89S51/52 系列在 AT89C51/52 的基础上，增加了 WDT（Watch Dog Timer 看门狗）和双数据指针（DPTR），并且支持 ISP/IAP 功能。

4. 改进 CPU 的体系结构

改进 CPU 的体系结构的途径包括：采用 RISC 精简指令集计算机结构和流水线技术等，大幅度提高了 CPU 的运行速度，并加强了位处理、中断和定时控制功能。

5. 串行总线及接口

随着 I^2C（Inter-Integrated Circuit）总线、串行外围接口 SPI（Serial Peripheral Interface）等串行总线及接口的出现，单片机的引脚数量可以减少许多，简化系统结构极为便利。许多单片机厂商推出了非总线型单片机。

6. 外围电路片内集成化

随着芯片集成度的不断提高，有可能把众多的外围功能部件集成在芯片内，形成片上系统 SOC（System On Chip），这是单片机以后发展的重要趋势。SOC 除了具备一般的 ROM、RAM、定时器/计数器、中断系统以外，根据不同检测系统和控制功能的需求，片内还可以集成 A/D 转换器、监视定时器 WDT、D/A 转换器、脉宽调制器 PWM、DMA 控制器、锁相器、频率合成器和译码驱动电路等。

Silicon Lab 公司的 C8051F 系列单片机是目前最有代表性的片上系统 SOC。C8051F 系列单片机有与 MCS‒51 单片机内核及指令集完全兼容的微控制器，具有三个方面的突出性能：采用 CIP‒51 内核提升了 CISC 结构的运行速度；采用开关网络以硬件方式实现了 I/O 口的灵活配置；提供了一个完整而先进的时钟系统。C8051F 系列单片机是真正能独立工作的片上系统 SOC , C8051F 的推出是 51 单片机发展上的又一次重大飞跃。

此外，为适应需求的多样性，单片机的封装变得比较灵活，有的单片机系列具有 8 ~ 28 脚，多种封装的产品。

其他应用比较多的单片机系列有：

TI 公司(Texas Instrument, 美国德州仪器公司)生产的 MSP430 系列是一种超低功耗类型的单片机，同时，该系列将大量的外围模块整合到片内，也特别适合于设计片上系统。MSP430 具有 16 位 CPU，采用 16 位的精简指令集结构，属于 16 位单片机。

Freescale 公司的 M68HC08 系列单片机品种全。其特点是在同样的指令速度下所用的时钟频率较低，因而高频噪声低，抗干扰能力强，适合于恶劣的工作环境。

Atmel 公司的 AVR 系列单片机是采用 CISC 结构的最新单片机系列之一，其突出的特点在于运行速度快，片内硬件资源丰富，功能比较强。

1.3 计算机中的数和编码

1.3.1 常用的数制

数制是人们利用符号进行计数的科学方法。数制有很多种，在计算机的设计与使用中常用到的有十进制、二进制和十六进制。

1. 十进制

十进制数由 0，1，2，3，4，5，6，7，8，9 十个数字组成，按照"逢十进一"的原则计数。例如 6968 可以写成：

$$6968 = 6 \times 10^3 + 9 \times 10^2 + 6 \times 10^1 + 8 \times 10^0$$

上式称为按权展开式。各位数的权值为 10 的幂，即个位的权为 10^0，十位的权为 10^1，百位的权为 10^2 等。如第四位数字 6 表示 6000，第二位数字 6 表示 60，是因为它们所在位的权不同。

2. 二进制

因为十进制数所用数字较多，如果用电路来表示，则电路会很复杂；而二进制数只有 2 个数码，即 0 和 1，在电子电路中很容易实现。例如，可以用高电平表示 1，用低电平表示 0。采用二进制，就可以方便地利用电路进行计数工作，因此，计算机中常用的进位制是二进制。二进制采用"逢二进一"的原则，各位的权值为 2 的幂。n 位二进制正整数可以按权展开写成：

$$[a_{n-1}a_{n-2}\cdots a_2 a_1 a_0]_2 = a_{n-1} \times 2^{n-1} + a_{n-2} \times 2^{n-2} + \cdots + a_2 \times 2^2 + a_1 \times 2^1 + a_0 \times 2^0 = \sum_{i=0}^{n-1} a_i \times 2^i$$

其中 a_0，a_1，a_2，$\cdots$，a_{n-2}，a_{n-1} 为二进制数的各位数字，取值为 0 或 1；2^0，2^1，2^2，$\cdots$，2^{n-2}，2^{n-1} 为各数位的权。

例如，二进制数 1101 按权的展开式为：

$$1101B = 1 \times 2^3 + 1 \times 2^2 + 0 \times 2^1 + 1 \times 2^0 = 8 + 4 + 0 + 1 = 13$$

即二进制数 1101B 在数值上等于十进制数 13。

3. 十六进制

十六进制中，包括：0，1，2，3，4，5，6，7，8，9，A，B，C，D，E，F 十六个基本数字，采用"逢十六进一"的运算法则，各位的权值为 16 的幂。n 位十六进制正整数的按权展开式为：

$$[N]_{16} = \sum_{i=0}^{n-1} a_i \times 16^i$$

式中 a_i 为十六进制数 N 的第 i 位数字，取值为 0 ~ F。

如：数 0A3EH 按权的展开式为：

$$0A3EH = 10 \times 16^2 + 3 \times 16^1 + 14 \times 16^0 = 2560 + 48 + 14 = 2622$$

即十六进制数 0A3EH 在数值上等于十进制数 2622。

为了方便，在数字后面跟一个英文字母表示其数制。其中"D"（Decimal）表示该数为十进制，通常可省略，如 97D 和 97 都表示十进制数；"B"（Binary）表示该数为二进制，如 1011B 表示该数为二进制；"H"（Hexadecimal）表示该数为十六进制，如十六进制数"7A"记为"7AH"，同时，以字母开头的十六进制数，在编写程序时必须带有前缀 0，以示区别于一般字符串，如十六进制数"FF"记为"0FFH"。

十进制数 0 ~ 15 的二进制、十六进制对应关系，见表 1 – 3 – 1。

表 1 – 3 – 1　十进制、二进制、十六进制数码对照表

十进制（D）	二进制（B）	十六进制（H）	十进制（D）	二进制（B）	十六进制（H）
0	0000	0	8	1000	8
1	0001	1	9	1001	9
2	0010	2	10	101	A
3	0011	3	11	1011	B
4	0100	4	12	1100	C
5	0101	5	13	1101	D
6	0110	6	14	1110	E
7	0111	7	15	1111	F

1.3.2　常用数制的转换

1. 二、十六进制数转换成十进制数

根据二进制数的一般表达式，将其按权展开再相加，即可得到对应的十进制数。

例 1.1 $11000101B = 1 \times 2^7 + 1 \times 2^6 + 0 \times 2^5 + 0 \times 2^4 + 0 \times 2^3 + 1 \times 2^2 + 0 \times 2^1 + 1 \times 2^0$
$$= 128 + 64 + 4 + 1 = 197D$$

十六进制数转换成十进制数时,将 A ~ F 还原成 10 ~ 15,同样按权展开相加,即得对应的结果。

例 1.2 $1FBH = 1 \times 16^2 + 15 \times 16^1 + 11 \times 16^0$
$$= 256 + 240 + 11 = 507D$$

对于含有小数部分的数值,同样采用按权展开相加的方法计算。m 进制数小数点后第 n 位的权值为 m^{-n}。

例 1.3 $1110.101B = 1 \times 2^3 + 1 \times 2^2 + 1 \times 2^1 + 0 \times 2^0 + 1 \times 2^{-1} + 0 \times 2^{-2} + 1 \times 2^{-3}$
$$= 8 + 4 + 2 + 0.5 + 0.125 = 14.625D$$

例 1.4 $0FF.8AH = 15 \times 16^1 + 15 \times 16^0 + 8 \times 16^{-1} + 10 \times 16^{-2}$
$$\approx 240 + 15 + 0.5 + 0.039 = 255.539D$$

2. 十进制数转换成二、十六进制数

十进制整数转换成二进制整数,采用"除二取余"法,即用 2 去除以十进制数,取出余数,再用商去除以 2,重复这个过程,直至商为 0。最后,将所得余数按照从后向前的顺序排列即为转换后的二进制数。

例 1.5   将十进制数 45 转换成二进制数

即 45D = 101101B。

同理,将十进制数"除十六取余"即可得到十六进制数。

例 1.6   将 189 转换成十六进制数:

结果 189 = 0BDH。

3. 二进制与十六进制的转换

由于 4 位二进制数正好表示 0000 ~ 1111 共 16 个数字,即十六进制的基本数字 0 ~ F。所以,二进制正整数转换成十六进制数时,从最低位开始,4 位二进制为一组,转换成相应的十六进制数字,然后按原来的顺序排列即得十六进制数。

例 1.7   将二进制数 10101111011B 转换成十六进制数。

$$0101 \quad 0111 \quad 1011$$
$$\downarrow \qquad \downarrow \qquad \downarrow$$
$$5 \qquad 7 \qquad 11(B)$$

即 10101111011B = 57BH。

十六进制正整数转换成二进制数时,将每位十六进制数转换成 4 位二进制数,若不足 4 位时,在前面加 0 补足 4 位,再按原来的顺序排列即可。

例 1.8 将 57AH 转换成二进制数。

$$\overset{5}{\underbrace{\quad}} \qquad \overset{7}{\underbrace{\quad}} \qquad \overset{A}{\underbrace{\quad}}$$
$$0101 \qquad 0111 \qquad 1010$$

即 57AH = 10101111010B。

将二进制纯小数转换成十六进制数时,从高位开始分组,4 位为一组,不足 4 位,则低位补零,最后按原顺序写成十六进制数(小数点位置不变)。

例 1.9 将 0.1010011B 转换成十六进制数。

$$0 \qquad 1010 \qquad 0110$$
$$\downarrow \qquad \downarrow \qquad \downarrow$$
$$0 \qquad A \qquad 6$$

即 0.1010011B = 0.A6H。

1.3.3 有符号数的表示

1. 无符号数与有符号数

在字长为 8 位的微型计算机中,一个字节数据用 8 位二进制数表示。如果处理的是无符号数,8 位二进制数的 8 位数符都表示数值,从 0000 0000B 到 1111 1111B,表示的数值从 0 到 255,所以,8 位二进制数表示的无符号数范围是 0 ~ 255,共 256 个数。

如果计算机处理的是有符号数,符号 + / - 要用 1 位二进制数表示,这时 8 位数符的最高位 D_7 表示符号,其他 7 位表示数值,见图 1 - 3 - 1。D_7 = 1 表示负数,D_7 = 0 表示正数。有符号数在计算机中可以分别用原码、反码或补码三种方法表示,8 位二进制数码

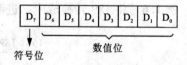

图 1 - 3 - 1　数值位和符号位

的不同表达含义见表 1 - 3 - 2。因为补码表示方法使用较普遍,我们重点讨论补码的使用。

2. 原码和反码

原码:正数的符号位用"0"表示,负数的符号位用"1"表示,而数值位保持不变。8 位二进制原码表示的数的范围是 - 127 ~ + 127,±0 表示不同。

反码:正数的反码与原码相同。负数的反码,其符号位也用"1"表示,数值位由其绝对值按位求反而得到。8 位二进制反码表示的数的范围也是 - 127 ~ + 127,±0 有不同表示。

3. 8 位二进制补码的性质

① 正数补码的符号位 D_7 = 0,负数补码的符号位 D_7 = 1。

② 正数的补码表示与原码相同。

③ 对负数的绝对值求反加 1，即可得到负数的补码；对负数补码求反加 1，回复为该数的绝对值。

④ $[+0]_\text{补} = [-0]_\text{补} = 0000\ 0000B$。

⑤ 8 位二进制补码表示的数的范围为：$-128 \sim +127$。

⑥ 采用补码后，可以将减法运算转换成加法运算。

表 1-3-2　计算机 8 位有符号数的表示

8 位二进制数	无符号数	原　码	反　码	补　码
00000000	0	+0	+0	+0
00000001	1	+1	+1	+1
00000010	2	+2	+2	+2
⋮	⋮	⋮	⋮	⋮
01111100	124	+124	+124	+124
01111101	125	+125	+125	+125
01111110	126	+126	+126	+126
01111111	127	+127	+127	+127
10000000	128	-0	-127	-128
10000001	129	-1	-126	-127
10000010	130	-2	-125	-126
⋮	⋮	⋮	⋮	⋮
11111100	252	-124	-3	-4
11111101	253	-125	-2	-3
11111110	254	-126	-1	-2
11111111	255	-127	-0	-1

例 1.10　求 X = 5 和 X = -5 的补码。

解：① $[5]_\text{补} = 0000\ 0101B$

　　② $X = -5 = -0000\ 0101B < 0$

　　　　$|X| = 0000\ 0101B$

　　　　$[-5]_\text{补} = |\overline{X}| + 1 = 1111\ 1011B$

例 1.11　已知 $[X]_\text{补} = 1111\ 1101B$，求 X 的值。

解：因为补码 1111 1101B 的 $D_7 = 1$，所以是负数

　　　　$|X| = 0000\ 0010 + 1 = 0000\ 0011B$

　　　　$X = -0000\ 0011B = -3$

例 1.12　设 X = 97 - 65 = 32，试用 8 位补码运算，并比较其结果。

解：$\qquad [97]_补 = 0110\ 0001B$

$\qquad\qquad [-65]_补 = 1011\ 1111B$

则
$$\begin{array}{r} 0110\ 0001 \\ +\ 1011\ 1111 \\ \hline 1\ 0010\ 0000 \end{array}$$

只保留 8 位，所以 $[X]_补 = 0010\ 0000B = 20H$。

由于 $D_7 = 0$，所以 X 是正数，因此 $X = [X]_补 = 20H = 32$。

比较两种计算方法，可见结果相同。应该注意：若参与运算的两数或运算结果超出 8 位二进制数的表示范围，则运算结果不正确。

带符号数采用补码表示后，微型计算机的运算只须设置加法器，这样能够简化硬件结构。

1.3.4 二 – 十进制数（BCD 码）

1. 二 – 十进制数的表示方法

人们通常比较习惯读写十进制数，而计算机只能处理二进制数。为此，创立了二进制编码的十进制数（Binary Coded Decimal），简称二 – 十进制数，又称 BCD 码。BCD 码有许多种，最常用的是 8421BCD 码。8421BCD 码常用 0000H ~ 1001H 代表十进制数 0 ~ 9。4 位二进制数每位的权分别是 8，4，2，1，故得此名。

十进制数与 BCD 码之间的转换十分方便，只要把数符 0 ~ 9 与对应的 0000 ~ 1001 互换就行了。它们之间的对应关系见表 1 – 3 – 3。

表 1 – 3 – 3　8421BCD 码与十进制数、二进制数的对应关系

十进制数	8421BCD 码	二进制数	十进制数	8421BCD 码	二进制数
0	0000	0000	8	1000	1000
1	0001	0001	9	1001	1001
2	0010	0010	10	0001 0000	1010
3	0011	0011	11	0001 0001	1011
4	0100	0100	12	0001 0010	1100
5	0101	0101	13	0000 0011	1101
6	0110	0110	14	0001 0100	1110
7	0111	0111	15	0001 0101	1111

二进制数不方便直接转换成 BCD 码，先经过十进制数比较好。

例如：$0010\ 1001B = 29H = 41D = [0100\ 0001]_{BCD}$

2. 十进制调整

十进制数只有 0 ~ 9 十个数符，而 4 位二进制数可以表示 16 种状态，所以 1010 ~ 1111 六种状态是多余的非法码。计算机在输入二 – 十进制数时，依然按二进制运算。但是，4 位二进制数逢 16 进一，而 1 位二 – 十进制数逢 10 进一，这将有可能产生非法码。因此，有时需要对运算结果进行十进制调整。

　　加法运算的调整规则是：两个二 – 十进制数相加后，如果和的高 4 位或低 4 位中出现非法码 1010 ~ 1111，则高 4 位或低 4 位加 0110B；如果和的高 4 位（D_7）或低 4 位（D_3）出现向高位的进位，则高 4 位或低 4 位加 0110B 调整。

　　例 1.13　试用 BCD 码计算 97 加 85，并进行必要的调整。

　　解：$97 = [1001\ 0111]_{BCD}$，$85 = [1000\ 0101]_{BCD}$

则

$$
\begin{array}{r}
[1001\ 0111]_{BCD} \\
+)\ [1000\ 0101]_{BCD} \\
\hline
1\ 0001\ 1100
\end{array}
$$

运算中，低 4 位出现了非法码，而高 4 位的 D7 向高位有进位，需要调整。

$$
\begin{array}{r}
1\ 0001\ 1100 \\
+)\quad 0110\ 0110 \\
\hline
[1\ 1000\ 0010]_{BCD} = 182
\end{array}
$$

　　减法运算的调整方法是：差的高 4 位（D_7），或低 4 位（D_3）向高位有借位，则高 4 位或低 4 位要减 0110B 调整。

1.3.5　ASCII 码

　　计算机除了要处理数字量之外，还要处理文字、符号等信息，这些信息也必须采用二进制数码表示。计算机处理文字和符号信息时经常使用 ASCII 码，它的全称是：美国标准信息交换码（American Standard Code for Information Interchange），见表 1 – 3 – 5。ASCII 码由 7 位二进制数码构成，共有 128 个字符。ASCII 码主要用于微机、外设通信，以及人机对话等方面。例如，当按下微机的某一键时，键盘中的单片机便会将所按的键码转换成 ASCII 码输入微机。

　　在计算机通信领域，信息发送和接受过程中经常需要进行信息检验以避免出错。ASCII 码只用到 7 位二进制数，8 位信息的最高位 D_7 可以用作奇偶校验位。

　　在串行通信中，发送端与接收端必须事先协议校验方式。采用奇校验时，发送信息每个字节中"1"的个数必须是奇数，校验位 D_7 的状态与其余 7 位信息中"1"的个数有关，若其余 7 位信息中"1"的个数为偶数，则 D_7 位置 1，反之，D_7 位清零。例如字母"O"、"K"的 ASCⅡ 码和 8 位奇校验信息如表 1 – 3 – 4 所示：

表 1 – 3 – 4　字母"O"、"K"的 ASCⅡ 码和奇校验信息

字母	ASCII 码	8 位信息
O	100 1111	0100 1111
K	100 1011	1100 1011

　　如果接收端接收信息时，经校验发现"1"的个数为偶数，说明信息在传送过程中出现错误，需要进行相应的出错处理。

　　若采用偶校验方式时，"1"的个数一定是偶数。奇偶校验方法简单易行，在计算机通信中得到了广泛的应用。

表 1 – 3 – 5　ASCII 码字符编码表

低位 高位	0 0000	1 0001	2 0010	3 0011	4 0100	5 0101	6 0110	7 0111	8 1000	9 1001	A 1010	B 1011	C 1100	D 1101	E 1110	F 1111
0 000	NUL	SOH	STX	ETX	EOT	ENQ	ACK	DEL	SB	HT	LF	VT	FF	CE	SO	SI
1 001	DLE	DC1	DC2	DC3	DC4	NAK	SYN	ETB	CAN	EM	SUB	ESC	FS	GS	RS	US
2 010	SP	!	"	#	$	%	&	'	(	)	*	+	,	–	.	/
3 011	0	1	2	3	4	5	6	7	8	9	:	;	<	=	>	?
4 100	@	A	B	C	D	E	F	G	H	I	J	K	L	M	N	O
5 101	P	Q	R	S	T	U	V	W	X	Y	Z	[	\	]	↑	←
6 110	`	a	b	c	d	e	f	g	h	i	j	k	l	m	n	o
7 111	p	q	r	s	t	u	v	w	x	y	z	{	|	}	~	DEL

本章小结

微型计算机由中央处理单元 CPU、存储器、I/O 接口电路等组成。计算机要能够脱离人的直接控制而自动地操作与运算，还必须要有软件。软件是指操作和管理计算机的各种程序，程序是由一条条指令组成的。单片机是微型计算机的一个重要分支，它的结构特点是把 CPU、存储器和输入/输出接口电路集成在一块超大规模的集成电路芯片上。一块单片机芯片接上少量的外围电路，就可以执行一台计算机的基本任务。

单片机有专用型与通用型的区别，根据软硬件体系结构的特点，通用型单片机可以分为 CISC、RISC、ARM、DSP 四大类。通用型单片机按其数据线的位数主要分为 8 位、16 位和 32 位 3 种，其中 8 位的 51 单片机是国内最为普及的单片机系列。

在计算机的设计与使用中常用到的数制有十进制、二进制和十六进制。

计算机既处理无符号数也处理有符号数，有符号数在计算机中主要用补码表示。

二 – 十进制数又称 BCD 码，是计算机用二进制数处理十进制数的一种方法，最常用的是 8421BCD 码。

计算机处理文字和符号信息时经常使用 ASCII 码。ASCII 码用 7 位二进制数表示，8 位信息的最高位 D_7 可以用作奇偶校验位。

学习本章以后，应达到以下教学要求：

（1）了解微型计算机的基本构成和工作原理。

（2）熟悉单片机的结构特点，了解单片机的分类及应用概况。

（3）熟悉计算机中的数与编码，掌握计算机中常用的数制——十进制、二进制、十六进制，及各数制之间的转换；熟悉计算机中带符号的数的表示方法，掌握补码的概念及其运算。

（4）掌握 8421BCD 码的表示方法及其运算。

（5）了解 ASCⅡ 码。

思考与练习题

1.1　微型计算机主要由哪几部分组成？各部分有何功能？

1.2　什么叫微处理器？什么叫微型计算机？

1.3　为什么微型计算机要采用二进制？

1.4　十六进制数有什么特点？为什么它不能被微型计算机直接执行？

1.5　将下列各二进制数转换为十进制。

　　(1)11011110B　　　　　(2)01011010B

　　(3)10101011B　　　　　(4)1011111B

1.6　将上题中各二进制数转换为十六进制数。

1.7　将下列各数转换为十六进制数。

　　(1)224D　　　　　　　(2)142D

　　(3)01010011BCD　　　　(4)00111001BCD

1.8　什么叫原码、反码及补码？

1.9　知原码如下，请写出其补码和反码(其最高位为符号位)。

　　(1) $[X]_原 = 0101101$　　　(3) $[X]_原 = 11011011$

　　(2) $[X]_原 = 00111110$　　　(4) $[X]_原 = 11111100$

1.10　当计算机把下列数看成无符号数时，它们相对应的十进制数为多少？若把它们看成是补码，最高位为符号位，那么它们相应的十进制数是多少？

　　(1)10001110　　　　　(2)10110000

　　(3)00010001　　　　　(4)01110101

第 2 章　51 单片机的基本结构和工作原理

【本章要点】 了解单片机的外形、内部结构及功能是应用单片机的基础。本章首先介绍了 51 单片机的经典外形和引脚功能。单片机内部由运算器、控制器、存储器和 I/O 接口这些基本功能部件组成，简要介绍了运算器和控制器，着重讨论了存储器，特别是数据存储器 RAM 的结构和功能，分析了 I/O 接口的逻辑结构和输入/输出功能。还介绍了 51 单片机最基本的应用系统——最小系统的电路组成，讨论了时钟和时序以及复位问题。

2.1　51 单片机的外形、内部结构及功能

2.1.1　51 单片机的外形和引脚功能

51 系列单片机芯片通常采用 DIP - 40 外形封装，即双列直插式封装，有 40 个引脚，如图 2 - 1 - 1 所示；也有采用方形贴片式封装，DIP - 20 等其他封装形式的品种。目前单片机芯片内部的程序存储器普遍采用 Flash ROM，典型产品如 AT89S51 系列单片机。

现将各引脚简单介绍如下：

1. 主电源引脚

V_{CC}：+5V 电源输入端。

V_{SS}：电源接地端。

2. 时钟引脚

XTAL1：片内放大器输入端。

XTAL2：片内放大器输出端。

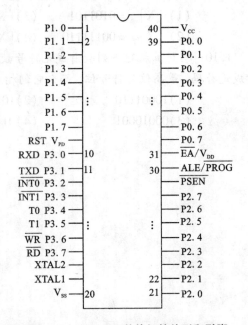

图 2 - 1 - 1　89S51 单片机的外形和引脚

在采用独立时钟方式或外部时钟方式的不同情况下其连接电路有所不同。

3. 专用控制端口

(1)ALE/$\overline{PROG}$，双功能控制端口。

①ALE，地址锁存允许信号输出端。在访问片外程序存储器期间，每个机器周期 ALE 信号出现两次，其下降沿用于锁存 P0 口输出的低 8 位地址。

在不访问片外程序存储器时，该信号也以 1/6 振荡频率稳定出现，因此可用作对外输

出的时钟脉冲。但在有访问片外数据存储器情况时，ALE 脉冲会有跳空，不适合作为时钟输出。

②$\overline{PROG}$，对片内含 EPROM 的芯片，在编程期间，此引脚用作编程脉冲$\overline{PROG}$的输入端。

（2）$\overline{PSEN}$，片外程序存储器读选通信号输出端，$\overline{PSEN}$信号的频率是振荡频率的1/6。在读片外程序存储器期间，每个机器周期该信号两次有效（低电平）。在读片外程序存储器期间若有访问片外数据存储器的操作，则$\overline{PSEN}$信号会有跳空现象。

（3）RST/V_{PD}，双功能控制端口。

①RST 作复位信号输入端。当 RST 输入端保持两个机器周期的高电平时，就可以使单片机完成复位操作。

②V_{PD}第二功能，备用电源输入端。在设有掉电保护的系统中，当主电源 V_{CC}低于规定低电平时，V_{PD}线上的备用电源自动投入，以保持片内 RAM 中信息不丢失。

（4）$\overline{EA}$/V_{DD}：双功能控制端口。

①$\overline{EA}$访问片外程序存储器允许端，当接低电平时，CPU 只访问片外 ROM；当接高电平时，CPU 优先访问片内 ROM，若访问地址大于某一范围时，将自动转去片外 ROM。

②V_{DD}编程电源输入端，当对片内 ROM 写入程序时，由该脚输入编程电源。

4. 输入/输出端口

51 单片机共有 32 个 I/O 引脚，分成 P0、P1、P2、P3 共四组端口。每组端口都有 8 个引脚，用于传送数据、地址或控制信号。四组端口的结构和使用有一定的共性，但为了完成不同的功能，每个端口的结构设计又各有特点，用途有很大的差别。

①P0 口（P0.7 ~ P0.0）：P0 口既可作地址/数据总线使用，又可作为通用的 I/O 口使用。当 CPU 访问片外存储器时，P0 口分时工作，先作地址总线，输出低 8 位地址；后作数据总线，数据可以双向传送。当 P0 口被地址/数据总线占用时，不再作 I/O 口使用。

②P2 口（P2.7 ~ P2.0）：P2 口是一个 8 位准双向 I/O 端口，它既可作为通用 I/O 使用。也可与 P0 口相配合，作为片外存储器的高 8 位地址总线。P2 口作通用 I/O 线或作地址线是比较灵活的。根据系统的配置，既可以全部作地址线，也可以全部作 I/O 口线，还可以部分作地址线，部分作 I/O 口线。

③P1 口（P1.7 ~ P1.0）：P1 口仅作通用准双向 I/O 口使用，主要用于单片机用户系统的控制信号输入/输出。

④P3 口（P3.7 ~ P3.0）：P3 口可以作为准双向 I/O 接口使用，但是，更多时候使用第二功能，P3 口的第二功能详见 2.3.2 节。[①]

2.1.2　51 单片机内部的逻辑结构

51 单片机芯片内部结构非常复杂，但作为单片机的用户，只需要了解其基本逻辑结构和功能就足够了。51 单片机芯片内部集成了微型计算机所需的基本功能部件，它由运算器、控制器、存储器和 I/O 接口等部分组成，如图 2-1-2 所示。

---

① "准"表示近似，但不完全相同的意思。51 单片机的 P0、P1、P2、P3 口用作通用 I/O 口时，可以进行输入/输出双向操作，但是其内部输入、输出电路逻辑结构和输入、输出操作方式均有所不同，故称为准双向 I/O 端口。

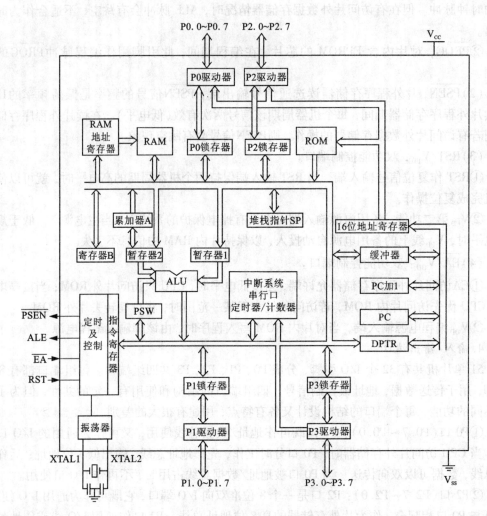

图 2 - 1 - 2   51 单片机内部的逻辑结构

下面简单介绍运算器和控制器。

1. 运算器 ALU

运算器 ALU 由一个加法器、两个 8 位暂存器(TMP1 与 TMP2)、8 位的累加器 A、寄存器 B 和程序状态寄存器 PSW 和一个布尔处理器组成。运算器 ALU 可以对 8 位数据进行算术运算和逻辑运算,并且能够完成数据传送、移位、判断和程序转移等操作。利用布尔处理器能够对位数据进行传送、逻辑运算、判断和程序转移等操作。具有较强的位信号处理能力是 51 系列单片机的重要特色。

(1)累加器 A(Accumulator)

累加器 A,有时写成 ACC,是一个 8 位寄存器,通过暂存器与 ALU 相连。在 CPU 中,累加器 A 是工作最频繁的寄存器。在进行算术和逻辑运算时,通常用累加器 A 存放两个操作数中的一个,而 ALU 的运算结果又存放在累加器 A 中。

(2)寄存器 B

寄存器 B 也是一个 8 位寄存器。一般用于乘、除法指令,它与累加器配合使用。运算前,寄存器 B 中存放乘数或除数,在乘法或除法完成后用于存放乘积的高 8 位或除法的余数。寄存器 B 还有许多类似于累加器 A 的功能。

(3)程序状态寄存器 PSW(Program Status Word)

PSW 是一个 8 位寄存器,它的各位用来存放指令执行后的某些状态信息,作为程序查询或判别的条件。PSW 中各位状态(除 RS1、RS0 外)通常是在指令执行过程中自动形成的,也可以由用户根据需要用指令设置,PSW 中各位的意义将在 2.2.4 中详细讨论。51 单片机中起控制作用的寄存器常称为"字",PSW 直译就是程序状态字,后面还会介绍一些"字"。

2. 控制器

控制器是用来控制计算机工作的部件,它包括程序计数器 PC、指令寄存器 IR、指令译码器 ID、堆栈指针 SP、数据指针 DPTR、时钟发生器和定时控制逻辑等。

(1)程序计数器 PC(Program Counter)

程序计数器 PC 是一个 16 位的专用寄存器,PC 中存放的内容是:CPU 将要执行的下一条指令的地址,每读取指令的一个字节,PC 的内容自动加 1,故称为程序计数器。

(2)指令寄存器 IR 和指令译码器 ID 的功能

从程序存储器取出的指令先存放在指令寄存器 IR 中,再送指令译码器 ID 译码,然后通过控制电路产生相应的控制信号,控制 CPU 内部及外部有关部件进行协调动作,完成指令所规定的各种操作。

(3)堆栈指针 SP(stack pointer)

在计算机中处理子程序调用和中断操作等问题时,通常需要保存返回地址和保护现场信息。在 51 单片机中,是在片内 RAM 中开辟一个专用区域,称为"堆栈",来保存返回地址和保护现场信息。堆栈区域的位置就由堆栈指针 SP 指定。

(4)数据指针 DPTR(Data Pointer)

数据指针 DPTR 是一个 16 位的地址寄存器,专门用来存放 16 位地址指针,作为间接寻址寄存器使用。它可以对 64K 字节范围内的 ROM 或 RAM 的任一存储单元寻址。DPTR 还可以分成两个独立的寄存器 DPH 和 DPL 进行操作,DPH 为高 8 位,DPL 为低 8 位。

51 单片机中的逻辑部件可以分成两大部分,一部分与外部的电路连接有关,或与指令的操作直接相关,但是另一部分(运算器和部分控制器件)主要起内部操作控制作用,是后台的核心部件,我们概括地用

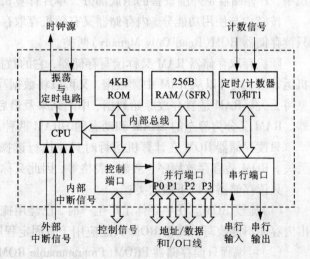

图 2 - 1 - 3　51 单片机的简化结构框图

CPU 表示,从而可以得到简化的 51 单片机结构框图。如图 2 - 1 - 3 所示,51 单片机内部除 CPU 以外,还有 ROM、RAM、并行口、定时/计数器、串行口和中断系统等组成部分,各部

分之间通过内部总线相连接。本章将详细分析这些部分的结构和功能。

2.2 51 单片机的存储器

存储器是计算机的重要组成部分，用于存储计算机赖以运行的程序和计算机处理的对象——数据。

存储器有两个主要技术指标：存储容量和存取速度。存储容量是半导体存储器存储信息量大小的指标。半导体存储器的容量越大，存放程序和数据的能力就越强。存储器的存取速度对计算机的运行速度有很大影响。

存储器的功耗和存储器对电磁场、温度和湿度等的抗干扰能力也是重要的指标。

2.2.1 计算机存储器

1. 计算机存储器的分类

如图 2 - 2 - 1 所示，内存储器由集成电路芯片所组成，用来存放当前运行所需要的程序与数据。内存储器工作速度快，可以直接与 CPU 交换数据、参与运算。内存储器的容量一般较小。

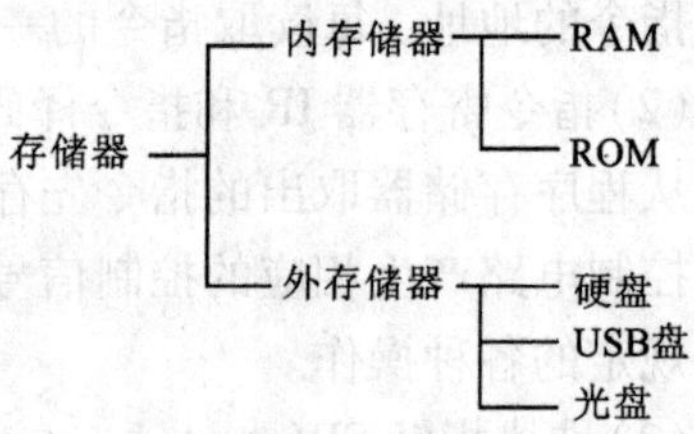

除了内存储器外，计算机还将硬磁盘、USB 盘和光盘等作为存储器，它们通常称为外存储器。外存的容量很大，但外存的工作速度低，它们不能直接参与计算机的运算，一般情况下外存只与内存成批交换信息。也就是说，外存储器仅起到扩大计算机存储容量的作用。在计算机中，外存储器是外围设备的组成部分。单片计算机系统一般仅使用内存储器。

图 2 - 2 - 1 计算机存储器的分类示意图

按结构与使用功能分，内存储器又有随机存取存储器 RAM(Random Access Memory) 和只读存储器 ROM(Read Only Memory) 两类。

随机存取存储器 RAM 又称读写存储器，它的数据读取、存入时间都很短，因此，计算机运行时，既可以从 RAM 中读数据，又可以将数据写入 RAM。但掉电后 RAM 中存放的信息将丢失。RAM 适宜存放原始数据、中间结果及最后的运算结果，因此又被称作数据存储器。RAM 又分为静态的 SRAM 和动态的 DRAM 两种。单片机中使用 SRAM。

只读存储器 ROM 在计算机运行时只能执行读操作。掉电后 ROM 中存放的数据不会丢失。ROM 适宜存放程序、常数、表格等，因此又称为程序存储器。

只读存储器有以下四大类：

(1)掩模 ROM。在半导体工厂生产时，已经用掩模技术将程序写入芯片，用户只能读出内容而不能改写。掩模 ROM 只能应用于有固定程序且批量很大的产品中。

(2)可编程只读存储器 PROM(Programmable ROM)。用户可将程序写入 PROM，但程序一经写入就不能改写。

(3)可擦除可编程只读存储器 EPROM(Erasable PROM)。用户可将程序写入 EPROM 芯片，在计算机运行时只能执行读操作。要编写程序时，先用紫外线灯照射，擦去原先的程序，然后用编程器写入新程序。可以重复擦写，操作比较麻烦，已经弃用。

(4)电擦除可编程只读存储器 EEPROM(Electrically Erasable PROM)。EEPROM 有时写成 E²PROM 或 E2PROM，与 EPROM 一样，具有重复擦写功能，但是采用电擦除方式，可以用编程器一次完成擦写操作，有的还能在应用系统中在线改写，非常方便。近年来发展较快，已经取代了 EPROM。

2. **非易失性存储器**

根据断电后数据的保存特性，存储器又可以分为易失性和非易失性两类。RAM 是易失性的存储器，断电后保存的数据消失。ROM 是非易失性的存储器，断电后保存的数据不变。

一般而言，所有由 ROM 技术研发出的存储器都具有写入信息困难的特点。这些技术包括 EPROM(已经基本弃用)和 EEPROM 等。这些存储器写入速度慢，只能有限次的擦写，而且写入时功耗大。随着半导体存储技术的发展，新的可现场改写信息的非易失性存储器逐渐被广泛采用，且发展速度很快。主要有快擦写 Flash 存储器，新型非易失静态存储器 NVSRAM 和铁电存储器 FRAM。这些存储器的共同特点是：从原理上看，它们属于 ROM 型存储器，但是从功能上看，它们又可以随时改写信息，因而作用又相当于 RAM。新型的非易失性存储器在这两类存储器之间搭起了一座跨越沟壑的桥梁。因此，ROM、RAM 的定义划分似乎正在逐渐失去意义。

(1) FLASH 存储器

FLASH 存储器是在 EPROM 和 E²PROM 的基础上产生的一种非易失性存储器。其集成度高，制造成本低，既具有 SRAM 的读写灵活性和较快的访问速度，又具有 ROM 在断电后不丢失信息的特点，所以发展迅速。FLASH 存储器的擦写次数是有限的，一般在万次以上，多者可达 100 万次以上。目前，内部带有 FLASH 存储器的单片机占据了主流地位。FLASH 存储器构成的 USB 盘，几乎完全替代了传统的软磁盘或者直接当硬盘使用。

(2) 新型非易失性存储器

目前比较成熟的，新型非易失性存储器主要有铁电存储器 FRAM 和 NVRAM 两种。

① FRAM 是由美国 RAMTRON 公司研制的新型存储器，它的核心技术是铁电晶体材料。铁电存储技术最早在 1921 年提出，直到 1993 年成功制造出第一个 4KB 的铁电存储器 FRAM 产品，2001 年采用 0.35μm 工艺，生产了"单管单容"(1T1C)存储单元的 FRAM，使 FRAM 产品成本更低，而且容量更大。FRAM 保持数据不需要电压，读写速度快，能够像 RAM 一样操作；读写功耗极低，不存在如 E²PROM 的最大写入次数的问题；但受铁电晶体特性制约，FRAM 有最大访问(读)次数的限制，超出限度 FRAM 就不再具有非易失性(RAMTRON 给出的最大访问次数是 100 亿次)。

从芯片集成度、读写速度、价格及使用方便等方面来看，FRAM 并不能完全取代 RAM。

现在最常用的程序存储器是 Flash，它使用十分方便而且越来越便宜，没有访问次数的限制。而使用 FRAM 会受访问次数的限制，因此 FRAM 也不能完全取代 Flash ROM。

目前 FRAM 在中国市场的典型应用包括：各种 IC 卡、汽车电子(如里程表、CD/DVD 播放器、气囊)、电梯、数控机床等。

② NVSRAM(Non - volatile SRAM 非易失性静态 RAM)。NVSRAM 的结构是在 SRAM 阵列的背后再用 EEPROM 复制一个相同的阵列。在电路中 NVSRAM 需要外接一个电容，通常的操作在 SRAM 中进行，存储器能够检测集成电路供电的中断或消失，并利用存储在电容内的能量来执行一次快速的阵列写入操作(不到 13ms)将每一个 SRAM 位存入到非易

失部分。NVSRAM 中的数据可以保存长达 100 年，允许进行无限次的读取/写入，读写速度最快可以达到 15ns。

生产 NVSRAM 的厂商有德国 ZMD 公司、美国 TI 公司和 Cypress 公司等。其中 Cypress 公司目前生产从 16Kbit 到 8Mbit 的 NVSRAM 产品系列。NVSRAM 的外部接口与 SRAM 相同，时序标准也与 SRAM 完全相同。

NVSRAM 主要用于掉电时保存不能丢失的重要数据，应用领域广泛。例如银行打印机，NVSRAM 可以存储账号和交易信息，当突然停电时，NVSRAM 可以对已经完成的交易、但还没来得及打印到存折或清单上的数据进行存储，等系统重新上电时打印机不会把这次交易信息丢失，可以直接打印。

③FRAM 与 NVSRAM 的比较。FRAM 的主要优势在于它具有较小的封装尺寸。FRAM 与 SRAM 相比，相同容量下它的裸片面积仅是 SRAM 的六分之一，比 NVSRAM 当然更小些。NVSRAM 的特点是读写速度较快(15ns)，FRAM 的读写时间是 100~150ns。

3. 几个与存储器有关的概念

(1) 位(bit)。位是用来表达一个二进制信息的最基本单位。在存储器中，一位信息："1"或"0"的存储是由具有记忆功能的半导体电路(如触发器)实现的。

(2) 字节(Byte)。字节是计算机处理或存储数据的最常用基本单位，一个字节由一定位数的二进制代码组成，常简写成 B。

(3) 字长。一般将计算机中一个字节的二进制代码的长度称为字长。

计算机的字长越长，它能代表的数值就越大，能表示的数值的有效位数也越多，计算的精度就越高，它能处理的信息也越复杂。字长是衡量计算机性能的一个重要指标。

但是，字节位数越多，用来表示二进制代码的逻辑电路也越多，使得计算机的结构变得庞大，电路变得复杂，造价也越昂贵。用户通常要根据不同的任务选择不同字长的计算机。单片微型计算机使用的字长以 8 位的为主，也有 4 位、16 位和 32 位的。

(4) 容量。存储器的容量是指在一块芯片中所能存储的信息位数。例如：2832 E^2PROM 芯片的容量为 32768 bit。存储器的容量，更多的是用字节数表示，如 2832 的存储容量可写成 4K×8bit，通常表示为 4K Byte。

(5) 存储单元及其地址。一位信息占用 1 个位存储单元，而一个字节所占用的存储空间称为一个存储单元，也称字节单元。4K 字节的存储器就有 4K 存储单元。微型计算机存取信息，一般是以字节为单位，存取信息首先就是要寻找信息字节的存储单元，为了准确无误地存放和取用数据，每个存储单元都有一个地址，用地址码标识其所处的物理空间位置。微型计算机的地址码当然仍是二进制数，地址码的有效位数，可以根据存储容量的大小而定。换句话说，地址码的位数也可以反映计算机的寻址范围。51 单片机最多可以使用 16 位二进制的地址码，所能访问的最大地址空间为 64K 字节。

2.2.2 存储器的逻辑结构和操作

存储器由存储体、地址寄存器、地址译码器、存储器输入/输出控制电路等部分组成，图 2 - 2 - 2 是存储器芯片的结构框图。

存储体也称为存储矩阵，由许多存储单元组成。图中的存储体由 4096 个单元组成，即该芯片的容量是 4K 字节单元。存储单元的每一位用来存放 1 位二进制代码，8 位微机的

每个存储单元存放 8 位二进制代码。每个
存储单元都有相应的地址，4KB 容量的存
储器单元地址从 000H 至 FFFH。对存储体
中一个单元读出信息或写入信息必须按地
址进行。外部地址线 $A_0 \sim A_{11}$ 送来的地址
码存入地址寄存器，并经地址译码器译码，
从而选中一个单元进行读或写的操作。
（地址线的根数应与地址的二进制位数一
致，$2^{12} = 4096$。）

　　存储器输入/输出控制电路接收来自
CPU 的读信号和写信号。读信号有效时，控
制电路控制存储器进行读操作。读操作的过
程是：先根据地址线上的地址选中相应的单
元，然后将该单元的内容送到外部数据线
$I/O_0 \sim I/O_7$ 上。写信号有效时，控制电路将
数据线上的 8 位数据写入所选中的单元
中去。

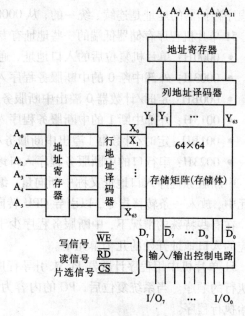

图 2 - 2 - 2　4KB 存储器的结构框图

2.2.3　51 单片机的程序存储器 ROM

　　MCS - 51 系列的 80C5l 在芯片内部有 4 KB 的掩模 ROM，87C51 在芯片内部有 4 KB 的
EPROM。而 Atmel 的 89S51 有 4 KB 的 Flash PROM，因此 4KROM 是 51 芯片的常规配置。
51 单片机的程序存储器配置如图2 - 2 - 3所示。

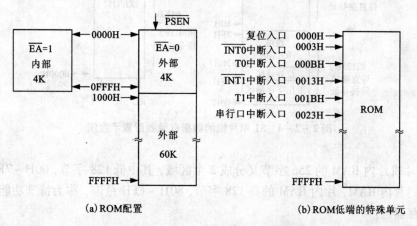

（a）ROM配置　　　　　　　　　　（b）ROM低端的特殊单元

图 2 - 2 - 3　51 单片机的程序存储器配置

　　注：因为书写习惯，程序的指令是从上到下，逐条编写的；指令存放到 ROM 中，一般的地址顺序是由低到高；所
以，ROM 的低地址习惯于放在上面，而高地址放在下面。

　　51 单片机的EA引脚为访问内部或外部程序存储器的选择端。接高电平时，CPU 将首
先访问内部存储器，当指令地址超过 0FFFH 时，自动转向片外 ROM 去取指令。内部和外

部程序存储器的地址是连续、统一的，从 0000H 开始编址，最大地址是 FFFFH。

51 单片机程序存储器低端的一些地址有专门的用途，被固定用作特定程序的入口地址：

- 0000H：单片机复位后的入口地址，通常作为主程序的入口地址。
- 0003H：外部中断 0 的中断服务程序入口地址；
- 000BH：定时/计数器 0 溢出中断服务程序入口地址；
- 0013H：外部中断 1 的中断服务程序入口地址；
- 001BH：定时/计数器 1 溢出中断服务程序入口地址；
- 0023H：串行口的中断服务程序入口地址。

中断服务程序入口地址又称中断向量，编程时，通常在这些入口地址开始的 2 或 3 个单元中，放入一条转移指令，以引导 CPU 转向相应的程序段，读取和执行指令。

在有些特殊的情况下，中断服务程序少于 8 Byte 时，也可以将中断服务程序直接放在相应的入口地址开始的几个单元中。

51 单片机中用程序计数器 PC 来引导程序的执行顺序，改变 PC 的内容就可以改变程序执行的顺序。当系统复位后，PC 的内容为 0000H，所以 CPU 总是从这一初始入口地址开始执行程序。

2.2.4　51 单片机的数据存储器

1. 51 单片机的数据存储器配置

51 单片机的数据存储器，分为片外 RAM 和片内 RAM 两大部分，如图 2 - 2 - 4 所示。

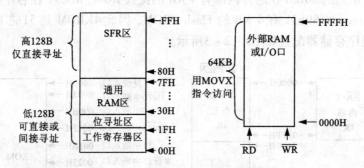

图 2 - 2 - 4　51 单片机的数据存储器配置示意图

51 单片机片内 RAM 的 256 字节又分成 2 个区域，其中低 128 字节，00H ~ 7FH 范围是实际可用的片内 RAM，片内 RAM 的高 128 字节，80H ~ FFH 范围，称为特殊功能寄存器区或专用寄存器区。

片内 RAM 容量不够用时，可以扩展片外 RAM，片外 RAM 的地址空间为 64KB，地址范围是 0000H ~ FFFFH。与程序存储器地址空间不同的是，片外 RAM 地址空间与片内 RAM 地址空间在地址的低端 0000H ~ 007FH 是重叠的，在访问时，采用不同的指令形式加以区别。访问片外 RAM 时采用专门的 MOVX 指令实现，这时读引脚 $\overline{RD}$ 或写引脚 $\overline{WR}$ 信号有效，而访问片内 RAM 使用 MOV 指令，无引脚读写信号产生。此外，片外 RAM 与片内 RAM 不同，它不能进行堆栈操作。

在 51 单片机中, 尽管片内 RAM 的容量不大, 但它的功能多, 使用灵活, 给单片机应用系统设计提供了多样化的选择, 在运用时需要考虑优化。

2. 51 单片机片内 RAM 的结构和功能

51 单片机的片内 RAM 分成工作寄存器区、位寻址区和数据缓冲区三部分(见表 2 - 2 - 1)。

表 2 - 2 - 1　51 单片机片内 RAM 的结构和功能分区

分区	位		D_7	D_6	D_5	D_4	D_3	D_2	D_1	D_0
数据缓冲区	7FH									
	⋮					⋮				
	31H									
	30H									
位寻址区	2FH		7F	7E	7D	7C	7B	7A	79	78
	2EH		77	76	75	74	73	72	71	70
	2DH		6F	6E	6D	6C	6B	6A	69	68
	2CH		67	66	65	64	63	62	61	60
	2BC		5F	5E	5D	5C	5B	5A	59	58
	2AH		57	56	55	54	53	52	51	50
	29H		4F	4E	4D	4C	4B	4A	49	48
	28H		47	46	45	44	43	42	41	40
	27H		3F	3E	3D	3C	3B	3A	39	38
	26H		37	36	35	34	33	32	31	30
	25H		2F	2E	2D	2C	2B	2A	29	28
	24H		27	26	25	24	23	22	21	20
	23H		1F	1E	1D	1C	1B	1A	19	18
	22H		17	16	15	14	13	12	11	10
	21H		0F	0E	0D	0C	0B	0A	09	08
	20H		07	06	05	04	03	02	01	00
工作寄存器区	RS1, RS0 = 11 3 组	1FH	R7							
		⋮	⋮							
		18H	R0							
	RS1, RS0 = 10 2 组	17H	R7							
		⋮	⋮							
		10H	R0							
	RS1, RS0 = 01 1 组	0FH	R7							
		⋮	⋮							
		08H	R0							
	RS1, RS0 = 00 0 组	07H	R7							
		⋮	⋮							
		00H	R0							

（1）工作寄存器区

片内 RAM 低端的 00H ~ 1FH 共 32 个单元，分成 4 个工作寄存器组，每组占 8 个单元。

- 工作寄存器 0 组：地址 00H ~ 07H；
- 工作寄存器 1 组：地址 08H ~ 0FH；
- 工作寄存器 2 组：地址 10H ~ 17H；
- 工作寄存器 3 组：地址 18H ~ 1FH。

每个工作寄存器组都有 8 个寄存器，分别称为：R0，R1，…，R7。程序运行时，只能有一个工作寄存器组作为当前工作寄存器组，复位后，系统默认寄存器 0 组为当前工作寄存器组，需要时，可以用指令改变当前工作寄存器组。

（2）位寻址区

片内 RAM 低端的 20H ~ 2FH 单元是位寻址区。该区的每一存储位都有位地址，既可以按字节寻址，也可以按位寻址，以位为单位进行编程操作。这样的安排使 51 单片机具有很强的控制功能。

（3）数据缓冲区

片内 RAM 的 30H ~ 7FH 单元是数据缓冲区，或称通用 RAM 区，共有 80 个单元，用于存放用户数据。数据缓冲区只能以字节为单位执行操作。

51 单片机的堆栈也设置在数据缓冲区中。堆栈的具体位置没有固定，而是由堆栈指针寄存器 SP 指定。

工作寄存器区、位寻址区和数据缓冲区，这三个区统一编址，既有自己独特的功能，又可统一调度使用。所以，前两区未用到的单元也可用作一般的用户 RAM 单元，使用与通用 RAM 区一样的指令访问。这样可以充分利用 51 单片机容量较小的片内 RAM。

3. 特殊功能寄存器 SFR（Special Function Register）

特殊功能寄存器区（或称专用寄存器区）中离散地布置了 18 个专用寄存器。其中，DPTR、T0 和 T1，3 个专用寄存器由两个字节组成。所以，专用寄存器共占用 21 个字节。各专用寄存器的名称、符号、字节地址和位地址如表 2 - 2 - 2 所示。

除表中所列的 21 个寄存器之外，SFR 的其余单元是预留的，不能访问和使用。

21 个寄存器中标有位地址的单元有 11 个（在其英文缩写名处标有 * 号），它们可以字节寻址，也可以位寻址；其中许多位既有地址码，又有位名称，使用很方便。其余的寄存器单元仅以字节寻址。

21 个专用寄存器按功能可以分成六大类：

①A 累加器和 B 寄存器，它们在数据传送和数据运算中担负着重要的中间作用。

②PSW，用于设置当前工作寄存器组、提供位累加器、跟踪程序执行后的状态，并建立有关标志等。

③P0、P1、P2、P3 并行 I/O 端口寄存器，对这些寄存器的读写，可实现从相应 I/O 端口的输入/输出操作；SBUF 是串行口的输入/输出数据缓冲器。

④SP、DPTR 作为地址指针寄存器。

⑤IP、IE、SCON、TMOD、TCON、PCON 用来设置片内的定时/计数器、串行口和中断电路的运行方式，记录电路的运行状态等。

表2-2-2　51单片机的特殊功能寄存器

位地址								字节地址	SFR	寄存器名
D_7	D_6	D_5	D_4	D_3	D_2	D_1	D_0			
P0.7	P0.6	P0.5	P0.4	P0.3	P0.2	P0.1	P0.0	80	P0*	P0端口
87	86	85	84	83	82	81	80			
								81	SP	堆栈指针
								82	DPL	数据指针
								83	DPH	
SMOD								87	PCON	电源控制
TF1	TR1	TF0	TR0	IE1	IT1	IE0	IT0	88	TCON*	定时器控制
8F	8E	8D	8C	8B	8A	89	88			
GATE	C/T	M1	M0	GATE	C/T	M1	M0	89	TMOD	定时器模式
								8A	TL0	T0低字节
								8B	TL1	T1低字节
								8C	TH0	T0高字节
								8D	TH1	T1高字节
P1.7	P1.6	P1.5	P1.4	P1.3	P1.2	P1.1	P1.0	90	P1*	P1端口
97	96	95	94	93	92	91	90			
SM0	SM1	SM2	REN	TB8	RB8	TI	RI	98	SCON*	串行口控制
9F	9E	9D	9C	9B	9A	99	98			
								99	SBUF	串行口数据
P2.7	P2.6	P2.5	P2.4	P2.3	P2.2	P2.1	P2.0	A0	P2*	P2端口
A7	A6	A5	A4	A3	A2	A1	A0			
EA			ES	ET1	EX1	ET0	EX0	A8	IE*	中断允许
AF	—		AC	AB	AA	A9	A8			
P3.7	P3.6	P3.5	P3.4	P3.3	P3.2	P3.1	P3.0	B0	P3*	P3端口
B7	B6	B5	B4	B3	B2	B1	B0			
			PS	PT1	PX1	PT0	PX0	B8	IP*	中断优先权
			BC	BB	BA	B9	B8			
CY	AC	F0	RS1	RS0	OV	—	P	D0	PSW*	程序状态字
D7	D6	D5	D4	D3	D2	D1	D0			
E7	E6	E5	E4	E3	E2	E1	E0	E0	A*	A累加器
F7	F6	F5	F4	F3	F2	F1	F0	F0	B*	B寄存器

注：带 * 号的寄存器字节有位地址，可以位操作。

⑥T0(TH0 + TL0)，T1(TH1 + TL1)是 2 个 16 位加法定时/计数器，主要用于定时或记录信号脉冲数。

下面讨论程序状态字 PSW、堆栈指针 SP 和 16 位地址指针 DPTR，其余的专用寄存器会在相关章节介绍。

(1)程序状态字 PSW(字节地址：D0H)

程序状态字 PSW 主要起标志寄存器的作用，它的各位保存了许多程序执行后的状态信息，可供 CPU 硬件或软件查询使用。PSW 的 8 位意义如下：

CY	AC	F0	RS1	RS0	OV	—	P

CY(PSW.7)：进/借位标志位，CY 也常写作 C。在执行加法(或减法)运算指令时，如果运算中最高位向前有进位(或借位)，则 CY 位由硬件自动置 1；否则 CY 清 0。CY 也是进行位操作时的位累加器。

AC(PSW.6)：辅助进/借位标志，也称半进位标志。当执行加法(或减法)操作时，如果运算中（和或差）的低半字节(位 3)向高半字节有进位(或借位)，则 AC 位将被硬件置 1，否则 AC 被清 0。

F0(PSW.5)：用户标志位。供用户根据自己的需要对 F0 位定义，以作为软件标志，需用指令置位或复位。

RS1 和 RS0(PSW.4 和 PSW.3)：工作寄存器组选择控制位。这两位的值可以决定选择哪组工作寄存器为当前工作寄存器组。上电复位后，RS1、RS0 = 0、0；CPU 自动选择第 0 组为当前工作寄存器组。用户用指令可以改变 RS1 和 RS0 的值，以切换当前的工作寄存器组，其关系见表 2 - 2 - 1 所示。

切换当前工作寄存器组，可用字节操作，也可用位操作指令改变 RS1 和 RS0 的状态。

例 2.1　① 指令：MOV PSW, #10H；执行后，选择第 2 组为当前工作寄存器组。

　　　　　② CLR RS1 ；使 RS1 = 0

　　　　　　 SETB RS0；使 RS0 = 1

2 条指令执行后，选择第 1 组为当前工作寄存器组。

OV(PSW.2)：溢出标志位。运算时累加器中内容有溢出，OV 位自动置 1；无溢出时，OV = 0。

51 单片机的数据运算通常使用补码，运算结果放回累加器 A。OV = 1 反映 A 中的数据已超出了以补码形式表示的，一个 8 位有符号数的范围(- 128 ~ + 127)。

在做加法时，最高、次高二位之一有进位，或做减法时，最高、次高二位之一有借位时 OV 将被置位。如果用 C7 和 C6 分别表示最高和次高二位的进/借位，则有 OV = C7 ⊕ C6。

执行乘法指令 MUL AB 也会影响 OV 标志：积 > 255 时 OV = 1，否则 OV = 0。(OV = 0 时，只需要从 A 中取积。)

执行除法指令 DIV AB 也会影响 OV 标志：如 B 中所放除数为 0，OV = 1，否则 OV = 0。

PSW.1：保留位，51 单片机未用，52 子系列单片机有用。

P(PSW.0)：奇偶标志。P 标志跟踪 A 中 1 的奇偶个数，奇为 1，偶为 0。此标志常用于串行通信，通过奇偶校验可以检验数据传输的可靠性。

例 2.2　试分析执行以下 2 条指令后，A、C、AC、OV、P 的内容是什么？

　　　　MOV A, #4FH；　立即数 4FH 进入 A

　　　　ADD A, #57H；　使 57H 与 A 中的 4FH 相加

指令的执行可用以下算式表示：

$$
\begin{array}{r}
A = 0100\ 1111\ (4FH) \\
+\quad 0101\ 0111\ (57H) \\
\hline
A = 1010\ 0110\ (A6H)
\end{array}
$$

执行第 1 条指令后：A = 0100 1111B，P = 1，执行第 2 条指令后：A = A6H、C = 0、AC = 1，最高位无进位，次高位有进位；OV = 1，和大于 128；P = 0。

（2）堆栈指针 SP（字节地址：81H）

堆栈的概念："栈"是存放物资的仓库，如货栈等。在微处理器中设有堆栈，堆栈的主要作用是在处理子程序调用和中断操作等问题时，保存返回地址和保护现场信息。51 单片机中的堆栈是片内 RAM 中的一部分区域，位置不固定，而利用堆栈指针寄存器 SP 指定其位置。如图 2 - 2 - 5 所示，SP 中的内容就是堆栈指针的指向，也就是堆栈区的地址。51 单片机的堆栈区，以堆栈指针 SP 的初值为界，向地址高的方向伸展。数据出入堆栈遵循"后进先出"的原则。入栈时，堆栈指针 SP 先加 1，然后数据压入 SP 指向的单元；出栈时，数据先从 SP 指向的单元弹出，堆栈指针 SP 再减 1。

SP 的复位初值 = 07H，表示 51 单片机默认的堆栈区从片内 RAM 的 07H 单元开始，入栈数据从 08H 单元开始存放。由表 2 - 2 - 1 可见，片内 RAM 的 08H 单元是工作寄存器 1 组的 R0 寄存器，一般的情况下，这是不合适的。因此，在实际的初始化程序中，要安排指令调整 SP 的初值。

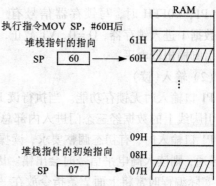

图 2 - 2 - 5　堆栈与堆栈指针

例 2.3　执行指令 MOV SP，#60H；（将数 60H 写入 SP）后，堆栈指针转向片内 RAM 的 60H 单元，堆栈区就从片内 RAM 的 60H 单元开始了。

（3）16 位地址指针 DPTR

16 位地址指针 DPTR 由两个 8 位的寄存器 DPH 和 DPL 组成，DPH 是高 8 位，DPL 是低 8 位。可以向 DPTR 传送 16 位数据，也可以对 DPH 和 DPL 分别进行操作。DPTR 作为 16 位地址指针，用于间接寻址和变址寻址，可以访问 64KB 地址范围。

2.3　并行输入输出接口的结构和功能

51 单片机有 4 个 8 位双向并行 I/O 端口：P0，P1，P2，P3。端口映射于特殊功能寄存器中，每个端口都有字节地址，可以输入/输出字节数据，即并行操作；每个端口也有位地址，其各条 I/O 线也可单独地使用；对相应地址单元执行读写指令，就实现了从相应端口的输入/输出操作。4 个并行端口 P0，P1，P2 和 P3 还具有各自不同的结构特点和功能。

2.3.1　P1 口，准双向通用 I/O 口

1. P1 口的结构

P1 口 1 位的结构如图 2 - 3 - 1 所示（i = 0 ~ 7，P1.i 表示 P1 口的任一位）。电路由锁存器、2 个三态输入缓冲器、场效应管和上拉电阻等组成，电路整体映射成 1 个寄存器位，由 8 个这样的电路映射出 P1 口专用寄存器。对 P1 口寄存器执行读写操作时，就可以从引

脚上输入/输出信号。后续的 P3、P0 和 P2 口与其专用寄存器的映射关系与 P1 口相同。

2. P1 口的功能

51 单片机的 P1 口主要作通用输入输出接口使用，其工作有输出、输入和端口操作 3 种工作方式。

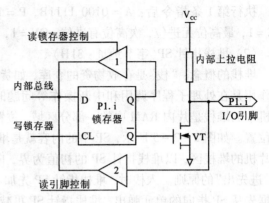

图 2-3-1　P1 口 1 位结构图

（1）输出（写）

P1 口输出时有锁存功能，仅输出内部总线的信号。例如，当执行指令：MOV P1，#0FFH 时，写锁存器信号有效，数据 1 进入锁存器，$\overline{Q}=0$，VT 截止，引脚输出高电平；而当数据为 0 时，$\overline{Q}=1$，VT 导通，引脚输出低电平。

（2）输入（读）

P1 口输入时无锁存功能。当执行读 P1 端口的指令，如 MOV A，P1 时，读引脚信号有效，引脚线上的数据经三态门进入内部总线，送至 A。

P1 口输入时，有初态调整要求，读操作时，VT 必须截止。如果原先锁存器的状态使 VT 导通，则读入高电平信号时会出错。因此，P1 口必须先写"1"，后读。

实际编程时常将上面 2 条指令放在一起，先后执行：

　　　　MOV　P1，#0FFH　　　;P1 口写"1"
　　　　MOV　A，P1　　　　　;读 P1 口

复位后：P1.i = 1，VT 截止，此时可以直接执行读操作。

（3）读—修改—写

分析指令 ANL P1，#data 的执行过程：第一步：将 P1 口当前的状态读入 CPU，第二步：将 8 位数据#data 与 P1 口内容相与，第三步：结果送回 P1 口。

P1 口执行这类指令时的操作特点是，从端口输入（读）信号，在单片机内执行运算（修改）后，再输出（写），即：读—修改—写。执行读—修改—写操作的指令还举几个例子：

ORL　P1，#data　;8 位数据与 P1 的内容相或，结果送回 P1 口

XRL　P1，A　　　; P1 $\oplus$ A→P1，A 累加器的内容与 P1 的内容相异或，结果送回 P1 口

INC　P1　　　　; P1 + 1→P1

DEC　P1　　　　; P1 − 1→P1

在执行读—修改—写指令时，也有可能出错的问题。例如，当从内部总线输出低电平后，锁存器 Q = 0，$\overline{Q}=1$，VT 开通，端口线呈低电平状态。此时无论端口线上外接的信号是低电平还是高电平，从引脚读入单片机的信号都是低电平，因而不能正确地读入端口引脚上的信号。又如，当从内部总线输出高电平后，锁存器 Q = 1，$\overline{Q}=0$，VT 截止。如外接引脚信号为低电平，从引脚上读入的信号就与从锁存器读入的信号不同。

因此，51 单片机 P1 端口在执行读—修改—写方式的指令时，读引脚信号无效，而读锁存器信号有效，CPU 自动选择从锁存器读入原来的输出状态。其他的 P0、P2、P3 口，读引脚信号和读锁存器信号的控制方式与 P1 口相同。

2.3.2   P3 口，具备第二功能的准双向通用 I/O 口

1. P3 口一位的结构

P3 口与 P1 口相比较增加了第二功能输入输出端。输入有两路，加入或门 4 作缓冲器。锁存器输出改成 Q 端，用非与门 3 控制输出功能的变换。

2. P3 口的功能

(1) P3 口用作 I/O 接口时，工作方式与 P1 口相同。(仅需第二功能输出保持为高电平,第二功能输入保持为高阻状态)

(2) P3 口用作第二功能

P3 口作第二功能的输入/输出信号见表 2-3-2。执行第二功能时，锁存器的 Q 端必须置为高电平。复位后，Q 端为高电平。Q 端为高电平有两个作用：

① 第二功能输出时，开通与门 3。

② 第二功能输入时，协助将 VT 截止。在应用中，如没有设定 P3 端口各位的第二功能($\overline{WR}$、$\overline{RD}$端不用设置)，则 P3 端口自动处于第一功能状态，也就是通用 I/O 端口的工作状态。如果根据应用的需要，把某些位设置为第二功能，而另外的位处于第一功能状态，则 P3 口的操作应采用位操作指令，而不适合执行字节操作指令。第二功能的详细内容将在相关章节讨论。

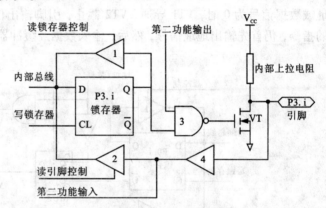

图 2-3-2   P3 口一位结构

表 2-3-1   P3 口的第二功能

引脚		第二功能
P3.0	RXD	（串行输入口）
P3.1	TXD	（串行输出口）
P3.2	$\overline{INT0}$	（外部中断 0 请求输入端）
P3.3	$\overline{INT1}$	（外部中断 1 请求输入端）
P3.4	T0	（定时/计数器 0 计数脉冲输入端）
P3.5	T1	（定时/计数器 1 计数脉冲输入端）
P3.6	$\overline{WR}$	（片外数据存储器写选通信号输出端）
P3.7	$\overline{RD}$	（片外数据存储器读选通信号输出端）

2.3.3   P0 口，地址数据分时复用总线和通用 I/O 口

1. P0 口的结构

P0 口与 P1 口相比较增加了与门 3、倒相器 4 和模拟开关 MUX，构成输出控制电路；

输出驱动由 VT1、VT2 共同执行。图 2 - 3 - 3 是 P0 口 1 位的结构原理图。

2. P0 口的功能

P0 口主要作地址/数据分时复用总线，也可作通用 I/O 接口。

（1）P0 口作通用 I/O 接口

P0 口作为准双向通用 I/O 接口使用时，模拟开关的控制信号为 0，开关接下面，同时使 VT2 截止。P0 口作为准双向通用 I/O 接口使用时应考虑外加上拉电阻。原因是：①输入操作时 VT1、VT2 皆截止，P0.i 引脚处在悬浮状态，如果输入由 OC 或 OD 电路驱动，应外加提升电阻。②输出操作时由于 VT2 截止，如果负载是 MOS 电路，应当外加上拉电阻。

（2）P0 口作地址/数据分时复用总线

单片机系统扩展了片外存储器时，P0 口要作为地址/数据分时复用总线使用。这时，输出控制信号为高电平，模拟开关接上方。如果执行输出数据的指令，首先输出地址信号，然后输出数据。当地址或数据信号为 1 时，VT1 截止、VT2 导通，引脚输出高电平；当地址或数据信号为 0 时，VT1 导通、VT2 截止，引脚输出低电平。如果执行取指或输入数据的指令，仍首先输出地址信号，然后，输入数据经缓冲器 2 进入内部总线。

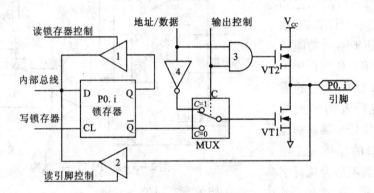

图 2 - 3 - 3　P0 口 1 位结构原理图

P0 口用作地址/数据总线时是真正的双向口，不必先写"1"后读。P0 口用作地址/数据总线时，只能按字节操作，而且工作繁忙，不能再用作通用 I/O 口。

2.3.4　P2 口，通用 I/O 口或高 8 位地址口

P2 口与 P1 口不相同的是增加了模拟开关和倒相器，锁存器从 Q 端输出。见图 2 - 3 - 4。

P2 口用作通用 I/O 口时，输出控制 $C = 0$，模拟开关接锁存器 Q 端，此时，P2 口一样有输出、输入和读—修改—写 3 种工作方式。

P2 口作高 8 位地址口使用时，输出控制 $C = 1$，模拟开关接地址信号输出端。P2 口和 P0 口组成 16 位地址，可以访问 64K 地址空间。在系统扩展了外部 ROM 或外部 RAM 时，P2 口的使用情况有所不同。

系统扩展了外部 ROM 时，取指的操作将连续不断，P2 口会不断送出高 8 位地址，P2 口就不再作通用 I/O 口使用。

如果系统仅仅扩展外部 RAM，P2 口的使用与片外 RAM 的容量有关。当片外 RAM

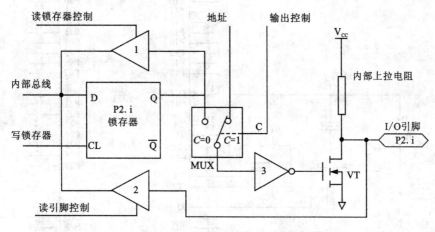

图 2 – 3 – 4　P2 口 1 位结构图

容量不超过 256B 时，由 P0 口送出 8 位地址，P2 口锁存器在访问片外 RAM 期间暂时与引脚断开，原有的数据不受影响，故 P2 口仍可用作通用 I/O 接口；当片外 RAM 容量较大需要由 P2 口、P0 口送出 16 位地址时，P2 口不再用作通用 I/O 接口；当片外 RAM 的地址大于 8 位而小于 16 位时，可以从 P2 或 P1、P3 口中选用几根口线，配合软件送出高位地址，而保留全部或部分 P2 的口线作通用 I/O 接口用。

2.3.5　并行端口的负载能力

P0 口能驱动 8 个 LSTTL 负载，即负载电流 $\geqslant 800\mu A$；P1、P2、P3 端口的负载能力相同，它们分别能驱动 4 个 LSTTL 负载，即负载电流 $\geqslant 400\mu A$。

2.4　51 单片机的最小系统

单片机的最小系统指的是由最基本的电路元件组成的，外接部分简单的电路就能够独立完成一定的工作任务的单片机系统。51 单片机的最小系统由单片机芯片、电源、时钟电路和复位电路组成，如图 2 – 4 – 1 所示。

2.4.1　51 单片机的时钟电路

单片机的时钟电路用来产生时钟信号，以提供单片机片内各种数字逻辑电路工作的时间基准。51 单片机的时钟电路可以采用内部振荡方式和外部振荡方式两种电路形式。

1. 内部振荡方式

单片机内部 XTAL1 与 XTAL2 之间有一个高增益的放大器，在 XTAL1 和 XTAL2 引脚外接谐振电路，就构成了内部振荡方式的自激振荡器，并能够产生时钟脉冲，如图 2 – 4 – 2 所示。51 单片机的最高工作频率一般是 20MHz，在 20MHz 范围以内，振荡频率由晶振的谐振频率确定，电容器 C_1，C_2 起稳定振荡频率、快速起振的作用，其电容值一般为

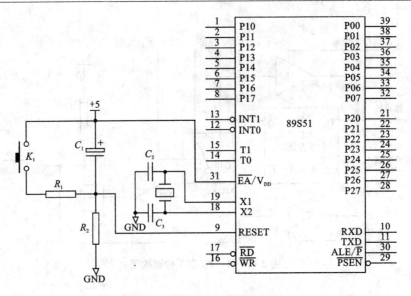

图 2 - 4 - 1　单片机的最小系统

5 ~ 30pF，设计电路时应将 C_1，C_2 尽量靠近单片机芯片。实用系统常选用 12MHz 或 6MHz 频率的晶振。内部振荡方式电路简单，时钟信号比较稳定，是独立的单片机应用系统的首选。

2. 外部振荡方式

外部振荡方式是把外部的时钟信号引入单片机。这种方式常用于多片单片机系统，以使相互的时钟信号保持同步。外部振荡信号的输入端与芯片的制造工艺有关，对于现在普遍应用的 CHMOS 芯片，外部振荡信号由 XTAL1 端引入，而 XTAL2 端悬浮。电路如图 2 - 4 - 3所示。为了提高输入电路的驱动能力，通常使外部信号经过一个带有上拉电阻的反相器缓冲后接入 XTAL1 端。

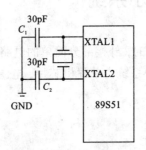

图 2 - 4 - 2　内部振荡方式

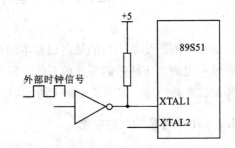

图 2 - 4 - 3　外部振荡方式

3. 51 单片机的基本时序单位

51 单片机的时钟信号波形如图 2 - 4 - 4 所示。晶体振荡器的振荡频率用 f_{osc} 表示，晶振周期用 T_{osc} 表示。晶振周期 T_{osc} 是最小的时序单位，片内的各种微操作都以此周期为时序基准。

振荡频率 f_{osc} 二分频后形成时钟周期（T_t）或称状态周期（S），1 个状态周期包含有 2 个晶振周期，称为 2 个节拍（如：S1P1、S1P2）。振荡频率 f_{osc} 12 分频后形成机器周期 T_{cy}，所以，1 个机器周期包含有 6 个状态周期或 12 个晶振周期。晶振周期和机器周期是计算单片机的其他时间值（例如波特率、定时器的定时时间等）的基本时序单位。

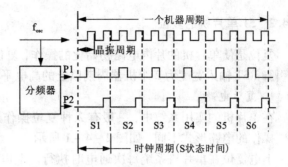

图 2 - 4 - 4　51 单片机的时钟信号波形

几个常用的基本时序单位之间的换算关系如下：

晶振周期：$1T_{osc} = 1/f_{osc}$

时钟周期：$1T_t = 2 \times T_{osc}$

机器周期：$1T_{cy} = 6 T_t$

如选用 12MHz 的晶振，则 1 机器周期 = 1μs；如选用 6MHz 的晶振，则 1 机器周期 = 2μs。

4．指令周期

一条指令的执行时间称为指令周期，指令周期的长短以机器周期为单位衡量。在 51 单片机指令系统中，按指令的执行时间分类，有单周期指令、双周期指令和四周期指令 3 种。CPU 执行单周期指令的时序如图 2 - 4 - 5 所示。

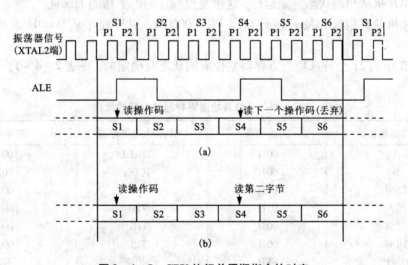

图 2 - 4 - 5　CPU 执行单周期指令的时序

图 2 - 4 - 5(a) 是执行单字节单周期指令（如：INC Ri）的时序，在 S1P2 ~ S2P1 期间，ALE 地址锁存允许信号有效，CPU 读取指令的 1 个字节，同时程序计数器 PC 加 1；在 S4P2 ~ S5P1 期间 ALE 信号再次出现，CPU 再读 1 个字节，但读取的是下一条指令，被自动丢弃，PC 也不加 1。

图 2 - 4 - 5(b) 是执行双字节单周期指令（如：MOV A，#data）的时序。其在 S4P2 ~ S5P1 期间，读取的指令第二字节有效，PC 加 1；两种指令都在 S6P2 结束时完成操作，占用 1 个机器周期的执行时间。

2.4.2　51 单片机的复位

复位是使单片机的片内电路初始化的操作，复位使单片机从初始状态开始运行。在复位引脚 RST 输入宽度为 2 个机器周期以上的高电平，单片机就会执行复位操作。

1. 复位电路

在单片机的实用系统中，一般有 2 种复位操作形式：①上电复位；②手动复位。2 种复位操作的电路形式不同，如图 2 - 4 - 1 所示。

上电复位在单片机系统每次通电时执行。上电时，利用电容 C_1 的充电延迟特性，一开始，+5V 电压全部降落在电阻 R_2 上，高电平输入 RST 脚，单片机复位操作，当电容 C_1 充电接近结束时，电阻 R_2 上电压趋于 0，RST 脚输入低电平，结束复位操作。

手动复位在系统出现操作错误或程序运行出错时使用。在单片机系统运行过程中，按下复位键 K_1，高电平输入 RST 脚，单片机被强制执行复位操作，系统可以退出错误运行状态，恢复正常工作。

单片机的实用系统中 RST 脚输入的复位高电平时间，一般取 10 ~ 15ms。

2. 51 单片机复位后的状态

51 单片机 2 种复位操作有所不同。一是电路形式不同；二是单片机冷启动后，片内 RAM 为随机值，而运行中的复位操作不改变片内 RAM 区中的内容。2 种复位操作的目的都是要使单片机从初始状态开始运行，这由复位操作的以下功能来保证：

①单片机的复位操作使程序计数器 PC = 0000H，引导程序从 0000H 地址单元开始执行。

② SFR 中的 21 个特殊功能寄存器复位后的状态是确定的，见表 2 - 4 - 1。

表 2 - 4 - 1　特殊功能寄存器复位后的状态

特殊功能寄存器	初始状态	特殊功能寄存器	初始状态
A	00H	TMOD	00H
B	00H	TCON	00H
PSW	00H	TH0	00H
SP	07H	TL0	00H
DPL	00H	TH1	00H
DPH	00H	TL1	00H
P0 ~ P3	FFH	SBUF	不定
IP	× × ×00000B	SBUF	00H
IE	0 × ×00000B	PCON	0 × × × × × × ×B

注：表中符号×表示随机状态。

51 单片机特殊功能寄存器中部分寄存器与单片机系统的初始运行状态有关，它们复位后的状态说明如下：

A = 00H，表示累加器已被清零；

PSW = 00H，表示默认寄存器 0 组为工作寄存器组；

SP = 07H，表示堆栈指针指向片内 RAM 07H 单元；

P0 ~ P3 = 0FFH，表示已向各并行端口写 1，此时，各端口可直接执行输入操作；

IP = ×××00000B，表示各个中断源处于低优先级；

IE = 0××00000B，表示各个中断源均被屏蔽；

TMOD = 00H，表示 T0，T1 默认设定为工作方式 0，且运行于定时器状态；

TCON = 00H，表示 T0，T1 均处于停止状态；

SCON = 00H，表示串行口处于工作方式 0，允许发送，不允许接收；

PCON = 0×××××××B，表示 SMOD 位为 0，波特率不加倍。

上述这些特殊功能寄存器复位后的状态，决定了单片机的运行初态，在编制应用程序中的初始化部分时，应予以充分考虑。

本章小结

1. 51 单片机的外形、内部结构及功能

51 系列单片机芯片通常采用 DIP - 40 外形封装，典型产品如 89S51 等。

51 系列单片机的 40 个引脚，由主电源引脚、时钟引脚、专用控制端口和 32 个 I/O 引脚组成。

51 单片机芯片内部由运算器、控制器、存储器、I/O 接口、定时/计数器、串行口和中断系统等组成。运算器和部分控制器件概括地用 CPU 表示。

程序计数器 PC 中存放的内容是：CPU 将要执行的下一条指令的地址，每读取指令的一个字节，PC 的内容自动加 1，故称为程序计数器。

2. 51 单片机的存储器

（1）基本概念

存储器是计算机的重要组成部分，用于存储计算机赖以运行的程序和计算机处理的对象——数据。

51 系列单片机的存储器有随机存取存储器 RAM 和只读存储器 ROM 两类。

随机存取存储器 RAM 又称读写存储器，适宜存放原始数据、中间结果及最后的运算结果，因此又被称作数据存储器。

只读存储器 ROM 在计算机运行时只能执行读操作，掉电后存放的数据不会丢失，适宜存放程序、常数、表格等，因此又称为程序存储器。

与存储有关的几个重要概念：位（bit）、字节（Byte）、字长、容量、存储单元及其地址。

字节（Byte）是计算机处理或存储数据的最常用基本单位，Byte 常简写成 B。

存储器的容量是指在一块芯片中所能存储的信息位数。存储器的容量，更多的是用字节数表示，如 RAM 芯片 2832 的存储容量常表示为 4K（Byte）。

一个字节所占用的存储空间称为一个存储单元。存储单元所处的物理空间位置，用地址码标识，每个存储单元都有一个唯一的地址。

（2）程序存储器

常用的 89S51 单片机芯片内部有 4 KB 的程序存储器，程序存储器低端的一些地址被固定用作特定程序的入口地址。

51 单片机中用程序计数器 PC 来引导程序的执行顺序，改变 PC 的内容就可以改变程序执行的顺序。

（3）数据存储器

51 单片机片内 RAM 有 256 字节，分成 2 个区域，其中低 128 字节，00H ~ 7FH 范围是实际可用的片内 RAM，片内 RAM 的高 128 字节，80H ~ FFH 范围，称为特殊功能寄存器区或专用寄存器区（SFR）。

51 单片机片内 RAM 的低 128 字节分成工作寄存器区、位寻址区和数据缓冲区三部分。

专用寄存器区中离散地布置了 18 个专用寄存器，共占用 21 个字节。除 21 个寄存器字节之外，SFR 的其余单元不能访问和使用。

SFR 中的程序状态字 PSW 主要起标志寄存器的作用，它的各位保存了许多程序执行后的状态信息，可供 CPU 硬件或软件查询使用。

51 单片机的堆栈设置在数据缓冲区中，具体位置没有固定，而是由堆栈指针寄存器 SP 指定。SP 中的内容就是堆栈指针指向的堆栈存储单元的地址。SP 的复位初值 = 07H，所以，51 单片机默认的堆栈区从片内 RAM 的 07H 单元开始。

3. 并行输入输出接口的结构和功能

51 单片机有 4 个 8 位双向并行 I/O 端口：P0，P1，P2，P3。每个端口都可以并行操作，其各条 I/O 线也可单独地使用，对相应地址单元执行读写指令，就实现了从相应端口的输入/输出操作。

4 个并行端口 P0，P1，P2 和 P3 还具有各自不同的结构特点和功能。其中：P1 口仅作通用输入输出接口使用，其工作有输出、输入和端口操作 3 种工作方式。

P0、P2 和 P3 口在作通用输入输出接口使用时，与 P1 口相同，有 3 种工作方式。P3 口与 P1 口相比较增加了第二功能输入输出端；P0 口主要作地址数据分时复用总线；P2 口常用作高 8 位地址口。

4. 51 单片机的最小系统

51 单片机的最小系统由单片机芯片、时钟电路和复位电路，以及电源等组成。

51 单片机的时钟电路常采用内部振荡方式和外部振荡方式两种电路形式。内部振荡方式用于独立的单片机应用系统，外部振荡方式常用于多片单片机系统。

基本时序单位：晶振频率 f_{osc}，晶振周期 T_{osc}，时钟周期（T_t）或状态周期（S），机器周期 T_{cy}。$1T_t = 2 \times T_{osc}$，$1T_{cy} = 6 T_t$。

一条指令的执行时间称为指令周期，指令周期的长短以机器周期为单位衡量。51 单片机指令系统，按指令的执行时间分类，有单周期指令、双周期指令和四周期指令 3 种。

5. 复位

复位使单片机从初始状态开始运行。在复位引脚 RST 输入宽度为 2 个机器周期以上的高电平，单片机就会执行复位操作，实用系统的复位高电平时间，一般取 10 ~ 15ms。

上电复位在单片机系统每次通电时执行；手动复位在系统出现操作错误或程序运行出错时使用。

单片机冷启动后，片内 RAM 为随机值，而运行中的复位操作不改变片内 RAM 区中的内容。

单片机的复位操作使程序计数器 PC = 0000H，引导程序从 0000H 地址单元开始执行；

SFR 中的 21 个特殊功能寄存器复位后的状态是确定的, 从而保证单片机从初始状态开始运行。

学习本章以后, 应达到以下教学要求:

(1)认识 51 单片机的引脚名称, 了解其基本功能。

(2)了解 51 单片机芯片内部的逻辑结构。

(3)了解存储器的结构, 熟悉数据存储器 RAM 和程序存储器 ROM, 掌握与存储器有关的重要概念: 位(bit)、字节(Byte)、容量、存储单元及其地址。

(4)熟悉 51 单片机芯片内部程序存储器的配置。认识程序计数器 PC, 初步了解程序计数器的功能。

(5)了解 4 个并行端口 P0, P1, P2 和 P3 的结构, 熟悉并行 I/O 端口作通用输入输出接口使用时的 3 种工作方式, 熟悉 P0, P1, P2 和 P3 I/O 端口各自的特点。

(6)熟悉 51 单片机最小系统的组成; 掌握常用的基本时序单位及其换算关系; 熟悉特殊功能寄存器复位后的状态。

思考与练习题

2.1　简述 51 单片机各引脚的名称和作用, 试根据其功能分类。

2.2　根据简化的结构框图, 51 单片机内部包含哪些逻辑功能部件?

2.3　什么是 ALU? 简述 51 系列单片机 ALU 和布尔处理器的功能。

2.4　试画出 51 系列单片机程序存储器 ROM 的配置图, 分析 ROM 的编址, 讨论$\overline{EA}$引脚的连接电平与访问 ROM 空间的关系。

2.5　51 单片机程序存储器低端的一些地址有专门的用途, 被固定用作哪些程序的入口地址?

2.6　程序计数器的符号是什么? 51 系列单片机的程序计数器有几位? 其意义是什么? 试总结程序计数器的作用。

2.7　试画出 51 系列单片机程序存储器 RAM 的配置图, 分析 RAM 的编址特点, 讨论访问片内片外 RAM 时如何区别?

2.8　51 系列单片机片内 RAM 有多少单元? 分成几个区域? 各区域占用哪些单元? 有哪些用途?

2.9　仔细研究 51 系列单片机的位寻址区, 试想如何区分位地址与字节地址? 除位寻址区以外还有哪些单元可以位寻址?

2.10　51 系列单片机有哪些特殊功能寄存器? 分成几大类? 试分析各类寄存器的功能特点。

2.11　何谓程序状态字? 它的符号是什么? 它各位的含义是什么? 为 1、为 0 各代表什么? 各在何种场合有用?

2.12　51 单片机的堆栈设在哪个区域? 如何设定的? 堆栈的容量有限制吗?

2.13　试结合 P0、P1、P2、P3 口一位的具体电路, 分析 P0、P1、P2、P3 口作通用 I/O 口时的工作过程, 分析 P0、P1、P2、P3 口各自功能的异同。

2.14 在什么情况下读回端口数据时，应读锁存器内容，而不宜读引脚电平？

2.15 分析 P2 口作高 8 位地址口使用时，P2 口的不同使用情况。

2.16 某 8751 单片机如采用 12MHz 晶振，它的晶振频率和时钟周期、机器周期、指令周期各是什么值？

2.17 什么叫复位？51 单片机在什么条件下产生复位操作？有哪几种复位方法？系统复位的主要作用是什么？是如何实现的？

2.18 51 单片机复位后默认的当前工作寄存器组是哪个？它们的地址是什么？如何改变当前工作寄存器组？

第 3 章　51 单片机的指令系统

【本章要点】　首先介绍了有关指令和程序的基本概念以及程序设计语言的类型，并以此为基础说明了 51 单片机汇编语言的特点和格式。然后介绍了 51 单片机的 7 种寻址方式，这 7 种寻址方式用于说明指令操作数的访问过程和方法。最后重点介绍了 51 单片机的 6 大类共 111 条指令的格式，并通过大量的例题说明这些指令的使用方法。

3.1　概述

3.1.1　汇编语言指令

指令是能被计算机识别并执行的命令，计算机执行一条指令，只能够完成某一种操作。

计算机要完成各种各样的复杂操作，就需要各种与之配套的指令，一种计算机所能执行的指令的集合就叫指令系统。指令系统由一组符号和一组规则来构成。根据规则，用符号或符号串可以写出指令。一般而言，51 单片机的指令系统指的是它的汇编语言指令系统。

51 单片机的汇编语言指令的书写格式如下：

标号：　操作码　操作数；　注释

例如，一条数据传送指令：

MOV　A, 3AH　　　　;将 3AH 存储单元的内容送到累加器 A 中

其中：MOV 是操作码，A 和 3AH 是操作数，后面是注释。

1. 操作码

操作码是由助记符表示的字符串，它规定了指令的操作功能。操作码是指令的核心，不可或缺。

2. 操作数

操作数是指参加操作的数据或数据的地址。51 单片机的指令系统中指令的操作数可以是 0～3 个。不同功能的指令，操作数的个数和作用有所不同。例如，传送类指令多数有两个操作数。紧跟在操作码后面的第一操作数称为目的操作数，表示操作结果存放的地址；后面的第二操作数称为源操作数，给出操作数或操作数的来源地址。

3. 标号

标号用符号代表其后面的指令的首地址。标号由 1～8 个字符组成，第一个字符必须

是字母，其余字符可以是字母、数字或其他特定符号，标号放在操作码前面，与操作码之间必须用"："号隔开。标号起标记作用，在指令中是可选项，一般用在一段功能程序的第一条指令前面。

4. 注释

注释是为了便于阅读该条指令所作的说明。注释项是可选项。

5. 其他

由指令格式可见，操作码与操作数之间必须用空格分隔；操作数与操作数之间必须用逗号","分开；注释与指令之间必须用"；"号分开。操作码和操作数有对应的二进制代码，指令代码由若干字节组成。不同的指令字节数不一定相同，51单片机的指令系统中有单字节、双字节和3字节指令。

3.1.2　51单片机汇编语言指令系统的特点

51单片机的指令系统具有简明、整齐和易于掌握的特点。MCS－51指令系统有111条指令，按操作性质可以分成数据传送(29条)、算术运算(24条)、逻辑运算和循环操作(24条)、程序转移(12条)、调用与返回(5条)和位操作(17条)6个大类(注：有的参考书将程序转移、调用与返回合并为控制转移类)。

51单片机指令系统中的指令长度和指令周期都较短。单字节指令有49条，双字节指令有46条，最长的是三字节指令，只有16条；单机器周期指令64条，双机器周期指令45条，只有乘、除两条指令需要4个机器周期；在采用12MHz晶振的情况下，执行时间分别是$1\mu s$、$2\mu s$和$4\mu s$。因此，51单片机指令系统在存贮空间和执行时间方面具有较高的效率，编成的程序占用内存单元少，执行也很快捷。

51单片机的硬件结构中设置了一个位处理器，相应地在指令系统中安排了一个位处理指令子集。使它能够充分满足位处理方面的需要，非常适合于实时控制方面的用途，这是51单片机的重要特色。

3.1.3　指令及其注释中的符号的用法说明

在具体介绍指令系统前，我们先介绍一些特殊符号的意义，这些符号用于表示指令中的操作数或用于注释，对今后程序的阅读和编写也是必不可少的。

Rn —— 当前工作寄存器组中的任一寄存器R0～R7($n=0$～7)。

Ri —— 当前工作寄存器组中的R0和R1($i=0,1$)，Ri常用作间接寻址寄存器。

@ ——寄存器间接寻址或变址寻址符号。

(Ri)——由Ri间接寻址指向的地址单元。(用SP和DPTR间址时，表示方法相同)

((Ri))——由Ri间接寻址指向的地址单元中的内容。(用SP和DPTR间址时，表示相同)

(XXH)—— 某片内RAM单元中的内容。

direct ——片内RAM单元(包括SFR区)的直接地址(也有的写成dir)。

#data ——8位数据。

#data16 ——16位数据。

addr16 ——16位地址。

addr11 ——11位地址。

rel —— 由 8 位补码数构成的相对偏移量。

bit —— 位地址，内部 RAM 和特殊功能寄存器的直接寻址位。

→ —— 数据流向指示。

为了缩小篇幅，在后面的指令介绍中不一一罗列每条指令的机器码和机器周期数。需要了解相关内容的读者，请查阅附录 A。

3.2 51 单片机的寻址方式

单片机的大部分指令在执行时都需要用到操作数。寻址就是寻找指令中的操作数所在的地址，而寻找的方法就叫寻址方式。51 单片机的指令系统含有立即寻址、直接寻址、寄存器寻址、寄存器间接寻址、变址寻址、相对寻址和位寻址等七种寻址方式。

3.2.1 立即寻址

在指令中直接给出操作数的寻址方式叫做立即寻址。该操作数简称为立即数，可以立即参与指令所规定的操作。立即数以#号开始，有 8 位和 16 位两种形式。

例：MOV A, #20H   ;#20H→A

  MOV DPTR, #1234H ;#1234H→DPTR

  MOV 55H, #56H   ;#56H→片内 RAM 55H 单元。

3.2.2 直接寻址

指令中直接给出操作数所在地址的寻址方式称为直接寻址。直接寻址可以访问内部 RAM 的低 128 字节和特殊功能寄存器。

例： MOV A, 20H   ;(20H)→A

  MOV 55H, 56H   ;(56H)→片内 RAM 55H 单元

  LJMP 2000H   ;#2000H→PC

例 3.1 设 (20H) = 34H，比较指令 MOV A, 20H 与指令 MOV A, #20H 执行后的结果。

MOV A, 20H; (20H)→A，即内部 RAM20H 单元的内容#34H 送入累加器 A。

指令执行后 A = (20H) = 34H，20H 是操作数的直接地址。

MOV A, #20H; #20H→A，指令执行后 A = 20H。#20H 是立即数。

程序转移指令：LJMP 2000H；表示#2000H→PC，从指令的形式看，像直接寻址，但从指令的操作分析，则与立即寻址类似，用法比较特殊。类似的还有长调子指令 LCALL 等。

3.2.3 寄存器寻址

在指令中利用寄存器给出操作数的寻址方式叫做寄存器寻址。可以用作寄存器寻址的寄存器包括：A、B、DPTR、P0 ~ P3 等特殊功能寄存器和工作寄存器 R0 ~ R7。

例如： MOV A, R0   ;R0→A

  INC A   ;A + 1→A

　　　　ADD P0, A　　　　　　　　　;P0 + A→P0

　　指令中给出的操作数是一个寄存器名称,寄存器中存放的内容才是被操作的对象。以指令 MOV A, R0 为例,设 R0 = 30H,则指令执行完毕后,累加器 A 的内容为 30H。

　　R0 ~ R7 指的是当前工作寄存器组中的寄存器,默认是 0 组。必要时,在这条指令前,通过 PSW 设定当前工作寄存器组。

　　分析指令 MOV P1, A;A→P1。由于 P1 的单元地址为 90H,因此,这条指令又可以写成:MOV 90H, A;A→90H。

　　对比两条指令的形式可知,采用寄存器寻址的指令比较容易阅读理解。因此,虽然特殊功能寄存器也有物理地址。但使用时,一般宜选择寄存器寻址指令,而不采用直接寻址指令。

　　读者请注意前面指令注释的用法:

　　A = 34H 表示 A 中的内容为#34H。

　　A→90H 表示将 A 中的内容送至 90H 单元,而不会是将 A 累加器本身送走。

　　A + 1→A 表示 A 的内容加 1,结果再送回 A。

　　这些表示都比较简单,也容易理解,以后诸如此类的用法还有很多,恕不再重复说明。

3.2.4　寄存器间接寻址

　　在前面介绍的寄存器寻址方式中,寄存器中存放的是操作数;而在寄存器间接寻址方式中,寄存器中存放的则是操作数的地址,即操作数是通过寄存器指向的地址单元间接得到的,这便是寄存器间接寻址名称的由来。

　　例如指令:MOV A, @ R0;((R0))→A

　　这条指令的意义是:将 R0 指向的地址单元中的内容送到累加器 A 中。假如 R0 = 56H,那么是将 56H 地址单元中的数据送到累加器 A 中。其执行过程如图 3 - 2 - 1 所示。

　　51 单片机中 R0、R1、DPTR、SP 能够用作寄存器间接寻址的寄存器。

　　寄存器间接寻址指令不能用于寻址特殊功能寄存器区(SFR)。Ri 间址用于对片内 RAM 的寻址范围为 00H ~ 7FH, 128 字节。

　　一字节的 Ri 对片外 RAM 寻址范围为 00H ~ FFH, 256 字节。当外部 RAM 空间较大时,可以由 P2 口提供高 8 位地址,由 R0/R1 提供低 8 位地址,共同访问 64K 空间。

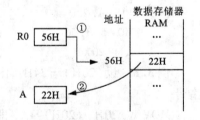

图 3 - 2 - 1　间接寻址
(MOV A,@ R0)示意图

　　DPTR 是 16 位的寄存器,所以用 DPTR 间址的寻址范围可以覆盖 64K 空间。

　　用 DPTR 和堆栈指针 SP 间址的具体用法,在后面详细介绍。

3.2.5　变址寻址

　　变址寻址是以数据指针 DPTR 或程序计数器 PC 作为基本地址寄存器,以累加器 A 的内容作为地址变量,将两寄存器的内容相加形成 16 位地址,即操作数的实际地址。变址寻址方式只能访问程序存储器 ROM,访问的范围为 64KB。当然,这种访问只能从 ROM 中读取数据而不能写入,因此,变址寻址只有读指令,没有写指令。变址寻址方式多用于查表操作。

例如:　MOVC A,@ A + DPTR　;((DPTR + A))→A

　　　　MOVC A,@ A + PC　;((PC + A))→A

　　　　JMP @ A + DPTR　　;DPTR + A→PC

前两条是读程序存储器指令,后一条是无条件转移指令。

设 DPTR = 2000H, A = 10H。指令 MOVC A,@ A + DPTR 的执行过程如图 3 – 2 – 2所示。

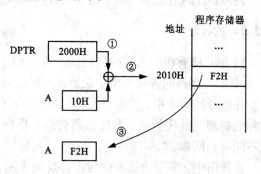

3.2.6　相对寻址

相对寻址方式是为了程序的相对转移而设计的,用于访问程序存储器。其操作是以 PC 的当前值为基址,加上指令中给出的偏移量 rel 后形成实际的转移地

图 3 – 2 – 2　变址寻址示意图

址,从而实现程序的转移。一般将相对转移指令的首地址称为源地址,转移后的地址称为目的地址。转移的目的地址的计算,如下表达式:

目的地址 = 源地址 + 相对转移指令字节数 + 偏移量 rel

偏移量 rel 的值为以补码表示的单字节有符号数,所以,相对转移的地址值范围在当前 PC 值 – 128 ~ + 127 之间。这里所说的 PC 当前值是执行完相对转移指令后的 PC 值,也就是表达式前两项的和。

51 单片机中有两类相对转移指令,即双字节相对转移指令(如 SJMP rel, JC rel 等),又称为短转移指令;以及三字节相对转移指令,又称为长转移指令(如 CJNE A, #0FFH, rel)。

例 3.2　设 PC = 2000H,执行指令 SJMP 20H 后,PC = ?。

因为 SJMP 20H 指令是双字节的短指令,当 CPU 取出指令的第 2 个字节时,PC 的当前值是原来的 PC 值加 2,即 2002H。执行跳转指令后,PC 的最终值应为 2022H,也就是说,转移的目的地址为 2022H。其执行过程如图 3 – 2 – 3 所示。

以上的例子是当偏移量 rel 为正数时的情况,此时相对转移为正向跳转,即目的地址大于源地址。那么当偏移量 rel 为负数时,目的地址怎么求取呢?当偏移量 rel 为负数时,通常采用扩展符号位的方法,即正数扩

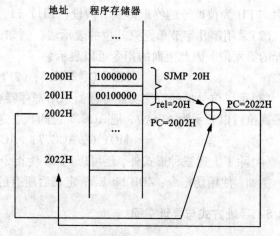

图 3 – 2 – 3　相对寻址(SJMP 20H)示意图

展 00H,负数扩展 0FFH。当然方法有很多,这里只给大家介绍这一种。

仍然以 SJMP 指令为例,设 PC = 2000H,执行"SJMP 0E0H"指令后程序如何跳转?

由于 rel = 0E0H 为负数,扩展其符号位为 0FFH,因此 rel = 0FFE0H。代入目的地址的计算式,即:

$$目的地址 = 源地址 + 2 + 0FFE0H$$
$$= 2000H + 2 + 0FFE0H$$
$$= 1FE2H < 2000H$$

显然,目的地址小于源地址,相对转移为反向跳转。

3.2.7 位寻址

51 单片机有很强的位操作功能。为了便于位操作,给片内 RAM 单元(20H~2FH)和 11 个专用寄存器的各位赋予了位地址,对位地址的寻址称为位寻址。

在位寻址指令中,位地址用 bit 表示,以区别于字节地址 direct。但在指令码中,bit 用实际的物理地址代替后,系统区别它们的根据是位寻址指令的操作码,它和字节寻址指令是不同的。例如,"SETB bit"。

在使用中,字节地址和位地址都是用十六进制数表示的,因此容易引起混淆,必须结合指令的具体形式做判断。例如:

```
MOV A, 20H          ; (20H)→A
MOV C, 20H          ; (20H)→C
```

在第一条指令中,由于目标寄存器是累加器 A,因此指令中的 20H 是字节地址 direct。第二条指令中由于目标寄存器是位累加器 C(即 PSW.7),因此,其中的 20H 属于位地址 bit,是片内 RAM24H 单元中的最低位 D0。两条指令的含义和执行效果都是完全不同的。

为了增强程序的可读性,单片机指令系统中对于位地址提供了多种表示方法,主要有以下四种:

(1)直接使用物理的位地址。例如:

```
MOV C, 7EH; (7EH)→CY
```

其中,7EH 为位地址的物理形式。假设(7EH) = 1,指令执行完毕后,CY = 1。

(2)采用第几字节单元第几位的表示法。例如,上面的 7EH 位地址实际上指的是 2FH 单元的第六位。因此上面的指令可以表示为:

```
MOV C, 2FH.6; (2FH.6) →CY
```

(3)可以位寻址的特殊功能寄存器采用寄存器名加位数的命名法。例如,累加器 A 中的最高位可以表示为 ACC.7,把 ACC.7 位的状态送到位累加 CY 的指令是:

```
MOV C, ACC.7; (ACC.7)→CY
```

(4)除了上述三种形式外,还可以用 bit 伪指令定义位字符名称。

例如:使用伪指令:ZDB bit EA;定义后所有的 EA 都可以用 ZDB 代替。

3.2.8 寻址方式与寻址空间

操作数的寻址方式及其寻址空间见表 3 - 2 - 1。

表 3 - 2 - 1　操作数的寻址方式及其寻址的空间

寻址方式	寻址空间
立即寻址	程序存储器 ROM
直接寻址	片内 RAM 低 128B、特殊功能寄存器 SFR
寄存器寻址	工作寄存器 R0 ~ R7、A、B、C、DPTR、P0 ~ P3
寄存器间接寻址	片内 RAM 低 128B、片外 RAM
变址寻址	程序存储器 ROM($@A + PC$, $@A + DPTR$)
相对寻址	程序存储器 256B(PC + 偏移量)
位寻址	片内 RAM 20H ~ 2FH 字节单元各位、部分 SFR

3.3　数据传送指令

数据传送指令共有 29 条,是指令系统中数量最多、使用非常频繁的指令。数据传送指令可以分成普通传送指令(MOV)和特殊传送指令(非 MOV)两大类。

3.3.1　普通传送指令

1. 以累加器 A 为目的操作数的指令(4 条)

MOV A, Rn　　　　　　;工作寄存器 Rn(R0 ~ R7)的内容→A

MOV A, direct　　　　;直接地址 direct 中的内容(direct)→A

MOV A, @Ri　　　　　;间接地址@Ri 中的内容((Ri))→A

MOV A, #data　　　　;立即数#data→A

例 3.3　已知 R0 = 20H,(20H) = 12H,写出下面指令执行后的结果。

MOV A, 20H　　　　　;(20H)→A, A = 12H

MOV A, #33H　　　　 ;#33H→A, A = 33H

MOV A, R0　　　　　　;R0→A, A = 20H

MOV A, @R0　　　　　;((R0))→A 即(20H)→A, A = 12H

2. 以寄存器 Rn 为目的操作数的指令(3 条)

MOV Rn, A　　　　　　;累加器 A 中内容→Rn

MOV Rn, direct　　　;直接地址 direct 中的内容→Rn

MOV Rn, #data　　　　;立即数#data→Rn

例 3.4　已知 A = 23H, R5 = 45H,(70H) = 0CDH,写出下面指令执行后的结果。

MOV R5, A　　　　　　;A→R5, R5 = 23H

MOV R5, 70H　　　　　;(70H)→R5, R5 = 0CDH

MOV R5, #1BH　　　　 ;1BH→R5, R5 = 1BH

3. 以直接地址 direct 为目的操作数的指令(5 条)

MOV direct, A　　　　;A→direct

MOV direct, Rn　　　 ;Rn→direct

MOV direct, direct	; (源 direct)→目的 direct
MOV direct, @ Ri	; ((Ri))→direct
MOV direct, #data	; #data →direct

例3.5 设 A = 25H,(20H) = 12H,(21H) = 11H,R0 = 13H,(13H) = 37H。执行下列程序段,分析每条指令的执行结果。

MOV 20H, #10H	; #10H→20H, (20H) = 10H
MOV 21H, 20H	; (20H)→21H, (21H) = 10H
MOV 20H, A	; A→20H, (20H) = 25H
MOV 21H, R0	; R0→21H, (21H) = 13H
MOV 20H, @ R0	; ((R0))→20H, (20H) = 37H

4. 以间接地址@ Ri 为目的操作数的指令(3 条)

MOV @ Ri, A	; A→(Ri)
MOV @ Ri, direct	; (direct)→(Ri)
MOV @ Ri, #data	; #data→(Ri)

例3.6 已知 R0 = 20H,单片机依次执行下列指令后,分析累加器 A、寄存器 R7 以及 20H、21H 和 28H 地址单元中的内容。

MOV A, #18H	; #18H →A, A = 18H
MOV R7, #28H	; #28H→R7, R7 = 28H
MOV @ R0, #38H	; #38H→(R0) = 20H, (20H) = 38H
MOV 21H, #48H	; #48H→21H, (21H) = 48H
MOV @ R7, 21H	; (21H)→(R7) = 28H, (28H) = 48H

5. 16 位数据传送指令(1 条)

| MOV DPTR, #data16 | ; dataH→DPH, dataL→DPL |

指令执行的操作是将 16 位的立即数#data 传送到 16 位寄存器 DPTR 中。其中高 8 位的数据 dataH 送入 DPH,低 8 位的数据 dataL 送入 DPL。

例如:

MOV DPTR, #1000H	; dataH→DPH, dataL→DPL
	; DPH = 10H, DPL = 00H
MOV DPTR, #2345H	; DPH = 23H, DPL = 45H

3.3.2 特殊传送指令

特殊传送指令(共 13 条)有四种,它们分别是:访问片外 RAM 的指令(4 条)、访问 ROM 的指令(2 条)、数据交换指令(5 条)和堆栈操作指令(2 条)。

1. 访问片外 RAM 的指令(4 条)

在 51 单片机指令系统中,这 4 条指令操作单片机 CPU 对片外 RAM 或者片外 I/O 接口的访问。

MOVX　A, @ Ri	; ((Ri))→A,读操作
MOVX　A, @ DPTR	; ((DPTR))→A,读操作
MOVX　@ Ri, A	; A→(Ri),写操作
MOVX　@ DPTR, A	; A→(DPTR),写操作

　　上述四条指令中采用了两种指针对 RAM 进行间接寻址：8 位的工作寄存器 Ri 和 16 位的数据指针 DPTR，Ri 寻址片外 RAM 00H ~ 0FFH 单元共 256B 范围；DPTR 寻址片外 RAM 的 0000H ~ 0FFFFH 单元共 64KB 范围。

　　例3.7　将片外 RAM120 单元的内容传送到片外 120H 单元。

　　分析：首先分析执行过程。由于两个操作数所在的地址都是片外 RAM 的单元地址，片外 RAM 的单元之间没有直接传送数据的指令，因此，必须首先将其中一个单元(120 = 78H)的内容读入累加器 A 中，再通过 I/O 口把数据写入到另外一个单元(0120H)。如图 3 - 3 -1所示。

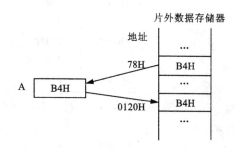

图 3 - 3 - 1　程序执行过程

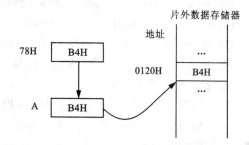

图 3 - 3 - 2　程序执行过程

　　读写的程序段为：

```
MOV    DPTR, #0120H
MOV    R0, #78H
MOVX   A, @ R0          ;片外(78H)→A
MOVX   @ DPTR, A        ;A→片外 0120H 单元
```

　　例3.8　试编写程序，将片内 RAM120 单元的内容送到片外 RAM120H 单元。

　　分析：在这道题里，涉及的是片内与片外两个单元内容的操作。程序执行过程如图 3 - 3 -2所示。

　　可以写出程序段为：

```
MOV    DPTR, #0120H
MOV    A, 78H
MOVX   @ DPTR, A
```

　　2. 访问 ROM 的指令(2 条)

```
MOVC   A, @ A + PC      ; 先 PC +1→PC, 后((A + PC))→A
MOVC   A, @ A + DPTR    ; 先 PC +1→PC, 后((A + DPTR))→A
```

　　这两条指令也称为查表指令。编程时，预先在程序存储器 ROM 中建立起数据表格，以后程序运行时利用这两条指令查表。

　　这两条指令都为单字节指令，不同的是，第一条指令的基本地址为程序计数器 PC，偏移地址为 A；而第二条指令中，16 位数据指针 DPTR 和累加器 A 既可以作基本地址也可以作偏移地址，使用比较灵活。因此，可以看出第一条指令查找范围为 256B，称为近程查表；而第二条指令查找范围可达整个 ROM 的 64KB，称为远程查表。

例 3.9 在程序存储器 ROM 中，数据表格如表 3 - 3 - 1 所示。分别采用以上两条访问 ROM 的指令写出程序段，将 200AH 单元的内容读入 A 中。

（1）采用"MOVC A，@ A + PC"指令

1FF0H：MOV A，#17H ; A = 200AH - 1FF3H = 17H

1FF2H：MOVC A，@ A + PC ; A = ((A + PC)) = (200AH) = 61H

注意：第一条指令占 2 字节；第 2 条指令占 1 字节，执行第 2 条指令时 PC = 1FF3H，为 PC 当前值。

（2）采用"MOVC A，@ A + DPTR"指令

1FF0H：MOV DPTR，#2000H ; DPTR = 2000H

1FF3H：MOV A，#0AH ; A = 0AH

1FF5H：MOVC A，@ A + DPTR ; A = ((A + DPTR)) = (200AH)

则：PC = 1FF6H，A = (200AH) = 61H

表 3 - 3 - 1 例 3.9 数据表

地址	内容
2000H	01H
2001H	04H
2002H	09H
2003H	06H
2004H	08H
2005H	45H
2006H	66H
2007H	ABH
2008H	FCH
2009H	22H
200AH	61H

3. 数据交换指令（5 条）

XCH	A，Rn	; A 与 Rn 内容互换
XCH	A，direct	; A 与 direct 内容互换
XCH	A，@ Ri	; A 与 (Ri) 内容互换
XCHD	A，@ Ri	; $A_{3\sim0}$ 与 $((Ri))_{3\sim0}$ 内容互换
SWAP	A	; $A_{3\sim0}$ 与 $A_{7\sim4}$ 内容互换

上述五条指令中，进行的操作是累加器 A 与工作寄存器 Rn(Rn = R0 ~ R7)、直接地址 direct 和间接地址 @ Ri(Ri = R0、R1) 所寻址的单元内容，以及自身半字节的内容进行互换。其中，前三条为字节的交换，而后面两条进行的是半字节的交换，XCHD 完成低半字节的交换而高半字节不变，SWAP 完成累加器 A 低半字节与高半字节的交换。

其中，累加器 A 与直接地址 direct 的内容互换指令为双字节指令，其余都为单字节指令。

例 3.10 初始时，A = 34H，(30H) = 11H。执行下列程序段后，分析其执行结果。

XCH	A，30H	; A = 11H，(30H) = 34H
MOV	R1，#30H	; R1 = 30H
XCH	A，@ R1	; A = 34H，(30H) = 11H
XCHD	A，@ R1	; A = 31H，(30H) = 14H

例 3.11 设片内(20H) = 6AH，片外(50H) = 0CFH，要求完成片内 RAM20H 与片外 50H 的内容互换。

分析：由于交换指令只能在 A 与 Rn、direct 和 @ Ri 所寻址的单元中进行，而题目要求交换的两个数据分别在片内片外两个 RAM 单元，因此在交换之前必须要进行数据的移动，将其中一个操作数取到 A 中，另外一个操作数可以放到 @ Ri 中。在 A 与 @ Ri 的内容交换完毕后，再将 A 中的数据送回原来取数的 RAM 单元。

MOV	A，20H	; A = 6AH
MOV	R0，#50H	; R0 = 50H
XCH	A，@ R0	; A = 0CFH，(50H) = 6AH
MOV	20H，A	; (20H) = 0CFH

4. 堆栈操作指令(2 条)

PUSH direct	；先 SP + 1→SP，后(direct)→(SP)
POP direct	；先((SP))→direct，后 SP − 1→SP

上述两条指令中，PUSH 为入栈指令，POP 为出栈指令，用于保护和恢复现场。它们都是双字节指令，且都不影响标志位。

入栈操作时，栈指针 SP 首先上移一个单元，指向栈顶的上一个单元，接着将直接地址 direct 单元内容压入当前 SP 指向的单元中。出栈操作时，首先将栈指针 SP 所指向的单元的内容弹出到直接地址 direct 中，然后 SP 下移一个单元，指向新的栈顶。

需要说明：①堆栈指令仅用于片内 RAM128B 或专用寄存器的操作；②堆栈操作必须遵循“先进后出”或者“后进先出”的原则，否则堆栈中的数据会出现混乱。③在执行调子和中断程序时，有由其他指令进行的入栈和出栈操作，后面会详细讨论。

例 3.12　分析下列程序段。

MOV　SP, #18H	；SP = 18H
MOV　A, #30H	；A = 30H
MOV　DPTR, #1000H	；DPH = 10H，DPL = 00H
PUSH A	；SP + 1→SP = 19H，(19H) = 30H
PUSH DPH	；SP + 1→SP = 20H，(20H) = 10H
PUSH DPL	；SP + 1→SP = 21H，(21H) = 00H
⋮	
POP DPL	；((SP))→DPL，DPL = 00H，SP − 1→SP = 20H
POP DPH	；((SP))→DPH，DPH = 10H，SP − 1→SP = 19H
POP A	；((SP))→A，A = 30H，SP − 1→SP = 18H

例 3.13　堆栈指令也可以进行数据的交换。

MOV　SP, #18H	；SP = 18H
MOV　30H, #40H	；(30H) = 40H
MOV　40H, #50H	；(40H) = 50H
PUSH 30H	；SP + 1→SP = 19H，(19H) = 40H
PUSH 40H	；SP + 1→SP = 20H，(20H) = 50H
⋮	
POP 30H	；((SP))→30H，(30H) = 50H，SP − 1→SP = 19H
POP 40H	；((SP))→40H，(40H) = 40H，SP − 1→SP = 18H

比较 30H、40H 两个片内 RAM 单元的内容，可以发现这两个单元的内容进行了交换。

3.4　算术运算指令

算术运算指令共有 24 条，包括执行加、减、乘、除法四则运算的指令和执行加 1、减 1、BCD 码的运算和调整的指令。虽然 51 单片机的算术逻辑单元 ALU 仅能对 8 位无符号整数进行运算，但利用进位标志 C，可进行多字节无符号整数的运算。同时利用溢出标志，还可以对带符号数进行补码运算。需要指出的是，除加 1、减 1 指令外，这类指令大多数都对程序状态字 PSW 有影响，在使用中应该注意。

3.4.1 普通四则运算指令

1. 加法指令(4 条)

ADD A，Rn	；A + Rn→A
ADD A，direct	；A +(direct)→A
ADD A，@Ri	；A +((Ri))→A
ADD A，#data	；A + #data→A

上述四条指令分别执行的操作是：将工作寄存器 Rn(R0 ~ R7)内容、直接地址 direct 内容、间接地址@Ri(Ri = R0、R1)的内容以及立即数#data，与累加器 A 的内容相加，和送到累加器 A。

要注意的是，上述指令的执行将影响标志位 AC、CY、OV、P。当和的第 3 位或第 7 位有进位时，分别将 AC、CY 标志位置 1，否则为 0。溢出标志位只有带符号数运算时才有用。OV =1 也可以理解为：由于进位破坏了符号位的正确性。

例 3.14　若 A =78H，R0 =47H。执行 ADD A，R0 后，结果及各标志位 =？

$$A = \quad 0111\ 1000$$
$$+ R0 = \underline{0100\ 0111}$$
$$0\ 1011\ 1111$$

执行指令完毕后，所得和为 0BFH。标志位 CY =0，AC =0，P =1。由于 C7 =0，C6 =1，因此 OV = C7 $\oplus$ C6 =1，表示存在溢出现象。还有一种方法也可以判断是否溢出，比较被加数、加数、和三者的符号关系，可见，2 个正数相加结果为负，显然存在溢出现象。

2. 带进位加指令(4 条)

ADDC	A，Rn	；A + Rn + CY→ A
ADDC	A，direct	；A +(direct)+ CY→A
ADDC	A，@Ri	；A +((Ri))+ CY→A
ADDC	A，#data	；A + #data + CY→A

这组指令完成的功能是将工作寄存器 Rn 内容、直接地址 direct 内容、间接地址@Ri 的内容以及立即数#data，连同进位标志位 CY，与累加器 A 的内容相加，和送入累加器 A。其他的功能与 ADD 指令相同。

例 3.15　设 A =0AEH，R0 =81H，CY =1。执行指令 ADDC A，R0，说明指令操作过程与结果。

$$A= \quad 1010\ 1110$$
$$R0= \quad 1000\ 0001$$
$$+CY= \underline{\qquad\qquad 1}$$
$$1\ 0011\ 0000$$

按照例 3.14 的方法，可以确定当执行指令完毕后，所得和为 30H。标志位 CY =1，AC =1，P =0。OV = C7 $\oplus$ C6 =1，表示存在溢出现象。

例 3.16　编程，将 31H 和 30H 中的数与(41H)、(40H)相加，相加和保存在 31H、30H 中。假设相加和不超过 16 位。

分析：这是一道两个字节的加法题，其中(31H)、(41H)为高字节，(30H)、(40H)为低字节，首先应进行低字节的相加，然后再进行高字节的相加。由于低字节相加过程中可能产生进位，因此高字节的相加应采用 ADDC 指令。

```
MOV   A, 30H
ADD   A, 40H
MOV   30H, A
MOV   A, 31H
ADDC  A, 41H
MOV   31H, A
```

3. 带借位减法指令(4 条)

```
SUBB A, Rn          ; A – CY – Rn→A
SUBB A, direct      ; A – CY – (direct)→A
SUBB A, @ Ri        ; A – CY – ((Ri))→A
SUBB A, #data       ; A – CY  – #data→A
```

51 单片机指令系统中没有不带借位的减法指令，因此在多字节减法运算中，低字节运算，用"SUBB"指令相减之前，应使用"CLR C"指令将 CY 清零。而高字节减法运算时，由于低字节相减可能产生借位，可以直接使用"SUBB"指令。

此外，标志位的判断与加法运算类似。加法运算是判断进位，而减法运算是判断借位。

例 3.17　若 A = 78H，R0 = 47H，CY = 1。执行 SUBB A, R0 后的结果及各标志位 = ?

转换成补码求和

$$
\begin{array}{rcl}
A & = & 0111\ 1000 \\
[-47H]_补 & = & 1011\ 1001 \\
+)\ [-1H]_补 & = & 1111\ 1111 \\
\hline
& & 0011\ 0000
\end{array}
$$

执行指令完毕后，所得差为 30H。标志位 CY = 0，AC = 0，P = 0。OV = C7 ⊕ C6 = 0，表示没有发生溢出。(在最高位，次高位和低半字节都出现了 2 次进位，而被认为无进位。)

例 3.18　编程，将 31H、30H 中的数与(41H)、(40H)相减，差保存在 31H、30H 中。

分析：这是一道两个字节的减法操作，其中(31H)、(41H)为高字节，(30H)、(40H)为低字节。因此，首先应进行低字节的相减，然后再进行高字节的相减。要注意的是，相减之前，应使用"CLR C"指令将 CY 清零。

```
CLR  C
MOV  A, 30H
SUBB A, 40H
MOV  30H, A
MOV  A, 31H
SUBB A, 41H
MOV  31H, A
```

4. 乘法指令

```
MUL AB              ; A × B→B15~8 A7~0
```

这条指令为单字节 4 机器周期指令。其功能是把累加器 A 和寄存器 B 中的两个 8 位的无符号数相乘，所得 16 位乘积的低字节放在 A 中，高字节放在 B 中。若乘积大于 255（0FFH），则置 OV 为 1，否则清零。CY 总是被清零。

例 3.19 A = 45H，B = 12H。执行指令"MUL AB"后，分析其结果和标志位。

解：指令执行结果为：B = 04H，A = DAH，乘积结果为 04DAH。标志位 C = 0，OV = 1。

5. 除法指令

DIV AB   ; A ÷ B，商→A，余数→B

这条指令也是单字节 4 机器周期指令，其功能是无符号数相除。累加器 A 中为被除数，寄存器 B 中为除数，所得商放在 A 中，余数放在 B 中。指令执行完毕后，标志位 CY 和 OV 总是被清零。但是当 B = 00H 时，结果无法确定，OV = 1。

例 3.20 设 A = 87H，B = 0CH。执行指令 DIV AB，说明指令的结果。

解：指令执行结果为：A = 0BH，B = 03H。标志位 OV = 0，CY = 0，P = 1

3.4.2 特殊运算指令

除普通算数运算指令外，有四种特殊运算指令（共 10 条），它们分别是加 1 指令（5 条）、减 1 指令（4 条）、十进制调整指令（1 条）。

1. 加 1 指令（5 条）

INC A   ; A + 1→ A
INC Rn   ; Rn + 1 →Rn
INC direct   ; (direct) + 1→ direct
INC @ Ri   ; ((Ri)) + 1→(Ri)
INC DPTR   ; DPTR + 1 →DPTR

上述五条指令执行的操作都是将操作数所指定的单元内容加 1，其操作不影响标志位。

在 INC direct 这条指令中，如果直接地址是 P0 ~ P3，其操作是先读入 I/O 锁存器的内容，然后在 CPU 中加 1，再输出到 I/O 上，属于"读—修改—写"操作。

例 3.21 若 R1 = 30H，(30H) = 11H。分析执行下面指令后的结果。

INC @ R1   ; (30H) = 12H
INC R1   ; R1 = 31H

例 3.22 设 A = 0FFH，CY = 0。比较"INC A"和"ADD A，#01H"，分析两条指令运行后的结果。

解：两条指令运行后 A = 00H，但是标志位不同。由于前者不影响标志位，因此 CY = 0；而后者影响标志位，因此 CY = 1。

2. 减 1 指令（4 条）

DEC A   ; A – 1 →A
DEC Rn   ; Rn – 1→Rn
DEC direct   ; (direct) – 1→direct
DEC @ Ri   ; ((Ri)) – 1→(Ri)

上述四条指令除了第三条为双字节指令外，均为单字节指令。它们执行的操作都是将操作数所指定的单元内容减 1，其操作不影响标志位。

例 3.23   若 R0 = 30H,（30H）= 11H。分析执行下面指令后的结果。

    DEC @ R0   ;（30H）= 10H
    DEC R0   ; R0 = 2FH

例 3.24   设 A = 00H, CY = 0。比较"DEC A"和"SUBB A, #01H",分析两条指令运行后的结果。

解：两条指令运行后 A = 0FFH,但是标志位不同。由于前者不影响标志位,因此 CY = 0；而后者影响标志位,因此 CY = 1。

3. 十进制调整指令

    DA A   ; 若 AC = 1 或 A_{3-0} > 9, 则 A + 06H→A
                          ; 若 CY = 1 或 A_{7-4} > 9, 则 A + 60H→A

这条指令的功能是将执行 BCD 码加法运算后存于累加器 A 中的结果进行调整和修正。使用时,只需在加法指令后面紧跟一条 DA A 指令即可。在执行 DA A 指令之后,若 CY = 1,则表示相加后的和已等于或大于十进制数 100。

例 3.25   设累加器 A 内容为 01100111B（67 的 BCD 码）,寄存器 R3 的内容为 01010110B（56 的 BCD 码）,CY 内容为 1。求执行下列指令后的结果。

    ADDC A, R3 ;
    DA A   ;

解：先执行 ADDC A, R3：

             A: 0110 0111 BCD: 67
             R3: 0101 0110 BCD: 56
            +CY: 1 BCD: 01
            ─────────────────────────
                0 1011 1110

再执行 DAA：

             A: 1011 1110
         调整+:   0110 0110
            ─────────────────────────
                1 0010 0100 BCD：124

因为结果中的高四位为 B,大于 9；低四位为 E,也大于 9,因此自动加 66H 进行调整。结果 A = 24BCD, CY = 1, AC = 1。

3.4.3   传送指令和算术运算指令的综合应用

传送指令和算术运算指令是整个指令系统中使用广泛而频繁的两类指令,涉及到累加器、寄存器、直接地址、间接地址等操作数之间的数据传递和处理。接下来通过 1 个例子来分析这两类指令的综合应用。

例 3.26   编程实现多字节的加法：123456 + 789011 = 912467。

分析：程序要求完成的是三字节 BCD 码的加法运算。方法是首先进行低字节内容的相加调整,然后再进行次高字节的相加调整,最后进行高字节的相加调整。程序流程图如图 3 - 4 - 1

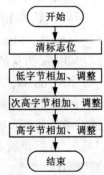

图 3 - 4 - 1   多字节
加法程序流程图

所示。

程序如下：

```
CLR  C                ；进位标志位清零
MOV  A, #56H          ；取低字节
ADD  A, #11H          ；相加调整
DA A
MOV  R0, A            ；保存低字节和到R0
MOV  A, #34H          ；取次高字节
ADDC A, #90H          ；相加调整
DA A
MOV  R1, A            ；保存次高字节和到R1
MOV  A, #12H          ；取高字节
ADDC A, #78H          ；相加调整
DA A
MOV  R2, A            ；保存高字节和到R2
```

3.5 逻辑运算和循环类指令

逻辑运算和循环移动指令共有24条，有与、或、异或、求反、左右移位、清0等逻辑操作。这类指令一般会影响奇偶标志位P，有的循环指令还会影响CY。这一部分的指令将分成基本逻辑运算指令（包括与、或、异或）和累加器的操作指令（取反、清零、循环）两组来介绍。

3.5.1 基本逻辑运算指令（18条）

1. 与运算（6条）

1）以A为目的操作数（4条）

```
ANL A, Rn          ；A∧Rn→A
ANL A, direct      ；A∧(direct)→A
ANL A, @Ri         ；A∧((Ri))→A
ANL A, #data       ；A∧#data→A
```

2）以direct为目的操作数（2条）

```
ANL direct, A      ；(direct)∧A→direct
ANL direct, #data  ；(direct)∧#data→direct
```

这组指令是将累加器A或直接地址direct作为目的操作数，与所指定的源操作数进行逻辑"与"，结果存放在目的操作数地址中。若直接地址是I/O端口，则要执行"读—修改—写"操作。

例3.27 清除累加器A的高四位，20H的低四位。其余部分不变。

```
ANL  A, #0FH
ANL  20H, #0F0H
```

例 3. 28 保留累加器 A 的 D5、D4、D3 这三位，其余 5 位清零。

  ANL A，#00111000B

2. 或运算(6 条)

1)以 A 为目的操作数(4 条)

  ORL A，Rn   ; A $\vee$ Rn→A

  ORL A，direct ; A $\vee$ (direct)→A

  ORL A，@ Ri   ; A $\vee$ ((Ri))→A

  ORL A，#data ; A $\vee$ #data→A

  这组指令是将累加器 A 或直接地址 direct 作为目的操作数，与所指定的源操作数进行逻辑"或"，结果存放在目的操作数地址中。若直接地址是 I/O 端口，则为"读—修改—写"操作。

例 3. 29 若 R0＝11H，将 R0 中的内容变为 0FH。

  MOV A，R0

  ANL A，#0FH ;高 4 位清零

  ORL A，#0FH ;低 4 位置 1

  MOV R0，A

例 3. 30 若 A＝12H，R0＝71H，(71H)＝55H，写出下列指令的执行结果。

(1) ORL A，R0   ; A＝73H

(2) ORL A，@ R0 ; A＝57H

3. 异或运算(6 条)

1)以 A 为目的操作数(4 条)

  XRL A，Rn   ; A $\oplus$ Rn→A

  XRL A，direct ; A $\oplus$ (direct)→A

  XRL A，@ Ri   ; A $\oplus$ ((Ri))→A

  XRL A，#data ; A $\oplus$#data→A

2)以 direct 为目的操作数(2 条)

  XRL direct，A ; (direct) $\oplus$ A→direct

  XRL direct，#data ; (direct) $\oplus$#data→direct

  这组指令是将累加器 A 或直接地址 direct 作为目的操作数，与所指定的源操作数进行逻辑"异或"，结果存放在目的操作数地址中。若直接地址是 I/O 端口，为"读—修改—写"操作。

  异或指令也常用于修改某些工作寄存器、片内 RAM 单元、直接地址单元或累加器本身的内容。修改的方法是：用 1 使被修改数的相应位取反；用 0 使被修改数的相应位保持不变。

例 3. 31 若 A＝00110001B，将 A 中的第 0、4、5 位取反，其他位不变。

  XRL A，#00110001H

3.5.2 累加器的操作指令(6 条)

  累加器的操作指令包括：累加器取反指令、累加器清零指令、左右循环移位指令。这部分所有的指令都是单字节指令。

1）累加器清零

　　CLR A　　　; 0→A

2）累加器取反

　　CPL A　　　; /A→A

3）A 中的内容向左循环移一位

　　RL A　　　　;$\overset{\displaystyle\longleftarrow a_7 \leftarrow a_0 \longleftarrow}{\boxed{}}$

4）A 中的内容带进位位 C 的内容向左循环移一位

　　RLC A　　　;$\overset{\displaystyle\longleftarrow CY \leftarrow a_7 \leftarrow a_0 \longleftarrow}{\boxed{}}$

5）A 中的内容向右循环移一位

　　RR A　　　　;$\overset{\displaystyle\longrightarrow a_7 \rightarrow a_0 \longrightarrow}{\boxed{}}$

6）A 中的内容带进位位 C 的内容向右循环移一位

　　RRC A　　　;$\overset{\displaystyle\longrightarrow CY \rightarrow a_7 \rightarrow a_0 \longrightarrow}{\boxed{}}$

＊注意循环移位指令每执行一次只能左移或右移一位。

例 3.32　设 A = 5BH，CY = 1。分析执行下列指令后，累加器 A 内容和标志位的变化。
(1)CPL A；(2)CLR A；(3)RL A；(4)RR A；(5)RLC A；(6)RRC A

解：在执行指令前，可知奇偶标志位 P 为 1。

(1)为累加器取反。原来的 A = 01011011B，按位取反后 A = 10100100B。标志位 CY 和 P 都不变。

(2)为累加器的清零。执行后 A = 00H，标志位 CY 不变，而奇偶位 P 变为 0。

(3)为累加器的循环左移。执行后 A = 10110110B = 0B6H。标志位 CY 和 P 都不变。

(4)为累加器的循环右移。执行后 A = 10101101B = 0ADH。标志位 CY 和 P 都不变。

(5)为累加器的带进位循环左移。执行后 A = 10110111B = 0B7H。标志位 CY 为 0，P 也为 0。

(6)为累加器的带进位循环右移。执行后 A = 10101101B = 0ADH。标志位 CY 和 P 不变，仍然为 1。

3.6　程序转移类指令

程序转移类指令可以改变程序计数器 PC 的内容，从而改变程序运行的次序，将程序跳转到某个指定的地址，再执行下去。

程序转移类指令共 12 条，分为无条件转移指令和条件转移指令两个小类。所有这些指令的目标地址都是在 64KB 的程序存储器地址范围内。除 NOP 指令执行时间为 1 个机器周期外，所有指令的执行时间都是 2 个机器周期。

3.6.1　程序流程图

程序流程图是程序设计的基本工具。绘制程序流程图的过程就是程序的逻辑设计过程。有专家认为：真正的程序设计过程是流程图设计，而上机编程只是将设计好的程序流程图转换成程序设计语言而已。

　　源程序是一维的指令流，而流程图是二维的平面图形。它用规定的一系列图形符号、流程线及文字说明来表示解决某一个问题的步骤和操作内容。经验证明，在表达逻辑思维策略时，二维图形比一维指令流要直观明了得多。

　　程序流程图也是我们分析阅读程序必不可少的工具，能够帮助我们掌握程序转移类指令的使用方法。所以，在学习转移类指令之前，我们先介绍流程图的基本知识。

　　1. 流程图的基本符号

　　在作程序流程图时，只需要几个符号来表示必要的操作。美国国家标准化协会 ANSI（American National Standard Institute）规定了一些常用的符号，表 3 – 6 – 1 中分别列出了标准的流程图符号的名称、表示和功能。

表 3 – 6 – 1　　流程图符号名称、表示和功能

符号名称	符号	功　　能
起止框	⬭	表示程序的开始或结束
矩形框	▭	表示要进行的工作
菱形框	◇	表示要判断的事情，框内的表达式为要判断的内容
连接点	◯	表示流程图的延续
箭头	→ ← ↓ ↑	表示程序的执行方向

　　2. 程序流程的基本结构

　　(1) 顺序结构

　　顺序结构是一种最简单的程序结构，也称为直线结构。它的执行自始至终按照语句出现的先后顺序进行。其结构如图 3 – 6 – 1 所示。

　　(2) 循环结构

　　在实际问题中当遇到需要重复执行某项任务的时候，需要重复执行某些指令。这时最好用循环程序实现。一个循环程序通常由以下五个部分组成，如图 3 – 6 – 2 所示。

图 3 – 6 – 1　顺序结构示意图

　　① 初始化部分：建立循环初始值。如设置地址指针、计数器等循环参数的初始值等。

　　② 循环体部分：在循环过程中所要完成的具体操作，是循环程序的主要部分。它可以是一个顺序程序、一个分支程序或另一个循环程序。

　　③ 修改部分：为执行下一个循环而修改循环参数。如地址指针、计数器(一般用工作寄存器 Rn)等。

　　④ 控制部分：判断循环结束条件是否成立。通常判断循环是否结束的办法有两种：

　　用计数控制循环：循环是否已进行预定次数(适合已知循环次数的循环)；

　　用条件控制循环：循环终止条件是否成立(适合未知循环次数的循环)。

　　⑤ 结束处理部分：对循环进行结束处理，如存储结果等。

　　图 3 – 6 – 2(a) 给出的循环结构框图是"先执行后判断"的结构，称为 DO – UNTIL 结

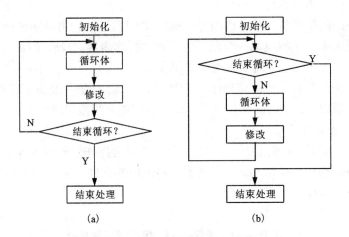

图 3 − 6 − 2　循环结构示意图

(a)先执行后判断；　(b)先判断后执行

构，而(b)是"先判断后执行"的结构，称为 WHILE − DO 结构。两种结构都是由以上五个部分组成，只是顺序不同。但是(b)与(a)最大的区别是，当条件满足时，(b)结构可以一次循环也不执行。

(3)分支结构

把不同的处理方法编制成各自的处理程序段，运行时由机器根据不同的条件自动作出选择判断，绕过某些指令，仅执行相应的处理程序段。那么这种根据所指定的条件是否满足，用来决定程序执行方向的程序结构称为分支结构。分支程序结构是通过转移指令实现的，分支结构分为单分支结构和多分支结构。

① 单分支结构。它是分支结构中最简单的一种，往往只进行一次的条件判断。条件满足执行处理(P)，条件不满足则顺序执行。其结构示意图如图 3 − 6 − 3 所示。

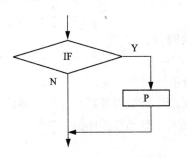

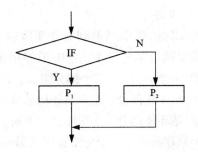

图 3 − 6 − 3　单分支结构示意图　　　　**图 3 − 6 − 4　双分支结构示意图**

② 双分支结构。双分支结构与单分支结构类似，都是只进行一次的条件判断。但两者的区别在于单分支结构不含第二种处理模块。而双分支结构中，当条件满足时执行模块 1 的处理(P_1)，条件不满足则执行模块 2 的处理(P_2)。其结构示意图如图 3 − 6 − 4 所示。

双分支结构中模块 2 也可以是双分支结构，再继续分下去，就构成图 3 − 6 − 5 所示的多级(层)分支结构。

　　例如，判断两数 A、B 大小：若 A > B，则(20H) = 1；若 A < B，则(20H) = −1；若 A = B，则(20H) = 0。显然这是一个要进行两次选择的，2 层分支结构程序设计问题。可以先设置一个分支判断 A、B 是否相等，然后用第二个分支判断孰大孰小。

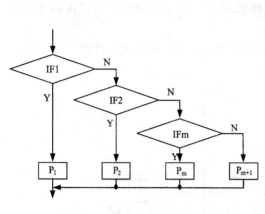

图 3 − 6 − 5　多级分支结构示意图

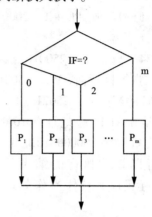

图 3 − 6 − 6　散转结构

　　③多选择分支结构。互相排斥的执行模块较多时，常采用多选择分支结构，也叫散转结构，查表程序就是一种散转结构程序。散转结构流程图如图 3 − 6 − 6 所示。

3.6.2　无条件转移指令(4 条)

　　这部分的指令包含有长转移指令、短转移指令、相对转移指令和相对长转移指令，各只有一条指令。它们完成的操作都是当程序执行到该指令时，程序根据指令所提供的相关信息无条件转移到目标地址处。

　　1. 长转移指令

　　LJMP addr16　　；先 PC + 3→PC，

　　　　　　　　　　后 addr16→ PC

　　这条指令为三字节指令，使程序可以在 64KB 地址范围内无条件转移。具体操作为将指令中给出的 16 位地址作为目标地址，使程序计数器 PC 直接转向目标地址，从而实现跳转。为了使程序的可读性增强，指令中的 addr16 常采用符号地址来表示。例如 main、start 等。

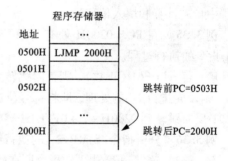

图 3 − 6 − 7　程序执行过程

　　例 3.33　当前 PC = 0500H，执行"LJMP 2000H"指令，画图说明执行过程。具体操作如图 3 − 6 − 7 所示。

　　2. 短转移指令

　　AJMP addr11　　；先 PC + 2→PC，后 addr11 →PC$_{10\sim0}$，PC$_{15\sim11}$不变

　　这条指令为二字节指令，提供 11 位地址，可以在 PC 当前值所指的 2KB 地址范围内转移，也称为绝对转移指令。

　　在执行短转移指令时，分两个步骤完成：第一步是取指令操作，程序计数器 PC 值加 2；第二步是把 PC 加 2 后的高 5 位地址 PC15 ~ PC11 和指令码中的低 11 位地址构成目标转

移地址，即：PC15 ~ PC11、a10、a9、a8、a7、a6、a5、a4、a3、a2、a1、a0。

应当注意的是，AJMP 指令的目标转移地址不是和 AJMP 指令地址在同一个 2KB 区域，而是和 AJMP 指令取出后的 PC 地址（即 PC + 2）在同一个 2KB 区域。例如，若 AJMP 指令的地址为 1FFEH，则 PC + 2 = 2000H，因此目标转移地址必为 2000H ~ 27FFH 这个 2KB 区域。

例 3.34　当前 PC = 2500H，执行"AJMP 0136H"指令，画图说明执行过程。

解：在指令执行前，PC = 2500H，取出该指令后，PC 的当前值为 2502H，指令执行过程是用指令给出的 11 位地址 00100110110B 替换 PC 的低 11 位 10100000010B，新的 PC 值为 2136H，所以指令执行的结果就是转移到 2136H 执行程序。具体操作如图 3 − 6 − 8 所示。

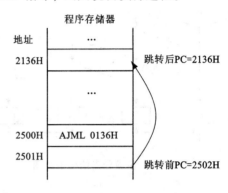

图 3 − 6 − 8　指令执行过程

3. 相对转移指令

SJMP rel ；先 PC + 2→PC，

　　　　　　后 PC + rel→PC

这条指令为二字节指令。指令中的 rel 为带符号的相对偏移量，其范围为 − 128 ~ + 127B，负数表示反向转移，正数表示正向转移。这条指令完成的操作为程序计数器 PC 首先加 2，然后在当前的 PC 值基础上再结合指令中给出的相对偏移量进行跳转。

这条指令的优点是，指令中给出的是相对转移地址，不具体指出地址值。这样一来，当程序发生变化时，只要相对地址不发生变化，该指令就不需要做任何改动。编写程序时，通常在 rel 位置上直接以符号地址的形式给出转移的目的地址，而由汇编程序在汇编过程中自动计算和填入偏移量。

例 3.35　在 PC = 0200H 处有一条"SJMP rel"指令。分析当 rel 分别为 36H 和 0E4H 时，指令的执行过程。

解：若 rel = 36H（正数），则正向跳转到 0200H + 2 + 36H = 0238H 处；若 rel = 0E4H（负数），则须先进行 rel 的处理，即将符号位进行扩展，扩展为 0FFE4H，然后计算跳转地址，可知，反向跳转到 0200H + 2 + 0FFE4H = 01E6H 处。

例 3.36　分析指令"SJMP $"的执行结果。

解：符号"$"一般是指"本指令所在的首地址"，也就是指令执行前的 PC 值。因此指令"SJMP $"的执行结果是：执行该指令后，程序仍将转移到此指令处继续执行，单片机进入等待状态，直到有中断产生为止。这条指令也称为踏步指令或动态停机指令。

4. 相对长转移指令

JMP @ A + DPTR ；A + DPTR→PC

这条指令又称为散转指令。它一般以 DPTR 的内容为基址，以累加器 A 的内容为相对偏移量，在 64KB 地址范围内无条件转移。指令执行过程对 DPTR、A 和标志位均无影响。这条指令的特点是转移地址可以在程序运行中加以改变。

例 3.37　已知累加器 A 中存放有待处理的命令编号 0 ~ 3，程序存储器中存放有起始地址为 TAB 的三字节长转移指令表。试编写一程序能使系统按照累加器 A 中的命令编号转去执行相应的命令程序。

```
        CLR   C
        MOV   R0, A        ;以下 3 条指令实现 3×A→A
        RLC   A
        ADD   A, R0
        MOV   DPTR, #TAB    ;转移指令表起始地址送 DPTR
        JMP   @A + DPTR
TAB:    LJMP  TAB0          ;转入 0 号命令程序
        LJMP  TAB1          ;转入 1 号命令程序
        LJMP  TAB2          ;转入 2 号命令程序
        LJMP  TAB3          ;转入 3 号命令程序
```

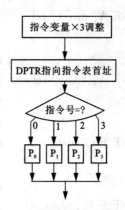

图 3 - 6 - 9　例 3.37 程序流程图

由于 LJMP 为三字节指令, 跳转前累加器的值应先乘以 3。从程序中可以看出, 当 A = 00H 时, 跳转到 TAB0; 当 A = 01H 时, 跳转到 TAB1; 当 A = 02H 时, 跳转到 TAB2; 当 A = 03H 时, 跳转到 TAB3。

3.6.3　条件转移指令(8 条)

这部分的指令包含 8 条指令, 其中累加器内容判零转移(2 条)、循环转移指令(2 条)、两操作数比较不相等转移(4 条)。要注意的是, 这 8 条指令中的字节偏移量 rel 为一个 8 位带符号数。

1. 累加器内容判零转移(2 条)

```
JZ rel      ;先 PC + 2→PC, 若 A = 0, 则转移, PC + rel→PC
            ;若 A≠0, 则顺序执行
JNZ rel     ;先 PC + 2→PC, 若 A≠0, 则转移, PC + rel→PC
            ;若 A = 0, 则顺序执行
```

上述两条指令是将累加器 A 的内容作为条件判断是否跳转。指令"JZ"判断当 A = 0 时, 程序计数器 PC 按指令中给出的相对地址转向新的目标地址(即 PC + 2 + 相对地址 rel), 否则顺序执行下一条指令。指令"JNZ"判断当 A≠0 时, 程序计数器 PC 按同样的方法, 即根据 PC + 2 + 相对地址 rel, 计算出新的目标地址, 并转向该地址, 否则顺序执行下一条指令。

2. 循环转移指令(2 条)

```
DJNZ Rn, rel     ;先 PC + 2→PC, Rn - 1→Rn
                 ;若 Rn≠0, 则转移, PC + rel→PC
                 ;若 Rn = 0, 则顺序执行
DJNZ direct, rel ;先 PC + 3→PC, (direct) - 1→direct
                 ;若(direct)≠0, 则转移, PC + rel→PC
                 ;若(direct) = 0, 则顺序执行
```

上述两条指令用于循环程序中, 它们完成的任务是将寄存器 Rn 或直接地址 direct 的内容作为条件, 判断是否继续循环。指令"DJNZ Rn, rel"为二字节指令, 指令"DJNZ direct, rel"为三字节指令。

3. 两操作数比较不相等转移(4 条)

CJNE A, direct, rel 　　 ; PC + 3→PC;

　　　　　　　　　　　 ; 若 A ≠ (direct), 则转移 PC + rel→PC;

　　　　　　　　　　　 ; 若 A = (direct), 则顺序执行。

CJNE A, #data, rel 　　 ; PC + 3→PC;

　　　　　　　　　　　 ; 若 A ≠ #data, 则转移 PC + rel→PC;

　　　　　　　　　　　 ; 若 A = #data, 则顺序执行。

CJNE Rn, #data, rel 　　 ; PC + 3→PC;

　　　　　　　　　　　 ; 若 Rn ≠ #data, 则转移 PC + rel→PC;

　　　　　　　　　　　 ; 若 Rn = #data, 则顺序执行。

CJNE @ Ri, #data, rel 　 ; PC + 3→PC

　　　　　　　　　　　 ; 若((Ri)) ≠ #data, 则转移 PC + rel→PC;

　　　　　　　　　　　 ; 若((Ri)) = #data, 则顺序执行。

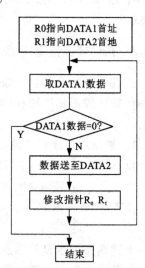

上述四条指令都是三字节指令, 它们完成的操作是将指令中的第一操作数和第二操作数进行比较, 若它们的值不相等, 则转移, 转移的目标地址为 PC + 3 + rel; 否则程序顺序执行。若第一操作数大于或等于第二操作数, 则影响标志位 C = 0; 若第一操作数小于第二操作数, 则 C = 1。利用对 C 的判断, 可使用这几条指令实现两操作数相等与否的判断, 还可进行两数大小的比较。

例3.38 已知内部 RAM 中数据块 DATA1 以 0 作为结束标志, 试编写程序将 DATA1 传送到以 DATA2 为起始地址的内部 RAM 区中。

```
        MOV  R0, #DATA1  ; 数据块 DATA1 起始地址送 R0
        MOV  R1, #DATA2  ; 数据块 DATA2 起始地址送 R1
L0:     MOV  A, @R0      ; 取 DATA1 数送 A
        JZ L1            ; 若为 0, 则转到 L1
        MOV  @R1, A      ; 若不为 0, 则传送数到 DATA2
        INC R0           ; 修改 DATA1 地址指针
        INC R1           ; 修改 DATA2 地址指针
        SJMP L0          ; 循环
L1:     END
```

图 3 - 6 - 10　例 3.38
程序流程图

例3.39 试编写程序, 将内部 RAM 以 DATA 为起始地址的 5 个单元中的数据求和, 并将结果送入 SUM 单元。设和不大于 255。

```
        MOV  R0, #DATA   ; 数据块的首地址送入 R0
        MOV  R2, #05H    ; 计数器 R2 赋计数初值
        CLR C
        CLR  A           ; 累加器 A 清零
L0:  ADDC A, @R0         ; 取数后进行累加
        INC  R0          ; 地址加 1, 指向下一个地址单元
```

```
        DJNZ    R2, L0          ；计数值减1, 不为零循环
        MOV     SUM, A          ；计数值为0, 将累加和存入SUM单元
        END                     ；结束
```

例3.40　设计一延时程序, 延时时间为1ms。

```
        MOV     R0, #0AH        ；外循环次数为10, 机器周期数为1
L0：MOV     R1, #18H        ；内循环次数为24, 机器周期数为1
L1：NOP                     ；机器周期数为1
        NOP
        DJNZ    R1, L1          ；内循环, 指令执行机器周期数为2
        DJNZ    R0, L0          ；外循环, 指令执行机器周期数为2
        RET                     ；返回, 机器周期数为2
```

分析: 这是利用循环指令编制的延时程序, 其中要用到每条指令执行的机器周期数。可计算出这个程序段耗用的时间为:

$$1 + [1 + (1 + 1 + 2) \times 24 + 2] \times 10 + 2 = 993 \text{ 个机器周期}$$

其中, 小括号内为内循环耗用的机器周期数, 方括号内为外循环耗用的机器周期数。设当前采用12MHz的晶振, 这样1个机器周期数为$1\mu s$, 因此程序段耗用的时间为$993\mu s$, 约为1ms。读者可以自行画出程序流程图分析以上2段程序。

3.7　子程序及其调用和返回指令

采用子程序结构可以简化源程序、节约程序存储空间、减少出错率、增加程序的易读性和可维护性, 并且有利于子程序资源的组织和使用。

3.7.1　子程序的概念

1. 主程序与子程序的关系

在程序的执行过程中, 当需要执行子程序时, 可以在主程序中发出调用子程序的指令, 给出子程序的入口地址, 控制程序的执行次序从主程序转入子程序; 而当子程序执行完毕后, 可以利用返回主程序的指令, 使程序重新返回主程序发出子程序调用命令的地方, 继续顺序执行。其示意图如图3-7-1所示, 图中子程序通过返回指令RET返回至断点处。

2. 保护断点和现场

在子程序的调用与返回过程中, 子程序的入口地址是指子程序第一条指令的地址, 用于调用子程序、控制程序的执行。从主程序转向子程序的指令称为调子指令。为了正确调用子程序, 必须在调子指令中给出子程序的入口地址。主程序中调子指令的下一条指令

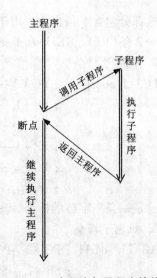

图3-7-1　主程序与子程序的关系

的首地址称为断点。断点是子程序返回主程序的返回地址。从子程序返回主程序的指令称为返回指令，为了在执行返回指令时能够正确地返回主程序，调子指令应具有保护断点的功能。

现场的保护在子程序的调用中也非常重要。由于程序中的主要操作对象是寄存器、累加器或直接地址，对那些主程序和子程序中都会用到的一些寄存器等单元中存放的现场数据要在子程序操作之前进行保护。现场保护使用入栈指令 PUSH、恢复现场使用出栈指令 POP。入栈和出栈指令按"先进后出"或"后进先出"的原则组织和编排。现场保护最好是在子程序中进行，并且在子程序中进行恢复，这样子程序显得更完整。

3. 子程序的嵌套

汇编语言中子程序的嵌套只要堆栈空间允许，一般不受嵌套层次限制。嵌套子程序设计中，应注意寄存器、累加器或直接地址内容的保护和恢复，避免各层子程序之间寄存器冲突。三级嵌套子程序的调用和返回如图 3 − 7 − 2 所示。

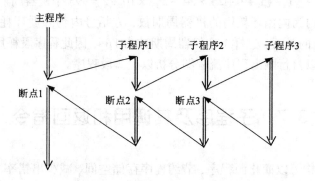

图 3 − 7 − 2　　三级嵌套子程序的调用和返回示意图

3.7.2　调子指令和返回指令(5 条)

这部分包含 5 条指令。用于调子与返回。其中，调子指令 2 条(LCALL、ACALL)、返回指令 2 条(RET、RETI)和 1 条空操作指令(NOP)。

1. 长调子指令

LCALL addr16　　　; PC + 3→PC，PC 加 3，指向下条指令的地址(即断点地址)

　　　　　　　　　; SP + 1 →SP

　　　　　　　　　; $PC_{7\sim0}$→(SP)，断点地址低 8 位压入堆栈

　　　　　　　　　; SP + 1 →SP

　　　　　　　　　; $PC_{15\sim8}$→(SP)，断点地址高 8 位压入堆栈

　　　　　　　　　; $addr_{15\sim0}$→PC，16 位子程序入口地址装入 PC 中

这是一条三字节的指令，该指令可实现在 64KB 空间调用子程序。

2. 短调子指令

ACALL addr11　; PC + 2→PC

　　　　　　　; SP + 1 →SP

　　　　　　　; $PC_{7\sim0}$→(SP)

　　　　　　　; SP + 1 →SP

$$; PC_{15 \sim 8} \rightarrow (SP)$$
$$; addr_{10 \sim 0} \rightarrow PC_{10 \sim 0}$$

这是一条二字节的指令。与短转移指令非常类似的是，指令的操作数部分提供了子程序的低 11 位入口地址，其中 $a_7 \sim a_0$ 在第二字节，$a_{10} \sim a_8$ 则占据第一字节的高 3 位，而 10001 则占据第一字节的低 5 位。短调子指令也称绝对调用指令，其功能是先将 PC 加 2，指向下条指令的地址(即断点的地址)，然后将该断点地址压入堆栈，再把指令中的子程序低 11 位入口地址装入 PC 的低 11 位中，PC 的高 5 位保持不变，以便程序能转到子程序的入口处。因此该指令可实现在 2KB 空间调用子程序。

3. 返回指令(2 条)

RET	$; ((SP)) \rightarrow PC_{15 \sim 8}$
	$; SP - 1 \rightarrow SP$
	$; ((SP)) \rightarrow PC_{7 \sim 0}$
	$; SP - 1 \rightarrow SP$
RETI	$; ((SP)) \rightarrow PC_{15 \sim 8}$
	$; SP - 1 \rightarrow SP$
	$; ((SP)) \rightarrow PC_{7 \sim 0}$
	$; SP - 1 \rightarrow SP$

以上两条指令都是返回指令，单字节。其中 RET 是子程序返回指令，而 RETI 为中断返回指令，专用于中断服务程序的返回。

具体来说，RET 要求放在子程序的末尾，其功能是从堆栈中自动取出断点地址送入程序计数器 PC，使程序返回到主程序断点处继续往下执行。RETI 放在中断服务子程序的末尾，其功能也是从堆栈中自动取出断点地址送入程序计数器 PC，使程序返回到主程序断点处继续往下执行(此外，它还清除中断响应时被置位的优先级状态触发器，以通知 CPU 中断系统已经结束中断服务程序的执行，恢复中断逻辑以便接受新的中断请求)。

在图 3 - 7 - 2 所示的三级嵌套子程序中，假设断点 1、2、3 的地址分别是 1122H、3344H 和 5566H，在初始化程序中已经设置 SP = 60H；如果暂不考虑保护现场问题，执行调子指令和返回指令时，断点地址的堆栈操作如图 3 - 7 - 3 所示。其过程如下：

①在主程序中调子转入子程序 1，首先执行 SP + 1→SP 的操作，使 SP = 6lH，接着把 PC 的低 8 位，即断点地址的低 8 位 22H 推入 SP 当前所指单元 61H；然后再执行 SP + 1→SP 的操作，使 SP = 62H，接着把 PC 的高 8 位，即断点地址的高 8 位 11H 推入 62H 单元，见图 3 - 7 - 3(b)。

②从子程序 1 转入子程序 2，以及从子程序 2 转入子程序 3，断点地址的堆栈操作与此相同，堆栈内的断点地址分别如图(c)、图(d)所示。断点地址 3 最后入栈，位于栈顶。

③ 每段子程序的最后一条指令必须是返回指令 RET。执行子程序 3 中的 RET 指令时，首先将 SP 当前所指的 66H 单元的内容 55H 送入 PC 的高 8 位，然后 SP - 1→SP，使 SP = 65H，接着又将 SP 当前所指的 65H 单元的内容 66H 送入 PC 的低 8 位，再 SP - 1→SP，使 SP = 64H 后，程序将回到子程序 2 的断点处，由于 RET 指令执行后，PC = 5566H，从而使程序回到断点 3，继续执行子程序 2。这时堆栈中的状况见图 3 - 7 - 3(c)。

④ 在执行子程序 2 和子程序 1 的 RET 指令时，堆栈操作相同。子程序 1 最后一条指

令 RET 执行完毕后，PC 内容恢复为调子前的状态，指向主程序的断点处。继续执行主程序。

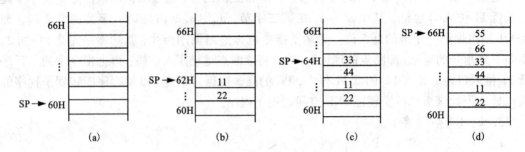

图 3 – 7 – 3　三级嵌套子程序断点地址的堆栈操作

3.7.3　空操作指令

NOP 　　　　; PC + 1 →PC

这条指令除了使 PC 加 1，消耗一个机器周期外，没有执行任何操作。可用于短时间的延时。

例 3.41　已知 SP = 25H，PC = 2345H，24H = 12H，25H = 34H，26H = 56H。问执行"RET"指令后，SP = ? PC = ?

解：由 RET 指令的操作方法，可知指令的执行过程实际是两次出栈的过程。堆栈中低地址的内容弹出到 $PC_{7\sim0}$，高地址的内容到 $PC_{15\sim8}$。弹出过程遵循"先进后出"或"后进先出"的原则。此过程中堆栈指针 SP 逐次减 1。指令执行完毕后，SP = 23H，PC = 3412H。

3.8　位操作指令

位处理功能是 51 单片机指令中的一个重要特征，这是出于实际应用需要而设置的。在物理结构上，51 单片机有一个布尔处理机，具有一套处理位变量的指令集，包括变量传送、逻辑运算和控制程序转移等指令。这些指令进行位操作时，位存储空间为内部 RAM 可寻址的 128 个存储位（位地址 00H ~7FH）和部分 SFR。

3.8.1　简单的位操作指令（12 条）

这部分的位指令操作较简单，进行位内容的传送、位的置位、复位与取反，以及位的逻辑运算等，共包含 12 条指令。

1. 位传送指令（2 条）

MOV C, bit 　　; (bit)→C，某直接寻址位的内容送至位累加器 C

MOV bit, C 　　; C→bit，位累加器 C 的内容送至某直接寻址位

2. 位置 1 指令（2 条）

SETB C 　　　　; 1→C，位累加器 C 置 1

SETB bit 　　　; 1→bit，某直接寻址位置 1

3. 位清零指令(2 条)

CLR　C　　　　　　;0→C，位累加器 C 清零

CLR　bit　　　　　;0→bit，某直接寻址位清零

4. 位取反指令(2 条)

CPL　C　　　　　　;/C→ C

CPL　bit　　　　　;/(bit)→bit

上述两条指令完成的是对位累加器 C 或者某位地址 bit 中的内容进行取反操作。该指令不影响除 C 以外的其他标志位。需要注意：如果操作数是 I/O 端口的某一位时，则要进行读—修改—写操作。以下的位逻辑"与"指令和位逻辑"或"指令也是这样的。

5. 位逻辑"与"指令(2 条)

ANL　C, bit　　　; C∧(bit)→C

ANL　C, /bit　　 ; C∧/(bit)→C

上述两条指令完成的是对位累加器 C 与某位地址 bit 中的内容或该位内容的反进行逻辑"与"操作，结果返回 C 中。该指令不影响除 C 外的其他标志位。

6. 位逻辑"或"指令(2 条)

ORL　C, bit　　　; C∨(bit)→C

ORL　C, /bit　　 ; C∨/(bit)→C

上述两条指令完成的是：位累加器 C 与某位地址 bit 中的内容或该位内容的反进行逻辑"或"操作，结果返回 C 中。该指令也不影响除 C 以外的其他标志位。

例 3.42　试编写程序，实现在 51 单片机的 P1.7 引脚上输出一个方波，其周期为 6 个机器周期。

```
SETB    P1.7        ;使 P1.7 位输出"1"电平
NOP
NOP                 ;延时 2 个机器周期
CLR     P1.7        ;使 P1.7 位输出"0"电平
NOP
NOP                 ;延时 2 个机器周期
SETB    P1.7        ;使 P1.7 位输出"1"电平
SJMP    $           ;结束
```

例 3.43　利用位操作指令编写程序，实现表达式 P3.1 = (P1.1 * P1.2 + P1.3) * /P3.0。

```
MOV  10H, C     ;暂存 CY 的内容
MOV  C, P1.1    ;P1.1 的值送 CY
ANL  C, P1.2    ;与 P1.2 相与
ORL  C, P1.3    ;与 P1.3 相或
ANL  C, /P3.0   ;P3.0 的值取反后相与
MOV  P3.1, C    ;赋值给 P3.1
MOV  C, 10H     ;恢复 CY 的内容
```

3.8.2　位条件转移指令(5 条)

这部分的指令完成的是将位的状态作为条件进行判断是否跳转的操作。包含判 C 转

移指令(2 条)、判位变量转移指令(2 条)和判位变量并清零转移指令(1 条)。

1. 判 C 转移指令(2 条)

```
JC rel    ;先 PC + 2→PC
          ;若 CY = 1,则转移 PC + rel→PC
          ;若 CY = 0,则顺序执行
JNC rel   ;先 PC + 2→PC
          ;若 CY = 0,则转移 PC + rel→PC
          ;若 CY = 1,则顺序执行
```

2. 判位变量转移指令(2 条)

```
JB bit, rel    ;先 PC + 3→PC
               ;若(bit) = 1,则转移 PC + rel→PC
               ;若(bit) = 0,则顺序执行
JNB bit, rel   ;先 PC + 3→PC
               ;若(bit) = 0,则转移 PC + rel→PC
               ;若(bit) = 1,则顺序执行
```

3. 判位变量并清零转移指令

```
JBC bit, rel   ;先 PC + 3→PC
               ;若(bit) = 1,则转移 PC + rel→PC,0→bit
               ;若(bit) = 0,则顺序执行
```

这一条指令与指令 JB 的操作不同的是,该指令不但实现对直接位地址 bit 内容检测后进行是否跳转的判断,而且在进行完检测后立即对直接位地址 bit 的内容清零。

下面给出两个使用转移指令编写的子程序段,读者可以自行画出流程图分析逻辑关系。

例 3.44　已知内部 RAM 的 M1 和 M2 单元中各有一个无符号 8 位二进制数,试编写程序,比较它们的大小,并把大数送到 MAX 单元。

```
       MOV   A, M1          ;(M1)→A
       CJNE  A, M2, LOOP    ;若 A≠(M2),则转 LOOP
LOOP:  JNC   LOOP1          ;若 A≥(M2),则转 LOOP1(前数≥后数,C = 0)
       MOV   A, M2          ;若 A<(M2),则(M2)→A
LOOP1: MOV   MAX, A         ;大数→MAX
       RET                  ;返回
```

例 3.45　已知外部 RAM 的 3000H 单元开始有一个输入数据缓冲区,该缓冲区中数据以字符"&"(ASCII 码为 26H)作为结束标志。试编写程序,把其中的正数送入 DTP 正数区,并把其中的负数送到 DTN 负数区。

```
       MOV   DPTR, #3000H   ;缓冲区起始地址送 DPTR
       MOV   R0, #DTP       ;正数区首址送 R0 指针
       MOV   R1, #DTN       ;负数区首址送 R1 指针
NEXT:  MOVX  A, @DPTR       ;从外部 RAM 中取数
       CJNE  A, #26H, BJZ   ;若 A≠26H,则转去比较正负
       SJMP  LOOP1          ;若 A = 26H,则转去 LOOP1
```

BJZ：	JB	ACC.7, LOOP	；若 D7 = 1，为负数，则转 LOOP
	MOV	@R0, A	；正数送至正数区
	INC	R0	；修改正数区指针
	INC	DPTR	；修改缓冲区指针
	SJMP	NEXT	；转回循环取下一数据
LOOP：	MOV	@R1, A	；负数送至负数区
	INC	R1	；修改负数区指针
	INC	DPTR	；修改缓冲区指针
	SJMP	NEXT	；转回循环取下一数据
LOOP1：	RET		；返回

本 章 小 结

1. 指令、程序和程序设计语言

(1)指令是能被计算机识别并执行的命令，根据规则，用符号或符号串可以写出指令。

(2)程序是为完成某一特定任务而设计的一系列指令的集合。

(3)程序设计语言是用于编写计算机程序的语言。程序设计语言有机器语言、汇编语言和高级语言三种。

机器语言是计算机唯一能够直接识别和执行的语言，用汇编语言或高级语言编写的源程序或源代码最终都必须翻译成机器语言的目标程序或目标码，计算机才能"看懂"，并逐一执行。51 单片机的高级编程语言是 C 语言。

(4)51 单片机汇编语言的格式为：

〔标号：〕＜操作码＞〔操作数〕〔；注释〕

操作数的个数可以为 0、1、2、3。

(5)本书使用了一些特殊符号，这些符号用于表示指令中的操作数或用于注释，对程序的编写和阅读是必不可少的，须要牢记。

2. 寻址方式

寻找指令中的操作数或者操作数所在的地址的方法叫做寻址方式。51 单片机的指令按其源操作数的寻址方式，有立即寻址、直接寻址、寄存器寻址、寄存器间接寻址、变址寻址、相对寻址和位寻址等七种寻址方式。需要特别注意寄存器间接寻址、变址寻址和相对寻址几种寻址方式的用法。

3. 51 单片机指令系统

(1)数据传送类指令

数据传送类指令有 29 条，是指令系统中数量最多、也使用最多的指令。其中 MOV、MOVX、MOVC 三种指令的使用要注意区分。

MOV 指令用于访问片内 RAM 和 SFR 区，MOV 指令可以访问字节地址也可以访问位地址。MOVX 指令利用 @DPTR 和 @Ri 间接寻址，指令执行时 $\overline{RD}$ 或 $\overline{WR}$ 选通信号有效，实现访问片外 RAM 或通过 I/O 口访问外设，寻址空间为 64KB。

MOVC 指令用来访问 ROM，寻址空间为 64KB，使用 @A + DPTR 或者 @A + PC 变址寻址，主要作用是查表。

（2）算术运算类指令

算术运算指令包括加、减、乘、除、加 1、减 1 等 24 条指令。其中，除 INC 和 DEC 指令外，都会对标志位产生影响。

（3）逻辑运算类指令

逻辑运算指令共 24 条，包括与、或、异或和累加器操作。逻辑运算指令不影响标志位。

（4）程序转移指令

程序转移指令可以改变程序计数器 PC 的内容，实现程序跳转。程序转移指令分为无条件转移和条件转移两类。程序流程图是程序设计和分析阅读程序的基本工具，能够帮助我们掌握转移、调子和中断等类指令的使用方法，缕清程序的逻辑关系。

（5）调子指令和返回指令

采用子程序可以简化源程序，节约存储空间，提高程序的质量。执行调子指令也会出现程序跳转，但子程序执行完毕，必须执行返回指令，回到断点，继续执行主程序。断点保存在堆栈中，调子指令和返回指令能够自动操作断点的保护和返回。

（6）位操作指令

位操作指令共 17 条，包括位传送、位逻辑运算和位控制转移指令三类。PSW 的 CY 位是位累加器，又称位处理器或布尔处理器。位操作是单片机实现过程控制功能的基本保障。

学习本章以后，应达到以下教学要求：

（1）熟记 51 系列单片机指令系统的 111 条指令；了解指令的寻址方式，了解指令执行后对 PSW 相关位的影响。

（2）掌握指令的功能、形式、操作对象和结果。能按要求编写指令和小程序段，判断指令和小程序段的执行结果。

（3）掌握程序流程图，能使用程序流程图对程序进行分析。

思考与练习题

3.1　51 单片机有几种寻址方式？各涉及哪些存储器空间？

3.2　要访问特殊功能寄存器和片外数据存储器，应采用哪些寻址方式？

3.3　要访问片内数据存储器，应采用哪些寻址方式？

3.4　要访问片外程序存储器，应采用哪些寻址方式？

3.5　简述变址寻址方式，并举例说明。

3.6　说明 DA A 指令的用法。

3.7　设内部 RAM 中 59H 单元的内容为 50H，写出当执行下列程序段后寄存器 A，R0 和内部 RAM 中 50H、51H、52H 单元的内容为何值？

```
        MOV     A, 59H
        MOV     R0, A
```

```
        MOV    A, #00H
        MOV    @R0, A
        MOV    A, #25H
        MOV    51H, A
        MOV    52H, #70H
```

3.8　R0 = 32H, A = 48H, 片内 RAM(32H) = 80H, (40H) = 08H。执行下列指令后, 请写出 R0 = ? A = ? (32H) = ? (40H) = ?

```
        MOV    A, @R0
        MOV    @R0, 40H
        MOV    40H, A
        MOV    R0, #35H
```

3.9　已知(40H) = 98H, (41H) = AFH。阅读下列程序, 要求: (1)说明程序的功能; (2)写出涉及的寄存器 A、R0 及片内 RAM 单元 42H、43H 的最后结果。

```
        MOV    R0, #40H
        MOV    A, @R0
        INC    R0
        ADD    A, @R0
        INC    R0
        MOV    @R0, A
        CLR    A
        ADDC   A, #0
        INC    R0
        MOV    @R0, A
```

3.10　试写出完成系列数据传送的指令序列。

(1)R1 的内容传送到 R0;

(2)片外 RAM 60H 单元的内容送入 R0;

(3)片内 RAM 20H 单元的内容送入 30H 单元;

(4)片外 RAM 60H 单元的内容送入片内 RAM 40H 单元;

(5)片外 RAM 1000H 单元的内容送入片外 RAM 40H 单元;

(6)ROM 2000H 单元的内容送入 R2;

(7)ROM 2000H 单元的内容送入片内 RAM 40H 单元;

(8)ROM 2000H 单元的内容送入片外 RAM 0200H 单元。

3.11　设执行指令 MOV 65H, 90H 前, (65H) = 28H, (90H) = 26H, 则执行指令后 (65H) = ? (90H) = ?

3.12　设执行指令 MUL AB 前, A = 50H, B = 0A0H, 则执行指令后 A = ? B = ?

3.13　设执行指令 PUSH D0H 前, SP = 19H, (D0H) = 08H, 则执行指令后 SP = ? (1AH) = ? (D0H) = ?

3.14　设执行指令 SUBB A, R2 前, A = 0CAH, R2 = 55H, C = 1, 则执行指令后 A = ? R2 = ? C = ?

3.15　已知 A = 5AH, R1 = 30H, (30H) = C3H, PSW = 81H, 试写出下列各条指令的执行结果, 并说明程序状态字的状态。

(1)XCH A, R1   (2)XCH A, 30H

(3)XCH A, @R1   (4)XCHD A, @R1

(5)SWAP A   (6)ADD A, R1

(7)ADD A, 30H   (8)ADD A, #10H

(9)ADDC A, 30H   (10)SUBB A, 30H

(11)SUBB A, #20H   (12)SUBB A, R1

3.16 设 SP = 32H, 内部 RAM(30H) = 20H, (31H) = 23H, (32H) = 01H。则执行指令:

POP DPH

POP DPL

POP SP

后, DPTR = ? SP = ?

3.17 设 A = 56, R5 = 67。执行指令:

ADD A, R5

DA

后, A = ? Cy = ?

3.18 使用位操作指令实现下列逻辑操作。要求不得改变未涉及位的内容。

(1)使 ACC.0 置 1;

(2)将 P0 口的高 4 位清零, 低 4 位不变;

(3)将累加器 A 的高 4 位取反, 低 4 位不变。

3.19 下列程序段执行后, A = _____, B = _____。

```
        MOV     A, #0FBH
        MOV     B, #12H
        DIV     AB
```

3.20 下列程序段执行后, R0 = _____, 7EH = _____, (7FH) = _____。

```
        MOV     R0, #7FH
        MOV     7EH, #0
        MOV     7FH, #40H
        DEC     @R0
        DEC     R0
        DEC     @R0
```

3.21 下列程序中注释的数字为执行该指令所需的机器周期数,若单片机的晶振频率为 6MHz, 问执行下列程序需要多少时间?

```
        MOV R3, #100        ; 1
LOOP:   NOP                 ; 1
        NOP
        NOP
        DJNZ R3, LOOP       ; 2
        RET                 ; 2
```

3.22 请使用位操作指令, 实现下列逻辑操作:

P1.5 = ACC.2 × P2.7 + ACC.1 × /P2.0。

3.23　在外部 RAM 首地址为 TABLE 的数据表中有 10 个字节数据，请编程将每个字节的最高位无条件地置 1。

3.24　已知内部 RAM 30H 单元开始存放 20H 个数据，将其传送到外部 RAM 的 0000H 单元开始的存储区，请编程实现。

3.25　已知在累加器 A 中存放着一个 BCD 数(0 ~ 9)，请编程实现一个查平方表的子程序。

3.26　编写程序，查找在内部 RAM 的 30H ~ 40H 单元中是否有" $ "，如果有，则将标志位 F0H 置 1；否则，清零。

3.27　编程计算 1234H − 5678H，并将差值存入 R1R0 中(R1 中存放结果的高 8 位，R0 中存放结果的低 8 位)。

3.28　已知 SP = 50H，PC = 1234H，试问 51 单片机在执行调用指令 LCALL 2345H 后堆栈指针和堆栈中的内容是什么？此时机器中调用何处的子程序？在子程序中执行末尾的 RET 返回指令时，堆栈指针 SP 和程序计数器 PC 的值变为什么？

第 4 章 51 单片机的汇编语言程序设计基础

【本章要点】 51 单片机汇编语言程序设计是以 51 单片机的指令系统为基础的。本章简要介绍了单片机源程序、目标程序的基本概念以及从源程序到目标程序的汇编方法；详细讨论了 51 单片机伪指令的基本概念和使用方法；重点介绍了程序流程图及其应用方法；介绍了 51 单片机中一些常用的程序，如数制转换、算术运算、软件模拟硬件功能等，分析了这些程序的算法，并利用程序流程图详细分析了这些程序的结构。

4.1 程序设计语言与汇编

计算机要完成工作任务，往往执行一条指令是不够的，常需要执行一系列的指令才行。程序是为完成某一特定任务而设计的一系列指令的集合。计算机按照程序执行各种操作，即一步步地执行一条一条的指令，就能够完成某一特定任务。编写程序的过程叫做程序设计。程序设计要通过程序设计语言来实现。

4.1.1 程序设计语言

程序设计语言是用于编写计算机程序的语言。语言的基础是指令，不同的程序设计语言具有不同的指令形式。程序设计语言有三种，分别是机器语言、汇编语言和高级语言。

1. 机器语言(Machine Language)

机器语言的指令是一种用二进制数 0、1 组成的代码，又称为机器码。机器语言是计算机唯一能够直接识别和执行的语言，它具有执行速度快、占用内存少等特点。用汇编语言或高级语言编写的程序(常称为源程序或源代码)最终都必须翻译成机器语言的程序(常称为目标程序或目标码)，这样计算机才能"看懂"，并逐一执行。机器语言的缺点是不直观，不易理解和记忆。因此，编写、阅读和修改机器语言程序比较困难。

2. 汇编语言(Assembly Language)

汇编语言和机器语言都是面向机器的语言，也就是说，它们与具体的计算机硬件是紧密相关的。汇编语言是用助记符、符号和数字等来表示指令的程序语言。汇编语言用助记符来表示指令的操作码，用符号或数字代表地址、常量或变量等操作数。助记符一般都是英文单词的缩写，以方便人们记忆、书写、阅读和检查。因此可以说，汇编语言是机器语言的符号表示。它的每一语句就是一条指令，与计算机的某一具体操作相对应。一般认为，汇编语言适合编写中小规模的程序。

例如，"10 + 20"的程序可以分别写成：

汇编语言程序　　　　　　　　　机器语言程序

MOV A，#10　　　　　　　　　74 0A H

ADD A，#20　　　　　　　　　24 14 H

汇编语言能直接同计算机的底层软件甚至硬件进行交互，具有如下一些优点：

- 能够直接访问与硬件相关的存储器或 I/O 端口；
- 能够不受编译器的限制，对生成的二进制代码进行完全的控制；
- 能够对关键代码进行更准确的控制，避免因线程共同访问或者硬件设备共享引起的死锁；
- 能够根据特定的应用对代码做最佳的优化，提高运行速度；
- 能够最大限度地发挥硬件的功能。

同时还应该认识到，汇编语言和机器语言都是低级语言，因此不可避免地存在一些缺点：

- 编写的程序比较难懂，不便于维护；
- 编写的程序只适用于特定类型的处理器，不便于移植。
- 很容易产生 bug，难于调试；
- 只能针对特定的体系结构和处理器进行优化。

用汇编语言编写的程序称为汇编语言源程序，计算机不能直接识别和执行，必须先把汇编语言源程序翻译成机器语言程序，然后才能被执行。翻译的过程叫做汇编或编译，完成汇编任务的程序称为汇编程序，这个翻译过程如图 4 − 1 − 1 所示。

图 4 − 1 − 1　汇编程序的功能示意图

单片机的存储器一般较小，不能存放汇编程序，通常是将源程序编译成目标码后再存放到机器中。

3. 高级语言

51 单片机的高级语言用得最广泛的是 C 语言。C 语言源程序在大多数情况下其机器代码生成效率与汇编语言相当，但其可读性和可移植性却超过汇编语言。编写大中型的软件用 C 语言，通常比用汇编语言的开发周期要短得多。C 语言还可以与汇编语言混合编程，人们常将 C 语言嵌入汇编来提高代码编写的时效性。

使用 C 语言编写的源程序也不能在机器上直接执行，需要通过 C 编译器翻译成目标程序，机器才能执行，如图 4 − 1 − 2 所示。

图 4 − 1 − 2　C 语言程序与目标程序

4.1.2 汇编

由上述讨论我们知道，用汇编语言或高级语言编写的源程序都不能在计算机上直接执行，而需要先用汇编程序或编译程序将源程序翻译成机器语言目标程序，然后利用编程器等工具将目标程序写入单片机的 ROM 中（习惯称烧写），单片机系统就可以运行了。我们称机器语言程序为目标程序或目标码。

由源程序到目标程序的翻译过程称为汇编或者编译。汇编的方法有两种，一种是手工汇编，另一种是机器汇编。手工汇编是一种非常细致繁琐的工作，现在已经很少有人做了。随着单片机集成开发工具软件的普遍应用，机器汇编几乎完全替代了手工汇编。

机器汇编是在计算机上使用专门的汇编程序（即单片机开发工具软件），进行源程序的汇编。机器汇编的一般工作过程是：首先启动编译软件，在开发环境中输入汇编语言源程序，执行编译操作，如果源程序没有语法错误，将生成以机器码表示的目标程序文件（文件扩展名为.HEX），同时为每条指令编排好了地址；如果源程序存在语法错误，将给出提示，需要修改后再次执行编译操作。编译工具软件有许多种，常用的如："伟福"（免费软件下载网址 http://www.wave-en.com），KeilC51（免费软件下载网址 http://www.keil.com）等。

在对源程序进行汇编时，经常还会有一些控制要求。例如：设置目标程序或数据存储区的起始地址，给数据分配一定的存储单元、定义特殊数据或特殊存储单元的符号、判断源程序是否结束等。汇编语言中利用伪指令来实现这些控制要求。

每种汇编语言都定义了若干种伪指令。伪指令是非执行指令，它只是在对源程序进行汇编的过程中起某种控制或注释作用；伪指令汇编后不产生目标代码，不影响程序的执行，一旦汇编结束，伪指令的使命也就完成了，所以称之为"伪指令"。

4.1.3 51 单片机的伪指令

不同汇编程序允许的伪指令不尽相同。以下介绍的伪指令适用于 8051 内核的单片机系统，但一些基本的伪指令在大部分汇编程序中都能使用。当使用其他的汇编程序版本时，只要注意一下它们之间的区别就可以了。51 中常用的伪指令分为三类：

（1）程序起始与结束伪指令：ORG、END；

（2）符号定义伪指令：EQU、DATA、BIT；

（3）数据表格存储格式定义伪指令：DB、DW、DS。

除此之外，还有 SET、BYTE、WORD、TITLE、PAGE 等伪指令，读者有兴趣的话可以自学。下面介绍一些 51 单片机常用的伪指令。

1. ORG 起始地址伪指令

功能：ORG 指令用于指定其后的程序或程序段的起始地址。

格式：ORG 16 位地址

例：

```
        ORG 0100H
START：  MOV A, #05H
        ADD A, #08H
        MOV 20H, A
```

……

"ORG 0100H"表示该伪指令下面第一条指令的起始地址是 0100H，即"MOV A，#05H"指令的首字节地址为 0100H，或标号"START"代表的地址为 0100H。

2. END 伪指令

功能：汇编操作结束标志。

格式：END

在 END 以后所写的指令，汇编程序不再处理。一个源程序只能有一个 END 指令，必须放在所有指令的最后。源程序中若没有 END 语句，汇编时将报告出错。

3. EQU 伪指令

功能：将某个特殊数据或某个存储单元赋予一个符号名称。

格式：符号 EQU 数据或汇编符

伪指令 EQU 将其右边的"数据或汇编符"用左边的符号名称命名，或者说用 EQU 指令可以给符号名称赋值。符号名称必须先赋值后使用，符号名称被赋值后，在程序中可以作为一个 8 位或 16 位的数据、地址或汇编符使用。EQU 伪指令要放在源程序的前面。

例如：

```
        DELY      EQU       1234H
        DELY1     EQU       30H
        PP        EQU       R0
        ORG       0000H
        JMP       MAIN
        ORG       0100H
MAIN:   MOV       DPTR, #DELY        ; DPTR = 1234H
        MOV       A, #DELY1          ; A = 30H
        MOV       PP, #10            ; PP = R0 = 10
        MOV       A, PP              ; A = 10
        NOP
        END
```

上述程序段中，DELY EQU 1234II 将数据 1234H 赋予字符名称 DELY；PP EQU R0 将工作寄存器 R0 赋予字符名称 PP。

4. DATA 指令

功能：将一个 8 位或 16 位的数据或地址单元赋予一个符号名称。

格式：符号 DATA 表达式

数据/地址赋值伪指令 DATA 的功能与 EQU 类似，是将其右边"表达式"的值赋给左边的符号名称。"表达式"可以是一个 8 位或 16 位的数据或地址，也可以是已定义的符号名称，但不可以是一个汇编符号(如 Rn 等)。

DATA 伪指令定义的字符名称，不必先定义后使用。DATA 伪指令可以用在源程序的开头或末尾。

例如：SUM DATA 30H ；表示用 SUM 代表 30H

5. BIT 指令

功能：给一个位地址赋予符号名。

格式：符号名 BIT 位地址

例如：

> PZ BIT P0.0 　　　　;给位地址 P0.0 赋予符号名 PZ；
>
> DF BIT 20H.1 　　　　;用符号名 DF 命名 20H.1 位地址。

在其后的编程中，PZ 和 DF 都可作为位地址使用。经 BIT 定义过的位符号名不能改变。

6. DB 指令

功能：从指定的地址单元开始，依次存放若干个 8 位格式的(字节)数据。

格式：[标号：] DB 8 位数据表达式(表)

例如：

> ORG 0100H
>
> TAB: DB 73, 45H, 'AB', '2'

以上指令经汇编后，将对 0100H 开始的若干内存单元进行如下赋值：

(0100H) = 49H，(0101H) = 45H，(0102H) = 41H(A 的 ASCII 码)，(0103H) = 42H(B 的 ASCII 码)，(0104H) = 32 H(2 的 ASCII 码)。

7. DW 指令

功能：从指定的地址单元开始，依次存放若干个 16 位格式的数据(字数据)。16 位数据的高 8 位存入低地址，低 8 位存入高地址；不足 16 位的数据高位用 0 填充。

格式：[标号：] DW 16 位数据表达式(表)

例如：

> ORG 1000H
>
> TAB: 　DW 7856H, 89H, 30

汇编后：(1000H) = 78H，(1001H) = 56H，(1002H) = 00H，(1003H) = 89H，(1004H) = 00H，(1005H) = 1EH。

8. DS 指令

功能：从指定的地址开始，保留若干字节 ROM 空间备用。

格式：[标号：] DS 表达式

例如：

> ORG　　2000H
>
> DS　　07H
>
> MOV　　A, #07H
>
> END

汇编后，从 2000H 单元开始，保留 7 个字节的 ROM 单元，然后从 2007H 开始，放置"MOV A, #07H"的机器码 74H 07H，即(2007H) = 74H，(2008H) = 07H。

4.2　源程序的组成形式与目标程序

在接触比较完整的程序段之前,进一步讨论一下汇编语言源程序的书写格式是有益的。

4.2.1　51 单片机的汇编语言格式

一条完整的 51 单片机汇编语言的指令格式如下:

［标号:］＜操作码＞［操作数］［;注释］

例如,NEXT:MOV A,#00H;将 00H 送至累加器 A。

标号 —— 标号常被用来作为一条指令或一段程序的标记,同时也是该条指令或程序段的起始地址、符号地址。标号可以由 1~8 个字符组成,第一个字符必须是字母,其余字符可以是字母、数字或其他特定符号,标号后跟分界符“:”。

值得注意的是,没有必要每条指令或者每个程序段前都采用标号。为了方便编程、阅读或识别,通常在一段程序的入口处(起始位置)要采用标号,在转移指令转移目标地址的指令前面也要给以标号。

操作码 —— 指令的助记符。操作码规定了 CPU 须要完成的操作,通常用相应的英文单词缩写表示,以便于记忆。

操作数 —— 指出了 CPU 的操作对象,操作数可以是一个具体的数据,也可以是存放数据的地址,还可以是符号常量或符号地址等。如:#10H,#TAB,#DATA+1 等。在一条指令中可能有多个操作数,操作数与操作数之间必须用逗号“,”分隔。

注释 —— 有时,为了方便阅读而添加的解释说明性的文字。注释必须用“;”与指令隔开。汇编程序在编译时见到分号将不再理会后面的内容而换行,也就是说,汇编程序对注释段不作处理。

4.2.2　一个完整的汇编语言源程序及其目标程序示例

我们先看看下面这个例子,从这个例子观察汇编语言源程序的基本组成形式,以及经过汇编后相应的指令地址和目标程序。

例 4.1　设在以 TAB 为起始地址的内存区域中存放有 10 个无符号数,试用冒泡法对这 10 个数按从大到小的顺序重新排列。

程序如下:

地址	目标程序	汇编语言源程序	注释
		ORG 0000H	
		ADDR EQU 50H	
0000H	7A09	MAIN:MOV R2,#09H	;定义外循环比较次数
0002H	755080	MOV ADDR,#TAB	;定义地址指针
0005H	3100	ACALL SUB	
		ORG 0050H	;排序子程序 SUB
0050	A850	SUB:MOV R0,ADDR	;R0 指向数据首地址
0052	EA	MOV A,R2	

0053	F9		MOV R1, A	;定义内循环比较次数
0054	E6	L1:	MOV A, @R0	;取一个数据
0055	F540		MOV 40H, A	;数据备份
0057	C3		CLR C	
0058	08		INC R0	;R0 指向下一个数据
0059	96		SUBB A, @R0	;进行两数的比较
005A	5006		JNC L2	
005C	E6		MOV A, @R0	;小于, 则交换
005D	A640		MOV @R0, 40H	
005F	18		DEC R0	
0060	F6		MOV @R0, A	
0061	08		INC R0	
0062	D9F0	L2:	DJNZ R1, L1	;内循环
0064	D9EA		DJNZ R2, SUB	;外循环
0066	22		RET	
			ORG 0080H	
0080	49H	TAB:	DB 49H, 55H, 20H, 87H, FCH	
			DB 4AH, 92H, 14H, 03H, 7BH	
0081	55H			
0082	20H			
0083	87H			
0084	FCH			
0085	4AH			
0086	92H			
0087	14H			
0088	03H			
0089	7BH			

END

可以看出源程序采用了主程序 – 子程序的结构。其中主程序标号为 MAIN, 用于设置比较次数和地址指针的初始化; 子程序标号为 SUB, 其主体部分利用 DJNZ 循环指令和双循环结构完成 10 个无符号数的冒泡法排序。程序执行过程中, 主程序采用 ACALL 指令实现调用, 子程序采用 RET 指令返回。程序流程图见图 4 – 2 – 1。

4.2.3 汇编环境中的程序结构

以上例子是源程序经过汇编以后常见的表示形式, 它给出了源程序及相应的目标程序。下面来分析一下这个程序表示形式, 以及伪指令的用法。

1. 地址码、目标程序和源程序

整个程序分为三个部分: 左边第一部分是地址码; 第二部分是用十六进制表示的目标程序, 操作码和操作数都翻译成机器码, 供计算机逐行执行。右边是汇编源程序, 由汇编执行指令和汇编伪指令组成。源程序中采用了标号、变量名、常数等表示地址码。

2. 伪指令的位置

这个例子中使用的伪指令有 ORG、EQU、DB 和 END。比较目标程序和源程序可以看

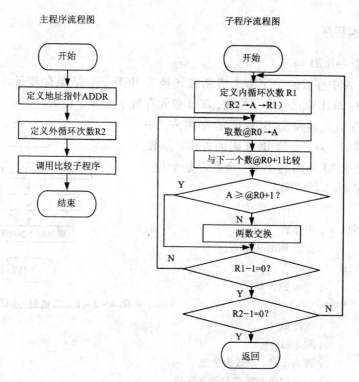

主程序流程图　　　　　　　　　子程序流程图

图 4 - 2 - 1　冒泡法排序流程图

出，这几条伪指令都没有产生目标代码。下面我们来看看这些伪指令的使用和位置。

（1）ORG 伪指令

ORG 伪指令用于设置指令或数据的起始地址，放在不同程序段或数据块的起始位置。例子中利用 ORG 伪指令定义了主程序 MAIN、子程序 SUB 和数据块 TAB 的起始地址，分别为 0000H、0050H 和 0080H。

（2）EQU 伪指令

EQU 指令用于给某个特殊数据或某个存储单元命名或者说是给符号名称赋值，通常写在程序的开头部分，只能先定义后使用。在示例中，用 EQU 伪指令给直接地址 50H 定义了 ADDR 的符号名，以代替直接地址 50H。

（3）END 伪指令

END 伪指令为汇编语言源程序的结束标志，位于所有指令的最后。在 END 以后所写的指令，汇编程序不再处理。

（4）DB 指令

例子中利用 DB 伪指令定义了包含 10 个无符号数的字节型数据块 TAB。

4.3　常用的程序

在 51 单片机的实际应用中，有一些常用的程序，例如二进制与 BCD 码或 ASCII 码之间的数制转换、多字节加法运算、BCD 码加法等。这里，介绍几种常用的程序。

4.3.1 数制转换程序

1. 二进制数→BCD 码

例 4.2 将 A 中存放的单字节二进制数转换为 BCD 码，结果存放于片内 RAM 21H、20H 单元，其中：21H 单元存放百位数，20H 单元存放十位和个位数。

单字节二进制数转换为 BCD 码的常用方法：把二进制数去除以 100，商为 BCD 码的百位；余数再去除以 10，商为 BCD 码的十位，余数即是个位。实现流程图如图 4-3-1 所示。

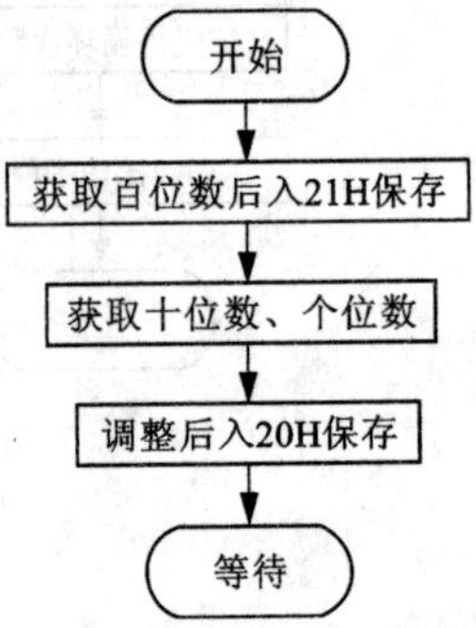

程序如下：

```
MOV   B, #100     ;设除数
DIV   AB          ;商为 BCD 码的百位
MOV   R0, #21H
MOV   @R0, A      ;存入 21H 单元
DEC   R0
MOV   A, #10      ;设除数
XCH   A, B        ;取余数
DIV   AB          ;商为十位，余数为个位
SWAP  A           ;将高四位的零调整到低四位
ADD   A, B        ;十位数与个位数合并
MOV   @R0, A      ;结果存入 20H 单元
SJMP  $
```

图 4-3-1 二进制→BCD 转换流程图

根据程序中指令的执行过程可以画出程序流程图，见图 4-3-1。从程序流程图可以看出上述程序的执行是顺序进行的，属于顺序结构程序。下面例 4.3 也属于顺序结构程序。

2. BCD 码→二进制数

例 4.3 设片内 RAM 20H, 21H 单元存放有待转换的三位 BCD 码（如 123），编程将该 BCD 码转换成二进制数，并存放在片内 RAM31H、30H 单元（30H 单元存放低 8 位）。

三位 BCD 码 abc = 100a + 10b + c

将各位 BCD 码分离出之后，即可根据此式转换为二进制数。涉及到乘法运算和多字节加法运算。流程图如图 4-3-2 所示。

程序如下：

```
        ORG   0100H
        MOV   SP, #50H
START:  PUSH  20H       ;保护十位
        PUSH  20H       ;保护个位
        MOV   A, 21H    ;百位→A
        ANL   A, #0FH   ;屏蔽高 4 位
        MOV   B, #64H   ;乘数 100→B
        MUL   AB        ;百位×100
        MOV   31H, B    ;高位→31H
```

```
        MOV    30H, A        ；低位→30H
        POP    ACC           ；取出十、个位
        ANL    A, #0F0H      ；保留十位数，屏蔽个位数
        SWAP   A             ；十位数→A 低位
        MOV    B, #0AH
        MUL    AB            ；十位×10
        ADD    A, 30H        ；低 8 位数求和
        MOV    30H, A        ；保存低 8 位
        MOV    A, B
        ADDC   A, 31H        ；高 8 位计入进位
        MOV    31H, A        ；保存高 8 位
        POP    ACC           ；再取出十、个位
        ANL    A, #0FH       ；保留个位，屏蔽十位数
        ADD    A, 30H        ；低 8 位数求和
        MOV    30H, A        ；保存低 8 位
        MOV    A, 31H
        ADDC   A, #00H       ；高 8 位计入进位
        MOV    31H, A        ；保存高 8 位
        SJMP   $
```

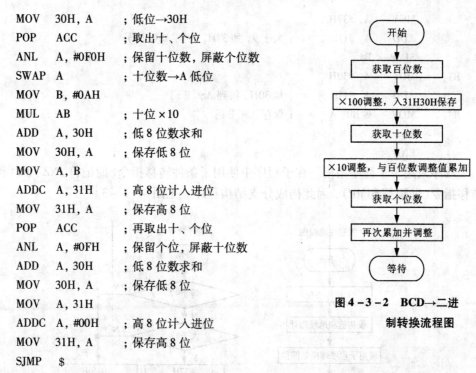

图 4 - 3 - 2　BCD→二进
制转换流程图

3．二进制数→ASCⅡ码

例4.4　将片内 30H 单元输入 8 位二进制数，编程将该 8 位二进制数转换为 ASCⅡ码。

分析：8 位二进制数习惯于写成 2 位十六进制数。十六进制数转换成 ASCII 码可分成两段，数 0～9 的 ASCII 码是 30H～39H，即该数加 30H；A～F 的 ASCII 码是 41H～46H，即该数加 37H。因此本例编制的程序，先取被转换的四位二进制数与 9 进行比较：如果大于 9，就将被转换数的四位二进制数加上 37H 后进行保存，否则加 30H 后进行保存。流程图如图 4 - 3 - 3 所示。

程序如下：

```
MAIN:   CLR    C             ；标志位清零
        MOV    30H, #9FH     ；输入初值
        MOV    R0, #20H      ；设地址指针
        MOV    A, 30H        ；转换(30H)低四位
        ACALL  ZHSUB
        MOV    A, 30H        ；转换(30H)高四位
        SWAP   A             ；高四位换至低半字节
        INC    R0            ；地址指针加 1
        ACALL  ZHSUB
ZHSUB:  ANL    A, #0FH       ；屏蔽高四位
        MOV    31H, A        ；数据备份
        SUBB   A, #09H       ；与 9 进行比较
        JNZ    B2            ；不相等，跳转 B2
        SJMP   B3            ；相等转去加#30H
B2：    JC     B3            ；小于 9，跳转 B3
```

```
        MOV    A, #37H
        ADD    A, 31H        ; 大于9, 加37H, 得到 ASCⅡ码
        SJMP   B4
B3:     MOV    A, #30H
        ADD    A, 31H        ; 加30H, 得到 ASCⅡ码
B4:     MOV    @R0, A        ; 保存 ASCⅡ码
        RET
        END
```

程序采用了子程序结构。在子程序中使用了条件转移指令(助记符 JNZ、JC)和无条件转移指令(助记符 SJMP),因此构成分支结构程序。见图4-3-3。

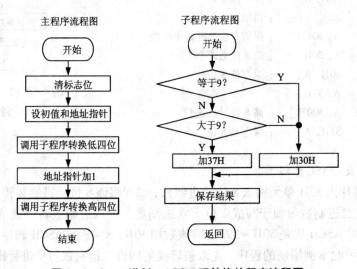

图4-3-3　二进制-ASCⅡ码转换的程序流程图

4.3.2　算术运算程序

1. 多字节无符号数的加法

例4.5　设片内 RAM 存放有两个无符号数组 TAB1 和 TAB2,数组长度为10。编程实现这两个无符号数组的相加,结果存于 TAB1 中。

分析:程序要求完成的是两个数组的10个字节的无符号数加法运算。其加法运算过程属于重复性的操作,因此,应采用循环结构程序。

设两数组的指针分别为 R0、R1,设字节长度保存在 R7,用递减判0转移指令(DJNZ)实现循环操作。每完成一次相加,字节长度 R7 减1,当 R7 减到零时循环结束。其中循环体为字节内容的相加、调整,循环条

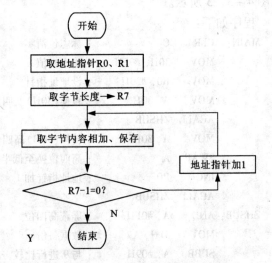

图4-3-4　多字节加法的程序流程图

件为 R7 内容是否为零。流程图如图 4 - 3 - 4 所示。

程序如下：

```
        CLR   C
        MOV   R0, #TAB1 - 1      ;设置地址指针
        MOV   R1, #TAB2 - 1
        MOV   R7, #10            ;取数组长度
        CLR   A                 ;累加器初始化
LOOP：  INC   R0                ;地址指针加 1
        INC   R1
        MOV   A, @R0             ;两字节相加
        ADDC  A, @R1
        MOV   @R0, A             ;保存和
        DJNZ  R7, LOOP           ;R7 减 1 不为零,继续相加
        END
```

2. BCD 码的加法

（1）单字节 BCD 码的加法

例 4.6　编程实现：68 + 47 = 115

分析：十位和个位 BCD 码存入一个字节单元构成压缩的 BCD 码,可以将两个字节的 BCD 码直接相加,再执行一条 DA 指令。

程序段如下：

```
        CLR   C                 ;进位标志位清零
        MOV   A, #68H           ;取第 1 个数
        NOV   R3, #47H
        ADD   A, R3             ;加上第 2 个数
        DA    A                 ;对和进行调整
```

A:	0110 1000	BCD: 68	A:	1010 1111	
R3:	0100 0111	BCD: 47	调整+:	0110 0110	加66H调整

0 1010 1111	1 0001 0101 BCD: 115
调整前	调整后

（2）多字节 BCD 码的加法

例 4.7　编程实现：123456 + 509145 = 632601

分析：程序要求完成的是三字节 BCD 码的加法运算。方法是首先进行低字节内容的相加调整,然后再进行次高字节的相加调整,最后进行高字节的相加调整。流程图如图 4 - 3 - 5 所示,程序如下：

```
CLR   C                 ;进位标志位清零
MOV   A, #56H           ;取低字节
ADD   A, #45H           ;相加调整
DA    A
MOV   R0, A             ;保存低字节和到 R0
```

```
MOV     A,#34H          ;取次高字节
ADDC    A,#91H          ;相加调整
DA      A
MOV     R1,A            ;保存次高字节和到R1
MOV     A,#12H          ;取高字节
ADDC    A,#50H          ;相加调整
DA      A
MOV     R2,A            ;保存高字节和到R2
SJMP    $
```

3. 函数运算

例4.8　存放在片内 RAM 的 DATZB 单元中的自变量 X 是一个无符号数,试编写程序求下面函数的函数值,并存放到片内 RAM 的 DATHS 单元中。

$$Y = \begin{cases} X & (X \geqslant 50) \\ 5X & (50 > X \geqslant 20) \\ 2X & (X < 20) \end{cases}$$

解:根据题意设计程序如下:

```
            DATZB   EQU   30H
            DATHS   EQU   40H
            MOV     A,DATZB
            CLR     C
            SUBB    A,#32H
            MOV     A,DATZB
            JNC     DONE        ;X≥50 转去保存
            CLR     C
            SUBB    A,#14H
            MOV     A,DATZB
            JNC     LOOP1       ;X≥20,转去5×X
            AJMP    LOOP2       ;X < 20,转去2×X
LOOP1:      RL      A           ;5×X
            RL      A
            ADD     A,DATZB
            AJMP    DONE
LOOP2:      RL      A           ;2×X
DONE:       MOV     DATHS,A
HERE:       SJMP    HERE
```

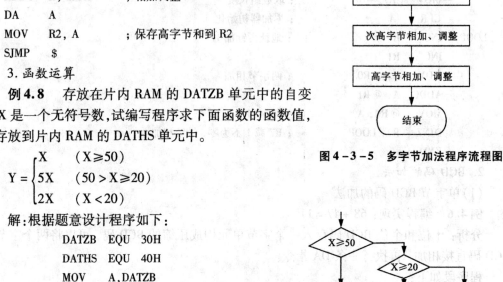

图 4-3-5　多字节加法程序流程图

图 4-3-6　例4.8 程序流程图

本例中根据 X 的取值范围,函数 Y 有三种不同的结果。选用 2 层分支结构程序即可完成函数的运算。程序流程图见图 4-3-6。

4. 求补码的运算

例4.9　16 位数求补。设 16 位二进制数在 R1 和 R0 中,求补结果存于 21H 和 20H 中。

　　分析：求补的过程要根据原数是正数或是负数来判断，如果原数为正数，即最高位(符号位)为 0，则求取的补码就是数据本身；如果原数为负数，即最高位(符号位)为 1，则求取的补码就是对原数取反加 1。对 16 位数来说，要对其低 8 位和高 8 位分别进行求补。还要注意，高 8 位取反后，应直接加上来自低位的进位，而不是加 1。

　　程序结构为分支结构，由指令 JB 实现程序的跳转。

流程图如图 4－3－7 所示，程序段如下：

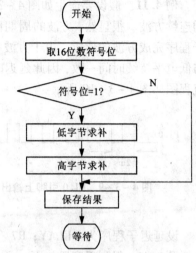

图 4－3－7　求补程序流程图

```
        MOV    A, R1
        JB     ACC.7, L0
        MOV    20H, R0
        MOV    21H, R1
        SJMP   L1
L0:     MOV    A, R0        ;取低 8 位
        CPL    A            ;求反
        ADD    A, #01H      ;加 1
        MOV    20H, A       ;存低 8 位补码
        MOV    A, R1        ;取高 8 位
        CPL    A
        ADDC   A, #00H      ;加进位
        MOV    21H, A       ;存高 8 位补码
L1:     SJMP   $
```

4.3.3　软件模拟硬件功能的程序

1. 模拟组合逻辑运算电路

　　例 4.10　编写程序，模拟题图 4－3－8 所示逻辑运算电路。其中，P1.1 和 P2.2 分别是端口线上的信息，TF0 和 IE1 分别是定时器定时溢出标志和外部中断负跳变标志，25H 和 26H 位分别是这两个位地址中的信息，运算结果由端口线 P1.3 输出。

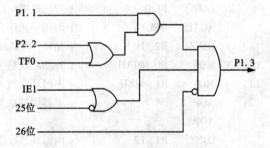

图 4－3－8　组合逻辑运算电路

　　分析：MCS－51 单片机有着优异的位逻辑功能，可以方便地实现各种复杂的逻辑运算。这种用软件代替硬件的方法，可以大大简化甚至完全不用硬件，但比硬件要多花一些运算时间。

　　程序：

```
START:  MOV    C,P2.2
        ORL    C,TF0
        ANL    C,P1.1
        MOV    F0,C         ;暂存 F0
        MOV    C,IE1
        ORL    C,25H
        ANL    C,F0
```

```
        ANL   C,26H
        END
```

2. 波形发生器的模拟

（1）方波的模拟

例4.11　假设要产生如图4-3-9的8个周期为2ms的连续方波。很显然，方波的周期比较大，考虑采用延迟子程序完成方波的形成。由于方波在一个周期内，高电平与低电平持续时间一致，因此延迟时间设定为1ms。程序流程图如图4-3-10所示。

图4-3-9　P1.0引脚上输出的方波

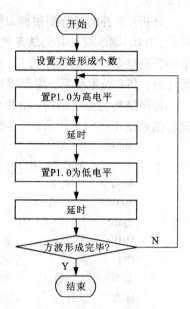

图4-3-10　方波形成流程图

设延迟子程序为 DELAY；R7 存放输出的方波数，结合例题3.42，得到程序段如下：

```
            ORG 0000H
MAIN：  MOV   R7,#8         ;设定输出方波数，共8个周期
L0：    SETB  P1.0          ;置高电平，机器周期数为1
        ACALL DELAY         ;调用子程序，机器周期数为2
        CLR   P1.0          ;置低电平，机器周期数为1
        ACALL DELAY         ;调用子程序，机器周期数为2
        DJNZ  R7,L0         ;循环，机器周期数为2
DELAY： MOV   R0,#0AH       ;外循环次数为10，机器周期数为1
L1：    MOV   R1,#18H       ;内循环次数为24，机器周期数为1
L2：    NOP                 ;机器周期数为1
        NOP
        DJNZ  R1,L2         ;内循环，指令执行机器周期数为2
        DJNZ  R0,L1         ;外循环，指令执行机器周期数为2
        NOP
        NOP
        NOP
        RET                 ;返回，机器周期数为2
```

分析：根据延时子程序 DELAY 中每条指令的机器周期数，可计算出 DELAY 实现延迟的时间为：

$$T_0 = 1 + [1 + (1 + 1 + 2) \times 24 + 2] \times 10 + 3 + 2 = 996 \text{ 个机器周期}$$

程序中从 L0 处开始到指令 DJNZ R7, L0 之间的指令实现一个完整周期的方波形成，因此形成一个完整周期的方波所需要的时间为：

$$T = 1 + 2 + T_0 + 1 + 2 + T_0 + 2 = 2000 \text{ 个机器周期}$$

设当前采用 12MHz 的晶振，这样 1 个机器周期数为 1μs，因此形成一个完整周期的方

波所需要的时间为 2000μs，即 2ms。根据
图 4-3-9，要形成 8 个周期的方波所需要的
时间就是 16ms。

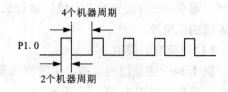

图 4-3-11 P1.0 引脚上输出的矩形波

（2）矩形波的模拟

例 4.12 编制程序产生如图 4-3-11 的
矩形波。程序段如下：

```
        MOV     R0, #5      ;设定输出矩形波数，共 5 个周期
LOOP:   CPL     P1.0        ;P1.0 电平翻转，指令执行机器周期数为 1
        NOP                 ;空操作，指令执行机器周期数为 1
        CPL     P1.0
        NOP
        DJNZ    R0, LOOP    ;R0≠0，继续循环，指令执行机器周期数为 2
        RET
```

程序段中，同样利用取反指令 CPL 和循环指令 DJNZ 来实现连续矩形波的产生，矩形
波的周期由"CPL P1.0"到"DJNZ R0, LOOP"间的六条指令的机器周期数决定。矩形波改
变频率的方法同方波的频率改变方法，读者可自己动手编程。这里请大家思考一下，为什
么这里的周期数是 5，循环次数也是 5；而方波模拟中，周期数是 8，循环次数却是 16 呢？
此外，延时程序需要占用机器时间，如果 CPU 任务重，则可以考虑采用第 5 章将要介绍的
定时器实现延时。

（3）三角波的模拟

例 4.13 三角波产生的方法是：定义一个
初始值和一个最大值，加 1、延时，再加 1、延
时，到达最大值后，改为减 1、延时，再减 1、延
时……直到初始值，接着再重复上述过程，周而
复始就能够产生连续的三角波，如图 4-3-12
所示。

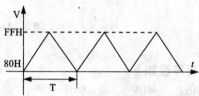

图 4-3-12 D/A 输出的三角波

程序段如下：

```
SSW:    MOV     DPTR, #0BFFFH       ;定义三角波的输出地址
DAS0:   MOV     R7, #80H            ;定义三角波起点
DAS1:   MOV     A, R7
        MOVX    @DPTR, A
        INC     R7                  ;加 1、延时
        CJNE    R7, #255, DAS1      ;判断是否为最大值(三角波顶点)
DAS2:   DEC     R7                  ;减 1、延时
        MOV     A, R7
        MOVX    @DPTR, A
        CJNE    R7, #80H, DAS2      ;判断是否为最小值(三角波起点)
        LJMP    DAS0                ;继续产生三角波
```

程序段中，0BFFFH 为 D/A 转换器的输出端口地址，三角波的起点和终点分别定义为
80H 和 FFH。其中，通过指令 CJNE 进行当前值与 FFH 或 80H 的大小比较，从而判断三角
波是否达到了顶点(最大值)或起点(最小值)。如果达到了顶点，三角波开始走下坡，如果

达到了起点,三角波开始走上坡。通过长跳转指令 LJMP 实现程序段的循环执行,最后形成连续的三角波。

(4)正弦波的模拟

例 4.14　正弦波的模拟产生的方法是:建一个数据表,通过查表的方法实现正弦波的产生。流程图如图 4 – 3 – 13 所示。

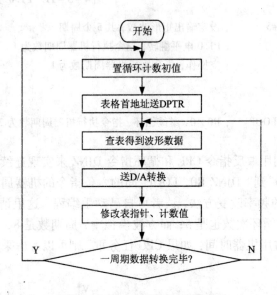

图 4 – 3 – 13　正弦波形成流程图

程序段如下:

```
SIN:    MOV     R7,#00H
DAS0:   MOV     A,R7
        MOV     DPTR,#TAB           ;读数据表的首地址
        MOVC    A,@ A + DPTR        ;依次查表
        MOV     DPTR,#0BFFFH        ;定义正弦波的输出地址
        MOVX    @ DPTR,A            ;输出波形数据
        INC     R7
        LJMP    DAS0                ;继续
TAB:    DB      80H,83H,86H,8DH,90H,93H,96H
        DB      99H,9CH,9FH,A2H,A5H,A8H,ABH,AEH
        ……
        DB      69H,6CH,6FH,72H,76H,79H,7CH,80H
```

其中,TAB 定义的是一个周期内正弦波的波形数据,BFFFH 为 D/A 转换器的端口地址。通过远程查表指令 MOVC A,@ A + DPTR 实现波形数据的读取,通过 MOVX @ DPTR,A 指令可以将波形数据输出,经 D/A 转换后变为模拟量。

3. 数字滤波器

采用数字滤波替代硬件滤波电路有许多方法。中值滤波也是一种常用的数字滤波方法。中值滤波就是连续输入三个检测信号,从中选择一个中间值作为有效信号。

　　例 4.15　下面给出的程序中将第一次采集的数据存入 R1 寄存器,第二次采集的数据存入 R2 寄存器,第三次采集的数据存入 R3 寄存器。最后得到的结果存入 R0 寄存器。读者可以练习自行画出程序流程图。

程序如下:

```
            PUSH    PSW             ;保护现场
            PUSH    ACC
            MOV     A, R1           ;取第一次数据
            CLR     C               ;准备比较
            SUBB    A, R2
            JNC     LB01            ;第一次数据大于第二次数据,转 LB01
            MOV     A, R1           ;第二次数据较大,重取第一次数据
            XCH     A, R2           ;互换
            MOV     R1, A           ;大数放入 R1
LB01:       MOV     A, R3           ;取第三次数据
            CLR     C               ;准备比较
            SUBB    A, R1
            JNC     LB03            ;第三次数据较大,转 LB03
            MOV     A, R3           ;第三次数据较小
            CLR     C
            SUBB    A, R2           ;与前面较小的数比较
            JNC     LB04            ;第三次数据大,转 LB04
            MOV     A, R2
            MOV     R0, A
LB02:       POP     ACC             ;恢复现场
            POP     PSW
            RET
LB03:       MOV     A, R1
            MOV     R0, A
            AJMP    LB02
LB04:       MOV     A, R3
            MOV     R0, A
            AJMP    LB02
```

本章小结

1. 伪指令

　　(1)伪指令是非执行指令,它只是在对源程序进行汇编的过程中起某种控制或注释作用。

　　(2)常用伪指令有:程序起始与结束伪指令:ORG、END;符号定义伪指令:EQU、DATA、BIT;数据表格存储格式定义伪指令:DB、DW、DS。

2. 源程序与目标程序

(1)汇编源程序是由汇编语言的执行指令和汇编伪指令组成的程序,计算机不能直接识别和执行。

(2)目标程序是从汇编源代码编译、链接生成的二进制机器码程序。

3. 程序流程图

(1)程序流程图是程序设计的基本工具,也是我们分析阅读程序必不可少的工具,能够帮助我们掌握程序转移类指令的使用方法。

(2)根据程序执行的流程可以归纳出程序的基本结构,程序的基本结构可以分成顺序结构、循环结构和分支结构。熟悉程序的基本结构是我们学习计算机软件的基本功之一。

4. 常用的 51 汇编程序

常用的 51 单片机汇编程序经过业内前辈的努力,大多已经模块化。本章采集了几种常用的 51 单片机汇编程序。在阅读程序时,绘出程序流程图、分析程序的结构是学习掌握结构比较复杂程序的较好方法。

(1)数制转换程序,常用的数制转换程序包括:二进制数→BCD 码、BCD 码→二进制数、二进制数→ASCⅡ码等。

(2)算术运算程序,算术运算程序很多,本章讨论了多字节无符号数的加法、BCD 码的加法、函数运算和求补码的运算。

(3)软件模拟硬件功能的程序,本章讨论了模拟组合逻辑运算电路、模拟波形发生器、数字滤波器三种模拟硬件功能的程序。

学习本章以后,应达到以下教学要求:

(1)了解汇编语言的特点,掌握 51 单片机汇编语言设计的一般步骤。

(2)熟练掌握 51 单片机伪指令的基本概念和格式;结合 51 单片机的指令格式和指令系统熟练掌握顺序结构、分支结构、循环结构和子程序结构的编程方法和技巧。

(3)掌握程序流程图,能使用程序流程图对程序进行分析。

思考与练习题

4.1　请解释下列名词:

　　机器码　助记符　操作码　操作数　源程序　目标程序

　　汇编程序　汇编语言　汇编语言程序　汇编

4.2　下列程序段经汇编后,从 2000H 开始的各有关存储单元的内容将是什么?

```
          ORG    2000H
   TAB:   DS     5
          DB     10H,10
          DW     2100H
          ORG    2050H
          DW     TAB
          DB     "WORK"
```

4.3　下列程序段经汇编后,从0000H开始的各有关存储单元的内容是什么?

```
        ORG     0000H
DA1     EQU 0001H
        DB      "COMPUTER",1234H
        DW      DA1,2000H
```

4.4　经过汇编后,下列各条语句的标号将是什么数值?

```
        ORG     2000H
TABLE:  DS      10
WORD:   DB      15,20,25,30
FANG    EQU     1000H
BEGIN:  MOV     A,R0
```

4.5　编程将片外RAM 2000H开始的100个单元的数据传递给片外RAM 3000H开始的100个单元中。

4.6　试编一数据块搬迁程序。将外部RAM 2000H~204FH单元中的数据,移入内部RAM30H~7FH单元中。

4.7　在内部RAM的BLOCK开始的单元中有一无符号数据块,其长度存入LEN单元。试编程将块中数据按递增次序排列,并存入原存储区。

4.8　内部RAM从list单元开始存放有一正数表,表中之数作无序排列,并以"－1"作结束标志。编程实现在表中找出最小数,并存入MINI单元。

4.9　试编程将R0指向的内部RAM中16个单元的32个十六进制数,转换成ASCII码并存入R1指向的内部RAM中。

4.10　试编程将20H单元中的8位无符号数,转换成3位BCD码并存放在30H(百位)和31H(十位、个位)单元中。

4.11　试编程将内部RAM 40H、41H单元中的16位数求补,结果放回原单元(低字节放在40H单元)。

4.12　求16位二进制补码数的绝对值。假定该补码数放在内部RAM的num和num+1单元中(num+1单元中为高8位),求得的绝对值仍放在原单元中。

4.13　在内部RAM的BLOCK开始的单元中有一带符号数据块其长度存入LEN单元。试编程求其中正数和负数的代数和,并分别存入PSUM与NSUM指向的单元中。

4.14　设有两双字节压缩的BCD码数分别按先低后高原则存放在30H、31H和40H、41H单元。试编程将2数相加,和要求放回30H、31H单元。

4.15　试求内部RAM30H~37H单元中8个无符号数的算术平均值,结果存入38H单元。

4.16　X、Y、Z表示位地址,进行X、Y内容的异或操作。试编写程序实现:
$$Z = (X) \oplus (Y) = (X)(\overline{Y}) + (\overline{X})(Y)。$$

4.17　在内部RAM的ONE和TWO单元各存有一带符号数X和Y。试编程按下式要求运算,结果F存入FUNC单元。

$$F = \begin{cases} X + Y & ;若 X 为正奇数 \\ X \wedge Y & ;若 X 为正偶数 \\ X \vee Y & ;若 X 为负奇数 \\ X - Y & ;若 X 为负偶数 \\ X & ;若 X 等于零 \end{cases}$$

4.18 设变量 X 存入 VAR 单元,函数 F 存入 FUNC 单元,试编程按下式要求给 F 赋值。

$$F = \begin{cases} 1 & ;X \geqslant 20 \\ 0 & ;20 \geqslant X \geqslant 10 \\ -1 & ;X < 10 \end{cases}$$

4.19 编写一段程序,以实现题图中电路的逻辑运算功能。

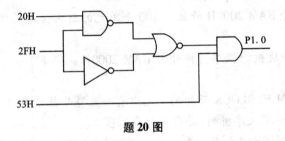

题 20 图

4.20 试编写一段程序,使 P1.0 口连续产生 6 个矩形波。矩形波的高电平时间为 10ms,低电平时间为 25ms。

4.21 请设计一段产生三角波形的程序。要求:三角波的周期为 20ms,坡度为 600。

4.22 防脉冲干扰的数字滤波方法是进行连续若干次的采样,去掉其中的最大值和最小值,然后将其余的数据取平均值。试设计一个采样 5 次的防脉冲干扰的数字滤波程序。

第 5 章　51 单片机中断系统、定时/ 计数器和串行接口

【本章要点】　介绍了 51 单片机的中断系统、定时/计数器和串行接口的基本概念、结构及工作原理，详细讲述了与中断系统、定时/计数器和串行接口有关的特殊功能寄存器。分析了中断响应过程、外部中断源的扩展方法；分析了定时/计数器、串行接口的各种工作方式以及定时/计数器计数初值的计算方法；通过例题与工程应用实例加强读者对以上内容的理解与应用能力。

5.1　中断系统

5.1.1　中断系统的结构

1. 中断的概念

当人们看书的时候，忽然电话响了，这时就暂停看书去接电话，接完电话后，又从刚才被打断的地方继续往下看。在看书时被打断过一次的这一过程称为中断，而引起中断的原因，即中断的来源就称为中断源。在计算机中，中断指的是，在计算机执行程序的过程中，如果外界或内部发生了紧急事件，请求 CPU 处理时，CPU 暂停当前程序的执行，转去处理所发生的事件，待处理完毕后，再返回来执行原来被暂停的程序。计算机中断过程如图 5 - 1 - 1 所示。

由于中断而要求 CPU 暂停的、正在运行的程序称为主程序；向 CPU 提出中断申请的设备称为中断源；由中断源向 CPU 所发出的请求中断信号称为中断请求；CPU 在满足条件的情况下，接受中断申请，终止现行程序的执行转而为申请中断的对象服务称为中断响应；为服务对象服务的程序称为中断服务程序；现行程序被中断处的地址称为断点地址，简称断点；中断服务程序结束后，返回到原来程序的断点处称为中断返回。

图 5 - 1 - 1　中断过程示意图

保护断点和恢复断点指的是：当 CPU 响应中断请求，在转入中断服务程序之前，把断点，也就是把程序计数器 PC 的当前值保存起来，以便中断服务程序执行结束后，断点地址可以被送回程序计数器 PC，CPU 返回到主程序，从断点处继续执行主程序。

保护现场指的是：CPU 在执行中断服务程序时，可能要使用主程序中使用过的累加

器、寄存器或标志位等，为了使这些存储单元的数据在中断服务程序中不被冲掉，在进入中断服务程序前，要将有关存储单元的内容保护起来。恢复现场指的是：在中断服务程序执行完毕时，再将有关存储单元的内容复原。

保护现场和恢复现场是通过在中断服务程序中采用堆栈操作指令 PUSH 及 POP 实现的，而保护断点、恢复断点是由 CPU 在响应中断和中断返回时自动完成的。

2. 中断的作用

(1)实现并行操作

在 CPU 与外设交换信息时，存在着一个快速的 CPU 与慢速的外设间的矛盾，有了中断功能，就可以使 CPU 和外设同时工作。CPU 在启动外设工作后，就继续执行主程序，同时外设也在工作，当外设把数据准备好后，发出中断申请，请求 CPU 中断它的程序，执行输入输出操作(中断服务)，处理完以后，CPU 恢复执行主程序，外设也继续工作。CPU 可以利用中断功能，同时指挥多个外设同时工作，这样就大大提高了 CPU 的利用率。

(2)实现实时多任务处理

现场的各个参数、信息测控设备，可以在任何需要的时候发出中断申请，要求 CPU 处理；如果有多个中断申请同时出现，CPU 可以根据预先设定的中断处理优先级别，先后分别作出响应和处理。

(3)故障处理

计算机在运行过程中，往往会出现事先预料不到的情况或出现一些故障，计算机还可以利用中断系统先行做出适当的处理(如停机)，然后再给出警示报告。

5.1.2　中断系统的结构及其工作原理

51 单片机的中断系统有 5 个中断源、2 个优先级，可实现二级中断服务嵌套。它由片内特殊功能寄存器中的中断允许寄存器 IE 控制 CPU 是否响应中断请求；由中断优先级寄存器 IP 安排各中断源的优先级；同一优先级的各个中断源同时提出中断请求时，由内部的查询逻辑确定其响应次序。

51 单片机的中断系统由中断请求标志位、中断允许寄存器 IE、中断优先级寄存器 IP 及内部硬件查询电路组成。中断系统逻辑结构方框图如图 5-1-2 所示。

1. 中断源

51 单片机有 5 个中断源，分别是：

$\overline{\text{INT0}}$：来自 P3.2 引脚上的外部中断请求(外部中断 0)；

$\overline{\text{INT1}}$：来自 P3.3 引脚上的外部中断请求(外部中断 1)；

T0 ：片内定时/计数器 0 溢出中断请求；

T1 ：片内定时/计数器 1 溢出中断请求；

串行口(TXD 或 RXD)：片内串行口完成一帧数据发送或接收时的中断请求。

由于 51 单片机有 5 个中断源，当几个中断源同时向 CPU 发出中断请求时，CPU 应优先响应最紧急的中断请求。为此需要规定各个中断源的优先级，使 CPU 在多个中断源同时发出中断请求时能够按照优先级的高低，安排响应中断请求的次序，在优先级高的中断请求处理完了以后，再响应优先级低的中断请求。当 CPU 正在为一个中断源服务时，如果另一个优先级比它高的中断源发出中断请求，CPU 会暂停正在执行的服务程序，转去处理

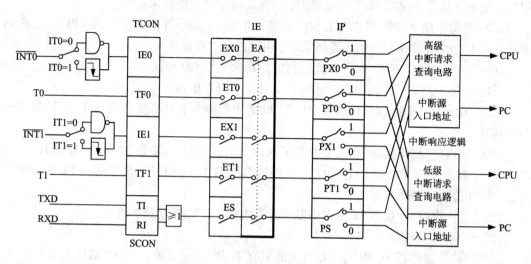

图 5 - 1 - 2　中断系统逻辑结构框图

优先级高的中断请求，待处理完以后，再返回去处理原来的低级中断服务程序，这种高级中断源能中断低级中断源的中断处理方法称为中断嵌套，如图 5 - 1 - 3所示。

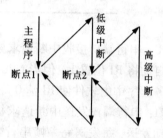

图 5 - 1 - 3　中断嵌套示意图

2. TCON 和 SCON

在 51 单片机中断系统中，有定时/计数器控制寄存器 TCON 和串行接口控制寄存器 SCON。TCON 和 SCON 都属于特殊功能寄存器，字节地址分别为 88H 和 98H，可进行位寻址。

（1）TCON 寄存器

定时/计数器控制寄存器 TCON 的作用有三个方面：①锁存 T0 和 T1 的溢出中断标志，锁存外部中断请求标志。②控制 T0 和 T1 的启动/停止。③设置外部中断的触发方式。其格式及各位的作用及含义如下：

TF1	TR1	TF0	TR0	IE1	IT1	IE0	IT0

IT0：外部中断 0（$\overline{\text{INT0}}$）触发方式控制位。

如果 IT0 为 1，则外部中断 0 为跳变（边沿）触发方式，如果在前一个周期中采样到 P3.2 为高电平，在后一个周期中采样到 P3.2 为低电平，则硬件使 IE0 置 1，向 CPU 请求中断。对于跳变触发方式的外部中断，要求输入的负脉冲宽度至少保持 12 个晶振周期，以确保检测到引脚上的电平跳变。

如果 IT0 为 0，则外部中断 0 为电平触发方式。采用电平触发时，输入到 $\overline{\text{INT0}}$（P3.2）的外部中断信号必须一直保持低电平，直到该中断被响应，同时在中断返回前必须使电平变高，否则将再次产生中断。由于外部中断引脚在每个机器周期内被采样一次，所以中断引脚上的电平应至少保持 12 个晶振周期,以保证电平信号能被采样到。

IE0:外部中断 0 中断请求标志位。如果 IE0 为 1,表明外部中断 0 向 CPU 有中断请求,在 CPU 响应外部中断 0 的中断请求后,由硬件使 IE0 复位。

IT1:外部中断 1($\overline{\text{INT1}}$)触发方式控制位。其含义与 IT0 相同。

IE1:外部中断 1 的中断请求标志位。其含义与 IE0 相同。

TR0、TR1:分别为定时/计数器 T0、T1 的启停控制位,其具体含义在定时/计数器一节中讲述。

TF0:片内定时/计数器 T0 溢出中断请求标志位。定时/计数器的核心为加法计数器,当定时/计数器发生定时或计数溢出时,由硬件置位 TF0,向 CPU 申请中断,CPU 响应中断后,由硬件自动对 TF0 清零。

TF1:片内定时/计数器 T1 溢出中断请求标志位,其功能与 TF0 相同。

(2) SCON 寄存器

串行口控制寄存器 SCON 与中断有关的只有 TI 和 RI 这 2 位。SCON 的格式如下:

SM0	SM1	SM2	REN	TB8	RB8	TI	RI

RI:串行端口接收中断请求标志位。在串行端口允许接收时,每接收完一帧数据,由硬件自动将 RI 位置 1。但当 CPU 转入串行口中断服务程序时硬件不能复位 RI,必须在中断服务程序中由软件使 RI 清 0。

TI:串行端口发送中断请求标志位。CPU 将一个数据写入发送数据缓冲器 SBUF 时,就启动发送,每发送完一帧串行数据后,由硬件置位 TI。但 CPU 响应中断时,并不清除 TI,必须在中断服务程序中由软件对 TI 清 0。

在中断系统中,将串行端口的接收中断 RI 和发送中断 TI 经逻辑或后作为内部的同一个中断源。当 CPU 响应串行端口的中断请求时,CPU 并不清楚是接收中断还是发送中断请求,所以用户在编写串行端口的中断服务程序时,在程序中必须识别是 RI 还是 TI 产生的中断请求,从而执行相应的中断服务程序。

5.1.3　中断的允许和优先级控制

1. 中断允许和禁止

在 51 的中断系统中,中断允许或禁止是由特殊功能寄存器 IE 控制的。IE 的字节地址为 0A8H,可位寻址。其格式和各位的含义如下:

EA	—	—	ES	ET1	EX1	ET0	EX0

EA:总中断允许控制位。当 EA 位为 0 时,CPU 禁止所有的中断;当 EA = 1 时,CPU 打开总中断允许,这时,5 个中断源的中断请求是允许还是被禁止,还需由各自的允许位确定,即由 IE 的低 5 位控制。

ES:串行口中断允许控制位。ES = 0 禁止串行口中断;ES = 1,允许串行口中断。

　　ET1：定时/计数器 T1 的溢出中断允许控制位。ET1 = 0，禁止 T1 的溢出中断；ET1 = 1，允许 T1 的溢出中断。

　　EX1：外部中断 1 中断允许控制位。EX1 = 0。禁止外部中断 1 中断；EX1 = 1，允许外部中断 1 中断。

　　ET0：定时/计数器 T0 的溢出中断允许控制位。ET0 = 0，禁止 T0 的溢出中断；ET0 = 1，允许 T0 的溢出中断。

　　EX0：外部中断 0 中断允许控制位。EX0 = 0，禁止外部中断 0 中断；EX0 = 1，允许外部中断 0 中断。

　　2. 中断优先级控制

　　51 的中断系统提供两个中断优先级，每一个中断源都可以设定为高优先级或低优先级中断源，以便实现二级中断嵌套。中断优先级是由片内的中断优先级寄存器 IP 控制的，IP 的字节地址为 0B8H，既可以按字节访问，又可以按位访问，其格式及各位的含义如下：

—	—	—	PS	PT1	PX1	PT0	PX0

　　PX0，PT0，PX1，PT1 和 PS 分别为 $\overline{INT0}$，T0，$\overline{INT1}$，T1 和串行端口中断优先级控制位。当相应的位置 0 时，所对应的中断源定义为低优先级，置 1 则定义为高优先级。

　　同一优先级中的各中断源同时请求中断时，由片内逻辑查询顺序来决定响应次序。片内逻辑查询顺序称为自然优先权，其优先级排列如下：

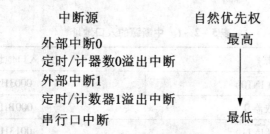

```
中断源                自然优先权
外部中断0              最高
定时/计器数0溢出中断
外部中断1
定时/计数器1溢出中断
串行口中断              最低
```

　　从以上叙述可知，通过编程对 TCON 中的 IT0、IT1 置位或复位，可设定 $\overline{INT0}$，$\overline{INT1}$ 的中断触发方式；通过编程对 IE 寄存器各位置位或清 0，可设置其各位对应的中断源允许中断或禁止中断；通过编程对 IP 寄存器各位置位或清 0，可设置其各位对应的中断源为高优先级或低优先级。

5.2　中断处理过程

5.2.1　中断处理

中断处理可分为三个阶段，即中断响应、中断处理和中断返回。

1. 中断响应

MCS－51 单片机的 CPU 在每一个机器周期内顺序查询每一个中断源。当有中断源申请中断时,先将这些中断请求锁存在各自的中断标志位中,在下一个机器周期这些被置位的中断标志位将会被查到,并按优先级高低进行处理;中断系统将修改程序计数器 PC 的当前值,CPU 转入执行相应的中断服务程序。但下列三个条件中的任何一个都能封锁 CPU 对中断的响应。

(1)CPU 正在处理同级的或高一级的中断。

(2)当前指令未执行完。

(3)当前正在执行的指令是中断返回指令(RETI)或是对 IE 或 IP 寄存器进行读/写的指令。

上述三个条件中,第二条是保证把当前指令执行完,第三条是保证,如果正在执行的是 RETI 指令或是对 IE、IP 访问的指令时,必须至少再执行完一条指令之后才会响应中断。

2. 中断处理

如果一个中断被响应,则按下列过程进行处理:

置相应的优先级触发器状态为 1,以封锁同级和低级的中断请求,但是允许高级的中断请求。

在硬件控制下,将被中断的程序的断点地址(PC 的当前值)压入堆栈进行保护,即保护断点,以便从中断服务程序返回时能继续执行该程序。

根据中断源的类别,在硬件的控制下,程序的执行转到相应的中断入口地址,即将被响应的中断入口地址送入 PC 中,开始执行中断服务程序,并清除中断源的中断请求标志(TI 和 RI 必须由指令清除)。与各中断源对应的中断入口地址,见表 5 – 2 – 1

表 5 – 2 – 1　中断源的入口地址

中断源	入口地址
外部中断 0($\overline{INT0}$)	0003H
定时/计数器 0	000BH
外部中断 1($\overline{INT1}$)	0013H
定时/计数器 1	001BH
串行口	0023H

由于这 5 个中断源的中断入口地址之间,相互仅间隔 8 个字节单元,一般情况下,8 个字节单元是不足以存放一个中断服务程序的。因此,通常在中断入口处安排一条跳转指令,以跳转到存放在其他地址空间的中断服务程序入口处。

3. 中断返回

中断服务程序的最后一条指令必须是中断返回指令 RETI。CPU 执行 RETI 指令时,对响应中断时所置位的优先级状态触发器清零,然后从堆栈中取出断点地址,送到 PC 中,恢复断点。CPU 从断点处重新执行被中断的程序。如果进行中断处理需要保护现场,那么应该在中断服务程序的开头部分用 PUSH 指令把有关存储单元的内容压入堆栈,在中断返回前,再用 POP 指令从堆栈中弹出相应存储单元的内容,以完成恢复现场操作。

5.2.2　中断响应时间

外部中断$\overline{INT0}$和$\overline{INT1}$的电平在每个机器周期的 S5P2 期间被采样并锁存在 IE0 和 IE1 中,这个置入到 IE0 和 IE1 的状态在下一个机器周期才被查询电路查询。如果产生了一个中断请求,而且满足响应的条件,CPU 响应中断,由硬件生成一条长调用指令转到相应的服务程序入口(执行这条指令占用 2 个机器周期)。因此,从中断请求有效到执行中断服务程序的第一条指令的时间间隔至少需要三个完整的机器周期。

如果中断请求被前面所述的三个条件之一所封锁,将需要更长的响应时间。若一个同级的或高优先级的中断已经在进行,则延长的等待时间显然取决于正在处理的中断服务程序的长度;如果正在执行的是一条主程序的指令,但还没有进行到最后一个机器周期,则所延长的等待时间不会超过三个机器周期,这是因为 51 的指令系统中最长的指令(MUL 和 DIV)也只有四个机器周期;假若正在执行的是 RETI 指令或者是访问 IE 或 IP 指令,则延长的等待时间不会超过五个机器周期(完成正在执行的指令还需要一个周期,加上完成下一条指令所需要的最长时间——四个周期,如 MUL 和 DIV 指令)。因此,在系统中只有一个中断源的情况下,响应时间总是在三个机器周期到八个机器周期之间。

5.2.3　中断系统的应用

例5.1　试编写一段对中断系统初始化的程序,使之允许$\overline{INT1}$、T0 中断;$\overline{INT1}$定为边沿触发方式,低优先级;T0 溢出中断定为高优先级。

所谓中断系统初始化就是编写指令,设置特殊功能寄存器 TCON、IE 和 IP 有关位的状态。

解:

```
ORG    0000H
SETB   IT1
MOV    IE , #86H
MOV    IP , #02H
...
```

例5.2　图 5 – 2 – 1 为单片机控制的数据采集系统示意图。将 P1 口设置为数据输入口,外围设备每准备好一个数据时,发出一个选通信号(正脉冲),使 D 触发器 Q 端置 1,经非门向$\overline{INT1}$送入一个低电平中断请求信号,因$\overline{INT1}$采用电平触发方式,外部中断请求标志位 IE1 在 CPU 响应中断后不能由硬件自动清除。因此,在响应中断后,要设法撤除$\overline{INT1}$的低电平。系统中撤除$\overline{INT1}$的方法是将 P2.6 线与 D 触发器复位端相连,因此只要在中断服务程序中由

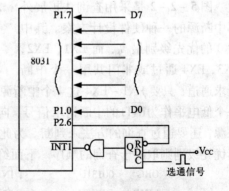

图 5 – 2 – 1　单片机数据采集系统

P2.6输出一个低电平信号,就能使 D 触发器复位($Q = 0$),$\overline{INT1}$输入高电平,从而清除 IE1 标志。

解： 程序清单如下：

```
         ORG    0000H          ; 复位入口
         LJMP   MAIN           ; 转主程序
         ORG    0013H          ; INT1中断服务入口地址
         LJMP   ZDFW           ; 转实际服务程序入口地址
         ORG    1000H          ; 主程序开始地址
MAIN:    CLR    IT1            ; 令INT1为电平触发方式
         SETB   EA             ; 开总中断
         SETB   EX1            ; 开放外部中断1
         MOV    DPTR, #2000H   ; 设置数据区地址指针
LP:      SJMP   LP             ; 等待外中断
         ORG    1250H          ; INT1中断服务程序起始地址
ZDFW:    ANL    P2, #0BFH      ; 由 P2.6 输出 0 撤销INT1
         ORL    P2, #40H       ; P2.6 恢复为 1
         MOV    A, P1          ; 输入数据
         MOVX   @DPTR, A       ; 存入数据存储器
         INC    DPTR           ; 数据指针指向下一个单元
         RITI                  ; 中断返回
```

例 5.3　采用查询法扩展外部中断源。

89S51 有INT0和INT1两个外部中
断源，为了使它能和更多外部设备联
机工作，其中断源个数有时需要加以
扩展。借用定时器溢出中断扩展外部
中断源和采用查询法扩展外部中断源
是两种常用的方法。采用查询法来扩
展外部中断源需要必要的支持硬件和
查询程序。

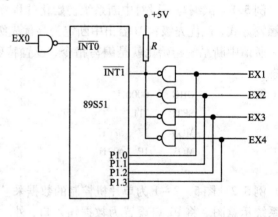

图 5 - 2 - 2 是采用查询法扩展外
部中断源的一种硬件设计方案。其中
EX0 的优先级别最高，而 EX1，EX2，
EX3，EX4 通过或非门共用一个中断

图 5 - 2 - 2　查询法扩展外部中断源

请求通道，只要 EX1 ~ EX4 这 4 个中断源当中有一个以上发出请求信号（高电平）就会输出
一个低电平作为INT1的中断请求信号，向 CPU 请求中断。为了识别INT1中断请求的真实
来源，还要通过查询的方法来判断。为此，4 个中断源分别连接到 P1.0 ~ P1.3 各引脚上，
其优先级别则取决于查询的顺序。下面给出INT1的中断服务参考程序：

```
         ORG    0013H          ; INT1中断入口地址
         LJMP   REINT1         ; 实际 INT1入口地址
         ……
REINT1:  PUSH   PSW            ; 保护现场
         PUSH   ACC
         ORL    P1, #0FH       ; P1 低 4 位先写 1，准备查询
```

	JB	P1.0，SERV1	；转 EX1 中断服务入口
	JB	P1.1，SERV2	；转 EX2 中断服务入口
	JB	P1.2，SERV3	；转 EX3 中断服务入口
	JB	P1.3，SERV4	；转 EX4 中断服务入口
RETUN：	POP	ACC	；恢复现场
	POP	PSW	
	RETI		；中断返回
SERV1：	……		；EX1 中断服务程序入口
	LJMP	RETUN	；EX1 中断服务程序返回
SERV2：	……		；EX2 中断服务程序入口
	LJMP	RETUN	；EX2 中断服务程序返回
SERV3：	……		；EX3 中断服务程序入口
	LJMP	RETUN	；EX3 中断服务程序返回
SERV4：	……		；EX4 中断服务程序入口
	LJMP	RETUN	；EX4 中断服务程序返回

5.3　定时/计数器

　　51 单片机内有两个 16 位可编程的定时/计数器，即定时器 T0 和定时器 T1，它们都具有定时和事件计数功能，可用于定时控制、延时，对外部事件计数和检测等场合。与软件延时相比较，用定时器延时，可以使 CPU 与时钟并行工作，有不影响 CPU 工作效率的优点。

5.3.1　定时/计数器的结构及其工作原理

　　定时/计数器实际上是一个具有加 1 计数功能的 16 位特殊功能寄存器，由高 8 位和低 8 位两个寄存器组成，T0 由 TH0 和 TL0 组成，T1 由 TH1 和 TL1 组成。这些寄存器用于存放定时/计数值或定时/计数初值。TMOD 是两个定时/计数器的工作方式控制寄存器，由它设置定时/计数器的工作方式和功能。TCON 是两个定时/计数器的控制寄存器，用于控制 T0、T1 的启停以及设置溢出标志等。定时/计数器的基本结构如图 5 - 3 - 1 所示。

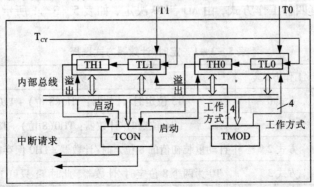

图 5 - 3 - 1　定时/计数器结构

定时/计数器的核心部件是加 1 计数器，输入加 1 计数器的计数脉冲源有两个。在作定时器使用时，输入的是机器周期信号。故其频率为晶振频率的 1/12。如果晶振频率为12MHz，则定时器每接收一个输入脉冲的时间为 1μs。

当它用作对外部事件计数时，输入的是 T0 脚(P3.4)或 T1 脚(P3.5)的外部脉冲。在这种情况下，当检测到输入引脚上的电平由高跳变到低时(前一个机器周期检测到输入引脚为高电平，后一个机器周期检测到输入引脚为低电平)，计数器加 1。由于它需要两个机器周期识别一个从"1"到"0"的跳变，故最高计数频率为晶振频率的 1/24。这就要求输入信号的电平要在跳变后至少在一个机器周期内保持不变，以保证在电平再次变化之前至少被采样一次。

每输入一个脉冲，计数器自动加 1，当加到计数器为全 1 时，再输入一个脉冲就使计数器溢出为零，且溢出脉冲使 TCON 中计数器溢出标志位 TF0 或 TF1 置 1，向 CPU 发出中断请求信号，如果定时/计数器工作于定时方式，则表示定时时间到；若工作于计数方式，则表示计数值满。由此可知，由溢出时的计数值减去计数初值可以得到加 1 计数器的计数值，或者说，通过设置初值的大小，可以获得所要求的计数值。

5.3.2 定时/计数器的控制

51 对内部定时/计数器的控制是通过方式寄存器 TMOD 和控制寄存器 TCON 两个特殊功能寄存器来实现的。

1. 定时/计数器方式控制寄存器 TMOD

定时/计数器方式寄存器 TMOD 用于控制 T0 和 T1 的工作方式，其字节地址为 89H，不能进行位寻址，CPU 可以通过 8 位数据传送指令来设定 TMOD 中各位状态。复位时TMOD 所有各位均被清零。TMOD 格式如下：

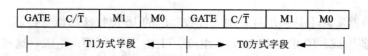

其中高 4 位 D7 ~ D4 用于 T1，低 4 位 D3 ~ D0 用于 T0，各位的含义如下：
(1)M1、M0：工作方式选择位
定时/计数器有四种工作方式，由 M1、M0 决定，如表 5 - 3 - 1 所示。

表 5 - 3 - 1　定时/计数器方式选择

M1 M0	工作方式	功能描述
0 0	方式 0	13 位定时/计数器：TH0(8 位) + TL0(低 5 位)
0 1	方式 1	16 位定时/计数器：TH0(8 位) + TL0(8 位)
1 0	方式 2	自动重装初值的 8 位定时/计数器，TH0 保存初值，TL0 作计数器
1 1	方式 3	T0 为两个 8 位定时/计数器，此时 T1 只可工作于方式 0、1、2

(2)C/T̄：定时/计数功能选择位

$C/\overline{T}=0$ 时，为定时器方式，$C/\overline{T}=1$ 时，为计数器方式。

（3）GATE：门控位

GATE $=0$ 时，由软件启动定时/计数器，此时只要将 TCON 中的 TR0 或 TR1 置 1 即可启动定时/计数器工作。

GATE $=1$ 时，只有 $\overline{INT0}$ 或 $\overline{INT1}$ 引脚为高电平，且 TR0 或 TR1 为 1 时，才能使相应的定时/计数器开始工作。

例 5.4 将 T0 设定为计数器方式，软件启动，按方式 0 工作；T1 设定为定时器方式，软件启动，按方式 1 工作。请写出对 TMOD 编程的指令。

解： 根据题目要求得出控制字为 14H，利用字节传送指令将控制字 14H 写入到 TMOD 中即可。

即：MOV TMOD，#14H

2. 定时/计数器控制寄存器 TCON

TCON 的地址为 88H，可以位寻址，CPU 可以通过 8 位数据传送指令来设定 TCON 中各位状态，也可通过位操作指令对其置位或清零。单片机复位时，TCON 所有各位均被清零。定时/计数器控制寄存器 TCON 的格式如下：

TF1	TR1	TF0	TR0	IE1	IT1	IE0	IT0

TCON 中被用作中断标志的各位已在 5.1.2 中讨论过，这里只讨论定时/计数器的启动、停止控制位 TR0 和 TR1。

（1）TR0：定时/计数器 0 运行控制位，可以由软件设置为 0 或 1。

（2）TR1：定时/计数器 1 运行控制位，其作用与 TR0 类似。

门控位 GATE 与运行控制位 TR0 的状态，及其与 T0 启停的关系见表 5 - 3 - 2。

表 5 - 3 - 2 GATE、TR0 与 T0 启停的关系

GATE $=0$ 由软件控制定时/计数器启停	TR0 $=1$		T0 开始计数
	TR0 $=0$		T0 停止计数
GATE $=1$ 由外部控制定时/计数器启停	TR0 $=1$	$\overline{INT0}=1$	T0 开始计数
	TR0 $=0$	$\overline{INT0}=1$	T0 停止计数
	TR0 $=1$	$\overline{INT0}=0$	
	TR0 $=0$	$\overline{INT0}=0$	

5.3.3 定时/计数器的工作方式及其应用

如前所述，51 单片机片内的定时/计数器可以通过对特殊功能寄存器 TMOD 中的控制位 $C/\overline{T}$ 的设置来选择定时器方式或计数器方式；通过对 M1、M0 两位的设置来选择四种工作方式。现以 T0 为例加以说明。

1. 方式 0 及应用

当 M1M0 = 00 时,定时/计数器工作于方式 0。在方式 0 下,由 TH0 的 8 位和 TL0 的低 5 位构成 13 位定时/计数器。TL0 的高 3 位没有使用,低 5 位作为整个 13 位定时/计数器的低 5 位,TH0 的 8 位作为 13 位定时/计数器的高 8 位。当 TL0 的低 5 位溢出时向 TH0 进位,而 TH0 溢出时则将定时/计数器溢出标志位 TF0 置 1。如果允许中断,T0 将向 CPU 发出中断请求;如果不允许中断,可以通过查询 TF0 的状态判断 T0 的工作是否结束。图 5 - 3 - 2 为 T0 方式 0 的逻辑结构图。

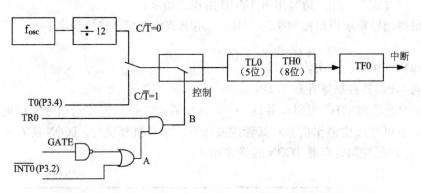

图 5 - 3 - 2　T0 方式 0 的逻辑结构

当 C/$\overline{\text{T}}$ = 0 时,输入为振荡器 12 分频输出端,T0 对机器周期计数,即定时器工作方式。定时时间由下式决定:

$$T = (2^{13} - T0\ 初值) \times T_{cy}\ \mu s$$

而定时初值:
$$T0\ 初值 = 2^{13} - T/T_{cy}$$

如果晶振频率为 12MHz,则 $1T_{cy} = 1\mu s$,当初值为 0 时。最长的定时时间为

$$T_{max} = 2^{13} = 8.192ms$$

当 C/$\overline{\text{T}}$ = 1 时,输入为外部引脚 T0(P3.4),计数器 T0 对来自引脚 P3.4 的输入脉冲计数,当外部信号电平发生由 1 到 0 的跳变时,计数器加 1,这时,T0 成为外部事件计数器。

当 GATE = 0 时,或门输出恒为 1,使外部中断输入引脚$\overline{\text{INT0}}$信号失效,同时又打开与门,由 TR0 控制定时器 T0 的开启和关断。若 TR0 = 1,接通控制开关,启动定时器 T0 工作,计数器开始计数。若 TR0 = 0,则断开控制开关,停止计数。

当 GATE = 1 时,与门的输出由$\overline{\text{INT0}}$的输入电平和 TR0 位的状态来控制。若 TR0 = 1,则打开与门,外部信号电平通过$\overline{\text{INT0}}$引脚直接开启或关断定时器 T0。当$\overline{\text{INT0}}$为高电平时,允许计数,否则停止计数。这种工作方式可用来测量外部信号的脉冲宽度等。

定时器 T1 的工作情况与上述相同。

51 的定时/计数器是可编程的,因此在利用定时/计数器进行定时或计数之前。需通过软件对其进行初始化。初始化的步骤如下:

①对 TMOD 寄存器赋值,确定工作方式。

②设置定时/计数器初值。初值按下列原则计算:

设计数器的最大值为 M(在不同的工作模式中 M 可以为 2^{13}、2^{16} 和 2^8),初值为 X。

计数方式时：X = M − 计数值

定时方式时，

因为：
$$(M − X) \times T_{cy} = 定时值$$

所以：
$$X = M − 定时值/T_{cy}$$

③若设置中断，则需对中断允许寄存器 IE 置初值。

④启动定时/计数器。

$$对 T0：SETB \quad TR0$$

$$对 T1：SETB \quad TR1$$

启动后，计数器即按规定的工作方式和初值进行定时或计数。

例 5.5　利用 T0 方式 0 产生 1 ms 的定时，在 P1.0 引脚上输出周期 2 ms 的方波。设单片机晶振频率 $f_{osc} = 12MHz$。

解：要在 P1.0 输出周期为 2 ms 的方波只要 P1.0 每隔 1 ms 取反一次即可，具体操作如下：

①取 T0 的方式字为：TMOD = 00H，即：

TMOD.1，TMOD.0：M1M0 = 00，T0 为方式 0；

TMOD.2：C/$\overline{T}$ = 0，T0 为定时状态；

TMOD.3：GATE = 0，表示计数不受 $\overline{NIT0}$ 控制；

TMOD.4 ~ TMOD.7：可为任意值，因 T1 不用，各位均取为 0。

②计算 T0 定时 1ms 的初值：

机器周期为 $1\mu s$，设 T0 的计数初值为 X，则：

$$(2^{13} − X) \times 1 \times 10^{-6} = 1 \times 10^{-3}$$

$$X = 2^{13} − 1 \times 10^{-3}/1 \times 10^{-6}$$

$$= 8192 − 1000 = 7192D$$

$$= 11100000 \ 11000B$$

高 8 位：0E0H　　　　　低 5 位：18H

那么，TH0 初值应为 0E0H，TL0 初值为 18H。采用查询 TF0 状态的方式来控制 P1.0 输出，程序如下：

```
              MOV     TMOD, #00H      ; 置 T0 为方式 0
              MOV     TL0, #18H       ; 送计数初值
              MOV     TH0, #0E0H
              SETB    TR0             ; 启动 T0
LOOP:         JBC     TF0, NEXT       ; 查询定时时间到否?
              SJMP    LOOP            ; 定时未到继续查询
NEXT:         MOV     TL0 , #18H      ; 重置计数初值
              MOV     TH0 , #0E0H
              CPL     P1.0            ; 输出取反
              SJMP    LOOP            ; 重复查询过程
```

采用查询方式的程序很简单，但在定时器工作过程中，CPU 要不断查询溢出标志 TF0 的状态，占用了 CPU 工作时间，导致 CPU 的效率不高。而采用定时溢出中断方式，可以提高 CPU 的效率。

例5.6 采用中断方式产生例5.5所要求的方波。

；主程序

MAIN：	MOV	TMOD，#00H	；置 T0 为方式 0
	MOV	TL0，#18H	
	MOV	TH0，#0E0H	；置初值
	SETB	EA	；开总中断
	SETB	ET0	；T0 允许中断
	SETB	TR0	；启动 T0
HERE：	SJMP	HERE	；等待中断，虚拟主程序

；中断服务程序

	ORG	000BH	；T0 中断入口
	AJMP	ZDBO	；转中断服务程序
ZDBO：	MOV	TL0，#18H	；重装初值
	MOV	TH0，0E0H	
	CPL	P1.0	；翻转输出电平
	RETI		；中断返回

2. 方式 1 及应用

当 M1M0 = 01 时，定时/计数器工作在方式 1 下。定时/计数器工作于方式 1 的逻辑结构如图 5 – 3 – 3 所示。其结构与操作几乎与方式 0 完全相同，差别仅在于计数器的位数不同。用于定时工作方式时，计数时间为：

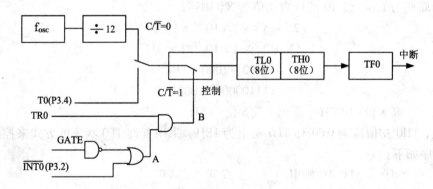

图 5 – 3 – 3   T0 方式 1 的逻辑结构

$$T = (2^{16} - T0\ 初值) \times T_{cy}\ \mu s$$

若晶振频率 $f_{osc} = 12MHz$，则最长定时时间为：

$$T_{MAX} = (2^{16} - 0) \times 1\ \mu s = 65.536\ ms$$

用于计数工作方式时，最大计数值为：

$$2^{16} = 65536$$

例5.7 用定时器 T1 产生一个 100Hz 的方波，由 P1.0 输出，设 $f_{osc} = 12MHz$，采用查询方式。

解：方波周期：$T = 1/100Hz = 0.01s = 10\ ms$

用 T1 定时 5 ms，计数初值 X 为：

$$X = 2^{16} - 5 \times 10^{-3}/1 \times 10^{-6} = 60536 = 0EC78H$$

程序如下：

```
        MOV   TMOD, #10H      ; T1 模式 1, 定时方式
LOOP:   MOV   TH1, #0ECH      ; 置初值
        MOV   TL1, #78H
        SETB  TR1             ; 启动定时
        JNB   TF1, $          ; 等待溢出
        CLR   TR1             ; 暂停定时
        CLR   TF1             ; 清除标志
        CPL   P1.0            ; 电平转换
        SJMP  LOOP
```

3. 方式 2 及应用

在方式 0 和方式 1 中，当定时/计数器溢出时，TH0 和 TL0 值均为 0，定时/计数器再次运行时，需要在程序中重新送入初值并启动运行。而方式 2 具有自动恢复初值的功能，可以连续运行，适用于作连续的精确定时。

当 M1M0 = 10 时，定时/计数器工作于方式 2。在方式 2 中，TH0、TL0 是两个不同任务的寄存器，TL0 进行 8 位计数操作，TH0 作为定时/计数初值的缓存器。在程序初始化时，TL0 和 TH0 被赋以相同的值，TL0 计数溢出，使 TF0 置 1，同时控制将 TH0 中所保存的初值重新装入到 TL0 中，计数重新开始，这个过程可以一直反复进行下去。T0 方式 2 的逻辑结构如图 5 – 3 – 4 所示。

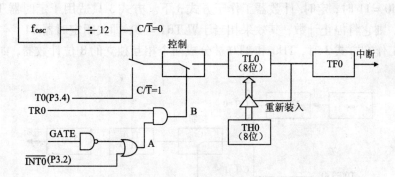

图 5 – 3 – 4　T0 方式 2 逻辑结构

在方式 2 定时器工作方式中，其定时时间为：

$$T = (2^8 - TH0\ 初值) \times T_{cy}\ \mu s$$

在方式 2 的计数器工作方式中，最大计数长度为 $2^8 = 256$。方式 2 可省去软件重装初值的语句，定时时间精确，常用于作串行接口波特率发生器。

例 5.8　利用定时器 T0 方式 2 对外部事件计数，要求每计满 200 次后从 P1.0 输出宽度为 5ms 的高电平，如此循环下去（设 $f_{osc} = 12MHz$）。

解：根据题意，可设置 T0 交替工作于计数方式和定时方式，先计数满 200 次后改为定时方式，5ms 后又回到计数方式。计数器工作于方式 2，定时器工作于方式 1。

T1 的方式控制字：计数方式为 TMOD = 06H

定时方式为 TMOD = 01H

T1 的初值：计数初值为 $X = 2^8 - 200 = 56D = 38H$

定时初值为 EC78H

MAIN:	CLR	TR0	
	MOV	TMOD, #06H	; T0 工作于计数方式 2
	MOV	TH0, #38H	; 送计数初值
	MOV	TL0, #38H	
	SETB	TR0	; 启动 T0 开始计数
	CLR	P1.0	; P1.0 为低电平
WAIT:	JBC	TF0, TIME	; 满 200 次则转定时
	SJMP	WAIT	; 等待
TIME:	CLR	TR0	; 停止 T0 工作
	SETB	P1.0	; P1.0 输出高电平
	MOV	TMOD, #01H	; T0 工作于定时器方式 1
	MOV	TH0, #0ECH	; 送定时初值
	MOV	TL0, #78H	
	SETB	TR0	; 启动 T0 定时
WAIT1:	JBC	TF0, MAIN	; 到 5ms 则转计数
	SJMP	WAIT1	; 等待
	END		

4. 方式 3 及应用

当 M1M0 = 11 时，定时/计数器工作于方式 3 下。方式 3 只适用于定时器 T0，若将 T1 置为方式 3，则它将停止计数，其效果相当于置 TR1 = 0，即关闭定时器 T1。

当 T0 工作在方式 3 时，TH0 和 TL0 被分成两个相互独立的 8 位计数器，如图 5 - 3 - 5 所示。

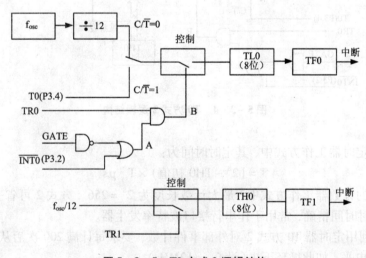

图 5 - 3 - 5　T0 方式 3 逻辑结构

其中，TL0 使用原 T0 的各控制位、引脚、中断源，即使用 C/T̄、GATE、TR0、TF0 和

$\overline{\text{INT0}}$(P3.2) 引脚，其功能和操作与方式 0 和方式 1 相同，即：可以工作在定时器方式也可以工作在计数器方式，只是 TL0 只能使用 8 位寄存器。

TH0 只可作简单的内部定时器，它占用 T1 的控制位 TR1 和 T1 的中断标志位 TF1，同时也占用了 T1 的中断源，由 TR1 来负责启动和关闭。

定时器 T0 用作方式 3 时，T1 仍可设置为模式 0 ~ 2，其逻辑见图 5 - 3 - 6(a)、(b)和(c)。

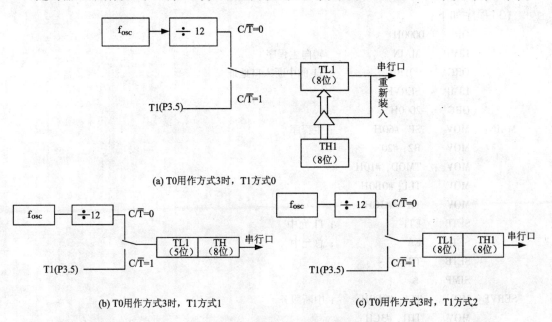

(a) T0 用作方式 3 时，T1 方式 0

(b) T0 用作方式 3 时，T1 方式 1　　　　　　(c) T0 用作方式 3 时，T1 方式 2

图 5 - 3 - 6　T0 方式 3 下的 T1 逻辑结构

在图 5 - 3 - 6 中，由于 TR1、TF1 以及 T1 的中断源已被定时器 T0 占用，此时 T1 仅由控制位 C/$\overline{\text{T}}$切换其定时器或计数器工作方式，计数器计数满溢出时，只能将输出送入串行口或用于不需要中断的场合。把 T1 作为波特率发生器使用时，一般将 T1 设置为方式 2。

5.3.4　综合应用举例

例 5.9　设时钟频率为 12MHz，编写利用 T1 产生 1s 定时的程序。

解：(1)T1 的工作方式的确定

因为定时事件较长，采用哪一种工作模式合适呢？

在 f_{osc} = 12MHz 时，$1T_{cy}$ = 1μs，所以：

$$方式 0 最长可定时：2^{13} \times 1μs = 8.192ms$$
$$方式 1 最长可定时：2^{16} \times 1μs = 65.536ms$$
$$方式 2 最长可定时：2^{8} \times 1μs = 256μs$$

经分析，可选方式 1，定时事件为 50ms，另设计一个软件计数器，初始值为 20，每隔 50ms 中断一次，计数值递减中断 20 次为 1s。$T = (2^{16} - T0 初值) \times T_{cy}$。

(2)求初值 X

由于　$T = (2^{16} - T0 初值) \times T_{cy}$

所以 $(2^{16} - X) \times T_{cy} = 50 \times 10^{-3}$

$\qquad X = 65536 - 50000$

$\qquad\qquad = 15536$

$\qquad\qquad = 3CB0H$

因此设初值 $TH1 = 3CH \qquad TL1 = B0H$

（3）程序如下：

```
        ORG     0000H
        LJMP    MAIN            ;转向主程序
        ORG     001BH           ;T1 的中断入口地址
        LJMP    SERVE
        ORG     2000H
MAIN:   MOV     SP, #60H        ;主程序
        MOV     R2, #20
        MOV     TMOD, #10H
        MOV     TL1, #0B0H
        MOV     TH1, #3CH
        SETB    ET1             ;T1 允中
        SETB    EA              ;总允中
        SETB    TR1
        SJMP    $
SERVE:  MOV     TL1, #0B0H      ;中断服务
        MOV     TH1, #3CH
        DJNZ    R2, LOOP
        CLR     TR1
LOOP:   RETI
        END
```

例 5.10　利用 T0 测定INT0引脚上出现的正脉冲的宽度，将检测到的脉冲宽度值（机器周期数）存入 30H, 31H 中。

解： 设 T0 为定时方式 1，初值取 0，门控位 GATE 置 1。

当INT0引脚变为高电平时，采用外触发方式启动 T0 定时；当外部INT0引脚变为低电平时，停止 T0 定时，这时 TH0 和 TL0 中的数值就是INT0引脚为高电平时的脉冲宽度值。程序清单如下：

```
MAIN:   MOV     TMOD, #09H      ;T0 为门控定时方式 1
        MOV     TL0, #00H       ;置定时初值
        MOV     TH0, #00H
WAIT1:  JB      P3.2, WAIT1     ;等待INT0变低
        SETB    TR0             ;开启计数输入门
WAIT2:  JNB     P3.2, WAIT2     ;等待INT0升高触发计数
WAIT:   JB      P3.2, WAIT      ;正在计数等待INT0变低
        CLR     TR0             ;关闭计数器
        MOV     30H, TL0
        MOV     31H, TH0
```

```
        AJMP    MAIN
        END
```

例 5.11 电路如图 5－3－7 所示，设时钟频率为 6.0MHz，要求编写程序，模拟一循环彩灯，彩灯变化形式为：①L1，L2，…，L8 依次点亮；②L1，L2，…L8，依次熄灭；③L1，L2，…，L8，全亮、全灭。彩灯变化间隔为 0.5s。让发光二极管按以上规律循环显示下去。

解：

（1）彩灯控制方案：

① 彩灯组的各种显示模式，可以用 8 位显示数据表格的形式存放于 ROM 中。

② 在 0.5s 内读取相同的数据并输出，而每隔 0.5s 移动一次读取数据表格的位置。

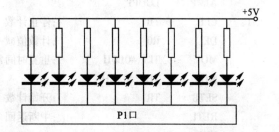

图 5－3－7 例 5.11 图

③ 由 8051 内部定时器 1 按方式 1 工作，即作为 16 位定时器使用，每 0.1s T1 溢出中断一次，令 R0＝05H，CPU 响应中断后将 R0 中计数值减 1，即可实现 0.5s 延时。

（2）时间常数可按下述方法确定：

机器周期 T_{cy}＝12/晶振频率＝12/$(6×10^6)$＝2μs

设，计数初值为 X，则$(2^{16}－X)×2×10^{-6}$＝0.1s

所以：X＝15536＝3CB0H

（3）参考程序如下：

```
        ORG     0000H
        LJMP    START
        ORG     001BH       ;T1 中断程序入口地址
        LJMP    INT
        ORG     4100H
START:  MOV     A，#01H      ;首显示码
        MOV     R1，#03H     ;03H 是偏移量，即从基址寄存器到表首的距离
        MOV     R0，#5H      ;05H 是计数值
        MOV     TMOD，#10H   ;计数器置为方式 1
        MOV     TL1，#0B0H   ;装入时间常数
        MOV     TH1，#03CH
        ORL     IE，#88H     ;开放总中断和 T1 中断允许
        SETB    TR1         ;启动计数
LOOP1： CJNE    R0，#00，DISP  ;显示不到 0.5 秒继续
        MOV     R0，#5H      ;显示时间到，重置初值
        INC     R1          ;表地址偏移量加 1
        CJNE    R1，#31H，LOOP2 ;未到表尾，继续查表
        MOV     R1，#03H     ;如到表尾，则重置偏移量初值
LOOP2： MOV     A，R1        ;从表中取显示码
        MOVC    A，@A+PC
        AJMP    DISP
```

	DB	01H,03H,07H,0FH,1FH,3FH,7FH,0FFH,0FEH,0FC	
	DB	0F8H,0F0H,0E0H,0C0H,80H,00H,0FFH,00H,0FEH	
	DB	0FDH,0FBH,0F7H,0EFH,0DFH,0BFH,07FH,0BFH,0DFH	
	DB	0EFH,0F7H,0FBH,0FDH,0FEH,00H,0FFH,00H,31H	
DISP:	MOV	P1,A	;将取得的显示码从 P1 口输出显示
	AJMP	LOOP1	
INT:	CLR	TR1	;停止计数
	DEC	R0	;计数值减一
	MOV	TL1,#0B0H	;重置时间常数初值
	MOV	TH1,#03CH	
	SETB	TR1	;开始计数
	RETI		;中断返回
	END		

5.3.5　借用定时器溢出中断扩展外部中断源

51 内部定时器是 16 位的,定时器从全"1"变为全"0"时会向 CPU 发出溢出中断请求。根据这一原理,我们可以把 51 内部不用的定时器借给外部中断源使用,以达到扩展外部中断源的目的。借用定时器溢出中断作为外部中断的方法如下:

（1）使被借用定时器工作在方式 2,即 8 位自动装载方式。每当低 8 位计数器产生溢出中断时高 8 位的计数初值自动装入低 8 位,以便为下一次计数溢出中断做好准备。

（2）借用定时器的高 8 位和低 8 位装载初值均为 FFH,以达到只要输入一个脉冲就产生一次溢出中断的目的。

（3）把被借用定时器的计数输入端 T0（或 T1）作为扩展外部中断源的中断请求输入线。

（4）在被借用定时器中断入口地址 000BH（或 001BH）处存放一条三字节长转移指令,以便 CPU 在响应该定时器溢出中断时可以转移到对应中断源的中断服务程序段执行。

根据上述分析,在主程序的开头部分对被借用的定时器进行初始化。初始化包括定时器工作方式设定和定时器初值设置。

例 5.12　写出定时器 T0 中断源用作外部中断源的初始化程序。

解：初始化程序如下:

	MOV	TMOD,#06H	;T0 工作于计数方式 2
	MOV	TL0,#0FFH	;置满初值
	MOV	TH0,#0FFH	;置重装初值
	SETB	EA	;开总中断
	SETB	ET0	;开 T0 中断
	SETB	TR0	;启动定时器 T0 工作
	......		
	END		

借用定时器 T0 来扩展外部中断源,实际上相当于使 51 单片机的 T0 口变成了一个边沿触发型外部中断请求输入口,而少了一个定时器溢出中断源。此时,T0（外部）中断源的入口地址仍为 000BH。

5.4　51 单片机的串行接口

5.4.1　串行口通信概念

计算机之间的通信有并行通信和串行通信两种。并行通信中，数据的所有位是同时进行传送的，优点是速度快，缺点是需要较多的传送数据线，有多少位数据就需要多少根数据线，而且数据传送的距离有限，一般在 15～30m 之内，如图 5 - 4 - 1 所示。并行通信常用于 CPU 与 LED、LCD 显示器的接口等方面。

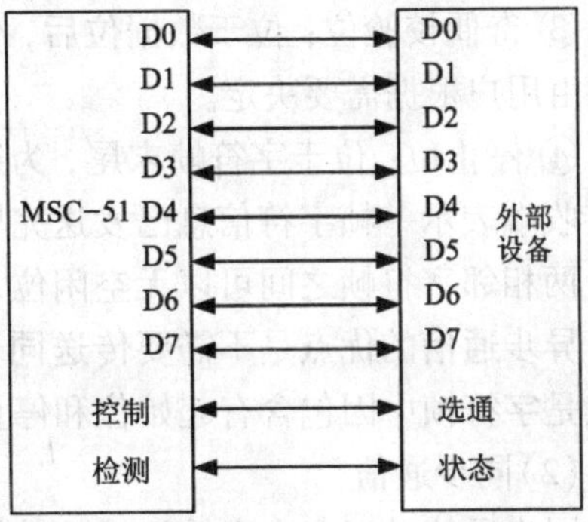

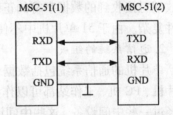

图 5 - 4 - 1　并行通信线路结构

串行通信中，数据是按一定的顺序一位一位地传送，速度较慢，但只需要两根数据传输线，适用于长距离通信，如图 5 - 4 - 2 所示。

1. 串行通信的分类

按照串行数据的同步方式，串行通信可以分为同步通信和异步通信两类。

（1）异步通信

在异步通信中，数据通常是以字符（或字节）为单位组成字符帧传送的。字符帧由发送端一帧一帧地发送，通过传输线后为接收设备一帧一帧地接收。发送端

图 5 - 4 - 2　串行通信线路结构

和接收端可以有各自的时钟来控制数据的发送和接收，这两个时钟源彼此独立，互不同步。

那么究竟发送端和接收端依靠什么来协调数据的发送和接收呢？也就是说，接收端怎么知道发送端何时开始发送和何时结束发送呢？这是由字符帧格式规定的。平时发送线为高电平（逻辑"1"），每当接收端检测到传输线上发送过来的低电平逻辑"0"（字符帧的起始位）时就知道发送端已开始发送，每当接收端接收到字符帧的停止位时就知道一帧字符信息已发送完毕。

字符帧格式如图 5 - 4 - 3 所示，由起始位、数据位、奇偶校验位和停止位等四部分组成。各部分结构和功能分述如下：

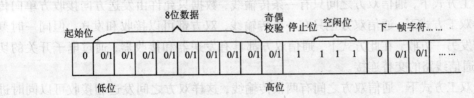

图 5 - 4 - 3　异步通信的字符帧格式

① 起始位：位于字符帧开头，只占一位，以低电平即逻辑 0 表示，用于向接收设备表示发送端开始发送一帧信息。

② 数据位：紧跟起始位之后，用户根据情况可取 5、6、7 位或 8 位数据位，低位在前、高位在后。

③ 奇偶校验位：位于数据位后，仅占一位，用于表征串行通信中采用奇校验还是偶校验，由用户根据需要决定。

④ 停止位：位于字符帧末尾，为逻辑"1"高电平，通常可取 1 位、1.5 位或 2 位，用于向接收端表示一帧字符信息已发送完毕，也为发送下一帧字符作准备。

两相邻字符帧之间可以无空闲位，也可以有若干空闲位，这由用户根据需要决定。

异步通信的优点是不需要传送同步脉冲，字符帧长度也不受限制，故所需设备简单。缺点是字符帧中因包含有起始位和停止位而降低了有效数据的传输速率。

（2）同步通信

同步通信是以多个字符组成的数据串为传输单位来进行数据传送，数据串长度固定，每个字符不再单独附加起始位和停止位，而是在数据串开始处用同步字符表示数据串传送开始，由时钟来实现发送端与接收端之间的同步，在数据串末尾设 1~2 个校验字符，用于接收端对接收到的数据字符的正确性校验。这种通信方式传输速率高于异步通信方式，但硬件复杂。由于 51 单片机中不使用同步串行通信方式，所以这里不作详细介绍。

2. 通信系统的组成

单片机的通信系统包括数据传送端、数据接收端、数据转换接口和传送数据的线路。单片机、PC 机、工作站都可以作为传送、接收数据的终端设备。数据在传送过程中常常需要经过一些中间设备，这些中间设备称为数据交换设备，负责数据的传送工作。数据在通信过程中，由数据的终端设备传送端送出数据，通过调制解调器把数据转换为一定的电平信号，在通信线路上进行传输。通信信息被传输到计算机的接收端时，同样也需要通过调制解调器把电平信号转换为计算机能接受的数据，数据才能进入计算机。通信线路常用双绞线、同轴电缆、光纤或无线电波。串行通信的总线标准有 RS－232C、RS－422、RS－485 等多种，其中 RS232C 接口应用比较普遍。

在串行通信时，计算机内部的并行数据传送到内部移位寄存器中，然后数据逐位移出形成串行数据，通过通信线路传送到接收端，再将串行数据逐位送入移位寄存器后转换成并行数据存放到计算机中。

3. 串行通信中数据的传送方向

串行通信中，数据传送的方向分为单工、半双工和全双工三种方式。

在单工方式下，通信双方之间只有一条传输线，数据只允许由发送方向接收方单向传送。在半双工方式下，通信双方也只有一条传输线，双方都可以接收和发送，但同一时刻只能一方发另一方收，在此方式下，通信双方都具有发送器和接收器，通过电子开关的切换，实现通信线路的交替连接。

在全双工方式下，通信双方之间有两根传输线，这样双方之间发送和接收可以同时进行，互不相关，当然，这时通信双方的发送器和接收器也是独立的，可以同时工作。

5.4.2　51 单片机串行接口的结构与控制

51 系列单片机内部有一个功能很强的全双工串行异步通信接口(UART)。图 5 - 4 - 4 所示为 51 单片机的串行口结构示意图。它主要由两个串行数据缓冲器(SBUF)、发送控制、发送端口、接收控制、接收端口和波特率控制等组成。

波特率(也称比特数)指每秒钟传送二进制数码的位数,单位为位/秒,波特率用于表征串行通信数据传输的速率。

1. 串行数据缓冲器(SBUF)

51 系列单片机串行口有两个串行数据缓冲器,一个用于发送数据,另一个用于接收数据,可以同时用来发送和接收。发送缓冲器只能写入,不能读出,用于发送信息;接收缓冲器只能读出,不能写入,用于接收信息。两个缓冲器使用同一符号 SBUF,共用一个地址 99H,根据读写指令来确定访问其中哪一个。

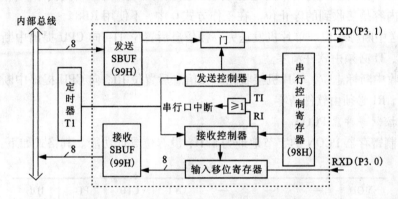

图 5 - 4 - 4　51 系列单片机串行口结构框图

2. 串行接口控制寄存器 SCON

串行接口控制寄存器 SCON 用于定义串行口的操作方式和控制它的某些功能。其字节地址为 98H,其格式如下:

SM0	SM1	SM2	REN	TB8	RB8	TI	RI

SM0,SM1:串行口工作方式选择位,由软件设定。共有 4 种方式,见表 5 - 4 - 1。其中 f_{osc} 是 8051 的晶振频率。

表 5 - 4 - 1　串行口工作方式

SM0	SM1	方式	功能说明
0	0	0	移位寄存器输入/输出,波特率为 $f_{osc}/12$
0	1	1	8 位 UART(异步通信),波特率可变(T1 溢出率/n, n = 32 或 16)
1	0	2	9 位 UART,波特率为 f_{osc}/n (n = 32 或 64)
1	1	3	9 位 UART,波特率可变(T1 溢出率/n, n = 32 或 16)

SM2：多机通信控制位，由软件设定。在串行口的方式 0 中，SM2 必须为 0。在方式 1 中，若 SM2 = 1，则只有收到有效的停止位才会置位 RI，若 SM2 = 0，无论收到的停止位是否有效都会置位 RI。在方式 2 或方式 3 中，当 SM2 = 1 时，若接收到的第 9 位数据（RB8）为 0，则不能置位 RI，只有收到 RB8 = 1，才能置位 RI。多机通信规定，在方式 2 或方式 3 中，接收到第 9 位数据（RB8）为 1，表示本帧为地址值，若 RB8 = 0，表示本帧为数据值。SM2 = 1 允许多机通信，只接收地址帧，不接收数据帧。在方式 2 或方式 3 中，当 SM2 = 0 时，禁止多机通信，只要接收到一帧信息（无论是地址还是数据），RI 都被置位。

REN：允许接收控制位，由软件设定。REN = 1 时允许接收，REN = 0 时禁止接收。

TB8：方式 2 和方式 3 中要发送的第 9 位数据。可由软件设定，用作奇偶校验位或地址/数据标志位。

RB8：工作方式 2 和工作方式 3 中，接收到的第 9 位数据。它既可以作为约定的奇偶校验位，也可以作为多机通信中的地址帧或数据帧的标志。在工作方式 1 中，当 SM2 = 0 时，RB8 的内容是接收到的停止位。在工作方式 0 中，不使用 RB8。

TI：发送中断标志位。单片机发送完一帧信息后置位 TI，向 CPU 提出中断申请。CPU 响应中断后，TI 必须由软件清零。

RI：接收中断标志位，单片机接收完一帧信息后置位 RI，向 CPU 提出中断请求。CPU 响应中断后，RI 必须由软件清零。

3. 电源控制寄存器 PCON

电源控制寄存器 PCON 的字节地址为 87H，没有位寻址功能。其格式如下：

SMOD	—	—	—	GF1	GF0	PD	IDL

低四位用于电源控制，与串行接口无关。最高位 SMOD 用于对串行口波特率的控制，当 SMOD = 1 时，波特率增大一倍，复位时，SMOD = 0。

51 单片机串行异步通信帧的格式有 10 位和 11 位两种，波特率和帧的格式可以通过软件编程来设置。在不同的工作模式下，波特率和帧的格式不同，只有正确进行设置，才能进行可靠的数据通信。

5.4.3　串行接口的工作方式

串行口的工作方式由串行接口控制寄存器 SCON 中的 SM0、SM1 两位设定，如表 5 - 4 - 1所示。下面介绍串行接口的四种工作方式。

1. 方式 0

串行接口工作方式 0 为移位寄存器输入输出方式，波特率固定为 $f_{osc}/12$。串行数据由 RXD（P3.0）端输入/输出，同步移位脉冲由 TXD（P3.1）端输出。工作方式 0 的主要作用之一是将串行端口与外接的移位寄存器结合起来扩展单片机的输入/输出接口。8051 串行口可以外接串行输入、并行输出移位寄存器作为输出口，也可外接并行输入串行输出移位寄存器作为输入口，其接口逻辑如图 5 - 4 - 5 所示。

当要发送的数据写入串行接口发送缓冲器 SBUF 时，就开始发送。串行接口将 8 位数

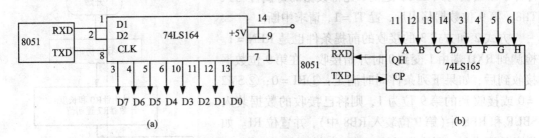

图 5 - 4 - 5   8051 外接移位寄存器

据从 RXD 端输出，TXD 端输出同步脉冲。发送完一帧数据后，置中断标志位 TI = 1。在下一次发送数据前须由软件将 TI 清零。

当要接收数据时，在 RI = 0 的条件下，置 REN = 1，便启动串行接口接收数据，此时 RXD 为串行输入端，TXD 为同步脉冲输出端。接收到一帧数据后，置中断标志 RI = 1，呈中断申请状态，再次接收数据时，须由软件将 RI 清零。

2. 方式 1

串行口工作于方式 1 时，为波特率可变的 10 位异步通信接口，传送一帧信息为 10 位，即 1 位起始位(0)，8 位数据位(低位在先)和 1 位停止位(1)。其中起始位和停止位在发送时自动插入，数据位由 TXD 端发送，由 RXD 端接收。

在 TI = 0 时，执行一条以 SBUF 为目的寄存器的写指令即可启动一次发送。发送完一帧信息后置 TI = 1。在下一次发送数据前，须由软件将 TI 清零。

方式 1 的接收过程通过软件置 REN = 1 启动，当检测到 RXD 引脚上由 1 到 0 的跳变时，开始接收过程。同时满足两个条件时，本次接收有效，将接收移位寄存器内的数据装入 SBUF 中，停止位装入 SCON 寄存器的 RB8 中，并置 RI = 1。两个条件是：①RI = 0；② SM2 = 0 或接收到停止位 1。若不同时满足上述两个条件时，则接收数据丢失。

方式 1 的波特率是可变的，波特率可由以下计算公式计算得到。

方式 1 的波特率 = 2^{SMOD}(定时器 1 的溢出率/32)

其中 SMOD 为 PCON 的最高位。定时器 1 的方式 0、1、2 都可以使用，其溢出率即每秒钟溢出的次数，等于定时时间的倒数。

3. 方式 2 和方式 3

这两种方式都是 11 位异步通信接口，1 位起始位，8 位数据位，1 位可编程位(即第 9 位数据)和 1 位停止位。由 RXD 端接收，由 TXD 端发送。两种方式的操作过程完全一样，所不同的是波特率。

方式 2 的波特率 = 2^{SMOD}($f_{osc}/64$)

方式 3 的波特率同方式 1(定时器 1 作波特率发生器)

方式 2 和方式 3 的发送过程是由执行任何一条以 SBUF 作为目的寄存器的写指令来启动的。由"写入 SBUF"信号把 8 位数据装入 SBUF，同时还把 TB8 装到发送移位寄存器的第 9 位位置上(可由软件把 TB8 赋予 0 或 1)，并通知发送控制器要求进行一次发送。第 9 位数据(即 SCON 中的 TB8 的值)由软件置位或清 0，可以作为数据的奇偶校验位，也可以作为多机通信中的地址、数据标志位。如果把 TB8 作为奇偶校验位，可以在发送中断服务程序中，在数据写入 SBUF 之前，先将数据的奇偶位写入 TB8。第 9 位数据移出后，置 TI = 1，请求中断。

方式 2 和方式 3 的接收的前提条件也是 REN = 1。检测到 RXD 端由 1 变到 0 时开始接收。在第 9 位数据接收到后，如果下列条件同时满足：①RI = 0；②SM2 = 0 或接收到的第 9 位为 1，则将已接收的数据装入 SBUF 和 RB8 中（第 9 位装入 RB8 中），并置位 RI。如果条件不满足，则接收无效，而且中断标志 RI 不置 1。

5.4.4   串行接口的初始化

在使用串行口之前，应编程对它初始化，主要是设置产生波特率的定时器 1、串行口控制和中断控制寄存器。具体内容如下：

（1）确定定时器的工作方式——编程 TMOD 寄存器。

（2）设置定时器 1 的初值——装载 TH1，TL1。

（3）启动定时器 1，即置 TR1 为 1。

（4）确定串行口的控制——编程 TCON。

（5）串行口在中断方式工作时，须开总中断和源中断——编程 IE 寄存器。

例 5.13   内部 RAM50H～59H 中的数据从串行口输出，串行口以方式 2 工作，TB8 作奇偶校验位。试编写数据从串行口输出的程序。

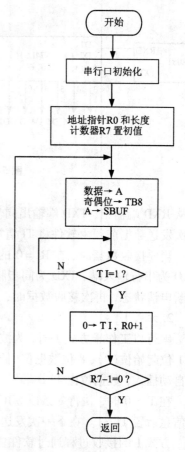

图 5 – 4 – 6   例 5.13 流程图

解：程序流程图如图 5 – 4 – 6 所示，源程序如下：

```
LOOP0：  MOV   SCON, #80H      ；设置串行口以方式 2 工作。
         MOV   PCON, #80H      ；设波特率为 1/32 振荡频率（即：设 PCON.7 位为 1）
         MOV   R0, #50H        ；R0 指向数据首地址
         MOV   R7, #0AH        ；设置数据长度
LOOP1：  MOV   A, @ R0         ；取数据
         MOV   C, P            ；奇偶位（PSW.0）送进位位（PSW.7）
         MOV   TB8, C          ；奇偶位送 TB8
         MOV   SBUF, A         ；数据送 SBUF，启动发送
WAIT：   JBC   TI, LOOP2       ；TI = 1 时转去执行 LOOP2，且将 TI 清 0
         SJMP  WAIT            ；循环等待
LOOP2：  INC   R0              ；R0 + 1 指向下一个数据地址
         DJNZ  R7, LOOP1       ；R7≠0 未完，转至 LOOP1 继续
         RET
```

例 5.14   设串行口选择工作于方式 3，以 RB8 作奇偶校验位；8051 与外设之间采用 11 位异步通信方式，波特率为 2400；晶振频率为 11.0592MHz，定时器 T1 选为工作方式 2。试编制接收 10 帧数据的程序。

解：设 SMOD = 0，计算得到 T1 的时间常数为 0F4H。程序流程图如图 5 - 4 - 7 所示。源程序如下：

```
RECEIV:
    MOV   TMOD, #20H    ; 设 T1 为方式 2
    MOV   TH1 , #0F4H   ; 置时间常数
    MOV   TL1 , #0F4H
    SETB  TR1           ; 启动 T1
    MOV   R0, #50H      ; 地址指针 R0 置初值
    MOV   R7 , #0AH     ; 计数长度 0AH 送 R7
    MOV   SCON , #0D0H  ; 方式 3，接收数据
    MOV   PCON , #00H   ; 设 SMOD 为 0
WAIT:
    JBC   RI, LOOP1
    SJMP  WAIT          ; 等待数据接收完毕
LOOP1:
    MOV   A, SBUF       ; 取接收到的数据
    JNB   PSW.0, LOOP2  ; P = 0(偶数个 1)
                        ; 转 LOOP2
    JNB   RB8, LOOP3    ; RB8 = 0 转 LOOP3
    SJMP  LOOP4         ; 跳转到 LOOP4
LOOP2:
    JB    RB8, LOOP3    ; RB8 = 1 转 LOOP3
                        ; (即 P≠RB8 转移)
LOOP4:
    MOV   @R0, A        ; 保存数据
    INC   R0            ; R0 指针加 1
    DJNZ  R7, WAIT      ; 未接收完继续
    CLR   PSW.5         ; 接收 10 帧数据后
                        ; PSW.5 清 0
    RET
LOOP3:
    SETB  PSW.5         ; 奇校验出错, PSW.5 置 1
    RET
```

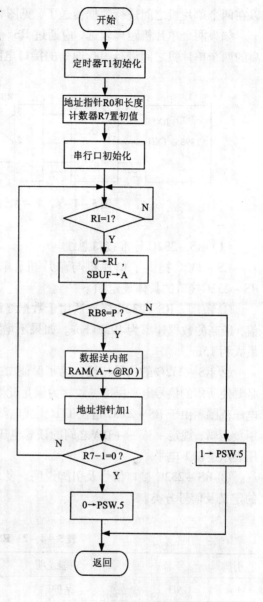

图 5 - 4 - 7　例 5.14 程序流程图

5.4.5　串行接口异步通信的应用

1. 单片机双机通信

两个单片机之间的串行通信。需要根据距离选择不同的方式。如果两个单片机之间的距离较近，可将两个单片机的串行端口 TXD、RXD 交叉相连接，再将地线相连就可

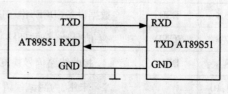

图 5 - 4 - 8　单片机串行端口直接通信

以在两个单片机之间进行数据传送了,见图5-4-8。

如果两个单片机距离较远,应通过RS-232接口进行连接。如图5-4-9所示是远距离的两个单片机之间进行串行通信的接口电路。

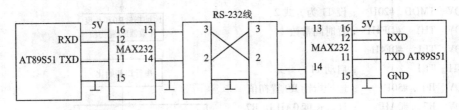

图5-4-9   单片机远距离异步通信接口电路

(1) RS-232C标准接口总线

RS-232C提供了单片机与单片机、单片机与PC机间串行数据通信的标准接口。RS-232C接口的具体规定如下:

① 范围。RS-232C标准适用于数据终端设备(DTE)和调制解调器(DCE)间的串行通信,最高的数据速率为19.2kbps。如果不增加其他设备的话,RS-232C标准的电缆长度最大为15m。

② RS-232C的信号特性。为了保证二进制数据能够正确传送,设备控制准确完成,有必要使所用的信号电平保持一致。为满足此要求,RS-232C标准规定了数据和控制信号的电压范围。由于RS-232C是在TTL集成电路之前研制的,它的电平不是+5V和地,而是采用负逻辑,规定+3V~+15V之间的任意电压表示逻辑0电平,-3V~-15V之间的任意电压表示逻辑1电平。

③ RS-232C接口信号及引脚说明。表5-4-2给出了RS-232C串行标准接口信号的定义及信号分类。

表5-4-2   RS-232C接口标准

引脚	信号名	功能说明	对DTE信号方向	对DCE信号方向
1 *	GND	保护地	×	
2 *	TXD	发送数据	出	入
3 *	RXD	接收数据	入	出
4 *	RTS	请求发送	出	入
5 *	CTS	允许发送	入	出
6 *	DSR	数据设备(DCE)准备就绪	入	出
7 *	SGND	信号地(公共回路)	×	×
8 *	DCD	接收线路信号检测	入	出
9,10		未用,为测试保留		

续表 5 - 4 - 2

引脚	信号名	功能说明	对 DTE 信号方向	对 DCE 信号方向
11		空		
12		辅信道接收线路信号检测		
13		辅信道允许发送		
14		辅信道发送数据		
15 *		发送信号码元定时(DCE 为源)		
16		辅信道接收数据		
17 *		接收信号码元定时		
18		空		
19		辅信道请求发送		
20 *	DTR	数据终端(DTE)准备就绪	出	入
21 *		信号质量检测		
22 *		振铃指示		
23 *		数据信号速率选择		
24 *		发送信号码元定时(DTE 为源)		
25		空		

RS - 232C 定义了 20 根信号线，其中 15 根信号线(表中打 * 号者)用于主信道通信，其他的信号线用于辅信道或未定义，辅信道主要用于线路两端的调制解调器的连接，一般很少使用。

（2）使用 RS - 232C 标准接口应注意以下问题

① RS - 232C 可用于 DTE 和 DCE 之间的连接，也可用于两个 DTE 之间的连接。因此，在两个设备通过 RS - 232C 接口互连时，应该注意信号线对设备的输入/输出方向以及它们之间的对应关系。RS - 232C 的几个常用信号，对 DTE 或对 DCE 的方向，已在表 5 - 4 - 2 中标明。至于通信双方 RS - 232C 的信号线的对应关系，没有规定的模式，可以根据每条信号线的意义，按实际需要连接，但是要注意使接口控制程序与具体的连接方式相一致。

② RS - 232C 虽然定义了 20 根信号线，但在实际应用中，使用其中多少信号并无约束。也就是说，对于 RS - 232C 标准接口的使用是非常灵活的。对于微机系统，通常有七种适用方式，表 5 - 4 - 3 给出了使用 RS - 232C 接口，在异步通信方式下的几种标准配置。

表 5 - 4 - 3　RS - 232C 的标准配置

引脚	RS - 232C 信号线	只发送	具有 RTS 的只发送	只接收	半双工	全双工	具有 RTS 的全双工
1	GND	—	—	—	—	—	0
7	SGND	√	√	√	√	√	√

续表 5－4－3

引脚	RS－232C 信号线	只发送	具有 RTS 的只发送	只接收	半双工	全双工	具有 RTS 的全双工	
2	TXD	√	√		√	√	√	0
3	RXD			√	√	√	√	0
4	RTS		√		√		√	0
5	CTS	√	√		√	√	√	0
6	DSR	√	√	√	√		√	0
20	DTR	×	×	×	×	×	×	0
22	振铃指示	×	×	×	×	×	×	0
8	DCD				√	√	√	0

注：√表示必须配备；×表示使用公共电话网时配备；0表示由设计者决定；—表示根据需要决定。

两个 DTE 之间使用 RS－232C 串行接口的连接如图 5－4－10 所示。由图可见，对方的 RTS（请求发送）端与自己的 CTS（清除发送）端相连，使得当设备向对方请求发送时，随即通知自己的清除发送端，表示对方已经响应。这里的请求发送线还连往对方的载波检测线，这是因为"请求发送"信号的出现类似于通信通道中的载波检出。图中的 DSR（数据设备就绪）是一个接收端，它与对方的 DTR（数据终端就绪）相连就能得知对方是否已经准备好。DSR 端收到对方"准备好"的信号，类似于通信中收到对方发出的"响铃指示"的情况，因此可将"响铃指示"与 DSR 并联在一起。如果双方都是始终在就绪状态下准备接收的 DTE，连线可减至 3 根，变成 RS－232C 的简化方式，如图 5－4－11 所示。

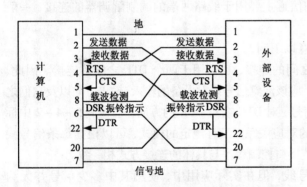

图 5－4－10　两个 DTE 之间的 RS－232C 典型连接

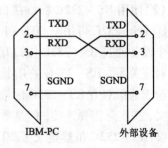

图 5－4－11　DTE 之间的简化连接

（3）串行传送接口电路 MAX232

MAX232 接口电路芯片是 MAXIM 公司的产品，有两路接收器和驱动器。MAX232C 电路内部还有一个电源电压变送器，0～+5V 的 TTL 电平变换成 RS－232C 输出电平所需要的 ±10V 电压，MAX232 电路有 MAX232A、MAX202、MAX232 几种型号，其引脚图如图 5－4－12所示，典型应用电路如图 5－4－13 所示。

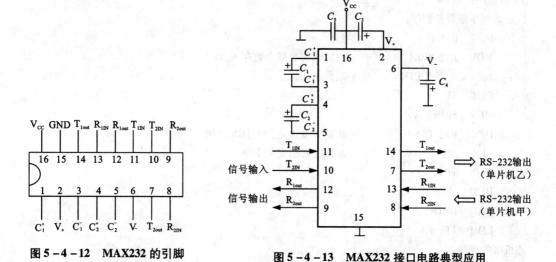

图 5 - 4 - 12　MAX232 的引脚　　　　图 5 - 4 - 13　MAX232 接口电路典型应用

　　例 5.15　图 5 - 4 - 13 中，单片机甲将片外 RAM 的 1000H ~ 100FH 单元内的数据以及数据所在单元的首地址和末地址，通过串行方式发送到单片机乙。乙机接收甲机发来的数据，先存放数据单元的首地址和末地址，再存放数据；存放单元从 2000H 开始。单片机均选择定时器 T1 工作方式 2，T1 的初值为 E8H，CPU 工作频率为 11.0592MHz，波特率为 1200bps。

　　甲机发送数据程序：

```
ST：    MOV    TMOD, #20H      ；定时器 T1 设置工作方式 2
        MOV    TL1, #0E8
        MOV    TH1 , #0E8H     ；置初值
        SETB   EA              ；CPU 开中断
        CLR    ET1             ；禁止 T1 中断
        CLR    ES              ；串行口关中断
        MOV    PCON, #00H
        SETB   TR1             ；启动 T1
        MOV    SCON, #40H      ；设置串行接口工作方式 1
        MOV    SBUF, #10H      ；发送数据地址
TW1：   JNB    TI, TW1
        CLR    TI
        MOV    SBUF, #00H
TW2：   JNB    TI, TW2
        CLR    TI
        MOV    SBUF, #10H
TW3：   JNB    TI, TW3
        CLR    TI
        MOV    SBUF, #0FH
        MOV    DPTR, #1000H
        SETB   ES
```

```
TW4：SJMP    TW4
发送数据中断服务程序：
        ORG    0023H
        MOV    R1，#10H          ;待发送的数据个数存入 R1
TT：    MOVX  A，@DPTR          ;取数据
        CLR    TI
        MOV    SBUF，A
        DJNZ  R1，TEX            ;数据未发送完，转 TEX 继续
        CLR    ES                ;数据已发送完关中断
        CLR    TR1
        RETI
TEX：INC    DPTR
        LJMP  TT
乙机接收程序：
REVE：MOV    TMOD，#20H
        MOV    TL1，#0E8H
        MOV    TH1，#0E8H
        SETB  EA
        CLR    ET1
        MOV    PCON，#00H
        SETB  TR1
        MOV    R1，#14H
        MOV    DPTR，#2000H
        MOV    SCON，#50H        ;置串行口工作于方式 1，且启动接收
        SETB  ES
RT：    SJMP  RT
中断服务：
        ORG    00023H
RT：    MOV    A，SBUF
        CLR    RI
        MOVX  @DPTR，A
        DJNZ  R1，REX
        CLR    ES
        RETI
REX：INC    DPTR
        RETI
```

上述程序，对近距离、远距离的情况都适用。

2. 单片机多机通信

在很多情况下，需要在多个单片机之间进行通信。在这样的通信系统中，有一台主机，用于接收其他计算机发来的信息，再由主机发出命令或信息到各子机上，而各子机则通过主机来交换信息，它们的系统结构如图 5 - 4 - 14 所示。

从图中可以看到多机通信与双机通信相类似，但需要主机发送一个信息，决定由哪一

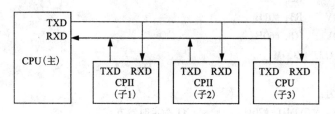

图 5 − 4 − 14　单片机多机串行通信结构图

个子机来接收，即需要对子机的通信端口予以识别。可以利用 51 单片机的串行端口方式
2、方式 3 以及串行端口控制寄存器 SCON 中的 SM2、RB8 的结合来实现端口的识别。

　　因为 51 单片机在以串行工作方式 2、方式 3 来接收数据时，若 SM2 = 1，则仅当子机接
收到的第 9 位数据（在 RB8 中）为 1 时，数据才能输入至接收缓冲器 SBUF 中，并置 RI = 1，
向 CPU 申请中断。假如接收到的第 9 位数据为 0，则不置位 RI，信息不装入。而 SM = 0
时，则接收到一个数据后，不论第 9 位数据为 0，还是为 1，都使 RI = 1 产生中断，把数据
装入 SBUF。因此，可以利用这一特性，实行多机通信。在多机通信系统中，要求有如下约
定，称为多机通信软件协议：

　　① 所有子机都使 SM2 = 1，处于只接收地址帧的状态。

　　② 主机向子机发送地址值，包括 8 位地址和第 9 位，当第 9 位为 1（TB8 = 1）时，发送
的是地址，当第 9 位为 0（TB8 = 0）时，发送的是数据。

　　③ 子机收到地址后，判别地址值，若确定为本机的地址，则使 SM2 = 0，进入与主机通
信的状态。其他子机则保持 SM2 = 1，不进行通信。

　　④ 主机验证一子机发来的地址值，与发送地址值一致，则使 TB8 = 0，与子机交换信
息。根据以上约定，就可以实现多机通信。

　　例 5.16　设主机以调用子程序的方式与子机通信，有关设置为：

R2：被寻址的子机的地址值。

R3：主机命令（00H 或 01H）。

R4：传送数据的长度。

R0：主机发送数据单元的首地址。

R1：主机接收数据单元的首地址。

主机把内部 RAM 的 50H ~ 5FH 单元中的数据发送到子机 2 的子程序为 ZCOM，子机 2
发送给主机的数据放在 60H 开始的单元中。

主机向子机发送信息为：

```
    MOV     R2, #02H
    MOV     R3, #00H
    MOV     R4, #10H
    MOV     R0, #50H
    LCALL   ZCOM
    ……
```

主机接收子机的信息为：

```
              MOV      R2，#02H
              MOV      R3，#01H
              MOV      R1，#60H
              LCALL    ZCOM
              …
主程序 ZCOM 为：
ZCOM：        MOV      TOMD，#20H        ；T1 为定时器方式 2
              MOV      TL1，#0F3H
              MOV      TH1，#0F3H
              CLR      ET1
              SETB     TR1              ；启动 TR1
              MOV      PCON，#80H        ；SOMD = 1
              MOV      SCON，#0D8H       ；串行方式 3，TB8 = 1
T ADR：       MOV      A，R2             ；发送地址
              MOV      SBUF，A
LP1：         JNB      TI，LP1
              CLR      TI
R‑RY：        JBC      RI，IAE           ；等待子机回答
              SJMP     R‑RY
IAE：         MOV      A，SBUF           ；判别地址相符否
              XRL      A，R2
              JZ       TCOMD
CBKE：        MOV      A，#0FFH
              SETB     TB8
              MOV      SBUF，A
LP2：         JNB      TI，LP2
              CLR      TI
              SJMP     TADR
TCOMD：       CLR      TB8              ；地址相符，TB8 = 0 送命令
              MOV      A，R3             ；送控制代码
              MOV      SBUF，A           ；送命令
LP3：         JNB      TI，LP3
              CLR      TI
RXSTE：       JBC      RI，IRHT          ；接收子机状态字节
              SJMP     RXSTE
IRHT：        MOV      A，SBUF
              JNB      ACC.7，GOON
              SJMP     CBKE
GOON：        CJNE     R3，#00H，REVE
              JNB      ACC.0，CBKE
TBYES：       MOV      A，R4
              MOV      SBUF，A
WA1：         JBC      T，TDATA
```

```
        SJMP    WA1
TDATA:  MOV     A, @R0
        MOV     SBUF, A
WA2:    JNB     TI, WA2
        CLR     TI
        INC     R0
        DJNZ    R4, TDATA
        RET
REVE:   JNB     ACC.1, CBKE
RXBY:   JNB     RI, RXBY        ;接收数据长度
        CLR     RI
        MOV     A, SUBF
        MOV     R4, A           ;数据长度→R4
        MOV     @R1, A
        INC     R1
RDATA:  JNB     RI, RDATA       ;准备接收数据
        CLR     RI
        MOV     A, SUBF
        MOV     @R1, A          ;存放数据
        INC     R1
        DJNZ    R4, RDATA       ;数据未完再继续
        RET
```

以上是主机发送程序。下面介绍子机接收主机信息或向主机发送信息的程序。

例 5.17 设子机 2 的程序为 SCOM，且：R0 为子机发送数据单元首地址，R1 为子机接收数据单元首地址，R4 为发送数据单元长度，程序如下：

```
SCOM:   MOV     TMOD, #20H      ;设定时器 T1 为式 2
        MOV     TL1, #0F3H
        MOV     TH1, #0F3H
        CLR     ET1
        SETB    TR1             ;启动 T1
        MOV     PCON, #80H      ;使 SMOD-1
        MOV     SCON, #0F0H     ;串行方式 3, SM2 = 1
RADDR:  JBC     RI, IFME        ;等主机信号
        SJMP    RADDR
IFME:   MOV     A, SUBF         ;判本机地址值
        XRL     A, #02H
        JZ      ISME            ;是本机地址，转接收
        SJMP    RADDR           ;不是本机地址，转回等待
ISME:   CLR     SM2             ;为接收作准备
        MOV     A, #02H
        MOV     SBUF, A
LP1:    JNB     TI, LP1
```

	CLR	TI	
RCOMD：	JNB	RI, RCOMD	
	CLR	RI	
IFRESET：	JNB	RB8, DO WHAT	;命令转
	SETB	SM2	
	LJMP	RADDR	
DOWAIT：	MOV	A, SBUF	
	CJNE	A, #02, DD	
DD：	JC	NEXT	; C = 1, A < 02H., 接收正确
	MOV	A, #80H	
	MOV	SBUF , A	
LP2：	JNB	TI, LP2	
	CLR	TI	
	SETB	SM2	
	LJMP	RADDR	
NEXT：	JZ	READYRX	; 接收到命令, 则转移
READYRE：	JB	PSW.1, TXTRDY	; 发送准备就绪标志
	MOV	A, #00H	
	MOV	SBUF, A	; 未准备就绪, TRDT = 0
LP3：	JNB	TI, LP3	
	CLR	TI	
	SETB	SM2	
	LJMP	RADDR	; 等主机再联络
TXTRDY：	MOV	A, #02H	
	MOV	SBUF, A	
	CLR	PSW. 1	
WAIT1：	JBC	TI , TXBYTES	
	SJMP	WAIT1	
TXBYTES：	MOV	A, R4	;向主机发送数据单元长度
	MOV	SBUF , A	
WAIT2：	JBC	TI, TXDATA	
	SJMP	WAIT2	
TXDATA：	MOV	A, @ R0	; 向主机发数据
	MOV	SBUF, A	
WAIT3：	JNB	TI, WAIT3	
	CLR	TI	
	INC	R0	
	DJNZ	R4, TXDATA	
	SETB	SM2	; 发送完, SM2 = 1
	RET		
READYRX：	JB	PSW.5, TXRRDY	; PSW.5 为接收准备标志
	MOV	A, #00H	
	MOV	SBUF , A	;向主机报告准备好接收

```
LP4：      JNB      TI, LP4
          CLR      TI
          SETB     SM2
          LJMP     RADDR                ；返回等待主机联络
TXRRDY：   MOV      SBUF, #01H           ；接收准备就绪
          CLR      PSW.5
LP5：      JNB      TI, LP5
          CLR      TI
RXBYTES：  JNB      RI , RXBYTES         ；接收数据单元长度
          CLR      RI
          MOV      R4, A
          MOV      @ R1, A              ；保存数据单元长度
          INC      R1
RXDATA：   JNB      RI, RXDATA           ；接收数据
          CLR      RI
          MOV      A, SBUF
          MOV      @ R1, A
          INC      R1
          DJNZ     R4, RXDATA
          SETB     SM2                  ；数据接收完，SM2 = 1
          RET
```

3. 单片机与 PC 机的串行通信

　　PC 机内装有异步通信接口，其主要元件为可编程的 UART8250 芯片，它使 PC 机有能力与其他具有标准的 RS–232C 串行通信接口的计算机或设备进行通信。图 5–4–15 所示是单片机与 PC 机之间实现串行通信的硬件接口原理图。MAX232 串行通信芯片的功能是实现逻辑电平的转换。

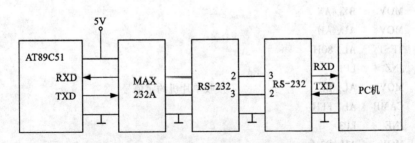

图 5–4–15　单片机与 PC 机串行通信的接口电路

　　单片机与 PC 机串行通信有查询、中断等多种方式。如果是查询方式，那么单片机先发出约定信号（FFH），PC 机收到后发出应答信号（00H），当双方收到对方信息后，就开始进入发送接收过程。下面的程序是双方进行查询方式的程序。

　　例 5.18　单片机 AT89C51 与 PC 机通信程序：

```
          MOV      SCON , 52H           ；串行口初始化
          MOV      TMOD , #20H
```

```
            MOV     TL1，#0FDH
            MOV     TH1，#0FDH
            CLR     ET1
            SETB    TR1             ；波特率设置
AG：        MOV     A，#0FFH
            LCALL   OUT             ；发通信约定信号
            LCALL   IN              ；接收 PC 机应答信号
            CJNE    A，#00H，AG
            …
```

发送数据→PC 机。

发送子程序：

```
  OUT：MOV SBUF, A
WAIT1：JBC TI, EN1
       SJMP WAIT1
EN1：   RET
```

接收子程序：

```
IN：    JBC     RI, EN2
        SJMP IN
EN2：   MOV     A, SBUF
        RET
```

PC 机查询通信程序：

```
            MOV     DX, 00H         ；8250 初始化
            MOV     AL, 0E3H
            MOV     AH, 00H
            INT     21H
LP1：       MOV     AH, 02H
            INT     14H
            MOV     BX, AX
            MOV     AL, AH
            TEST    AL, 80H
            JNZ     LP1
            MOV     AL, BL          ；接收单片机约定信号
            CAMP    AL, FFH
            JNE     LP3
LP2：       MOV     AH, 03H
            INT     14H
            MOV     AL, AH
            TEST    AL, 20H
            MOV     AL, 00H         ；向单片机发应答信号
            MOV     AL, 01H
            INT     14H
            JMP     LP4
LP3：       MOV     AH, 03H
```

```
        INT     14H
        MOV     AL, AH
        TEST    AL, 20H
        JZ      LP3
        MOV     AL, EEH
        MOV     AH, 00H
        INT     14H
LP4:    …
```

<h1 align="center">本章小结</h1>

1. 中断

（1）中断是计算机的一个很重要的技术，在自动检测、实时控制、应急处理方面都要用到。中断过程一般包括中断响应、中断处理和中断返回三个阶段。

（2）51 单片机有 5 个中断源，分别是外部中断 0 和外部中断 1，定时/计数器 T0 和 T1 的溢出中断，串行口完成一帧的发送或接收中断。这 5 个中断源由系统硬件排定自然优先级，还可由中断优先级寄存器 IP 设定为 2 个优先级。

（3）5 个中断源的中断请求借用定时/计数器的控制寄存器 TCON 和串行控制寄存器 SCON 中的有关位作为标志，某一中断源申请中断有效时，系统硬件将自动置位 TCON 或 SCON 中的相应标志位。外部中断源的触发方式可由 TCON 中的 IT 位设定为电平触发或边沿触发方式。

（4）CPU 对所有中断源或某个中断源的开放和禁止，由中断允许寄存器 IE 管理。

（5）外部中断可借用定时器溢出中断扩展也可采用查询法扩展，还可采用 8259 等多功能芯片扩展外部中断源，采用多功能芯片扩展外部中断源的方法本书中不讲述。

2. 定时/计数器

（1）51 系列单片机内有两个 16 位可编程的定时/计数器，即定时器 T0 和定时器 T1，它们都具有定时和事件计数功能。在定时脉冲或是外部事件脉冲到来时，会使计数器对每个脉冲加 1 计数，当加到计数器为全 1 时，再输入一个脉冲就使计数器溢出为零，且溢出脉冲使 TCON 中计数器溢出标志位 TF0 或 TF1 置 1，向 CPU 发出中断请求信号。

（2）T0 由 TH0 和 TL0 组成，T1 由 TH1 和 TL1 组成。这些寄存器用于存放定时/计数值或定时/计数初值。TMOD 是两个定时/计数器的工作方式控制寄存器，由它确定定时/计数器的工作方式和功能。TCON 是两个定时/计数器的控制寄存器，用于控制 T0、T1 的启停以及设置溢出标志等。

（3）通过对特殊功能寄存器 TMOD 中的控制位 $C/\overline{T}$ 的设置来选择定时器方式或计数器方式；通过对 M1、M0 两位的设置来选择定时/计数器的四种工作方式。

方式 0：13 位计数器；

方式 1：16 位计数器；

方式 2：具有自动重装初值功能的 8 位计数器；

方式 3：T0 分为两个独立的 8 位计数器，T1 停止工作。

（4）定时计数器的启、停由 TMOD 中的 GATE 位和 TCON 中的 TR1、TR0 位控制（软件控制），或由$\overline{INT0}$、$\overline{INT1}$引脚输入的外部信号控制（硬件控制）。

3. 串行通信与串行口

（1）计算机之间的通信有并行通信和串行通信两种。并行通信中，数据的所有位是同时进行传送的，优点是速度快，缺点是需要较多的数据线，有多少位数据就需要多少根线，而且数据传送的距离有限。串行通信中，数据是按一定的顺序一位一位地传送，速度慢，但只需要两根传送线，特别适用于长距离通信。

（2）按照串行数据的同步方式，串行通信可以分为同步通信和异步通信两类。

（3）51 系列单片机内部有一个功能很强的全双工串行异步通信接口（UART）。

（4）串行接口有四种工作方式：同步移位寄存器输入/输出方式、8 位异步通信方式及波特率不同的两种 9 位的异步通信方式。方式 0 和方式 2 的波特率是固定的，而方式 1 和方式 3 的波特率是可变的，由定时器 T1 的溢出率来决定。

思考与练习题

5.1　什么是中断？单片机中为什么要设立中断？

5.2　51 单片机中断系统由哪几部分组成？试画出中断系统逻辑结构方框图？

5.3　简述中断源、中断源优先级及中断嵌套的含义。

5.4　51 单片机能提供几个中断源？几个中断优先级？各个中断源优先级怎样确定？在同一优先级中各个中断源的优先级怎样确定？

5.5　51 单片机的外部中断有哪两种触发方式？如何选择？对外部中断源的触发脉冲或电平有何要求？

5.6　中断允许寄存器 IE 各位的定义是什么？请写出允许串行口中断的指令。

5.7　简述中断响应的原则。

5.8　简述 51 单片机中断响应过程。

5.9　在 51 单片机中，各中断标志是如何产生的？又如何清除这些中断标志？各中断源所对应的中断入口地址是多少？

5.10　为何要在程序的首地址安排一条跳转到主程序的指令？在响应中断过程中为什么要保护现场？应怎样保护？

5.11　51 单片机中若要把外部中断源扩充为 6 个，可采用哪些方法？如何确定它们的优先级？

5.12　试编写一段对中断系统初始化的程序，使之允许$\overline{INT0}$、$\overline{INT1}$、T0、串行端口中断，且使 T0 中断为高优先级中断。

5.13　子程序和中断服务程序有何异同？为什么子程序返回指令 RET 和中断返回指令 RETI 不能相互替代？

5.14　51 单片机的定时/计数器主要有哪些功能作用？

5.15　8051 单片机内设有几个可编程的定时/计数器？作为定时器或计数器应用时，它们的速率分别为晶振频率的多少倍？

5.16　定时/计数器方式寄存器 TMOD 各位的含义是什么？定时/计数器控制寄存器 TCON 各位的含义是什么？

5.17　已知单片机系统时钟频率为 12MHz，若要求定时值分别为 0.1ms、1ms 和 10ms，定时器 T0 工作在方式 0，方式 1 和方式 3 时，定时器对应的初值各为多少？

5.18　定时/计数器 T0 已预置为 156，且选定用于方式 2 的计数方式，现在 T0 引脚上输入周期为 1ms 的脉冲，问：①此时定时/计数器 T0 的实际用途是什么？②在什么情况下，定时/计数器 T0 溢出？

5.19　试用 T1 设计一个程序，每隔 500ms，P1.1 输出一个正脉冲，其宽度为 20ms（晶振频率为 12MHz）。

5.20　利用定时/计数器 T0 方式 2 计数，外部计数信号由 P3.4 引入，要求每计满 150 次在 P1.0 引脚输出取反。用中断方式编写初始化程序，并画出硬件连线图。

5.21　如果系统的晶振频率为 12MHz，利用定时/计数器 T0，在 P1.0 引脚输出周期为 10ms 的方波。

5.22　如何利用定时/计数器来测量单次正脉冲宽度？采用何种工作方式可获得最大的量程？设晶振频率 6MHz，求允许测量的最大脉冲宽度是多少？

5.23　试编制一段程序，其功能为：当 P1.0 引脚的电平上跳时，对 P1.1 的输入脉冲进行计数，当 P1.0 引脚的电平下跳时，停止计数，并将计数值写入 R6 与 R7。

5.24　试用中断技术设计一发光二极管 LED 闪烁电路，闪烁周期为 2s，要求亮 1s 再暗 1s。

5.25　试用中断方法设计秒、分脉冲发生器，即由 8051 的 P1.0 每秒产生一个机器周期的正脉冲，由 P1.1 每分钟产生一个机器周期的正脉冲。

5.26　简述并行通信与串行通信各自的优缺点。

5.27　画出串行异步通信的字符帧格式图，并简述各位的含义。

5.28　写出串行控制寄存器 SCON 各位的含义。

5.29　什么是波特率？写出串行口各种工作方式波特率的计算方法。

5.30　简述单片机多机通信原理。

第6章　51单片机的基本接口应用技术

【本章要点】　　本章在学习了单片机的基本结构和工作原理以及单片机的汇编语言编程的前提下介绍了单片机的基本接口应用技术,包括开关量接口、键盘接口、显示接口、A/D转换和D/A转换接口的基本方法以及应用实例。

单片机系统主要应用于测控,其输入和输出的信号可以是开关量也可以是模拟量。输入的开关量有各种开关器件的控制信号,如:钮子开关、行程开关和键盘等;输入的模拟量有温度、压力、电机转速等非电量模拟信号,也有电压/电流等模拟电信号。输出的开关量如灯的开关控制、电机的启动/停止等;输出的模拟量如温度调节信号、电机调速信号等;输出信号还有显示和打印数据等。

单片机的信息输入和输出需要通过各种接口电路,以及与接口电路相匹配的接口程序来实现。单片机应用系统的输入/输出接口方框图如图6-0-1所示。当然,不是每一个单片机系统都需要使用所有的接口,而要根据实际应用系统的功能配置选择合适的接口电路。

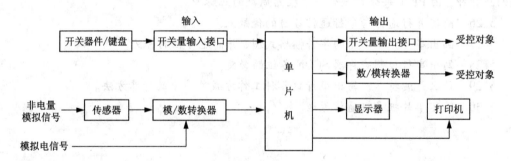

图6-0-1　单片机应用系统的输入/输出接口方框图

在单片机应用系统中,为实现人机交互,显示器和键盘是两个不可缺少的功能配置;在过程控制和智能仪器仪表中,常用微控制器进行实时控制及实时数据处理,但是计算机所能加工和处理的信息是数字量,而被控和检测对象的有关参量有的是开关量,有的是一些连续变化的模拟量。因此,开关量的接口和对应于处理模拟量的A/D和D/A转换接口在很多系统中也是必不可少的。

6.1 51 单片机的并行接口

51 单片机有 4 个并行 I/O 口和 1 个串行口。对于比较简单的系统,可以直接使用这些接口与外部芯片或设备相连接。而当系统较为复杂时,往往感觉 I/O 引脚不够用,需要采用接口电路扩展实现;有时单片机的内部资源不够用也需要采用接口电路来实现扩展。

6.1.1 51 单片机的三总线结构

所谓总线,就是连接系统中各部件的一组公共信号线。与外部芯片或设备相连接时,单片机的引脚构成三总线结构:地址总线(AB)、数据总线(DB)和控制总线(CB),见图 6 - 1 - 1。

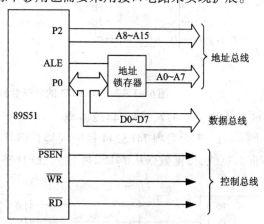

图 6 - 1 - 1 51 单片机的三总线结构

1. 数据总线

数据总线用于单片机与存储器之间或单片机与 I/O 端口之间传送数据。数据总线的线数与单片机处理数据的字长一致。例如,51 单片机是 8 位字长,所以,数据总线也是 8 根。数据总线是双向的,可以进行两个方向的数据传送。

2. 控制总线

控制总线由 $\overline{RD}$、$\overline{WR}$、$\overline{PSEN}$ 和 ALE 等组成。用于控制外部芯片或设备的读/写操作。

3. 地址总线

单片机用地址总线输出地址信号,以便进行存储单元或 I/O 端口的选择。地址信号是单向的,只能由单片机向外发送。地址总线宽度最大为 16 位,可寻址范围达 2^{16},即 64 K。

高 8 位 A15 ~ A8 由 P2 口提供。在实际应用中,高位地址线并不固定为 8 位,需要用几位就从 P2 口中引出几条口线。

低 8 位 A7 ~ A0 由 P0 口提供。由于 P0 接口是数据、地址分时复用的,所以 P0 接口输出的低 8 位地址必须用地址锁存器进行锁存。在操作时,先把低 8 位地址送锁存器锁存输出,然后再用 P0 口线传送数据。

地址锁存器一般选用带三态缓冲输出的 8D 锁存器 74LS373。74LS373 的外形引脚、结构及逻辑功能示意图见图 6 - 1 - 2。当使能端 G 呈高电平时 D 端数据传送至 Q 端,而在 G 跳变为低电平瞬间实现锁存,Q 端不受 D 端影响。$\overline{OE}$ 为输出控制端,为低电平时输出三态门打开,锁存器中的信息可经三态门输出。除 74LS373 外,74HC373、74LS273、8282 等芯片也常用作地址锁存器。

6.1.2 I/O 接口电路

使用 TTL 或 CMOS 锁存器和三态门电路芯片扩展单片机的 I/O 接口,具有电路简单、成本低、配置灵活、使用方便的优点,是组成 I/O 接口电路的基本方法。常用的 TTL 或

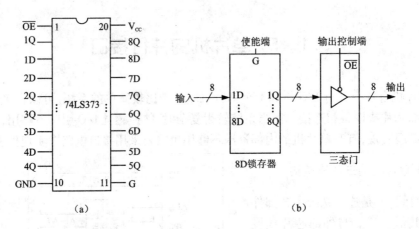

图 6 - 1 - 2　74LS373 的外形引脚、结构及逻辑功能示意图

CMOS 芯片有 373、377、273、244、245 等。

图 6 - 1 - 3 为采用 74LS244 做输入接口、74LS273 做输出接口的 I/O 扩展电路。P0 口做双向数据线,按键数据从 74LS244 输入、LED 显示数据通过 74LS273 输出。

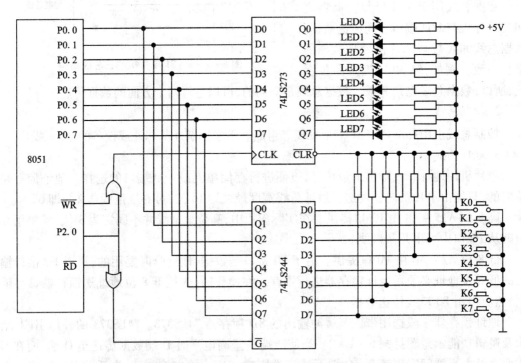

图 6 - 1 - 3　74LS244 做输入接口、74LS273 做输出接口的 I/O 扩展电路

74LS273 是不带三态门,而带清零端$\overline{CLR}$的 8D 触发器。在时钟 CLK 的上升沿触发器的 D 端数据送至 Q 端。在$\overline{CLR}$端为低时,8 个 D 触发器中的内容将被清除,输出全零,正常工作时该端应接高电平。

74LS244 是 8 位三态单向总线缓冲器。前面第 2 章讲过,P0 口的负载能力是 8 个 LST-TL 电路,P1、P2 和 P3 口的负载能力是 4 个 LSTTL 电路。当外接芯片过多,超过 I/O 口线的负载能力时,系统将不能可靠工作,此时应加用总线缓冲器驱动。常用的单向三态缓冲器还有 74LS241,以及反向输出的 74LS240;常用的双向总线驱动器有 74LS245。单向的有 8 个三态门,分成两组,分别由控制端1G和2G控制;双向的有 16 个三态门,每个方向是 8 个,在控制端$\overline{G}$为低电平时,由 DIR 端控制数据传送方向,DIR = 1 时方向由 A 到 B,DIR = 0 时方向由 B 到 A。74LS244 和 74LS245 的引脚图如图 6 - 1 - 4 所示。

在图 6 - 1 - 3 中,输出控制信号由 P2.0 和$\overline{WR}$合成,当两者同时为低电平时,"或"门输出 0,将 P0 口的数据锁存到 74LS273,其输出驱动发光二极管 LED。当某条线输出低电平时,该线上的 LED 发光。输入控制信号由 P2.0 和$\overline{RD}$合成,当两者同时为低电平时,"或"门输出 0,选通74LS244,将外部按键开关信息输入到总线。

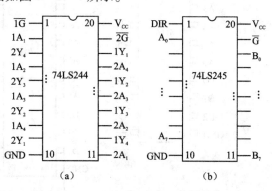

图 6 - 1 - 4　74LS244 和 74LS245 的引脚图

扩展 I/O 接口时,通常将外部芯片或设备与片外 RAM 统一编址,把外部 RAM 64KB 空间的一部分作为扩展 I/O 接口的地址空间,CPU 可以像访问外部 RAM 存储单元那样访问 I/O 接口,即用"MOVX"指令对外部芯片或设备进行输入/输出操作。由图 6 - 1 - 3 可见,输入和输出都是在 P2.0 为 0 时有效,因此它们的口地址为 0FEFFH(实际只要 P2.0 = 0,与其他地址位无关),即占有相同的地址空间,但是执行"MOVX"指令读/写时,由于分别用$\overline{RD}$和$\overline{WR}$信号控制,因而在逻辑上不会发生冲突。

6.1.3　存储器的扩展及接口

1. 程序存储器

程序存储器一般不考虑外部扩展。因为现在具有大容量 FLASH ROM 的单片机已经很普遍了。例如 89S 系列单片机就有 8 ~ 32KB 的许多品种,SOC 型单片机具有更大容量的 ROM 和更强大的功能。在系统要求较高时,大多数场合,使用这些芯片综合性价比较好。

2. 数据存储器

在单片机系统中,数据存储器 RAM 起着非常重要的作用。RAM 有两大类,一种称为静态 RAM(Static RAM,SRAM),SRAM 速度非常快,是目前读写最快的存储设备了,但是它也比较昂贵,所以只在要求很苛刻的地方使用,譬如 CPU 的一级缓冲、二级缓冲。另一种称为动态 RAM(Dynamic RAM,DRAM),从价格上来说 DRAM 相比 SRAM 要便宜很多,计算机内存就是 DRAM 的。DRAM 速度比 SRAM 慢些,尤其是 DRAM 保留数据的时间很短,数据必须随时刷新,使电路变得复杂。单片机的 RAM 容量比较小,为了方便一般使用静态 RAM。

常用的 89S51 或 52 系列单片机有 128 B 或 256 B 的内部 RAM。在一个规模较小、数据量不大的系统中,单片机内部 RAM 的容量已经够用。当一个单片机系统要处理的数据量较大时,通常的做法是利用单片机的并行总线在外部扩充 RAM 芯片。常用的并行 SRAM 芯片 6116(2K × 8Bit),6264(8K × 8 Bit)和 62256(32K × 8 Bit)的外形封装如图6 - 1 - 5所示。

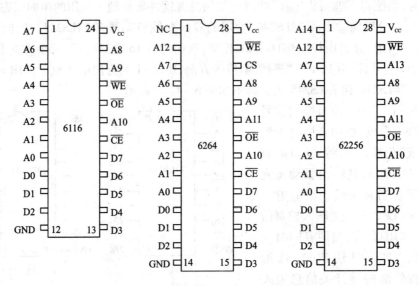

图 6 - 1 - 5　常用并行 SRAM 芯片引脚图

各引脚的功能如下：

- A0 ~ Ai 地址输入线,i = 10(6116),12(6264),14(62256)。
- D0 ~ D7 双向三态数据线;
- $\overline{CE}$ 片选信号输入线,低电平有效(注:6264 有 2 个片选端,其 26 脚 CS 为高电平,且 $\overline{CE}$ 为低电平时,才选中该片);
- $\overline{OE}$ 读选通信号输入线,低电平有效;
- $\overline{WE}$ 写允许信号输入线,低电平有效;
- V_{CC} 电源, + 5V;
- GND 接地端。

3 种 SRAM 芯片的主要技术特性见表 6 - 1 - 1。

表 6 - 1 - 1　三种常用 SRAM 的主要技术特性

型号 特性	6116	6164	62256
容量/KB	2	8	32
引脚数/只	24	28	28
工作电压/V	5	5	
典型工作电流/mA	35	40	8
典型维持电流/μA	5	2	0.5
存取时间/ns		由产品型号而定 *	

* 例如:6264 - 10 为 100 ns,6264 - 12 为 120 ns,6264 - 15 为 150 ns。

3 种 SRAM 有读出、写入和维持 3 种工作状态,见表 6 - 1 - 2 所示。

表 6 - 1 - 2　SRAM 的 3 种工作状态

信号　　状态	$\overline{CE}$	$\overline{OE}$	$\overline{WE}$	D0 ~ D7
读	V_n	V_n	V_{1H}	数据输出
写	V_{1L}	V_{1H}	V_{1L}	数据输入
维持 *	V_{1H}	任意	任意	高阻态

　* 这 3 种 SRAM 属于 CMOS 型芯片,当 $\overline{CE}$ 为高电平时,V_{CC} 电压可降至 3 V 左右,电路进入低功耗状态,内部数据可以保持不丢失。

3. 6264 与 89S51 的接口电路

　　如图 6 - 1 - 6 所示,6264 的片选线 $\overline{CE}$ 接 89S51 的 P2.7 脚;第二片选线 CS 接高电平,一直保持有效状态;6264 是 8 KB 容量的 RAM,故使用了 13 根地址线。

4. 片选方式

　　当单片机控制系统需要同时扩展多片外部芯片或设备时,需要选择合适的片选方法。常用的片选方法有线选法和译码法两种。

　　线选法一般是直接将 P2 口的口线连到所扩展芯片的片选端,作为片选信号。图 6 - 1 - 3 和图 6 - 1 - 6 都属于线选法。线选法结构简单、不需另加外围电路,但各芯片间的地址空间不连续,同时不能充分利用 CPU 的地址空间,只适用小规模的扩展电路。

　　译码法包括全译码法和部分地址译码法。全译码法是将片内选址后剩余的高位地址通过译码器进行译码,译码后的输出产生片选信号,每一种输出作为一个片选。当扩展多片外围芯片时,需采用全译码法。常用的译码器有 74LSl38、74LSl39 等芯片。全译码法的主要优点是可以最大限度地利用 CPU 地址空间,各芯片间地址可以连续;但译码电路较复杂,要增加硬件开销。部分地址译码法使用译码器将高位的部分地址线进行译码。这种方法的优缺点介于上述两种译码方法之间。既能利用 CPU 较大的地址空间,又可简化译码电路;但存在存储器空间的重叠(译码法本书不做详细讨论)。

5. 非易失性数据存储器的选用

　　普通 SRAM 芯片主要的缺陷是系统掉电后保存在数据存储器内部的数据会丢失。如果使用新型的非易失性数据存储芯片则能够很好地解决数据丢失问题。新型的非易失性数据存储芯片有并行接口的,也有串行接口的。例如铁电 FRAM 存储芯片就有:I2C 串行总线接口的 FM24 系列,SPI 串行接口的 FM25 系列以及并行总线接口的 FM16/18 系列。接口方式的选择一般是:如果系统要求数据处理实时性高,并且容量较大,可以采用并行总线协议接口芯片;如果系统对数据处理的实时性要求较低,可采用串行总线协议的存储芯片,串行总线协议的存储芯片与单片机接口通常仅占用 2 ~ 4 个 I/O 口,可以最大限度地节约 I/O 资源(请参阅第 7 章相关内容)。

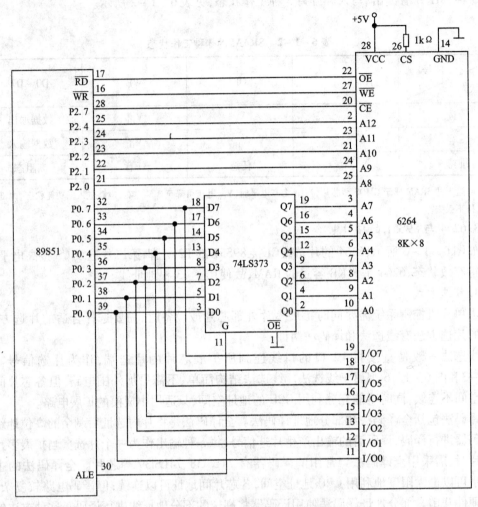

图 6 – 1 – 6 6264 与 89S51 的接口电路

6.2 开关量接口

　　开关量是指具有二值状态信息的量,如二极管与三极管的导通和截止,继电器触点的闭合与断开,按钮的按下与松开等。单片机应用系统常常需要开关量信息的获取与控制,如仪器仪表面板上指令的下达、功能的选择、报警与指示以及控制系统中的一些执行机构的操作等,这些都是 CPU 通过对开关量的处理来实现的。开关量的二值状态在计算机的软件中用"0"和"1"表示,硬件中则用"低电平"和"高电平"实现。

　　CPU 通过输入接口电路获取物理器件的开关状态;而用开关量控制物理器件则通过输出接口电路实现。下面介绍一些常用物理器件的开关量接口电路与处理方法。

6.2.1 开关量输入接口

常见的开关量输入电气元件有钮子开关、按钮、行程开关等。它们在电气上呈现的"通"或"断"两种状态,必须通过相应的开关量输入接口电路才能传递给 CPU。

1. 钮子开关接口

钮子开关是双端开关器件,可以人为操作,使两个接点接通或断开。图 6 - 2 - 1 是钮子开关接口电路。图(a)是简单接口,开关和电阻串联,钮子开关接通时,P1.0 为低电平;反之,P1.0 为高电平。

电气开关在接通或断开时,经常出现抖动,产生多次操作开关的假象。这种情况,人没有感觉,但计算机能够识

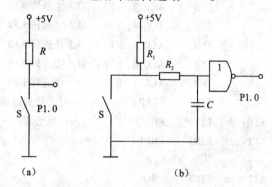

图 6 - 2 - 1 钮子开关接口电路

别,有可能导致误操作,甚至造成非常严重的后果。因此,使用开关器件时通常需要考虑消抖措施,可以采用硬件消抖,也可以采用软件消抖方式。图(b)加入 R2、C 滤波电路和反相器,起消抖的作用。图(b)输出电平和开关状态与图(a)相反。该接口电路也适用于其他开关量输入器件。

图 6 - 2 - 2 是一个钮子开关接口电路示例。电路中使用的 74HC244 是 8 通道 3 态缓冲器。图 6 - 2 - 2 开关接口电路可以采用查询方式编写接口程序。如果省略软件消抖的内容,则有读开关信息及相应操作的程序如下:

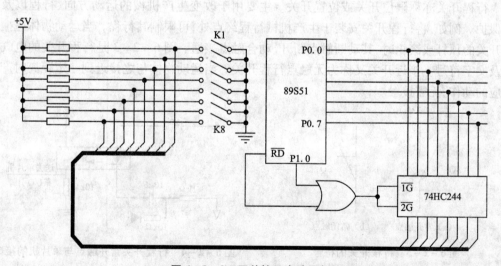

图 6 - 2 - 2 开关接口电路示例

```
          ORG    1000H
START:    MOV    P0, #0FFH
          CLR    P2.7           ;准备选通 74HC244,读入 K1~K8 状态信息
          MOVX   A,@ R0         ;自 P0 口读入 K1~K8 状态信息时需要一个RD信号,
```

```
                                ;(R0)可为随机值,并无实际意义
        JNB     ACC.0,KF0       ;K0 接通转 KF0
        JNB     ACC.1,KF1       ;K1 接通转 KF1
        JNB     ACC.2,KF2       ;K2 接通转 KF2
        JNB     ACC.3,KF3       ;K3 接通转 KF3
        JNB     ACC.4,KF4       ;K4 接通转 KF4
        JNB     ACC.5,KF5       ;K5 接通转 KF5
        JNB     ACC.6,KF6       ;K6 接通转 KF6
        JNB     ACC.7,KF7       ;K7 接通转 KF7
        LJMP    START           ;无开关接通返回
KF0:    LJMP    PROG0           ;入口地址表
KF1:    LJMP    PROG1
   ⋮
KF7:    LJMP    PROG7
PROG0:  …                       ;K0 开关功能程序
        LJMP    START           ;K0 程序执行完返回
PROG1:  …
        LJMP    START
   ⋮
PROG7:  …
        LTMP    START           ;K7 程序执行完返回
        END
```

2. 行程(接近)开关接口

　　行程开关亦称限位开关或位置开关。主要用于改变生产机械的运动方向、行程以及限位保护。例如,将行程开关安装于生产机械行程终点处,可限制其行程。当运动物体碰撞行程开关的顶杆或滚轮时,其动断触点断开、动合触点接通。图 6-2-3 是行程开关的电气图形及文字符号。接近开关又称为无触点行程开关。当运动物体与之接近到一定距离时产生相应的动作,无需接触。

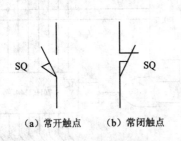

图 6-2-3　行程开关的符号

（a）常开触点　　（b）常闭触点

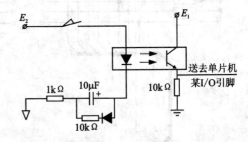

图 6-2-4　行程开关常开触点与单片机的接口

　　在单片机应用系统中,为了防止现场的强电磁干扰,或输入/输出通道的大电流、高电压干扰脉冲窜入单片机核心控制部分,通常需要采用通道隔离技术。光电耦合器,简称光耦是最常用的隔离器件。光电耦合器由封装在一个管壳内的一个发光二极管和一个光敏三极管组成。光电耦合器以光为媒介传输信号,发光二极管加上正向输入电压(>1.1V)就会发光,光信号作用在光敏三极管基极产生基极光电流,光敏三极管外接合适的电路就会导通,输出电信号。

行程开关常开触点与单片机的接口如图 6-2-4 所示。在触点断开时送往单片机引脚的是低电平;当触点闭合时,光电耦合器的二极管导通发光,使光敏三极管导通,送往单片机引脚的是高电平。光电隔离电路中发光二极管与光敏三极管回路必须分别供电,且不得共地,以保证电气隔离效果。

如将图 6-2-4 中行程开关常开触点用继电器常开触点或按钮常开触点代替,电路的工作原理相同。

6.2.2　键盘接口

1. 按钮和按键

按钮或称按键是一种结构简单、使用广泛的用于发送手动指令的电气元件,按键开关还有带自锁和不带自锁的区别。其图形及文字符号如图 6-2-5 所示。

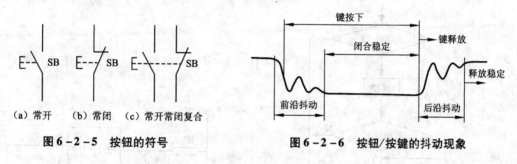

图 6-2-5　按钮的符号　　　　　　　图 6-2-6　按钮/按键的抖动现象

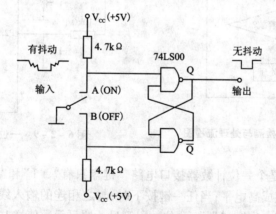

图 6-2-7　双稳态按键消抖电路

2. 按合抖动

按键接口需要考虑的问题较多,例如:如何解决按合"抖动"、如何做到"每按键 1 次只响应 1 次"、如何实现"一键多功能"以及如何编键号、如何防止"两键同按"或"数键同按"等。在实际设计应用按键接口时,需要进一步参阅相关专著,根据具体要求恰当地选择硬件电路和编制相应程序。

按键按合时的抖动现象如图 6-2-6 所示。硬件消抖是通过硬件电路消除信号抖动的。常用的有滤波消抖电路和双稳态消抖电路,如图 6-2-6 和图 6-2-7 所示。

软件消抖的一般方法是:第一次检测到有按键按下时,先不响应,经过延时,等待抖动过程结束,再次检测,如果确认该按键按下,则执行操作。如果使用不能自锁的按键开关,要保证按键每按下一次,仅执行一次,还必须等待按键释放,再作相应处理。软件消抖方式的程序流程如图6-2-8所示。软件消抖延时时间一般取10~20ms。

3. 键盘

将多个按键组合在一起,就构成键盘。键盘是计算机系统中常用的输入设备。使用键盘可以向计算机输入数据和操作命令等,以实现人机联系。键盘按照连接方式可以分为独立式和矩阵式键盘两类。

4. 独立式键盘接口

图6-2-9中的2个键采用独立式接口。其特点是每个键独自占用一根输入线。这种接口方式的优点是结构简单,编程方便。但随着键数的增多,所占用的I/O口线也会增加。在使用键数不多的单片机系统中,这种独立式接口的应用普遍。

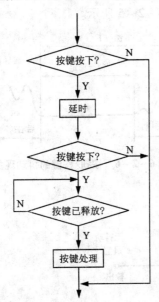

图6-2-8　按键检测与处理流程图

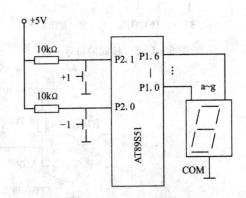

图6-2-9　一位计数器接口电路

图6-2-9所示是个一位计数器接口电路。键盘只有"+1"和"-1"两个键。按键未按下时,输入线都被接成高电平;当任一键按下时,与之相连的输入线被拉成低电平。按键操作功能的定义:每按一次"+1"键,一位数码管显示器显示数值增1,至9再回0;每按一次"-1"键,显示器显示数值减1,至0再回9。接口程序如下:

```
        MOV     P1,#3FH          ;显示"0"
LOOP:   JB      P2.1,NEXT        ;"+1"键没按下,转"-1"键
        LCALL   DELAY10ms        ;消抖延时
        JB      P2.1,NEXT        ;"+1"键确实没按下,转"-1"键
        JNB     P2.1,$           ;等待"+1"键松开
        INC     R0               ;要显示的值加1
        CJNE    R0,#10,DISPLAY   ;要显示的值没超过9,转显示
```

```
                MOV       R0,#0              ;超过 9,回 0
                SJMP      DISPLAY            ;转显示
      NEXT:     JB        P2.0,LOOP          ;"-1"键没按下,转"+1"键
                LCALL     DELAY10ms          ;消抖延时
                JB        P2.0,LOOP          ;"-1"键确实没按下,转"+1"键
                JNB       P2.0,$             ;等待"-1"键松开
                DEC       R0                 ;要显示的值减 1
                CJNE      R0,#0FFH,DISPLAY   ;要显示的值不低于 0,转显示
                MOV       R0,#9              ;低于 0,回 9
      DISPLAY:  MOV       DPTR,# CC_TAB      ;指向字形码表首地址
                MOV       A,R0               ;取显示字符
                MOVC      A,@ A + DPTR       ;获得显示字符字形码
                MOV       P1,A               ;字符显示
                SJMP      LOOP               ;转"+1"键
      DELAY10ms:MOV       R6,#20
      LOP:      MOV       R7,#250
                DJNZ      R7,$
                DJNZ      R6,LOP
                RET
      CC_TAB:   DB 3FH,06H,5BH,4FH,66H,6DH,7DH,07H,7FH,6FH
```

程序首先让显示器显示"0",然后是键功能处理。键状态监测采用扫描方式,不断依次检测两个键的电平信号,发现有键按下,延时 10ms 消抖后再看该键是否确实按下,确认后进行该键的功能处理——加 1 或减 1,并显示结果。

5. 矩阵式键盘接口

独立式键盘若有 N 个键就要占用 N 根 I/O 口线。如果采用矩阵连接式键盘,则可以节约 I/O 口线。组成一个如图 6-2-10(a)所示的 16 键矩阵连接式键盘,只用了 4 根行线、4 根列线,74HC244 选通线 P2.7,共 9 根 I/O 口线以及读信号线 $\overline{\text{RD}}$。

(1)键扫描

单片机监控键盘输入状态的工作过程称为键扫描。键扫描首先要查看有未按键;其次,若有键被按,则要辨别是按的哪一键,并转去执行该键的处理程序。通常使用"全扫描"查看有未按键,使用"逐行扫描"辨别是按的哪一键。

如图 6-2-10(a)所示的矩阵式键盘电路中,列线与行线的交叉点处设置有按键,如果行线为低电平,在有按键被按下时会使行线上的低电平引入到列线。

全扫描就是先对各行线都送以低电平,若读回各列线的电平值仍为全 1,便说明没有按键,否则,说明有键被按下。在判断出已有按键按下时,进行逐行扫描。逐行扫描就是对行线逐行送低电平,每送出一根行线低电平,就查看该行的各列线电平值,如果全为"1"则所按键不在此行;如果某列线电平为"0",则所按之键就在该行线与此列线交叉点处。

(2)键盘扫描程序

在图 6-2-10(a)所示的 4×4 键盘中,设:S0~S9 键为 0~9 的数字键,用于输入数据;S10~S15 键为命令键,用于输入操作命令;每键只有 1 个功能;行线接 P1 口的低 4 位;列线

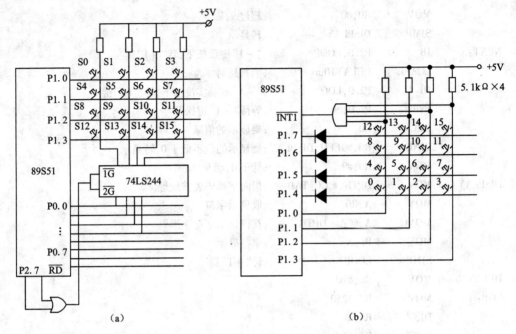

图 6 - 2 - 10　程控扫描和外部中断扫描方式矩阵键盘接口电路

电平经 74LS244 扩展输入口读入 P0 口低 4 位;键号及各键排列以图示为准。键盘扫描程序的总流程图如图 6 - 2 - 11 所示。

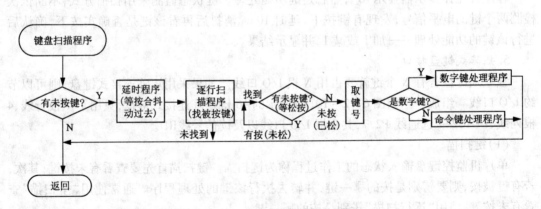

图 6 - 2 - 11　键盘扫描程序总流程图

```
                          ;键盘扫描程序清单
KEY:    MOV     DPTR,#7FFFH   ;准备选通和读回键盘各列线电平值
        MOV     P1,#0F0H      ;全扫描,各行线都送低电平
        MOVX    A,@DPTR       ;通过 74LS244 读回各列线电平值
        ORL     A,#0F0H       ;要读的只是自 P0 口输入的低 4 位
        CPL     A             ;所读值置反
        JNZ     IN            ;A 不是全 0 说明有键被按,转 IN
        RET                   ;无键被按,返回
```

```
IN：      ACALL   DELAY        ;调延时 10ms 子程序,等待按合抖动过去
         MOV     R2,#04H      ;R2 作计数器,存待扫描行数
         MOV     R4,#7FH      ;R4 作指针,指示待扫描行
         MOV     R7,#0        ;R7 用于决定键号,初值置以 0
SCAN：    MOV     A,R4
         RL      A
         MOV     R4,A         ;以上三条调整待扫描行
         MOV     P1,A         ;逐行扫描,被扫描行送低电平
         MOVX    A,@ DPTR     ;通过 74LS244 读回各列线电平值
         MOV     R3,#04H      ;R3 作计数器,存被扫描行的待查列数
NEXT：    RRC     A            ;调整待查列
         JNC     FIND         ;被查列为低电平,被按键找到,转 FIND
         INC     R7           ;未找到,键号加 1
         DJNZ    R3,NEXT      ;被扫描行的待查列数不为 0,转回 NEXT
         DJNZ    R2,SCAN      ;待扫描行数不为 0,转回 SCAN
         RET                  ;未找到所按键,返回
FIND：    MOV     P1,#0F0H
LOOSEN：  MOVX    A,@ DPTR
         ORL     A.#0FOH
         CPL     A
         JNZ     LOOSEN       ;以上几条重复全扫描,等待所按键松按
         MOV     A,R7         ;松按后才考虑键处理,保证每按键一次,
                              ;只键处理一次,本条为取所按键号
         ADD     A,#0F6H
         JC      ORDER        ;键号 >9,是命令键,转 ORDER,执行命令键处理程序
         LJMP    NUMBER       ;键号≤9,是数字键,转 NUMBER,执行数字键处理程序
NUMBER：
         ⋮
         RET
ORDER：
         ⋮
         RET
```

（3）键扫描方式

为了及时响应键盘的操作,单片机必须监控键盘输入状态,对键盘进行扫描。究竟在何时扫描,可以有不同的安排。键扫描的方式有:

①程控扫描方式,在主程序循环执行的过程中作为内容之一附带进行;

② 定时扫描方式,用定时/计数器定时中断的方式定时地对键盘进行扫描;

③ 外部中断扫描方式,即用键的按下引起外部中断,在中断服务时进行键盘扫描。

键盘扫描的方式一般要根据单片机系统的硬件结构与按键数目的多少来选择。为了提高 CPU 效率,可以采用中断扫描工作方式,即只有在键盘有键按下时才产生中断请求,进入中断服务程序后对键盘进行扫描,并作相应处理。

一个简单的中断扫描方式的键盘接口如图 6 - 2 - 10(b)所示。该键盘直接由 89S51 的

P1 口的高、低半字节构成 4 × 4 行列式键盘。键盘的列线与 P1 口的低 4 位相接,键盘的行线通过二极管接到 P1 口的高 4 位。因此,P1.4 ~ P1.7 作键扫描输出线,P1.0 ~ P1.3 作键状态输入线。扫描时,使 P1.4 ~ P1.7 置零。当有键按下时,$\overline{INT1}$ 为低电平,向 CPU 发出中断申请。在中断服务程序中除完成键识别、键功能处理外,还须有消除键抖动等功能。

6.2.3   开关量输出接口

有些控制系统往往需要计算机输出开关量控制信息。例如温度控制系统可以控制电加热炉的通、断电的时间来达到调节炉温的目的。而控制通、断电一般采用继电器或晶闸管作为执行器。此类执行器在工作的过程中,需要较大的功率,还会产生较强的电磁干扰,因此采用计算机控制时需要电气隔离和功率驱动。这是开关量输出接口必须要考虑和解决的两个问题。

1. 继电器输出接口

(1)常规继电器

常规继电器是电气控制中常用的控制器件之一。一般由电磁线圈和触点(动合或动断)构成。当线圈通电时,由于磁场的作用,使触点闭合(或断开);当线圈断电后,触点断开(或闭合)。一般线圈可以用直流低压(常用的有 9V、12V、24V 等)控制,而触点则接在市电(交流 220/380V)回路中以控制电器的得电与否。

图 6 – 2 – 12 是典型的继电器接口电路。图中 TIL117 是光电隔离器,实现继电器与单片机的电气隔离,起防止干扰和保护单片机的作用。二极管 D 起续流保护作用,避免继电器线圈断电时产生高压。

当 P1.0 输出高电平时,7404 倒向,输出低电平,光电耦合器的发光二极管发光,使光敏三极管饱和导通,进而使起驱动作用的三极管 9013 饱和导通,于是继电器 J1 线圈得电,继电器的动合触电 J1 – 1 闭合,从而使负载获得 220V 的交流电源;当 P1.0 输出低电平时,情况与前面相反。

在接口程序中只要安排执行 CLR P1.0 或 SETB P1.0 指令,即可控制图中继电器触点的闭合与断开,使负载得电或断电。

不同的继电器,其线圈驱动电流的大小以及带负载的能力不同。选用时须考虑:

① 继电器线圈额定电压和触点额定电流;

② 触点的对数和种类(动断、动合);

③ 触点释放/吸合时间;

④ 体积、封装、工作环境。

(2)固态继电器

继电器在动作瞬间,触点易产生火花,且容易氧化,因而影响可靠性。为克服这种接触式继电器的缺点,可以选用非接触式的固态继电器。

固态继电器(简称 SSR)采用晶体管或晶闸管代替常规继电器的触点,并把光电隔离融为一体。因此固态继电器实际上是一种具有光电隔离的无触点开关。它有动作电流低、体积小、无噪声、开关速度快、工作可靠的优点,目前应用广泛。固态继电器有直流型和交流型,两种内部组成不同,应用场合也不同。直流型用于带动直流负载,交流型则用于交流负载。图 6 – 2 – 12 中的继电器可以用一个交流固态继电器代替,不再需要光电隔离和功率驱动。

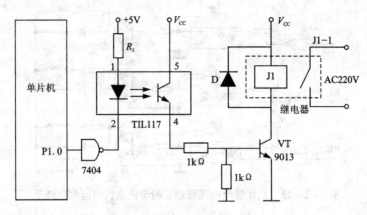

图 6 - 2 - 12　继电器接口电路

2. 步进电机控制接口

（1）步进电机及其工作方式

步进电机也称为脉冲电机。用单片机输出的数字脉冲,可以控制电机的旋转角度和速度。步进电机在要求快速启停、精确定位的场合作为执行部件,被广泛采用。

步进电机有如下特点:给步进脉冲电机就转,称为移步,不给步进脉冲电机就不转,称为锁步;步距角在 0.36°~90°之间,可以精确控制;步进脉冲的频率越高,步进电机转得越快;改变各相的通电方式,可以改变电机的运行方式;改变通电顺序,可以控制步进电机的正、反转。三相步进电机有以下 3 种工作方式:

● 单相三拍工作方式,其电机控制绕组 A、B、C 相的正转通电顺序为:A→B→C→A;反转通电顺序为:A→C→B→A。

● 三相六拍工作方式,正转的绕组通电顺序为:A→AB→B→BC→C→CA→A;反转的通电顺序为:A→AC→C→CB→B→BA→A。

● 双三拍工作方式,正转的绕组通电顺序为:AB→BC→CA→AB;反转的通电顺序为:AB→AC→CB→BA。

（2）步进电机的驱动

步进电机的驱动电路需要根据步进电机的功率大小采用不同的驱动元件,最小的可以直接由单片机 I/O 口驱动,较大的常用晶体管驱动,还可以用大功率的场效应管、达林顿管等作为驱动元件。

步进电机的驱动电路形式可以分为全电压驱动和高低压驱动 2 种。高低压驱动方式的电路复杂一些。步进电机常用的驱动方式是全电压驱动,即在电机移步与锁步时都加载额定电压。为防止电机过流及改善驱动特性,需加限流电阻。由于步进电机锁步时,限流电阻要消耗大量的功率,因此限流电阻要有较大的功率容量,并且开关也要有较高的负载能力。全电压驱动适用于小功率步进电机。图 6 - 2 - 13 是利用晶体管全电压驱动三相步进电机的控制原理图。

图 6 - 2 - 13 中,当 P1.0 输出低电平时,对应的光电耦合器不导通,呈高电平输出,与之连接的晶体管获得正向偏置而导通,步进电机 A 相得电;当 P1.0 输出高电平时,将使步进电机 A 相断电。P1.1 和 P1.2 分别控制 B、C 两相,只要通过 P1.0~P1.2 输出高低电平就

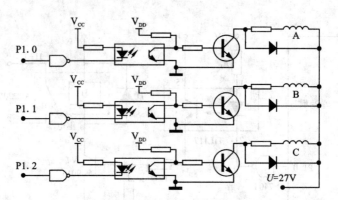

图 6 – 2 – 13　晶体管全电压驱动三相步进电机的控制原理图

可以控制三相步进电机的运行。下面是使步进电机按三相六拍方式单向运行 n 步的控制子程序。

```
        ; 入口：STEPN——步数单元
        MODEP     EQU  30H            ; 模式指针
        STEPN     EQU  31H            ; 步数单元
ROUTN：  MOV      A, MODEP            ; 取当前模式指针
        MOV       DPTR, # MODETAB     ; 模式表首地址
        MOVC      A, @ DPTR + A       ; 获取当前模式
        MOV       P1, A               ; 输出当前模式
        INC       MODEP               ; 指向下一模式
        MOV       A, MODEP
        CJNE      A, #6, NOCLEAR
        MOV       MODEP, #0           ; 超出六种模式, 指向第一模式
NOCLEAR：LCALL    DELAY               ; 延时
        DJNZ      STEPN, ROUTN        ; 走步未完, 转继续
        RET
MODETAB：DB       11111110B           ; A 相得电模式
        DB        11111100B           ; AB 相得电模式
        DB        11111101B           ; B 相得电模式
        DB        11111001B           ; BC 相得电模式
        DB        11111011B           ; C 相得电模式
        DB        11111010B           ; CA 相得电模式
```

3. 蜂鸣器接口

蜂鸣器常用于声音提示或报警。它是双端器件，属于感性负载，需要一定的电流。其接口电路如图 6 – 2 – 14 所示。二极管 VD 和三极管 VT 分别起续流和驱动作用。当 P1.0 输出高电平时，经 R_1 限流，VT 饱和导通，蜂鸣器得电发声；当 P1.0 输出低电平时，VT 截止，蜂鸣器断电无声。控制程序段如下：

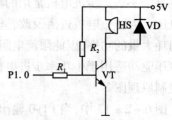

图 6 – 2 – 14　蜂鸣器接口电路

```
SETB    P1.0        ;蜂鸣器发声
LCALL   DELAY       ;延时,决定发声的长短
CLR     P1.0        ;蜂鸣器停止发声
```

4. 可控硅接口

可控硅简称 SCR,是一种大功率器件,又称晶闸管。具有体积小、效率高、寿命长等优点。可控硅有单向可控硅和双向可控硅两种。

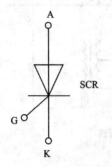

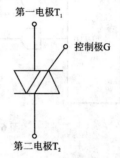

图 6 – 2 – 15　单向可控硅电气符号　　　　　图 6 – 2 – 16　双向可控硅电气符号

（1）单向可控硅

单向可控硅有三个引极,电气符号如图 6 – 2 – 15 所示,其中 A 为阳极,K 为阴极,G 为门极。当阳极电位高于阴极电位且门极电流增加到一定值（触发电流）时,可控硅 AK 间由阻断变为导通。一旦导通,即使门极电流为 0,可控硅仍然导通。只有在 AK 间施加反向电压,才能阻断。单向可控硅多用于直流大电流场合和交流整流。

（2）双向可控硅

双向可控硅相当于两个单向可控硅反并联,具有双向导电特性,但门极只有一个。其电气符号如图 6 – 2 – 16 所示。双向可控硅的通断状态由门极 G 与第二电极 T_2 间加上正脉冲（或负脉冲）使其正向（或反向）导通。施加在 GT2 间的脉冲称为触发脉冲,其幅值应大于 4V,宽度不低于 $20\mu s$。由于双向可控硅的双向导电性,在工作过程中它不存在反向耐压问题,因此特别适合于作交流无触点开关使用。

图 6 – 2 – 17 为某电炉温度控制系统原理图。电路通过 P1.0 产生一定宽度的触发脉冲,经过反相器驱动,由 MOC3021 光电隔离后加于双向可控硅的门极,从而使双向可控硅导通。为提高热效率,要求在交流电的正、负半周内都要有脉冲并且还要保证与交流电同步。为此把交流电经过全波整流后通过三极管变成过零脉冲,反相后作为中断请求信号输入至 $\overline{INT0}$。

下面是控制角 $\alpha = 30°$ 的控制程序。其基本思想是 220V 交流电压过 0 时,$\overline{INT0}$ 有负跳变请求中断,CPU 响应该中断后,使定时器 T0 作对应控制角 α 的定时,该定时到,即输出脉冲并启动定时器 T1 作脉宽定时,脉宽定时到停止脉冲。程序中设定 T0 为方式 1 且交流电的周期为 20ms,若单片机的时钟为 12MHz,则 T0 的定时常数 TC 与控制角 α 的关系满足:

$$\frac{20 \times 10^3}{360}\alpha = \frac{12}{12}(2^{16} - TC)$$

即 $TC = 65536 - \dfrac{500\alpha}{9}$

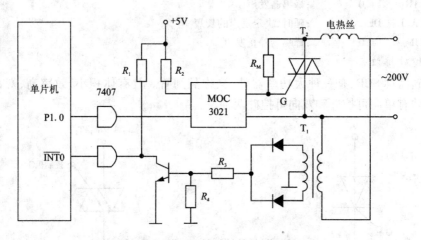

图 6 – 2 – 17 可控硅加热炉控制原理

当 α = 30°时, TC = 63868 = F97CH。

程序清单:

```
        ORG    0000H
        LJMP   MAIN
        ORG    0003H
        LJMP   INT0
        ORG    000BH
        LJMP   T0
        ORG    0013H
        LJMP   T1
INT0:   MOV    TH0,31H        ;控制角定时
        MOV    TL0,30H
        SETB   TR0            ;启动控制角定时
        RETI
T0:     CLR    TR0            ;关闭定时计数器 0
        SETB   P1.0           ;脉冲开始
        MOV    TL1, #216      ;脉宽定时(40μs)
        SETB   TR1            ;启动脉宽定时
        RETI
T1:     CLR    TR1            ;关闭定时计数器 1
        CLR    P1.0           ;脉冲停止
        RETI
MAIN:   MOV    SP,#5FH
        MOV    31H, #0F9H
        MOV    30H, #7CH
        MOV    TMOD, #00100001B   ;定时器 0 方式 1 定时,确定脉冲输出时刻
                                  ;定时器 1 方式 2 定时,确定脉冲停止时刻
        SETB   IT0
```

```
MOV    IP, #00000001B     ;外部中断 0 优先中断
MOV    IE, #10001011B     ;开中断
SJMP   $
END
```

6.3　显示接口

计算机对信息处理的结果存入寄存器或存储器中,人们既看不见也摸不着,只有通过显示器显示才能知道结果,所以显示器是计算机直观输出处理结果的重要设备或器件。单片机应用系统中,常用的是 LED(发光二极管)、LED 数码显示器和 LCD 显示器。

6.3.1　LED 显示接口

LED(发光二极管)一般仅用于信号指示,其驱动电路与普通二极管基本相同。LED 显示器由 7~8 只发光二极管组合而成,又称 LED 数码管,能显示数字和几个英文字母,主要应用于只有数值显示的场合。

1. LED 数码管的工作原理

LED 数码管通常由 8 个发光二极管组合而成,称为八段 LED 数码管。常用的 8 字形 LED 数码管如图 6-3-1(a)所示。制造时 LED 数码管的 a、b、c、d、e、f、g 做成条形,称为段,按照 8 字形状放置;dp(或 h)为圆点形状。8 字形 LED 数码管有共阴极和共阳极两种结构形式,如图 6-3-1(b)、(c)所示。如果没有 dp 段,就是七段 LED 数码管。

我们把没有连在一起的端统称为字形端。从电气连接上来看,八段 LED 数码管有 8 个字形端,1 个公共端,为 9 端器件。

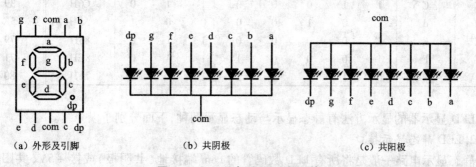

（a）外形及引脚　　　　　　（b）共阴极　　　　　　（c）共阳极

图 6-3-1　8 字形 LED 数码管

对于共阴极 LED 数码管,其公共端必须施加低电平,而在需要点亮段端应施加高电平;对于共阳极 LED 数码管则与共阴极 LED 数码管相反。由此可见,施加于公共端的电平决定了数码管能否点亮,称为字位控制;施加于各字形端的电平决定了显示的字形,称为字形控制。

为显示不同的字形,八段 LED 数码管各段所加的电平也不同,与显示字形对应的电平组合称为字形码。对照图 6-3-1(a)所示字段,字形码的各位定义如下:

D7	D6	D5	D4	D3	D2	D1	D0
dp	g	f	e	d	c	b	a

数据 D0 与 a 字段对应，D1 与 b 字段对应……依此类推。如果使用共阳极 LED 数码管，参考图 6 - 3 - 1(a)、(c)可以看出，如要显示"7"字形，a、b、c 三段应点亮，所以对应的字形码为 11111000B。如要显示"E"，a、f、g、e、d 字段应点亮，所以对应的字形码为 10000110B。共阴极与共阳极的字形码互为反码。常用的共阳极字形码，如表 6 - 3 - 1 所列（附有共阴极字形码供对照）。

表 6 - 3 - 1　共阳极八段 LED 数码管字形码表

字符	字形	D7 DP	D6 g	D5 f	D4 e	D3 d	D2 c	D1 b	D0 a	字形码	共阴极码
0	0	1	1	0	0	0	0	0	0	C0H	3F
1	1	1	1	1	1	1	0	0	1	F9H	06
2	2	1	0	1	0	0	1	0	0	A4H	58
3	3	1	0	1	1	0	0	0	0	B0H	4F
4	4	1	0	0	1	1	0	0	1	99H	66
5	5	1	0	0	1	0	0	1	0	92H	6D
6	6	1	0	0	0	0	0	1	0	82H	7D
7	7	1	1	1	1	1	0	0	0	F8H	07
8	8	1	0	0	0	0	0	0	0	80H	7F
9	9	1	0	0	1	0	0	0	0	90H	67
A	A	1	0	0	0	1	0	0	0	88H	77
B	b	1	0	0	0	0	0	1	1	83H	7C
C	C	1	1	0	0	0	1	1	0	C6H	39
D	d	1	0	1	0	0	0	0	1	A1H	5E
E	E	1	0	0	0	0	1	1	0	86H	79
F	F	1	0	0	0	1	1	1	0	8EH	71
·	·	0	1	1	1	1	1	1	1	7FH	80

LED 显示器的显示方法有静态显示与动态显示两种，下面分别予以介绍。

2. LED 静态显示接口

静态显示电路一般是将所有 LED 数码管的 com 端接地（共阴极）或接 +5V（共阳极），每个数码管的字形端各接独立的输出口，CPU 将显示字形码通过输出口输送至各数码管即可显示。被显示的数据只要输出一次，在显示内容刷新之前不必重复输出。静态显示接口的显示程序比较简单，但占用 I/O 口线可能较多。

LED 数码管显示的字形由字形码控制。由于字形码与显示字符没有简单的函数关系，因此要作相应的处理。有两种方法获得字形码：一种是软件译码，另一种是硬件译码。应用中究竟采用哪种，应视具体情况而定。

(1)软件译码显示接口

图 6 - 3 - 2 是一个利用串行口实现共阳极 LED 数码管静态显示的应用电路。串行口

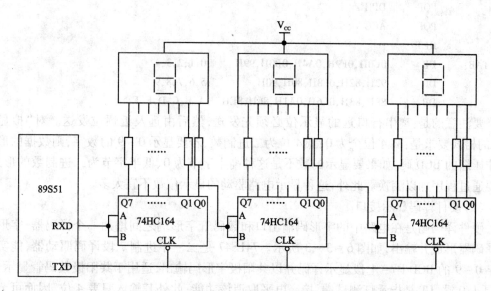

图 6 - 3 - 2　用串行口实现 LED 数码管静态显示

工作在方式 0,电路中使用移位寄存器 74HC164,将串行口输出的显示码变换为并行输出,74HC164 可以直接驱动数码管。这种 LED 数码管静态显示法,有着显示亮度大、硬件和软件都相对较为简单的优点,应用广泛。

软件译码通常采用查表法。编程时,将各字符对应的字形码按显示字符的数值从小到大的秩序连续存放于程序存储器中形成一个字形码表;程序中取字形码的过程是:把表格的起始地址 TAB 送入 DPTR 作为基址,要显示的数作为偏移量送入变址寄存器 A;执行查表指令 MOVC A,@ A + DPTR;则此时 A 中的内容即为从表格中取出的相应数字的字形码。

设,各字形数据已为满足要求的形式,则显示 89S51 片内 RAM 中以 30H 为首地址的 8 位字形码的程序如下:

```
;8 位数码显示程序
DISP:    PUSH    ACC                    ;保护现场
         PUSH    DPH
         PUSH    DPL
         MOV     R2,#08H                ;显示 8 个数
         MOV     R0,#30H                ;显示缓冲区首地址送入 R0
DL0:     MOV     A,@ R0                 ;取要显示的数作查表偏移量
         MOV     DPTR,#TAB              ;指向字形码表首
         MOVC    A,@ A + DPTR           ;查表得字形码
         MOV     SBUF,A                 ;发送显示
DL1:     JNB     TI,DL1                 ;等待发送完一帧数据
         CLR     TI                     ;清标志,准备继续发送
         INC     R0                     ;更新显示单元
         DJNZ    R2,DL0                 ;如 8 位 LED 未显示完则重复
         POP     DPL                    ;恢复现场
```

```
        POP     DPH
        POP     ACC
        RET
TAB:    DB      0C0H,0F9H,0A4H,0B0H,99H      ;0,1,2,3,4
        DB      92H,82H,0F8H,80H,90H         ;5,6,7,8,9
        DB      88H,83H,0C6H,0A1H,86H,8EH    ;A,B,C,D,E,F
```

要注意的是:离串行口远的显示位必须先发送,然后由远及近逐位发送。对"拟显示数"的格式要求是:高 4 位全为 0,低 4 位为二进制数,若要显示 0~9 的数字,则数据的形式为非压缩的 BCD 码,如果要显示的数不是这种高半字节为 0、低半字节为二进制数的形式,则要通过程序加以变换。此外,这种显示电路驱动的显示位数不宜太多。

(2)硬件译码显示接口

硬件译码则是在电路中的字形码输出口和数码管字形端之间增加一个译码器,字形码由译码器形成并输出,如图 6-3-3 所示。74LS47 是二-十进制 7 段译码驱动器,能实现数字 0~9 的 BCD 码-七段显示译码并以共阳极字形码输出,适用于共阳极数码管显示器;BI 是灭 0 端,LT 是指示灯测试端,接高电平取消该功能;此外其输入只要 4 位,因而可节省 I/O 口线。常用的译码器还有 74LS48、74HC48 和 74LS247 等。74LS377 是一个带输入允许端的 8D 触发器。$\overline{G}$ 是输入允许端,当 $\overline{G}$ 为低电平,时钟 CLK 的上升沿,输入信号传送到 D 端输出;当 $\overline{G}$ 为高电平,输出端数据保持不变。

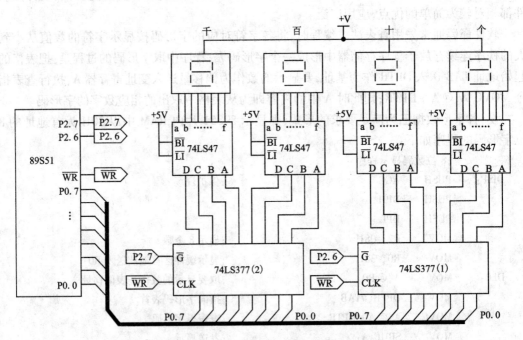

图 6-3-3　硬件译码四位 LED 显示接口电路

设待显示的数据以压缩的 BCD 码形式存放在 RAM30H 和 31H 单元,显示驱动子程序如下:

```
DISP:   MOV     R0,#30H
```

```
MOV     A,@ R0              ;取十位、个位数据
MOV     DPTR,#0BFFFH        ;准备选通 74LS377(1)
MOVX    @ DPTR,A            ;显示十位、个位数码
INC     R0
MOV     A,@ R0              ;取千位、百位数据
MOV     DPTR,#7FFFH         ;准备选通 74LS377(2)
MOVX    @ DPTR,A            ;显示千位、百位数码
RET
```

3. 动态显示接口

动态显示是利用人眼视觉暂留特性来实现显示的。实际上,显示器上任何时刻只有一个数码管有显示。由于各数码管轮流显示的节奏较快,人的眼睛反应不过来,因此看到的是连续显示的现象。为防止闪烁,延时的时间在 2 ~ 5ms。不能太长,也不能太短。延时太长,会造成显示不连续;太短,则分辨不清。

在显示器的某个数码管上显示字符的控制过程是:首先将字形码送入字形锁存器锁存,这时所有的数码管都获得同样的字符信号;再将需要显示的位选码送入字位锁存器锁存,于是输出的字符就在位选码指定的数码管上显示。显示器动态显示的控制流程如图 6 - 3 - 4 所示。

图 6 - 3 - 5 是利用单片机的并行口作为字形码锁存器和字位锁存器的四位动态显示接口电路。其中 P1 口为字形锁存器输出显示的字符,P2 口为字位锁存器输出位选码。数码管选用共阴极的,因此,当对应于某位数码的 P2 口线输出高电平时,相应的三极管(起驱动作用)饱和导通,该数码管显示相应的字符;如果输出低电平,则该数码管不显示。于是,从左往右的 4 个数码管的位选码分别是 00000001B(01H)、00000010B(02H)、00000100B(04H)、00001000B(08H)。

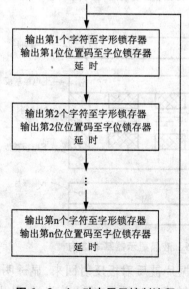

图 6 - 3 - 4　动态显示控制流程

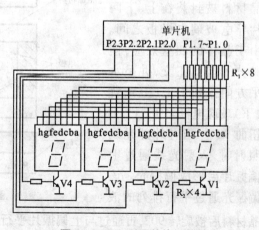

图 6 - 3 - 5　利用单片机并行口的四位动态显示接口电路

实现显示"1234"的程序如下:

```
LOOP:   MOV     P1，#0F9H        ;P1 口输出"1"的字形码
        MOV     P2，#00000001B   ;打开左边数码管,使其显示"1"
        LCALL   DELAY5ms
        MOV     P1，#0A4H        ;P1 口输出"2"的字形码
        MOV     P2，#00000010B   ;打开从左往右的第 2 个数码管,使其显示"2"
        LCALL   DELAY5ms
        MOV     P1，#0B0H        ;P1 口输出"3"的字形码
        MOV     P2，#00000100B   ;打开从左往右的第 3 个数码管,使其显示"3"
        LCALL   DELAY5ms
        MOV     P1，#99H         ;P1 口输出"4"的字形码
        MOV     P2，#00001000B   ;打开从左往右的第 4 个数码管,使其显示"4"
        LCALL   DELAY5ms
        SJMP    LOOP            ;各数码管已经显示一遍,转重复
```

动态显示接口的硬件电路比较简单。但是,在动态显示方式,即使显示内容没有变化,CPU 也必须反复执行显示程序,因此,采用动态显示电路时,CPU 的利用效率较低。

6.3.2　LCD 液晶显示接口

LED 显示器虽然有亮度高的优点,但是它只能显示数字和少量的英文字符。如果单片机应用系统中还有汉字信息或图形需要显示,可以使用 LCD 液晶显示器。

液晶显示器是一种利用液晶的扭曲－向列效应而制成的新型显示器,具有功耗极低、抗干扰能力强、体积小、价廉等优点。目前已广泛应用于各种显示场合。尤其是在袖珍仪表及低功耗系统中,LCD 已成为一种占主导地位的显示器件。

1. LCD 的基本结构及工作原理

LCD 是一种借助外界光线照射液晶材料而实现显示的被动显示器件。图 6 - 3 - 6 示出了 LCD 器件的原理结构。

如图 6 - 3 - 6 所示,液晶材料被封装在上、下两片导电玻璃电极板之间。由于晶体的四壁效应,使其分子彼此正交,并呈水平方向排列于正(上)、背(下)玻璃电极之上,上、下扭曲 90°。当有外部光线照射时,入射光线通过上偏振片后形成偏振光。该偏振光通过平行排列的液

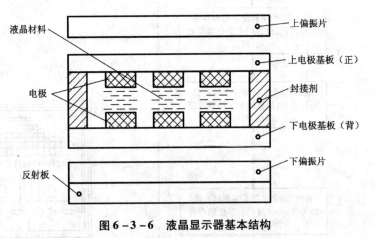

图 6 - 3 - 6　液晶显示器基本结构

晶材料后被旋转 90°,再通过与上偏振片平行的下偏振片被反射板反射回来,显透明状态。当上下电极加上一定的电压后,电极部分的液晶分子转成垂直排列,失去旋光性,从上偏振片入射的偏振光不被旋转,光无法通过上下偏振片返回,因而呈黑色。根据要求将电极做成各种文字、数字和图形就可以获得各种状态显示的液晶显示器。

2. 点阵式 LCD 接口

点阵式 LCD 把控制电路与液晶点阵集成在一起,组成一个显示模块。有黑白显示和彩色显示两种。它可以显示汉字、字符、图表,可与 8 位微处理器直接接口。

由于市面上 LCD 显示模块(LCM)品种繁多,规格不一,因此它与单片机的接口和编程方法不尽相同。应用时要根据需要选定规格,熟悉功能。下面以 SMG12232C 的应用为例加以介绍。

(1) SMG12232C 简介

SMG12232C 是长沙太阳人公司的系列液晶显示模块之一。它性能稳定可靠,显示清晰,价格适宜,适合于智能仪器仪表和小型设备中的信息显示。

① 主要技术参数

工作电压:4.5 ~ 5.5V

工作电流:150μA(5.0V)

显示容量:122 × 32 点阵

②SMG12232C 引脚功能见表 6 - 3 - 2。

表 6 - 3 - 2　SMG12232C 引脚功能

引脚号	引脚符号	引脚功能
1	V_{DD}	+5V
2	V_{SS}	0V
3	V_{LCD}	液晶显示偏压(接 10kΩ 可调电阻到 V_{SS})
4	$\overline{RST}$	复位端(L:复位,H:正常工作)
5	E_1	IC1 片选信号(H 有效)
6	E_2	IC2 片选信号(H 有效)
7	$R/\overline{W}$	读/写控制信号(H/L)
8	RS	数据/命令选择端(H/L)
9 ~ 16	$D_0 \sim D_7$	数据线
17	BLA	背光源正极(+4.2V)
18	BLK	背光源负极

③基本操作时序

- 读状态:当 RS = L、$R/\overline{W}$ = H、E_1 或 E_2 = H 时,从 $D_0 \sim D_7$ 上输出状态字。
- 写指令:当 RS = L、$R/\overline{W}$ = L、E_1 或 E_2 = H 时,将 $D_0 \sim D_7$ 上的状态字写入。
- 读数据:当 RS = H、$R/\overline{W}$ = H、E_1 或 E_2 = H 时,从 $D_0 \sim D_7$ 上输出状态字。
- 写数据:当 RS = H、$R/\overline{W}$ = L、E_1 或 E_2 = H 时,从 $D_0 \sim D_7$ 上的数据写入。

④ 状态字说明

D_7	D_6	D_5	D_4	D_3	D_2	D_1	D_0
STA_7	STA_6	STA_5	STA_4	STA_3	STA_2	STA_1	STA_0

$STA_0 \sim STA_4$、STA_6:未用。

STA_5:液晶显示状态,1:关闭;0:显示。

STA₇:读写操作使能,1:禁止;0:允许。对控制器每次进行读写操作之前,最好进行读写检测,以确保STA_7为0。

⑤ 模块内 RAM 地址映射图

液晶显示模块 SMG12232C 内有 2 片 SED15200 作为控制器的芯片(分别为 IC1 和 IC2),每个内部带有 32×80 位(320 字节)的 RAM 存储器,其作用是负责该模块的显示控制。RAM 区中的内容直接决定显示器上显示的内容:数据位为 1,对应的点显示;为 0,对应的点不显示。

液晶显示模块 SMG12232C 显示器的显示平面由 122×32 点阵组成,被分成左右两个区,各 61 列(第 0 ~ 60 列),

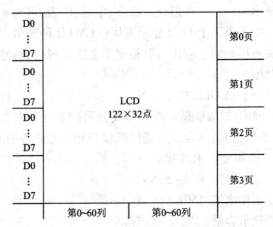

图 6 - 3 - 7　SMG12232C RAM 地址映射图

每个区又按 1 个字节分成 4 页(第 0 ~ 3 页),如图 6 - 3 - 7 所示。左、右区的 4 页分别由 IC1 和 IC2 控制,但是只用了每片 RAM 的 32×61 位存储容量。

从以上讨论可以得到如下结论:

- 按 16×16 点阵方式满屏只能显示 14 个汉字;
- 每个汉字的点阵显示编码有 32 个字节,可按照如下规则编排:

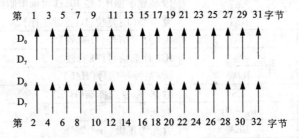

- 每个字符只需要 16×8 的点阵,其点阵显示编码可以按照汉字的左半部分进行,得到 16 个字节,但为了查表方便,也用 32 个字节,使用时后面的 16 个字节不用;
- 将显示中需要的所有汉字或字符的点阵显示编码制成表即字型码表,要求表中每个汉字或字符的储存顺序与编码规则的字节序号一致。

⑥ 编程指令及其说明

液晶显示模块 SMG12232C 的编程指令也就是其中的 SED15200 的编程指令,包括初始化设置和数据控制指令。初始化设置指令实现对 SED15200 功能的设置,数据控制指令则是实现对 SED15200 内 RAM 的数据设置,从而使显示器显示需要的信息,详见表 6 - 3 - 3。

(2)SMG12232C 与 89S52 单片机的接口电路

接口电路如图 6 - 3 - 8 所示。为使显示程序设计简单,采用了 6116SRAM(2KB 容量,只使用其中的 1KB)芯片作为显示缓冲区,地址范围是 F800H ~ FBFFH。AT89S52 单片机内含 8KB 的 Flash Rom,供存储程序和显示需要的字库,地址范围是 0000H ~ 1FFFH。SMG12232C 的 IC1 和 IC2 的端口地址分别是 BFFEH 和 7FFEH。

表 6 – 3 – 3 SMG12232C 编程指令及其说明

指令名称	指令码	指令功能	类型
显示开/关设置	AEH	关显示	
显示初始行设置	AFH	开显示	
显示列序设置	C0H	设置显示初始行	
显示模式设置	A0H	设置列序方向为正向	初始化设置指令
显示占空比设置	A4H	正常显示	
	A9H	设置占空比为 1/32	
数据指针设置	B8H + 页码(0~3)	设置数据地址页指针	
	00H + 列码(0~80)	设置数据地址列指针	数据控制

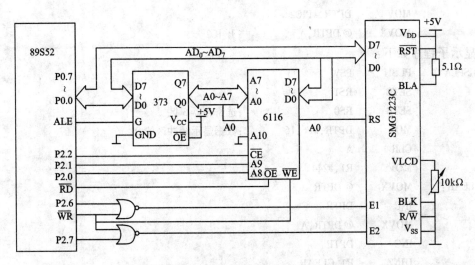

图 6 – 3 – 8 SMG12232C 与 89S52 的接口电路

(3)显示驱动程序

信息显示程序包括模块初始化、显示字程序、显示子程序调用和字库。模块初始化放在主程序中,包括关闭显示、起始行列序方向、显示模式、占空比和开显示设置,IC1 和 IC2 都要作相同的设置。程序段如下:

```
MOV     DPTR,#PIC1      ;LCD 初始化,PIC1 命令地址
MOV     A,#0AEH         ;关闭显示
MOVX    @DPTR,A         ;关闭 IC1
MOV     DPTR,#PIC2      ;IC2 命令地址
MOVX    @DPTR,A         ;关闭 IC2
MOV     A,#0C0H         ;设置显示起始行为第 1 行
MOVX    @DPTR,A         ;IC2 起始行
MOV     DPTR,#PIC1      
MOVX    @DPTR,A         ;IC1 起始行
MOV     A,#0A0H         ;设置列序方向为正向
```

	MOVX	@ DPTR,A	;IC1 为正向
	MOV	DPTR,#PIC2	
	MOVX	@ DPTR,A	;IC2 为正向
	MOV	A,#0A4H	;设置显示模式为正常显示
	MOVX	@ DPTR,A	;IC2 为正常显示
	MOV	DPTR,#PIC1	
	MOVX	@ DPTR,A	;IC1 为正常显示
	MOV	A,#0A9H	;Duty 设置为 1/32
	MOVX	@ DPTR,A	;IC1 设置为 1/32
	MOV	DPTR,#PIC2	
	MOVX	@ DPTR,A	;IC2 设置为 1/32
	MOV	DPTR,#PIC1	;IC1 命令地址
	MOV	A,#0AFH	;开显示
	MOVX	@ DPTR,A	;开 IC1
	MOV	DPTR,#PIC2	
	MOVX	@ DPTR,A	;开 IC2

显示子程序如下：

DISPLAY:	PUSH	PSW	
	SETB	RS1	
	SETB	RS0	;选寄存器 3 区
	MOV	DPTR,#P6116	;数据显示缓冲区清 0
	CLR	A	
	MOV	R1,#244	
CLEAR:	MOVX	@ DPTR,A	
	INC	DPTR	
	MOVX	@ DPTR,A	
	INC	DPTR	
	DJNZ	R1,CLEAR	
	MOV	R2,5FH	
	MOV	DPTR,#P6116	;传输显示数据至数据显示缓冲区
	MOV	R7,DPH	
	MOV	R6,DPL	
	MOV	R1,#60H	
LCD_LP:	MOV	A,@ R1	;取查询码
	JBC	ACC.7,R316	;若为汉字,R3 置 32
	MOV	R3,#16	
	SJMP	AHEAD	
R316:	MOV	R3,#32	;若为字符,R3 置 16
AHEAD:	MOV	B,#32	
	MUL	AB	;计算欲查询的字/字符在字型码表中的偏移量
	MOV	VDPTR,#CC_TABLE	;字形码表起始地址
	ADD	A,DPL	
	MOV	DPL,A	

```
              MOV      A,B
              ADDC     A,DPH
              MOV      DPH,A              ;获得当前字的字形码起始地址
LCD_CON：     CLR      A
              MOVC     A,@A+DPTR          ;查得本字当前列的上部分码
              INC      DPTR               ;指向本字当前列的下部分码的所在单元
              MOV      R4,DPL             ;该单元地址暂存
              MOV      R5,DPH
              MOV      DPH,R7             ;恢复数据显示缓冲区指针
              MOV      DPL,R6
              MOVX     @DPTR,A            ;将字型码的一个字节传到 6116
              INC      DPTR               ;数据显示缓冲区指针下移
              MOV      R7,DPH             ;该指针值保存
              MOV      R6,DPL
              MOV      DPH,R5             ;恢复码表下个单元地址
              MOV      DPL,R4
              DJNZ     R3,LCD_CON         ;本字码未传完,继续
              INC      R1
              DJNZ     R2,LCD_LP          ;所有汉字/字符未传完,继续
              MOV      DPTR,#P6116        ;将 6116 数据显示缓冲区数据传输到 LCD 的 RAM
              MOV      R4,DPL             ;6116 指针暂存
              MOV      R5,DPH
              CLR      2FH.3              ;上下行标志位为 0,指向上行
              MOV      R6,#0B8H           ;页指针指向 0 页
SECOND：      MOV      R7,#0              ;列指针指向 0 列
              CLR      2FH.2
LCD_NEXT：    CJNE     R7,#61,LCD0
LCD0：        JC       TO_IC1             ;列值小于 61,则处理 IC1
TO_IC2：      MOV      DPTR,#PIC2         ;列值大于 60,处理 IC2
              MOV      A,R6               ;设置当前页
              MOVX     @DPTR,A
              MOV      A,R7               ;取列号
              CLR      C
              SUBB     A,#61
              MOVX     @DPTR,A            ;设置列
              MOV      DPH,R5             ;恢复 6116 指针
              MOV      DPL,R4
              MOVX     A,@DPTR            ;读 6116 数据
              INC      DPTR               ;6116 指针下移
              MOV      R4,DPL             ;6116 指针暂存
              MOV      R5,DPH
              MOV      DPTR,#PIC2+1       ;IC2 数据地址
              SJMP     LCDRAM             ;转传数据
```

```
TO_IC1:    MOV     DPTR,#PIC1          ;IC1 命令地址
           MOV     A,R6
           MOVX    @DPTR,A             ;设置当前页
           MOV     A,R7                ;取列号
           MOVX    @DPTR,A             ;设置列
           MOV     DPH,R5              ;恢复 6116 指针
           MOV     DPL,R4
           MOVX    A,@DPTR             ;读 6116 数据
           INC     DPTR                ;6116 指针下移
           MOV     R4,DPL              ;6116 指针暂存
           MOV     R5,DPH
           MOV     DPTR,#PIC1+1
LCDRAM:    MOVX    @DPTR,A             ;传数据至 LCD
           INC     R6                  ;指向下页
           CPL     2FH.2               ;指向下行
           JB      2FH.2,LCD_NEXT
           DEC     R6
           DEC     R6                  ;指向上页
           INC     R7                  ;列值增 1
           CJNE    R7,#122,LCD_NEXT    ;122 列数据未完,继续
           CPL     2FH.3
           JNB     2FH.3,LCD_RET
           MOV     R6,#0BAH
           LJMP    SECOND
LCD_RET:   POP     PSW
           RET
```

　　调用显示子程序以显示需要的信息。调用前,需将显示字符的查询码放在内部数据存储器的 60H 开始的连续单元中,字符的个数放在 5FH 单元。显示"年月日"的程序段如下:

```
       MOV     60H,#128          ;"年"查询码
       MOV     61H,#129          ;"月"查询码
       MOV     62H,#130;         "日"查询码
       MOV     5FH,#3            ;显示 3 个字符
       LCALL   DISPLAY           ;显示"年月日"
```

　　由于 SMG12232C 没有字库,显示字符的编码要采用专用的软件生成。一般在程序存储器中建立要显示的字符编码表。如年、月、日的字符编码表如下:

```
CC_TABLE:
;(年)(128)
DB 00H,04H,20H,04H,10H,04H,0CCH,07H
DB 47H,04H,44H,04H,44H,04H,0FCH,0FFH
DB 44H,04H,44H,04H,44H,04H,64H,04H
DB 46H,04H,04H,06H,00H,04H,00H,00H
;(月)(129)
```

DB 00H, 00H, 00H, 80H, 00H, 40H, 00H, 30H
DB 0FEH, 0FH, 22H, 02H, 22H, 02H, 22H, 02H
DB 22H, 02H, 22H, 42H, 22H, 82H,0FFH, 7FH
DB 02H, 00H, 00H, 00H, 00H, 00H, 00H, 00H
;（日）（130）
DB 00H, 00H, 00H, 00H, 00H, 00H,0FFH, 7FH
DB 82H, 20H, 82H, 20H, 82H, 20H, 82H, 20H
DB 82H, 20H, 82H, 20H, 82H, 20H,0FFH, 7FH
DB 02H, 00H, 00H, 00H, 00H, 00H, 00H, 00H

6.4　模拟量接口

在过程控制和智能仪器仪表中,常用单片机进行实时控制和数据处理。单片机所加工和处理的信息只能是数字量,而被测或被控对象的有关参量往往是一些连续变化的模拟量。在检测时将模拟量转换成数字量的过程称为模拟 – 数字转换,使用的转换器称为 A/D 转换器;将数字量转换成模拟量,以实现对受控对象的控制的过程称为数字 – 模拟转换,使用的转换器件为 D/A 转换器。可以认为,A/D 转换器是一个将模拟信号值编制成对应的二进制数码的编码器,而 D/A 转换器则是一个解码器。

6.4.1　A/D 转换器及接口

1. A/D 转换器概述

A/D 转换器是一种用来将连续的模拟信号转换成适合于数字处理的二进制数字信号的器件。A/D 转换器的输入 V_{in} 为模拟信号,V_{in} 与参考电压 V_{ref} 比较后输出二进制数码。常用的 A/D 转换器有双积分式、逐位比较式及并行直接比较式等几种。

A/D 转换器的基本输入、输出信号如图 6 – 4 – 1 所示,有:

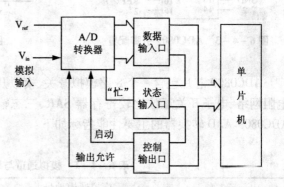

图 6 – 4 – 1　A/D 与单片机接口的方框图

- 模拟输入信号 V_{in} 和参考电压 V_{ref};
- 数字输出信号;
- 启动转换信号(输入);
- 转换完成(结束)信号或者"忙"信号(输出);
- 数据输出允许信号(输入)。

A/D 转换器与单片机接口的一般情况如图 6 – 4 – 1 所示,包括单片机接收 A/D 转换数据的输入接口、A/D 转换器的状态输入接口及单片机对 A/D 转换器输出控制的接口等。

A/D 转换器的工作过程:首先,单片机通过控制口发出启动转换信号,命令 A/D 转换器开始转换;然后单片机通过状态口读入转换器的状态,判断它是否转换结束;一旦转换结束,CPU 会发出数据输出允许信号,将转换完成的数据读入。
其转换操作流程见图 6-4-2。

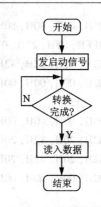

图 6-4-2　A/D 转换操作流程

　　由于单片机具有 I/O 口和位操作指令,为 A/D 转换器的接口提供了便利条件,接口电路比较简单。下面介绍一些常用 A/D 转换器与单片机接口的典型电路。

　　2. 常用 A/D 转换器的接口

　　(1) ADC0809 与单片机的接口

　　ADC0809 是采用 CMOS 工艺制成的 8 位 8 通道 A/D 转换器,是一种比较流行的中速廉价产品。ADC0809 采用 28 脚 DIP 封装,其引脚配置和结构原理框图分别见图 6-4-3 和图 6-4-4。

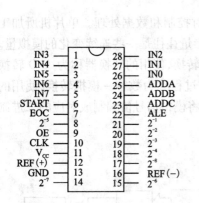

图 6-4-3　ADC0809 引脚配置

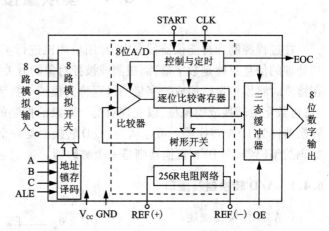

图 6-4-4　ADC0809 内部结构图

　　ADC0809 芯片包含一个 8 路模拟开关、模拟开关的地址锁存和译码电路、比较器、256R 电阻网络、电子开关逐位比较寄存器 SAR、三态输出锁存缓冲器以及控制与定时电路等。ADC0809 A/D 转换器的主要性能指标如下:

表 6-4-1　模拟通道与地址的对应关系

模拟通道地址			对应通道
ADDC	ADDB	ADDA	
0	0	0	IN0
0	0	1	IN 1
0	1	0	IN2
0	1	1	IN3
1	0	0	IN4
1	0	1	IN5
1	1	0	IN6
1	1	1	IN7

● 分辨率为 8 位,非调整误差为 ±1LSB。

- 具有锁存功能的 8 路模拟开关,对 8 路模拟电压分别进行转换。
- 输出与 TTL 兼容。
- 单一 +5V 电源,模拟电压输入范围:0 ~ 5V。
- 三态锁存输出。

ADC0809 引脚功能如下:

IN0 ~ IN7:8 路模拟量输入,输入电压范围: 直流 0 ~ 5V。

ADDA、ADDB、ADDC:模拟通道的地址选择输入线,对应关系见表 6 - 4 - 1。

ALE:地址锁存允许信号(输入),在有由低到高的正跳变时有效,此时锁存地址选择线的状态,从而选通相应的模拟通道,以便进行 A/D 转换。

START:启动信号(输入),高电平有效。为了启动转换,在此端上应加一个正脉冲信号。脉冲的上升沿将内部寄存器全部清 0,在其下降沿开始转换。

2^{-8} ~ 2^{-1}:数据输出线(输出)。2^{-8} 为最低位(LSB), 2^{-1} 为最高位(MSB)。

OE:输出允许信号。OE = 1,打开三态输出锁存器,将转换结果输出到数据线上。

EOC:转换结束信号(输出),高电平有效。当 OE 有效时,A/D 的输出锁存缓冲器开放,将其中的数据,放到外面的数据线上。

CLK:时钟输入。0809 的时钟频率范围:10 ~ 1200kHz,典型值 640 kHz。该频率决定0809 的转换速度。

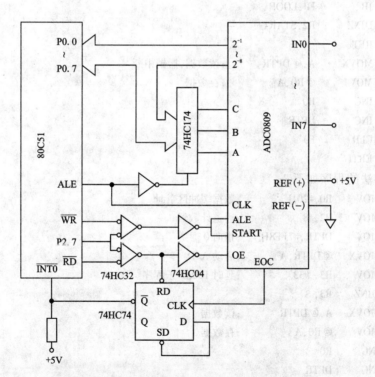

图 6 - 4 - 5　ADC0809 与单片机的接口

$V_{REF(+)}$、$V_{REF(-)}$:分别为参考电压的正、负端。一般 $V_{REF(+)}$ 与 V_{CC} 连在一起,$V_{REF(-)}$ 与 GND 连在一起。

V_{CC}、GND：工作电源正、负端。

ADC0809 与 80C51 的接口电路见图 6 - 4 - 5。P0 口直接与 ADC0809 的数据线相接；P0 口的低 3 位通过锁存器 74HC174 连到 ADDA、ADDB 和 ADDC；锁存器的锁存信号是 80C51 的 ALE 信号反相后得到的；80C51 的 ALE 信号直接连到 ADC0809 的 CLK 引脚；P2.7 口作读/写口的选通地址线。可以看出，ADC0809 的 8 个通道所占用的片外 RAM 的地址为 7FF8H ~ 7FFFH。

采集数据可以用中断法，也可用延时等待法。使用中断法采集数据的程序如下：

```
          ORG     0003H           ;外部中断0入口地址
          LJMP    INTDATA
          ORG     0100H           ;数据采集子程序
SAMP:     MOV     R0,#20H         ;数据缓冲首址
          MOV     R2,#8           ;通道计数器
          MOV     DPTR,#7FF8H     ;指向0通道
START:    SETB    F0              ;置中断标志
          MOVX    @DPTR,A         ;启动A/D
          SETB    IT0             ;置边沿触发
          SETB    EX0             ;允许外部中断0
          SETB    EA              ;开中断
LOOP:     JB      F0,LOOP
          DJNZ    R2,START
          RET
INTDATA:  MOVX    A,@DPTR         ;读数据,撤销中断
          MOV     @R0,A           ;存数据
          INC     R0
          INC     DPTR
          CLR     F0
          ERTI
```

延时等待法的程序如下：

```
ADC:      MOV     R0,#20H         ;数据缓冲区首址
          MOV     R2,#8           ;通道计数器
          MOV     DPTR,#7FF8H     ;指向0通道
LOP:      MOVX    @DPTR,A         ;启动A/D
          MOV     R3,#33          ;延时100μs子程序
          DJNZ    R3,$
          MOVX    A,@DPTR         ;读数据
          MOV     @R0,A           ;存数据
          INC     R0
          INC     DPTR
          DJNZ    R2,LOP
          RET
```

（2）AD574A 与单片机的接口

AD574A 是一个完整的具有三态缓冲输出的逐位比较式 12 位 A/D 转换器。引脚配置

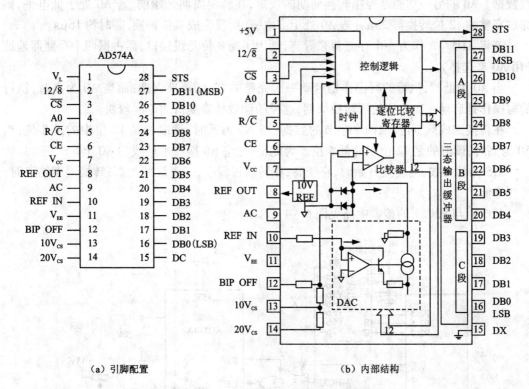

(a) 引脚配置　　　　　　　　　　(b) 内部结构

图 6 - 4 - 6　AD574A 的引脚与内部结构

和内部结构图如图 6 - 4 - 6 所示。

AD574A 是一片模拟电路和一片数字电路的混合集成芯片。其主要特点是：

● 不需要外围缓冲器，可直接与通用的 8 位、16 位微处理器直接接口。

● 转换时间短。在独立工作方式下，可在 $25\mu s$ 内完成一次转换，并将数据锁存在其输出锁存器中。

● 可提供 4 种不同的输入范围。

——单极性输入：$0 \sim +10V$ 或 $0 \sim +20V$；

——双极性输入：$-5 \sim +5V$ 或 $-10 \sim +10V$。

● 自带参考电源。该电源除供本身使用外，还可为外部负载提供 1mA 的电流输出。

AD574A 有两组控制引脚：一般控制引脚（CE、$\overline{CS}$ 和 $R/\overline{C}$）和内部寄存器控制引脚（$12/\overline{8}$ 和 A0）。

① 一般控制引脚（CE、$\overline{CS}$ 和 $R/\overline{C}$）主要控制启动转换和读允许。当 $CE = 1$、$\overline{CS} = 0$、$R/\overline{C} = 0$ 时，启动转换；当 $CE = 1$、$\overline{CS} = 0$、$R/\overline{C} = 1$ 时，读允许。

② 内部寄存器控制引脚（$12/\overline{8}$ 和 A0）主要控制数据输出形式和转换时间长短。

若 $12/\overline{8} = 1$，则当一般控制引脚发出读数据命令时，12 根输出数据线上的数据均有效；若 $12/\overline{8} = 0$，则对于一个 8 位的接口，根据 A0 的状态来确定到底是高 8 位有效还是低 4 位有效。这时，数据线低 4 位（16 ~ 19 脚）要硬连接到高 4 位（24 ~ 27 脚）上。

在这种情况下，若 $A0 = 0$，则读出高 8 位数据；若 $A0 = 1$，则禁止高 8 位数据线，读出低 4

位数据。A0 的另一功能是控制转换周期的长短,在转换周期开始前,若 A0 处于低电平,则完成完整的 12 位转换需 25μs;若 A0 处于高电平,则仅完成 8 位转换,需时约 16μs。

若将 AD574A 作为一个存储器来看待,则为了与 8 位总线接口,需占据两个存储器地址(用 A0 来选择)。

当 A0 为低时,执行的写操作是启动一次完整的 12 位转换周期;而当 A0 为高时,执行的写操作是启动一次 8 位的短转换周期,这样的读数精确度低而速度较快。

在转换完成后,可读取两个字节的数据:当 A0 为低时,读取的是 12 位中的高 8 位;当 A0 为高时,读取的是 12 位中的低 4 位。为此,一般将 A0 接在地址线的 A0 上。

STS 为状态线,当转换开始时,它变高;在转换过程中,一直维持为高;转换周期结束时,将变为低。

AD574 与 80C51 的接口电路见图 6 - 4 - 7。

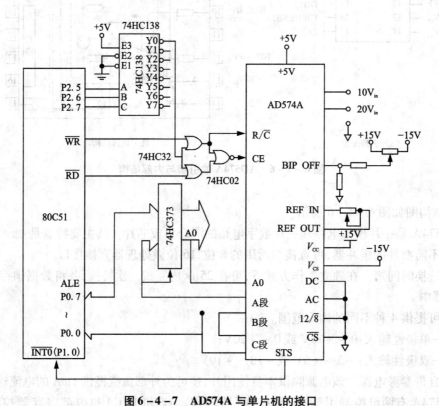

图 6 - 4 - 7　AD574A 与单片机的接口

电路中,$\overline{\text{CS}}$ 和 12/8 都是硬性接地的,AD574A 中的 A0 与地址线 A0 相接。由于将 AD57A 作为存储器看待,其地址是通过高位地址线 P2.5、P2.6 及 P2.7 译码得到的。

状态线 STS 既可作为中断申请线接到 $\overline{\text{INT0}}$ 上,也可作为查询线接到某一口线(如 P1.0)上。若采用延时等待程序,则也可弃之不用。

采用中断法采集数据,编程如下:

```
      ORG      0003H
      LJMP     INTR1
```

```
              ⋮
       ORG     0300H          ;主程序
              ⋮
       MOV     R0,# 20H       ;数据缓冲区首址
       MOV     DPTR,#0
       SETB    IE. 0          ;外部中断 0 允许
       SETB    IE. 7          ;开中断
       MOVX    @ DPTR,A       ;启动 12 位转换
              ⋮
       ORG     1000H          ;中断服务程序
INTR1: MOVX    A,@ DPTR
       MOV     @ R0,A
       INC     R0
       INC     DPTR
       MOVX    A,@ DPTR
       MOV     @ R0,A
       RETI
```

6.4.2　D/A 转换器及接口

1. D/A 转换器概述

数模转换器种类繁多,性能各异,但其工作原理基本相同。数模转换器的输入信号是数字量,数字量由若干位二进制代码组成,每一位数字代码都有一定的"权","权"对应着一定大小的模拟量;将每一位数字量转换成相应的模拟量,然后求和即得到与数字量成正比的模拟量。

D/A 转换器有多种类型。根据输入数字量的位数不同可分为8 位、10 位 ~ 18 位或更多位的 D/A 转换器;根据输出形式的不同可分为电流输出型和电压输出型,通常电流输出型比电压输出型的建立时间要快;根据输出极性的不同,又可分为单极性输出和双极性输出。

根据结构的不同,一类 DAC 芯片内设置有数据寄存器、片选信号、写信号,引脚可以直接与单片机 I/O 总线连接;另一类没有锁存器,不能与单片机直接连接,必须加锁存器,或者通过并行或串行接口与单片机连接。

根据数据输入方式不同可分为并行输入和串行输入型 D/A 转换器;并行输入方式的D/A 转换器其转换时间一般比串行输入方式的快,但并行输入方式与单片机连接时占用的引脚多。并行输入方式的 D/A 转换器如 DAC0832、AD7521 等。

串行输入方式的 D/A 转换器占用单片机 I/O 端口的资源较少,如果系统对 D/A 转换的速度要求不是很高,一般要尽量选用串行输入的 D/A 转换器。串行输入 D/A 转换器也有许多型号,如 MAX517、TLC5615 等。

选择 D/A 转换器时,主要应考虑芯片的性能、结构及应用特性。在性能上必须满足D/A转换的技术指标要求,在结构和应用特性上应满足接口方便,外围电路简单,是价格低廉的主流产品等条件。下面介绍几种常用的 D/A 转换器及其接口。

2. 常用 D/A 转换器的接口

(1)DAC0832 与单片机的接口

DAC0832 是内带输入锁存的 8 位 D/A 转换器,同一系列还有 0830 和 0831。其价格低廉,具有接口简单、转换控制容易等优点,在单片机应用系统中使用较多。

DAC0832 的内部结构如图 6 - 4 - 8(b)所示。芯片内有一个 8 位输入寄存器和一个 8 位 DAC 寄存器,形成两级缓冲结构,这样可使 DAC 转换输出前一个数据的同时,将下一个数据传送到 8 位输入寄存器,以提高 D/A 转换的速度。更重要的是,能够在多个 D/A 转换器分时输入数据之后,同时输出模拟电压。

DAC0832 的引脚如图 6 - 4 - 8(a)所示,各引脚的功能说明如下:

$\overline{CS}$:片选,低电平有效。$\overline{CS}$ 与 ILE 信号结合,可控制 $\overline{WR1}$ 是否起作用。

ILE:输入允许锁存,高电平有效。

$\overline{WR1}$:写信号 1,输入,低电平有效。用来将 CPU 数据总线送来的数据锁存于输入寄存器中。当 $\overline{WR1}$ 有效时,$\overline{CS}$ 和 ILE 也必须同时有效。

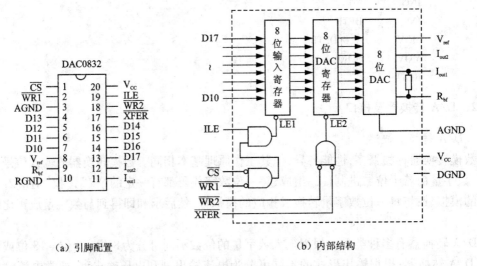

(a) 引脚配置   (b) 内部结构

图 6 - 4 - 8   DAC0832 的引脚配置和内部结构框图

$\overline{WR2}$:写信号 2,输入,低电平有效。用以将锁存于输入寄存器中的数据传送到 DAC 寄存器中,并锁存起来。当 $\overline{WR2}$ 有效时,$\overline{XFER}$ 也必须同时有效。

$\overline{XFER}$:传送控制,低电平有效。用来控制 $\overline{WR2}$,选通 DAC 寄存器。

DI7 ~ DI0:8 位数字输入,DI7 为最高位,DI0 为最低位。

I_{out1}:DAC 电流输出 1,当数字量为全 1 时,输出电流最大;当数字量为全 0 时,输出电流最小。

I_{out2}:DAC 电流输出 2,其与 I_{out1} 的关系,满足下式:

$$I_{out1} + I_{out2} = \frac{V_{out1}}{R}\left(1 - \frac{1}{2^8}\right) = 常数$$

R_{bf}:反馈电阻,固化在芯片中,作为运算放大器分路反馈电路,为 DAC 提供电压输出。

V_{ref}:参考电压输入,通过它将外加高精度电压源与内部的电阻网络相连接。V_{ref} 可在 -10 ~ +10V 范围内选择。

V_{cc}:数字电路电源。

DGND:数字地。

AGND:模拟地。

DAC0832 与单片机的接口电路如图 6 - 4 - 9所示。80C51 的 P0 口直接与 DAC0832 的数字输入 DI7 ~ DI0 连接,80C51 的 $\overline{WR}$ 与 DAC0832 的 $\overline{WR1}$ 连接,P2.7 与片选端 $\overline{CS}$ 连接,$\overline{WR2}$ 和 $\overline{XFER}$ 直接接地,芯片采用的是单缓冲方式。这时芯片的地址为 7FFFH 或 0000H。

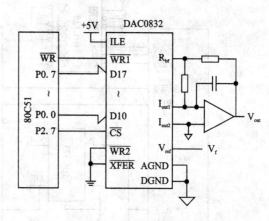

图 6 - 4 - 9 DAC0832 与单片机的接口电路

若使输出的数据在累加器 A 中,输出数据的程序为:

MOV DPTR,#7FFFH

MOVX @ DPTR,A

(2)DAC1210 与单片机的接口

DAC1210 是一个具有双缓冲能力的 12 位 D/A 转换器。DAC1210 有 24 个引脚,其配置如图 6 - 4 - 10(a)所示。其内部结构框图如图 6 - 4 - 10(b)所示,它包含 3 个缓冲器(8 位输入寄存器、4 位输入寄存器及 12 位 DAC 寄存器)及一个 12 位 DAC。

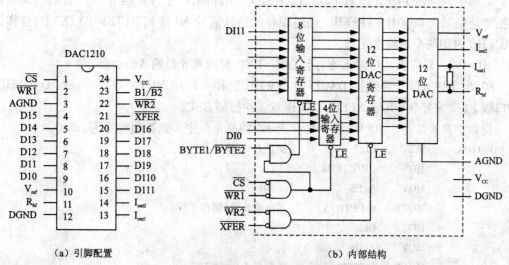

（a）引脚配置 （b）内部结构

图 6 - 4 - 10 DAC1210 的引脚和内部结构框图

DAC1210 的引脚与 DAC0832 相比,将 ILE 改为了 BYTE1/$\overline{BYTE2}$,增加了 4 根数据线(DI8 ~ DI11),其他引脚的功能完全相同。

BYTE1/$\overline{BYTE2}$:允许输入锁存。BYTE1/$\overline{BYTE2}$ =1 时,允许高 8 位输入寄存器锁存;BYTE1/$\overline{BYTE2}$ =0 时,允许低 4 位输入寄存器锁存。在传送数据时,必须注意,应先送高 8 位后送低 4 位。

V_{CC}:工作电源,在 - 5 ~ + 15V 之间,最好是 +15V。

DAC1210 与 80C51 的接口电路见图 6 - 4 - 11。

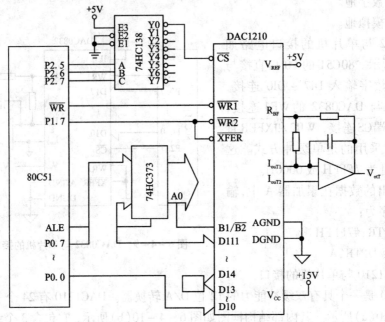

图 6 - 4 - 11　DAC1210 与单片机的接口电路

电路中译码器 74HC138 将 P2.5、P2.6 及 P2.7 译码,产生片选信号($\overline{CS}$),因此,此片占数据地址空间为 0000H ~ 1FFFH。经过锁存的地址信号 A0 接到 BYTE1/BYTE2 上,这样该 DAC1210 占用两个地址单元。

A0 = 0 时,对应低 4 位输入寄存器;A0 = 1 时,对应高 8 位输入寄存器。

80C51 的 WR 信号直接接 DAC1210 的 $\overline{WR1}$,这样可以用 MOVX 指令来寻址 DAC1210。用口线 P1.7 来控制 $\overline{WR2}$ 及 $\overline{XFER}$,以实现双缓冲控制方式。

设数据高 8 位存于 R5 中,低 4 位存于 R6 的高 4 位中。送数值程序为:

```
OUTDAC:  SETB   P1.7          ;禁止 DAC 输出
         MOV    DPTR,#1H
         MOV    A,R5
         MOVX   @DPTR,A        ;送出高 8 位,锁存
         DEC    DPL
         MOV    A,R6
         MOVX   @DPTR,A        ;送出低 4 位,锁存
         CLR    P1.7           ;向 DAC 输出
         RET
```

(3)AD7543 与单片机的接口

AD7543 是一个位配合串行接口而设计的精密的 12 位 CMOS 乘法式 D/A 转换器,图 6 - 4 - 12(a)是它的引脚封装图,其结构框图见图 6 - 4 - 12(b)。

其中,逻辑电路部分包含一个 12 位串入 - 并出的移位寄存器和 12 位的 DAC 寄存器。

在 AD7543 的串行输入端 SRI 输入的串行数据,可由选通脉冲输入端 STB(从 STB1 ~ STB4)的上升沿或下降沿输入。一旦输入寄存器填满,就可在加载输入端($\overline{LD1}$、$\overline{LD2}$)的控

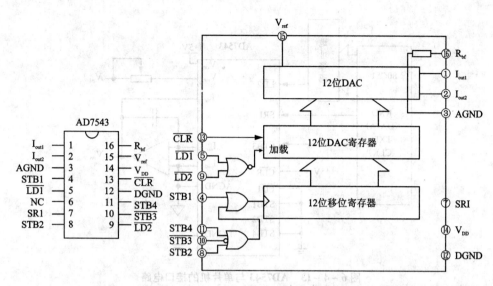

图 6 – 4 – 12　AD7543 的外形和内部结构

制下输入 DAC 寄存器。在$\overline{CLR}$端施加低电平脉冲,可使 DAC 寄存器复位为 0。

STB1、STB2、STB3 及 STB4:移位寄存器的选通信号。

LD1、LD2:DAC 寄存器的加载信号。

SRI:移位寄存器的串行输入端。

$\overline{CLR}$:DAC 寄存器的清除输入端,低电平有效。用于异步复位 DAC 寄存器为 0。

I_{out1}、I_{out2}:DAC 的电流输出端。I_{out1} 连接到运算放大器的虚地;I_{out2} 连接到模拟地 AGND。

V_{ref}:参考电源。

R_{bf}:DAC 反馈电阻。

DGND:数字地。

AGND:模拟地。

V_{DD}: +5V 电源输入。

AD7543 与 80C51 的接口电路见图 6 – 4 – 13,图中 80C51 的串行口与 AD7543 直接相连。80C51 的串行口工作于方式 0,即移位寄存器方式,TXD 端输出移位脉冲,其负跳变将 RXD 端发出的数据移入 AD7543 的 12 位移位寄存器。使用地址译码信号产生$\overline{LD2}$将移位寄存器的数据传送到 DAC 寄存器,并使 DAC 输出。

ADC7543 的 12 位数据是由高至低一位一位输入的,而 80C51 串行口方式 0 输出则是由低到高位串行输出的。因此,由串行口输出的数据必须进行倒序处理。

设 AD7543 的口地址为 ADRDA,数据缓冲器的地址单元为 DBUFH(高 4 位)和 DBUFL (低 8 位)。程序如下:

```
OUTDA:   MOV    SCON,#0      ;设串行口为方式 0
         MOV    A,DBUFH      ;高 4 位数据送 A
         ACALL  ASMB         ;调倒序子程序
         SWAP   A
         MOV    SBUF,A       ;输出高 4 位数据
```

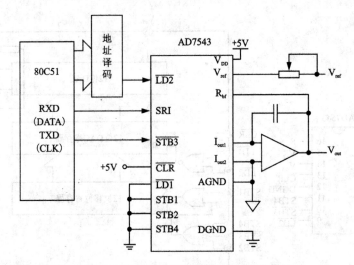

图 6 – 4 – 13　AD7543 与单片机的接口电路

	MOV	A,DBUFL	;低 4 位数据送 A
	ACALL	ASMB	;调倒序子程序
	MOV	SBUF,A	;输出低 4 位
	MOV	DPTR,#ADRDA	;将移位寄存器的数据送入 DAC 寄存器
	MOVX	@ DPTR,A	
	RET		
ASMB:	MOV	R6,#0	;清 R6
	MOV	R7,#08H	;计数器
	CLR	C	;清 CY
ALO:	RLC	A	;A 带进位左移一位
	XCH	A,R6	;A 与 R6 内容互换
	RRC	A	;R6 内容带 CY 右移一位
	XCH	A,R6	;A 与 R6 内容互换
	DJNZ	R7,ALO	;当(R7)≠0,循环
	XCH	A,R6	;装配好的数据存 A
	RET		

6.4.3　A/D 和 D/A 的应用问题

1. 并行与串行接口 A/D、D/A

早期 A/D 和 D/A 转换器与单片机的接口一般采用并行总线方式,与并行显示/键盘接口一样需要占用较多的 I/O 资源。在很多情况下,使单片机的 I/O 资源显得不够用,因而,不得不采用专门的接口芯片(如 8155、8255 等)扩展 I/O 接口。可是,专用接口芯片一般价格较贵,功耗高;同时会使系统的体积增大许多。这让人们自然想到选用串行接口的 A/D 和 D/A 转换器,但是 51 单片机的 UART 串行口,只有一个,仍然感觉不够用。

近年来,随着技术的不断发展,各种性能优异的,采用 SPI 或 I2C 总线的串行接口 A/D

和 D/A 转换器不断推出。使用这类串行接口可以大量节省 CPU 的 I/O 接口资源,系统体积减小、功耗降低,综合性价比大大提高。以 I2C、SPI 等串行总线方式与单片机接口的 A/D、D/A 芯片已逐渐成为主流,而原先大量使用的低速并行总线方式的 A/D 转换芯片逐步退出市场。

在单片机应用系统电路设计中应尽可能采用串行总线的 A/D 转换芯片。同时,在综合考虑性价比的前提下,以尽量选用具备 SPI 或 I2C 接口的 CPU 芯片较好。

需要注意的是,由于并行总线的数据传送速度较快,在一些高速应用场合,如雷达、虚拟仪表等领域,采用的 A/D、D/A 转换芯片仍然以并行方式为主。

2. A/D 转换接口

A/D 转换接口的功能是采集数据。数据采集是在模拟信号源中采集信号,并将之转换为数字信号送往计算机的过程。数据采集通常应具备:传感器及其接口电路,模拟多路转换开关,信号调理、放大电路,采样/保持,A/D 转换器,通道控制电路等基本部件。

被测物理量经传感器及其接口电路转换成电压信号;多路转换开关用来完成多路模拟信号的切换;信号调理、放大电路则是将微弱的模拟信号去除干扰和噪声,并放大成能满足 A/D 转换器需要的电平信号;为了减少动态数据采集的孔径误差,需要加入采样/保持电路。因此,数据采集电路的设计不单纯是 A/D 转换芯片的接口设计,必须综合考虑传感器到 CPU 的全部信号处理电路。

数据采集通道的主要性能包括采样速度、孔径误差、系统通过率、模数转换精度等。

A/D 转换器的主要技术指标有分辨率、转换精度、转换时间与转换速率、失调(零点)温度系数和增益温度系数、对电源电压变化的抑制比等。

选择 A/D 转换器须考虑:

(1)根据数据采集通道的总误差,选择 A/D 转换器的精度和分辨率。此时,应将综合精度在各个环节上进行再分配,以确定对 A/D 转换器的精度要求。

(2)根据信号对象的变化率及转换精度要求,确定 A/D 转换速度,以保证系统的实时性要求。为减少孔径误差,若对变化速度非常快的信号进行 A/D 转换,可考虑加入采样/保持电路。

(3)考虑选择 A/D 转换器的输出是二进制码还是 BCD 码;是用外部时钟,内部时钟还是不用时钟;有无转换结束状态标志;与 TTL 和 CMOS 电路的兼容性等。

3. D/A 转换接口

D/A 转换器的主要性能指标有:反映静态特性的精度指标;反映动态特性的建立时间和尖峰等参数;反映环境温度影响的增益温度系数等。其中,用户需要重点考虑的是以位数表现的转换精度和转换时间。

D/A 转换器的接口特性主要包括:数字输入的数码制、数据格式、逻辑电平等;模拟输出的参考电压、参考电阻、满码输出,以及最大输出短路电流和输出电压范围;锁存特性及转换特性等。D/A 转换器的这些特性给接口设计带来很大的影响,需要妥当选择,以满足接口方便、外围电路简单等要求。

以上讨论的 A/D、D/A 转换器的技术性能指标在器件手册上都可以查到,还可以参考相关专著。在实际应用时还要考虑芯片的成本、供货等诸多因素。一般主流的芯片价格低廉、货源充足。

本章小结

虽然单片机本身功能强大,但只有外部有机的结合起来才能充分发挥作用,否则它也仅仅是一块芯片而已。单片机是通过接口电路与应用对象联系的。可以说,单片机的接口技术是单片机应用的关键技术。只有掌握了单片机的接口技术,才能真正灵活地运用单片机于各种场合,从而构成丰富多彩的单片机应用系统。单片机的接口技术虽然比较复杂,但是,万变不离其宗。只要先掌握一些基本的接口技术,运用起来,逐步提高,自然会得心应手。基于这个缘故,本章介绍了 MCS－51 单片机的基本接口应用技术,主要内容如下。

1.单片机的并行接口

(1)51 单片机有 4 个并行 I/O 口和一些控制口线,与外部芯片或设备相连接时,构成地址总线、数据总线和控制总线组成的三总线结构。

(2)使用 TTL 或 CMOS 电路芯片,并行方式扩展单片机的 I/O 接口,是组成 I/O 接口电路的基本方法之一。

(3)程序存储器一般不考虑外部扩展。单片机的数据存储器容量比较小,一般使用静态 RAM,有时需要外部扩展。

(4)当单片机控制系统需要同时扩展多片外部芯片或设备时,需要选择合适的片选方法。常用的片选方法有线选法和译码法两种。

2.开关量接口

(1)单片机应用系统常常需要进行开关量信息的获取与控制。开关量信息的获取通过开关输入接口实现,而开关量的控制通过输出接口实现。

(2)常见的开关量输入器件有钮子开关、行程开关、接近开关、按钮、按键、继电器的触点等。它们的共同特点是经过电路将器件的物理开关状态转换成电平状态,转换电路都比较简单。

(3)键盘是比较复杂的开关量接口,是向单片机输入控制参数或命令以实现人机联系的输入设备。键盘信号的响应过程包括:键监测、键消抖、键释放、键识别、键处理。

单片机应用系统中用得最多的是用户自行设计的非编码键盘,包括独立式矩阵式 2 种。

独立连接式键盘接口的特点是每个键独立占用一根输入线,结构简单,编程方便。但随着键数的增多,所占用的 I/O 口线也增加。

矩阵连接式键盘接口包括键盘开关矩阵、输出(行线)锁存器、输入(列线,缓冲器)。其特点是占用 I/O 口线少,但程序编制比较复杂。

(4)需要开关量控制的器件很多,常见的有继电器、可控硅、晶体管、蜂鸣器、步进电机等。一般情况下,输出口输出的电平信号必须通过光电隔离和功率驱动,才能控制开关器件。

(5)对于开关量接口,可以采用单片机的并行口、串行口,也可以采用扩展的 I/O 口。

3.显示接口

(1)显示器是计算机直观输出处理结果的重要设备或器件。单片机应用系统中,常用的是 LED 显示器和 LCD 显示器。

（2）LED 显示器是由 LED 数码管组成的,具有亮度高的优点,但只能显示数字符号和几个英文字母,因此仅用于只有数值显示的场合。LED 显示器有静态显示和动态显示两种方式。静态显示接口电路比较复杂,但编制程序简单;动态显示接口电路简单但编制程序复杂。实际应用中应根据具体情况确定使用哪种方式。

（3）液晶显示器是一种利用液晶的扭曲－向列效应制成的新型显示器,具有功耗极低、抗干扰能力强、体积小、价廉等优点,但是亮度比较低。它除显示数字外,还可以显示汉字信息和图形。液晶显示器通常是模块化的产品,与单片机的接口应视不同的模块而定,特别是显示程序的编制必须按照制造商的说明进行。

4. 模拟量接口

（1）A/D 转换器是将模拟量转换成数字量的器件,用于计算机对模拟量的检测和处理。A/D 转换器与单片机的连接即为 A/D 转换接口,不同的 A/D 转换芯片,其硬件连接和编程也不相同。接口和编程要集中在模拟输入信号、启动与转换信号、转换结束信号、转换后的数据信号处理上。一般只要理解和掌握了 0809 与单片机的接口,其他的也就迎刃而解了。

（2）D/A 转换器是数字量转换成模拟量的器件,便于计算机对连续量的控制。D/A 转换接口为计算机的数字信号和模拟环境的连续信号之间提供了一种接口,它与 A/D 接口一样也因芯片不同而异。接口和编程要紧紧抓住 D/A 转换器的三类信号:数据信号、控制信号、转换后的模拟量。只要熟悉了 0832 的接口,其他也就不难了。

学习本章以后,应达到以下教学要求:

（1）掌握常见的开关量输入接口、键盘接口、开关量输出接口,LED 静态显示接口的电路和程序设计;掌握常用的 A/D,D/A 芯片如:0809、0832 的特点和应用设计。

（2）熟悉三总线结构和使用 TTL 或 CMOS 电路芯片,并行方式扩展单片机 I/O 接口的基本方法;

（3）了解 LED 动态显示和 LCD 显示器的原理和应用。

思考与练习题

6.1　如何将一个物理器件的开关状态转换为电平状态?

6.2　哪些器件需要开关量输入接口? 哪些器件需要开关量输出接口?

6.3　什么情况下开关量输出接口中要考虑电气隔离? 为什么要隔离?

6.4　试设计一个用 8 个钮子开关控制 8 个发光二极管的接口电路并编写程序。

6.5　单片机应用系统中常见的有哪些显示器? 各自有何特点?

6.6　LED 显示有哪两种方式? 各有何优缺点?

6.7　请设计一个 8 位 LED 静态显示电路,并编写显示程序。

6.8　请用一个并行口设计一个 4 位 LED 动态显示电路,并编写显示程序。

6.9　简述单片机的键盘处理过程。

6.10　何谓键抖动? 它对单片机系统有什么影响? 如何消除?

6.11　什么是键值? 它与键编码有何关系?

6.12　如何发挥键定义的功能?

6.13　请用 P1 口设计一个 3×3 键的键盘接口电路,并编写相应的键盘扫描程序。

6.14　试设计一个按键加 1 并显示的六十进制加一计数器。

6.15　利用 ADC0809 设计一个 8 路输入的巡回检测系统。

6.16　利用 DAC0832 和 ADC0809 设计一个方波信号发生器。要求频率固定、幅值可调。

6.17　D/A 转换器为什么必须有锁存器?有锁存器和无锁存器的 D/A 转换器与单片机的接口电路有什么不同?

6.18　在什么情况下要使用 D/A 转换器的双缓冲方式?试以 DAC0832 为例画出双缓冲方式的接口电路。

第 7 章　51 单片机的功能扩展

【本章要点】　构成比较复杂的单片机应用系统时，可以根据系统的不同要求选择系统功能的扩展手段。本章首先介绍增强型 51 芯片——89S 系列单片机的定时/计数器 2、WDT 及其节电功能；其次讨论 I^2C 和 SPI 串行接口总线的工作原理及应用，同时介绍 FRAM 铁电存储器；然后介绍 C8051F 和 ADuC84× 两种以 8051 为核心的 SOC 型单片机系列。

　　51 单片机芯片内集成了定时/计数器、串行口和中断系统等基本功能部件，一块芯片就是一个完整的小微机系统，可以应用于简单的测控系统。但是，当系统较复杂、要求功能较多时，片内的资源，如存储器、I/O 端口、定时器等就会显得不足。增加 51 单片机应用系统功能除了采用并行口扩展之外，常用途径是：①选用增强型 51 芯片；②利用串行接口总线扩展；③选用 SOC 型单片机。下面从这三个方面讨论 51 单片机的功能扩展。

7.1　AT89 系列单片机

　　Atmel 公司是世界著名的 Flash 存储器制造商。Flash 存储器是一种可以反复擦写的电擦/电写闪速存储器（FPEROM）。AT89 系列单片机是美国 Atmel 公司的 8 位 Flash 单片机产品。它的最大特点是在片内含有 Flash 存储器，AT89 系列单片机以 8051 为内核，也是 51 单片机的一种。Atmel 公司的单片机按军工标准进行封装，质量标准高、产品性能稳定。

7.1.1　AT89 系列单片机的品种和类型

　　Atmel 89 系列单片机有许多型号，可分为标准型、复合型和简约型三类。

　　1. 标准型

　　标准型 89 系列单片机以 AT89C51 为代表，与 MCS-51 系列单片机完全兼容，其指令系统与 8051 的指令系统也完全相同。AT89C51 系列标准型单片机有 4 种型号，分别为 AT89C51、AT89LV51、AT89C52 和 AT89LV52，其中 AT89C51 和 AT89C52 直接与 8051 系列兼容，相当于将 8051、8052 中的 4KB、8KB ROM 换成相应数量的 Flash 存储器，其余结构、供电电压、引脚数量及封装均相同，使用时可直接替换。

　　AT89LV51 是 AT89C51 的低电压抗干扰型芯片，可以在 2.7～6V 的电压范围内工作，其他功能和 89C51 相同。

　　89S51 是取代 89C51 的更新换代产品，向下兼容 89C 等 51 系列芯片。89C51 的弱点在于不支持 ISP（在线编程）功能。89S51 除了增加 ISP 等新功能外，还在工艺上进行了改进。

89S51 采用 0.35μm 新工艺,成本降低,竞争力提升。

2. 简约型

简约型单片机有 AT89C1051 和 AT89C2051 两种型号。其并行 I/O 端口数较少,只有 20 个引脚;AT89C2051 输出电流较大(20mA),可以直接驱动 LED 数码管;内部有比较器,其他部件和结构与 AT89C51 基本相同。

3. 复合型

89 系列复合型单片机有 AT89S52、AT89S53 和 AT89S8252 等型号,其中 AT89S52、AT89S8252 有 8K 可下载 Flash 存储器,AT89S53 有 12K 可下载 Flash 存储器。

4. 89S52 单片机扩展的功能

近年来,随着单片机技术的不断发展,单片机内部的功能越来越多。许多新型的单片机集 WDT 看门狗,A/D、D/A 转换,PWM 于一体,体现了单片机由单纯的 MCU 向 SOC(片上系统)发展的全新过程。Atmel 公司也根据技术和市场发展需求,适时地停止了国内应用最为广泛的 89C 系列单片机的生产,取而代之为 89S 系列。

89S 与 89C 系列单片机的最大区别是芯片具有 ISP 在线系统可编程功能,同时增加了双数据指针 DPTR 和内置 WDT 看门狗定时器。Atmel 89 系列单片机有多种封装形式,如 PDIP、PLCC、TQFP、PGA 和 PQFP 等。还可应客户要求专门定制。图 7 - 1 - 1 所示为 AT89S52 单片机的 PDIP 外形封装图。

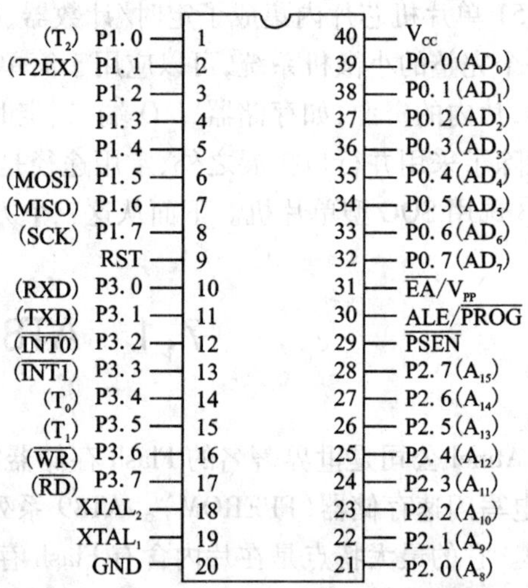

AT89S 系列单片机增强的功能主要有:

(1) ISP(In System Programming) 在线编程功能。ISP 功能能实现在线系统编程,可以省去通用的编程器,单片机在用户板上即可下载和烧录用户程序,而无需将单片机从生产好的产品上取下。未定型的程序还可

图 7 - 1 - 1 89S52 的 PDIP 外形封装

以边生产边完善,加快了产品的开发速度,减少了新产品因软件缺陷带来的风险。由于可以将程序下载并观看运行结果,故也可以不用仿真器。这给单片机应用系统的改进和升级提供了较大的便利。

(2) SPI 接口(MOSI、MISO)。通过单片机的串行外围接口 SPI,在 PC 机的支持下可实现 Flash 存储器下载。

(3) Watchdog 定时器。内部集成看门狗计时器,可以方便提高系统工作稳定性的设计,不再需要外接看门狗计时器电路。

(4) 双数据指针。它能给编程带来很大的便利。在 51 系列单片机中,数据指针 DPTR 是片内与片外的数据存储器打交道的主要途径(由片外数据存储器读入片内累加器 A 或由片内累加器 A 写入片外数据存储器),也是程序存储器与累加器 A 之间的数据传送的必由之路。由于频繁的数据交换,特别是数据块的搬运和比较,数据指针非常紧张,它需要不断地实施现场保护与还原,不光编程变得复杂,而且运行速度也减慢。而当采用两个数据指针

时,可以各负其责,互不相扰,轻松地完成上述过程。

(5) 提供具有全新加密算法的 ROM 三级加密锁,使得程序的保密性大大加强。

(6) AT89S8252 除 8K Flash 存储器外,还含有一个 2K 的 EEPROM。

(7) 9 个中断源响应的能力。

AT89S 系列单片机的常用特性见表 7 – 1 – 1。

表 7 – 1 – 1　AT89S 系列单片机的常用特性

机　型	AT89S51	AT89S52	AT89S53	AT89S8252
是否与 MCS – 51 产品兼容	是	是	是	是
片内 Flash/KB	4	8	12	8
工作电压/V	4 ~ 5.5	4 ~ 5.5	4 ~ 6	4 ~ 6
全静态工作频率/MHz	0 ~ 33	0 ~ 33	0 ~ 24	0 ~ 24
程序存储器锁存	三级	三级	三级	三级
片内 RAM/位	128 × 8	256 × 8	256 × 8	256 × 8
可编程 I/O 位/位	32	32	32	32
中断源/个	6	8	9	9
定时/计数器/个	2(16 位)	3(16 位)	3(16 位)	3(16 位)
全双工串行口	有	有	有	有
SPI 串行接口	无	无	有	有
低功耗休闲和降压模式	有	有	有	有
可编程监视器(看门狗)	有	有	有	有
双数据指针低功耗模式下	有	有	有	有
中断恢复	有	有	有	有
断电标志	有	有	有	有

7.1.2　AT89S52 单片机的定时/计数器 2

定时器是单片机的重要组成部件,其工作方式较多,既可做定时/计数器,也可用于扩展外部接口,如能灵活使用,可以有效地减轻 CPU 的负担和简化应用系统的外围电路。AT89S52 单片机增设了一个定时/计数器 2,简称 T2,是一个具有自动重装载和捕获能力的 16 位定时/计数器。AT89S52 的 T2 既可加 1 计数也可以设置为减 1 计数。

1. T2 的结构和状态控制

定时/计数器 2 由 TL2、TH2、RCAP2H、RCAP2L 等部分组成。定时/计数器 2 有 3 种工作方式:16 位自动重装载定时/计数器方式、捕捉方式和串行口波特率发生器方式。

定时/计数器 2 的控制主要通过 T2 的状态控制寄存器 T2CON 实现。T2CON 的字节地址为 C8H,具有位寻址功能,其位地址为 C8H ~ CFH,用于设定 T2 的工作方式、功能选择及

有关状态信息;T2CON 的格式及各位定义如下:

TF2	EXF2	RCLK	TCLK	EXEN2	TR2	C/$\overline{T2}$	CP/$\overline{RL2}$

(1)C/$\overline{T2}$,定时/计数器 2 功能选择位。C/$\overline{T2}$ = 1 时选择为计数器方式,C/$\overline{T2}$ = 0 时选择为定时器方式。

(2)TR2,运行控制位。TR2 置 1,定时/计数器 2 启动运行,TR2 清 0,停止工作。

(3)CP/$\overline{RL2}$,捕捉/重装载标志、TCLK 串行接口发送时钟标志和 RCLK 串行接口接收时钟标志。定时/计数器 2 的工作方式由这三个标志位决定,见表 7 – 1 – 2。

表 7 – 1 – 2　T2CON 各位的设置与 T2 的工作方式

RCLK + TCLK	CP/$\overline{RL_2}$	TR$_2$	工作方式
0	0	1	16 位自动再装入方式
0	1	1	16 位捕获方式
1	×	1	波特率发生器方式
×	×	0	关闭(停止工作)

(4)TF2,溢出中断标志。在捕捉与重装载工作方式中,TH2 加法计数溢出时,由硬件置 TF2 = 1,向 CPU 申请中断。CPU 响应中断后,TF2 未被硬件清除,要用软件清零。在波特率发生器方式,计数溢出时 TF2 不会被置 1,所以不会提出中断请求。

(5)EXEN2,外部采样允许标志和 EXF2 定时/计数器 2 外部中断标志。

在 EXEN2 = 1 时,如果定时/计数器 2 工作于捕捉方式,那么当引脚 T2EX(P1.1)上出现负跳变时 TH2、TL2 的当前值自动送入 RCAP2H、RCAP2L 寄存器,同时外部中断标志 EXF2 被置 1,向 CPU 申请中断;如果定时器/计数器 2 工作于重装载方式,那么 T2EX 的负跳变将 RCAP2H、RCAP2L 的内容自动装入 TH2、TL2,同时 EXF2 = 1,申请中断。CPU 响应中断后,EXF2 未被硬件清除,要用软件清零。

EXEN2 = 0 时,T2EX 引脚上电平的变化对定时器/计数器 2 没有影响。

2. T2 的自动重装载工作方式

在 T2CON 的 RCLK = 0、TCLK = 0、CP/$\overline{RL2}$ = 0 时,定时/计数器 2 处于自动重装载工作方式,其结构见图 7 – 1 – 2。其中:RCAP2L 为陷阱寄存器低字节,字节地址为 CAH,RCAP2H 为陷阱寄存器高字节,字节地址为 CBH。T2 为 P1.0,T2EX 为 P1.1 引脚。因此,当选用定时/计数器 2 时,P1.0 和 P1.1 口就不能作 I/O 口用了。此外,有两个中断请求标志位:TF2 和 EXF2。它们通过一个"或"门输出,因此,当主机响应中断后,在中断服务程序中应识别是哪一个中断请求,以分别进行处理。CPU 响应中断后,必须通过软件清 0 中断请求标志位。

(1)增量/减量工作方式的设置。89S52 的 T2 的工作还受特殊功能寄存器 T2MOD 的控制。T2MOD 中的 DCEN 位可设置 T2 为加 1 或者减 1 计数方式。T2MOD 寄存器复位后为

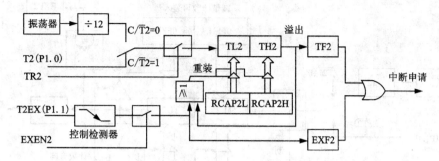

图 7 – 1 – 2　T2 自动重装载工作方式逻辑结构图

××××××00B,字节地址为 C9H,不可位寻址。T2MOD 的格式及有关位的含义如下:

—	—	—	—	—	—	T2OE	DCEN

T2OE,定时器 2 输出允许位。

DCEN,置 1 时允许定时/计数器 2 增量或减量计数。

D7 ~ D2,保留位,暂时未定义,不能使用。

复位后 DCEN 为 0,默认定时/计数器 2 为增量计数方式;置位 DCEN 位为 1 时,由 T2EX(P1.1)引脚上的逻辑电平决定选择增量(加 1)还是减量(减 1)计数方式。

(2) 当 DCEN 位为 0 时,定时/计数器 2 为增量(加 1)型自动重装载方式,此时根据 T2CON 中的 EXEN2 位的状态可选择两种操作方式:

① 当清 0 EXEN2 标志位时,定时/计数器 2 计满回 0 溢出,一方面使中断请求标志位 TF2 置 1,同时又将寄存器 RCAP2L、RCAP2H 中预置的 16 位计数初值重新再装入计数器 TL2 和 TH2 中,并继续进行计数操作,其功能与定时/计数器 0、1 的方式 2(自动重装入)相同,只是 T2 是 16 位,计数范围较大。RCAP2L 和 RCAP2H 寄存器的计数初值由软件预置。

② 当置 EXEN2 为 1 时,定时/计数器 2 除具有上述①的功能外,还增加了以下新的功能:

当外部输入端口 T2EX(P1.1)引脚上产生负跳变时,能触发三态门将 RCAP2L 和 RCAP2H 中的计数初值自动再装入 TL2 和 TH2 中重新开始计数,并置位 EXF2 为 1,向主机请求中断。

(3) 当置 DCEN 为 1 时,定时/计数器 2 根据 T2EX 引脚的电平选择增量或减量计数功能,见图 7 – 1 – 3,其操作如下:

①当 T2EX 引脚上为高电平 1 时,定时/计数器 2 执行增量计数方式。

在加 1 计数溢出为 0 时,一方面置位 TF2 为 1,向主机请求中断;另一方面溢出信号触发三态门,将存放在寄存器 RCAP2L、RCAP2H 中的计数初值装入 TL2、TH2。同时计数器继续进行加 1 计数。

②当 T2EX 引脚上为低电平 0 时,定时/计数器 2 执行减量计数方式。当 TL2、TH2 计数器中的值等于寄存器 RCAP2L、RCAP2H 中的数值时,产生溢出,一方面置位 TF2 为 1,向主

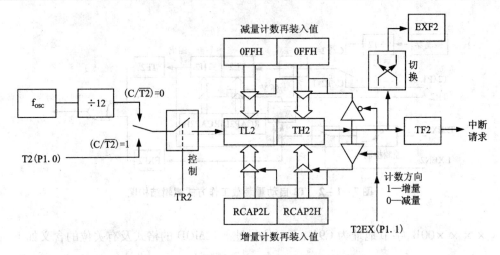

图7-1-3　T2增量/减量工作方式逻辑结构图

机请求中断;另一方面溢出信号触发三态门,将减量计数值0FFFFH装入TL2、TH2计数器中,并继续进行减1计数。

在上述两种溢出情况下,EXF2位都会跳转并作为17th分频率位使用。且EXF2不产生中断请求。

3. T2的16位定时/计数及捕获方式

在T2CON的RCLK + TCLK = 0、$\overline{CP/RL2}$ = 1时,定时/计数器2工作于16位定时/计数及捕获方式,其逻辑结构见图7-1-4。

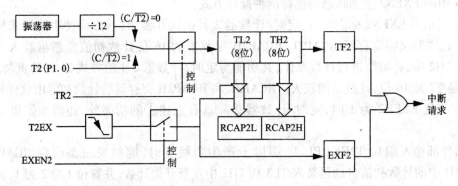

图7-1-4　T2的16位定时/计数及捕获方式逻辑结构图

(1)当EXEN2设置为0时,定时/计数器2是16位定时/计数器。设置C/$\overline{T2}$ = 0时为内部定时方式,对机器周期计数;当设置C/$\overline{T2}$ = 1时为外部事件计数方式,对T2(P1.0)引脚上的负跳变信号进行计数。计数器计满回0;溢出,置位中断请求标志位TF2,向CPU请求中断。CPU响应中断进入该中断服务程序后必须用软件将TF2清0。其他操作与定时/计数器0和1的工作方式1相同。

(2)当EXEN2设置为1时,定时/计数器2除具备上述功能外,还特别增加了"捕捉"功能。"捕捉"即实时捕捉住输入信号发生跳变等信息。常用于精确测量输入信号的变化,如脉冲宽度等。

在 EXEN2 设置为 1 时,控制开关接通 T2EX(P1.1)信号。当外部引脚 T2EX 上的信号从 1 跳变为 0 时,将选通三态门控制端,将计数器 TH2 和 TL2 中的当前计数值分别捕捉进 RCAP2H 和 RCAP2L 中,同时,T2EX(P1.1)的负跳变信号将置位 T2CON 中的 EXF2 标志位,向 CPU 请求中断。

4. T2 的波特率发生器方式

当 T2CON 中的 RCLK 和 TCLK 位均置成 1 或者其中某位为 1 时,定时/计数器 2 工作于波特率发生器方式,可以支持串行通信接口进行接收/发送工作。T2 作波特率发生器时的逻辑结构图见图 7 - 1 - 5。

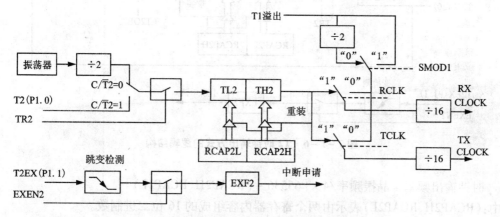

图 7 - 1 - 5　T2 作波特率发生器时的逻辑结构图

TH2、TL2 为 16 位加法计数器,RCAP2H、RCAP2L 为 16 位初值寄存器。C/$\overline{T2}$ = 1 时 TH2、TL2 对 T2(P1.0)引脚上的外部脉冲加法计数。C/$\overline{T2}$ = 0 时,TH2、TL2 对时钟脉冲(频率为 f_{osc}/2)加法计数,而不是对机器周期脉冲 T_{cy}(频率为 f_{osc}/12)计数,这一点要特别注意。

TH2、TL2 计数溢出时 RCAP2H、RCAP2L 中预置的初值自动送入 TH2、TL2,使 TH2、TL2 从初值开始重新计数,因此,溢出脉冲可以连续产生周期脉冲输出。

溢出脉冲经 16 分频后作为串行口的发送脉冲或接收脉冲。发送或接收脉冲的频率称为波特率。在串行通信工作方式 1 和方式 3:

波特率 = T2 的溢出率/16 = f_{osc}/32 × [65536 - (RCAP2H、RCAP2L)]

其中:(RCAP2H、RCAP2L)表示由两个寄存器内容组成的 16 位二进制数。

溢出脉冲的通路由 T2CON 寄存器中的 RCLK、TCLK 控制。RCLK = 1 时,T2 的溢出脉冲形成串行口的接收脉冲,RCLK = 0 时,定时/计数器 T1 的溢出脉冲形成串行口的接收脉冲。同样,TCLK = 1 时,T2 的溢出脉冲形成串行口的发送脉冲,TCLK = 0 时,定时/计数器 T1 的溢出脉冲形成串行口的发送脉冲。

定时/计数器 2 处于波特率工作方式时,TH2 的溢出并不使 TF2 置位,因而不产生中断请求。EXEN2 = 1 时也不会发生重装载或捕捉的操作。所以,利用 EXEN2 = 1 可得到一个附加的外部中断。T2EX 为附加的外部中断输入脚,EXEN2 起允许中断或禁止中断的作用。当 EXEN2 = 1 时,若 T2EX 引脚上出现负跳变,则硬件置 EXF2 = 1,向 CPU 申请中断。

需要指出,在波特率发生器工作方式下,如果定时器/计数器2正在工作,CPU这时是不能访问TH2、TL2的。对于RCAP2H、RCAP2L,CPU也只能读入其内容而不能改写。如果要改写TH2、TL2、RCAP2H、RCAP2L的内容,应先停止定时/计数器2的工作。

5. 时钟输出方式

当T2CON中的C/$\overline{T2}$ = 0,T2MOD中的T20E = 1时,定时器可以通过编程在P1.0输出占空比为50%的时钟脉冲。此时T2的逻辑结构如图7 – 1 – 6所示。

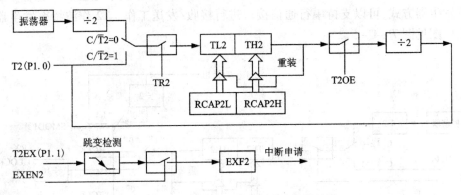

图7 – 1 – 6　T2时钟输出方式的逻辑结构

时钟输出频率 = 晶振频率/4 × [65536 – (RCAP2H、RCAP2L)]

其中:(RCAP2H、RCAP2L)表示由两个寄存器内容组成的16位二进制数。

用作时钟输出时,TH2的溢出不会产生中断,这种情况与波特率发生器方式类似。定时器T2用作时钟发生器时,同时也可以作为波特率发生器使用,只是波特率和时钟频率不能分别设定(因为两者都使用RCAP2H和RCAP2L)。

7.1.3　AT89S52单片机的WDT

单片机应用系统在运行过程中,受到干扰而程序运行失控引起程序"跑飞",有可能使程序陷入"死循环",一般的软件抗干扰技术时常难以使失控的程序摆脱"死循环",为此采用程序监视技术,又称看门狗(Watch Dog)技术,使程序脱离"死循环"。测控系统的应用程序往往采用循环运行方式,每一次循环运行的时间基本固定。"看门狗"技术就是不断监视程序运行的循环时间,若出现运行时间超过设定的循环时间,则认为系统程序陷入了"跳飞"或"死循环",然后强迫程序返回到0000H入口,在0000H入口处安排一段出错处理程序,把系统运行纳入正轨。AT89S52将一个定时监视器集成到芯片内部,省略了外部电路设计,缩小了体积,应用方便。

89S52的看门狗定时器包括一个14位计数器和一个看门狗复位寄存器WDTRST,地址是0A6H。WDT在单片机复位后的默认状态是关闭的,必须由程序激活后才能开始工作。WDT激活后其14位的计数器开始计数定时,计满溢出时就会产生复位信号,复位CPU。如果要避免89S52在程序正常运行时产生复位信号,则必须在16383个机器周期内至少"喂狗"一次。而且这个时间是固定的,无法更改。假设89S52单片机的晶振为12 MHz,则每隔16 ms需"喂狗"一次。由于WDT使用的是单片机的晶振,当晶振停振时,看门狗也随之失效。

根据 89S52 看门狗的特点,具体使用方法如下:在程序初始化过程中,向 WDT 看门狗寄存器 WDTRST 中首先写入 01EH,然后再写入 0ElH,即可激活看门狗。

例 7.1 89S52 内部看门狗的使用。

汇编程序如下:

```
WDTRST     EOU 0A6H          ;定义 WDTRST 寄存器地址
0RG        0000H
LJMP       MAIN
0RG        0100H
MAIN:
;在程序初始化中激活看门狗
MOV        WDTRST,#01EH      ;先送 1EH
MOV        WDTRST,#0E1H      ;后送 ElH
……
;在 REPEAT 循环里反复调用喂狗指令
REPEAT:
……
;喂狗指令
MOV        WDTRST,#01EH      ;先送 1EH
MOV        WDTRST,#0EIH      ;后送 E1H
……
AJMP       REPEAT
END
```

7.1.4 AT89S52 的节电运行方式

采用 CHMOS 工艺制造的 AT89S52 单片机提供休眠方式和掉电保护两种节电运行方式,特别适合于要求功耗较低的应用系统。在节电保护方式下 V_{CC} 可由后备电源供电。

1. 休眠方式

当特殊功能寄存器 PCON 的 DO 位(IDL)置位时,AT89S52 即进入待机运行模式。此时片内振荡器仍在继续振荡,但通往 CPU 的内部时钟已被断开;CPU 处于睡眠冻结的状态。在进入休眠方式前一瞬间 CPU 及 RAM 的状态被完整地保存下来,如 SP、PC、PSW、累加器 A,其他所有的寄存器均保存为休眠以前的状态,而 ALE、PSEN 则进入无效状态。虽然 CPU 在睡眠状态,但内部时钟仍然供给中断电路、定时/计数器及串行口,所以,中断电路、定时/计数器及串行口都在继续工作。

退出休眠方式运行的方法有两种,一是中断,二是复位。任何已开放的中断提出中断申请都会引起硬件对 IDL 位的清 0,从而终止休眠状态,并转向中断服务程序。在中断返回指令 RETI 执行后,返回到主程序中申请休眠方式操作指令(即置位 IDL 指令)的下一条指令,继续主程序的运行。用中断方法退出休眠状态可以通过检测标志位 GF0、GF1 来区分是正常中断还是休眠状态下的中断。一般在置位 IDL 的同时,将 GF0 或 GF1 置位。

退出休眠状态的第二种方法是硬件复位。因为这时时钟电路仍在工作,所以硬件复位信号只要两个机器周期,就可以完成复位操作,并退出休眠状态。

PCON 是电源控制寄存器,也称功耗控制寄存器,其各位的功能定义参见第 5 章 5.4.2

节。其中的 IDL 为休眠控制位,PD 为掉电运行控制位。

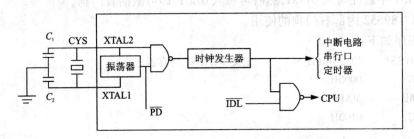

图 7 - 1 - 7　AT89S52 节电运行控制逻辑电路图

2. 掉电运行方式

当特殊功能寄存器 PCON. 1 位(PD)置位时,AT89S52 即进入掉电运行方式。此时片内振荡器由于 $\overline{PD}=0$ 而关闭。因此,CPU 停止工作,ALE、PSEN 输出低电平,而 RAM 和各功能寄存器还保持着原来的状态。这时单片机的电源电压可以降至 2 V,单片机的功耗也降至最小。

掉电方式必须在保护好片内 RAM 中数据的前提下投入运行。因此,电源电压的下降必须十分小心,一定要保证在掉电运行方式未进入之前,不能降低 V_{CC} 电压;而且在单片机退出掉电运行方式之前,电源电压 V_{CC} 一定要恢复到正常水平。这样才能保证 RAM 中的数据的有效保存。

退出掉电运行的唯一方法是硬件复位。复位操作将重新初始化各特殊功能寄存器的值,但片内 RAM 的数值保持不变。

7.2　串行总线接口技术

51 系列单片机本身具有较强的接口功能扩展能力。其输入/输出接口的扩展可以使用锁存器、三态缓冲器等 IC 芯片实现,也可以利用其 UART 通过移位寄存器实现,这些内容在第 6 章已经讨论过了。当系统功能较多时 I/O 资源仍显不足,传统的方法是选用多功能接口芯片实现系统功能扩展,但是这样组成的系统电路结构复杂,PCB 面积大,综合成本较高。

采用串行总线使系统的连接线少、结构简单、体积减小、可靠性提高,与之配套的外围器件也越来越丰富,给单片机应用系统的改进和功能扩展提供了较大的便利。串行总线技术已渗入到各种单片机应用系统中。目前应用比较广泛的串行总线有 Motorola 公司的 SPI (Serial Peripheral Interface)串行总线接口,Philips 公司的 I^2C 总线接口,Intel 公司和 Duracell 公司的 SMBus(System Management Bus)接口及美国 Dallas Semiconductor Co. 推出的单总线(1. Wire chips)技术等。

本节介绍 SPI 和 I^2C 总线接口的工作原理及应用。

7.2.1　I^2C 串行总线

I^2C(Inter - Integrated Circuit,IIC 常写作 I^2C 或 I2C)总线由 Philips 公司于 20 世纪 80 年

代推出。I^{2}C 总线是一种双线串行标准总线。I^{2}C 总线协议规范完整、结构独立、使用简单，被广大用户青睐，并被列入世界性的工业标准。目前集成了 I^{2}C 总线接口的集成电路器件已经非常丰富，如具有 I^{2}C 总线的单片机有 Cygnal 的 C8051FO×× 系列、Philips 的 P8XC591 系列和 Microchip 的 PIC16C6×× 系列等；具备 I^{2}C 接口的器件：如存储器、显示器、A/D、D/A 等几乎涵盖了单片机应用系统所有常用的外围器件类型。

1. I^{2}C 总线系统的基本概念

（1）I^{2}C 总线系统的结构

I^{2}C 总线系统的数据传输采用 2 条线：一条 SDA 线（串行数据线），一条 SCL 线（串行时钟线）。所有连接到 I^{2}C 总线上的设备，其 SDA 口都接到总线的 SDA 串行数据线上，而各设备的时钟 SCL 端均接到总线的 SCL 线上。一个 I^{2}C 总线网络中可以挂接多个单片机，以及存储器、A/D、D/A 转换器、LED 或 LCD 驱动器、时钟器件等多种外围设备。连接到同一总线的 I^{2}C 器件数只受总线的最大电容限制，不加驱动时 I^{2}C 的驱动能力为 400pF。I^{2}C 总线系统的基本结构如图 7-2-1 所示。

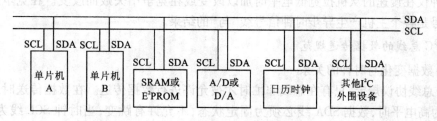

图 7-2-1　I^{2}C 总线系统的基本结构

I^{2}C 总线为双向同步串行总线，因此 I^{2}C 总线接口内部为双向传输电路。总线端口输出为开漏结构，连到总线上的设备的 SDA 及 SCL 都是线"与"的关系，所以总线上必须有上拉电阻，如图 7-2-2 所示。器件的输出极必须是漏极或集电极开路元件，总线空闲时为高电平，任一设备输出的低电平，都将使总线的信号变低。

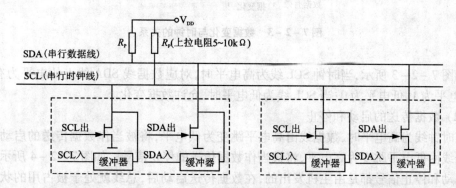

图 7-2-2　I^{2}C 总线接口电路

（2）主机与从机

连接到 I^{2}C 总线上的设备可以分成主机和从机。主机是指能够发出起始信号和时钟信号，启动数据的传送，传送结束时发出终止信号的设备。主机一般由单片机或其他微处理器担任。被主机寻访的设备叫从机，从机可以是单片机或其他器件。串行数据在主从机之间可以双向传输;其传输速率在不同的模式下各不相同,在标准模式下速率可达100kbps,快速模式下可达400kbps,高速模式下可达3.4Mbps。发送数据的设备又称为发送器,而接收数据的设备称为接收器。

(3)总线的竞争与控制

I^2C总线支持主从和多主两种工作方式,属于多主机总线。一个I^2C总线网络可以有一个或多个主机,各个主机之间没有优先次序之分,也无中心主机。在多主机系统中,可能同时有几个主机企图控制总线,启动数据传送。为了避免混乱,保证数据的可靠传送,任一时刻总线只能由某一台主机控制,I^2C总线通过总线裁决方式,决定由哪一台主机控制总线。若有两个或两个以上的主机企图占用总线,一旦一个主机送"1",而另一个(或多个)送"0",送"1"的主机则退出竞争。多主器件竞争总线时,时钟同步和总线仲裁都由硬件自动完成。

(4)总线的时钟

总线上产生的时钟总是对应于主机的。传送数据时,每个主机产生自己的时钟,主机产生的时钟仅在慢速的从机拉宽低电平时加以改变或在竞争中失败而改变。在竞争过程中,时钟信号是各个主机产生异步时钟信号线"与"的结果。

2. I^2C总线的数据传送规范

(1)数据变化与时钟的关系

I^2C总线协议规定:只有在总线非忙时才被允许进行数据传送。在数据传送时,当时钟SCL线为高电平时,数据SDA线必须为固定状态,不允许有跳变;当时钟SCL线为低电平时,允许SDA线电平跳变。

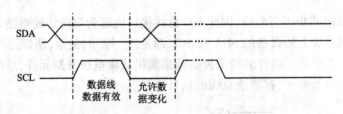

图7-2-3 数据变化与时钟的关系

如图7-2-3所示,当时钟SCL线为高电平时,对应数据线SDA线上的电平为有效数据,高电平为1,低电平为0;当SCL线为低电平时,允许数据变化。

(2)数据传送的启动和停止

当时钟线为高电平时,数据线由高电平跳变为低电平,将被当作数据传送的启动信号;而数据线由低电平跳变为高电平,将被当作数据传送的停止信号。如图7-2-4所示。

启动和停止信号都是由主机发出的,在数据传送启动后,总线就处于被占用的状态;在停止信号产生一定时间后,总线释放,处于空闲状态。在数据传送完成后主机必须发送停止信号。但是,如果主机希望继续占用总线进行新的数据传送,则可以不产生停止信号,随即再次发出启动信号对另一从机进行寻址。

连接到I^2C总线上的具有I^2C总线硬件接口的设备,很容易检测到启动和停止信号。对于不具备I^2C总线硬件接口的一些单片机,在总线的一个时钟周期内对数据线采样两次以上,也能准确地检测出启动和停止信号。

(3)数据传送格式

I^2C 总线上的数据传输遵循总线协议的规定。数据传送由主机发出的启动信号开始,其后为寻址字节,在寻址字节后是数据字节与应答位,数据的高位 MSB 在前,低位 LSB 在后。图 7 – 2 – 4 所示为一条完整数据的格式。

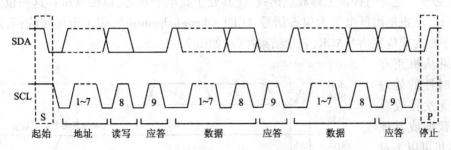

图 7 – 2 – 4　数据的格式

(4)寻址方式

I^2C 总线中主机对从机的寻址没有采用传统的片选线方式,而是采用纯软件的方式寻址。寻址字节由高 7 位地址和 1 位方向位组成,方向位表明主机与从机之间的数据传送方向,当该位为"0"时表示主机发送数据(写操作),方向位为"1"时表示主机接收数据(读操作)。

主机发送出地址信号时,总线上与该地址码相符的从机便会根据方向位的内容,将自己设定为发送器或接收器。

I^2C 总线系统内的外围器件采用器件地址和引脚地址的方式编址。寻址字节的高 4 位 D7 ~ D4 作为器件地址,低 3 位 D3 ~ D1 作为引脚地址。外围芯片的器件地址由各厂家按统一的标准制定,表 7 – 2 – 1 为一些常用器件的器件地址和引脚地址。

表 7 – 2 – 1　常用 I^2C 器件的器件地址和引脚地址

型号	种类	器件地址	引脚地址
AT24C01	EEPROM	1010	A2 A1 A0
AT24C02	EEPROM	1010	A2 A1 A0
PCF8574	I/O 扩展	0100	A2 A1 A0
AD7416	温度传感器	1001	A2 A1 A0
PCF8583	实时时钟	1010	A0
SAA1064	LED 驱动	0111	A1 A0
PCF8576	LCD 驱动	0111	A0
X24C21	EEPROM + 看门狗	1010	无

引脚地址由器件在实际电路中的接线确定。例如 EEPROM 数据存储器 AT24C02 的引脚地址是 A2、A1、A0。如果在实际电路中 A2、A1、A0 引脚全部接高电平,则引脚地址为 111。

器件的 3 位地址引脚,每位都可以接高电平或低电平,因此,在同一个 I^2C 总线上最多可以挂 8 个相同的芯片而不会导致地址冲突。

（5）总线的占用和释放

主机和从机之间利用应答信号和非应答信号互相联络，以控制 I^2C 总线的占用和释放。

I^2C 总线传输的数据以字节为单位，每 8 位为一个字节。每个数据字节后面都必须跟随一位应答信号，即应答信号在第 9 个时钟位上出现。与应答信号相对应的时钟由主机产生，主机必须在这一时钟位上释放数据线，使其处于高电平状态，以便从机在这一位上送出应答信号。从机输出低电平为应答信号 ACK（acknowledgement），表示继续接收；若从机输出高电平则为非应答信号 $\overline{ACK}$，表示结束接收，如图 7 - 2 - 5。

如果从机正在进行实时性的处理工作而无法接收总线上的数据或其他原因，从机可以不对主机寻址信号应答，但它必须释放总线，将数据线置于高电平，然后由主机产生一个停止信号以结束总线的数据传送。

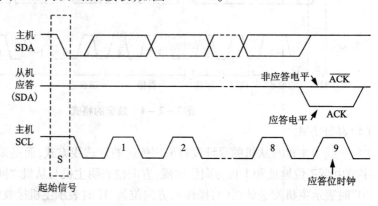

图 7 - 2 - 5 应答信号和非应答信号

如果从机对主机进行了应答，但在数据传送一段时间后无法继续接收更多的数据时，从机可以通过发送非应答信号 $\overline{ACK}$ 通知主机，主机则应发出终止信号以结束数据的继续传送。

主机接收数据时，在收到最后一个数据字节后，必须向从机发送一个非应答信号 $\overline{ACK}$，使从机释放 SDA 线，以便主机产生停止信号，停止数据传送。

从机收到一个完整的数据字节后，有时可能无法立刻接收下一组数据，如处理内部中断服务等。这时从机可以将 SCL 线拉成低电平，使主机处于等待状态，直到从机完成其他工作，准备接收下一组数据时，再恢复 SCL 线为高电平，使数据传送继续进行。

3. I^2C 串行总线的适用范围

PHILIPS 公司提供了标准的 I^2C 总线状态处理软件包。在设计应用系统时，如果主从器件都采用具有 I^2C 接口的器件，则系统的软件设计是比较方便的。而对于目前居于主流地位的 51 系列单片机，如 AT89S51、78E51 等，其中绝大多数公司的产品都不具备 I^2C 接口。使用这类单片机时，可以采用普通 I/O 口模拟 I^2C 总线的工作方式，扩展系统的功能部件。I^2C 总线的模拟应用极大地拓展了 I^2C 总线系统的适用范围，在设计单片机的应用系统时可以灵活地选用不具备 I^2C 总线接口的单片机，同时选用具备 I^2C 总线接口的外围器件，组成模拟 I^2C 总线系统。I^2C 总线的模拟技术已经成为常规的设计方法。

为了保证数据传送的可靠性，标准的 I^2C 总线数据传送有着严格的时序要求，如 I^2C 总线上时钟信号的最小低电平周期为 $4.7\mu s$，最小的高电平周期为 $4\mu s$ 等。北京航空航天大学的何立民教授从实用性和易用性角度出发，推出一种 I^2C 总线的应用软件平台 VIIC1.0。运用 VIIC1.0 编程，可以使设计者不必深入掌握 I^2C 总线就能设计出完全符合 I^2C 总线规范要求的应用程序。

4. 模拟 I^2C 总线软件包 VIIC1.0

实际应用的单片机系统大部分采用单主结构形式。单主方式下 I^2C 总线的数据传送比较简单,不存在总线的竞争与同步,只存在主机对外围器件的读/写操作。在 VIIC1.0 的支持下,只需 2 根普通 I/O 口线就可扩展 I^2C 总线外围器件。将 VIIC1.0 软件包装入程序存储器中,对其中的符号单元赋值后,使用 3 条通用操作命令就可实现任何 I^2C 总线外围器件的应用程序设计。

(1)在单主方式下 VIIC1.0 由 9 个子程序组成,它们是:时序模拟子程序:STAR,STOP,MACK,MNACK;操作模拟子程序:CACK,WRBYT,RDBYT;数据读/写子程序:RDNBYT/WRNBYT。

(2)VIIC 软件包的符号单元有:发送数据缓冲区 MTD、接收数据缓冲区 MRD、传送字节数存放单元 NUMBYT 以及寻址字节 SLAW/SLAR 存放单元 SLA、虚拟数据线 VSDA、虚拟时钟线 VSCL。这些符号单元都采用了标准 I^2C 总线状态处理软件包中规定的字符标记。

(3)VIIC1.0 的 3 条通用操作命令为:

MOV SLA,#SLAR/SLAW ;总线上节点寻址并确定传送方向

MOV NUMBYT,#N ;确定传送字节数 N

LCALL RDNBYT/WRNBYT ;读/写操作调用

(4)VIIC1.0 软件包的子程序:

①启动数据传送

```
STAR:     SETB    VSDA
          SETB    VSCL
          NOP
          NOP
          CLR     VSDA
          NOP
          NOP
          CLR     VSCL
          RET
```

② 停止数据传送

```
STOP:     CLR     VSDA
          SETB    VSCL
          NOP
          NOP
          SETB    VSDA
          NOP
          NOP
          CLR     VSDA
          CLR     VSCL
          RET
```

③ 发送应答位

```
MACK:     CLR     VSDA
          SETB    VSCL
```

```
                    NOP
                    NOP
                    CLR      VSCL
                    SETB     VSDA
                    RET
```

④ 发送非应答位

```
MNACK:   SETB     VSDA
                    SETB     VSCL
                    NOP
                    NOP
                    CLR      VSCL
                    CLR      VSDA
                    RET
```

⑤ 应答位检查

```
CACK:    SETB     VSDA
                    SETB     VSCL
                    CLR      F0
                    MOV      C,VSDA
                    JNC      CEND
                    SETB     F0
CEND:    CLR      VSCL
                    RET
```

⑥ 向 VSDA 线上发送 1 个数据字节

```
WRBYT:   MOV      R0,#08H
WLP:     RLC      A
                    JC       WR1
                    AJMP     WR0
WLP1:    DJNZ     R0,WLP
                    RET
WR1:     SETB     VSDA
                    SETB     VSCL
                    NOP
                    NOP
                    CLR      VSCL
                    CLR      VSDA
                    AJMP     WLP1
WR0:     CLR      VSDA
                    SETB     VSCL
                    NOP
                    NOP
                    CLR      VSCL
                    AJMP     WLP1
```

⑦ 从 VSDA 线上读取 1 个数据字节

```
RDBYT:   MOV     R0,#08H
RLP:     SETB    VSDA
         SETB    VSCL
         MOV     C,VSDA
         MOV     A,R2
         RLC     A
         MOV     R2,A
         CLR     VSCL
         DJNZ    R0,RLP
         RET
```

⑧ 模拟 I²C 总线发送 N 个字节数据

```
WRNBYT:  MOV     R3,NUMBYT
         LCALL   STAR
         MOV     A,SLA
         LCALL   WRBYT
         LCALL   CACK
         JB      F0,WRNBYT
         MOV     R1,#MTD
WRDA:    MOV     A,@R1
         LCALL   WRBYT
         LCALL   CACK
         JB      F0,WRNBYT
         INC     R1
         DJNZ    R3。WRDA
         LCALL   STOP
         RET
```

⑨ 模拟 I²C 总线接收 N 个字节数据

```
RDNBYT:  MOV     R3,NUMBYT
         LCALL   STAR
         MOV     A,SLA
         LCALL   WRBYT
         LCALL   CACK
         JB      F0,RDNBTY
RDN:     MOV     R1,#MRD
RDN1:    LCALL   RDBYT
         MOV     @R1,A
         DJNZ    R3,ACK
         LCALL   MNACK
         LCALL   STOP
         RET
ACK:     LCALL   MACK
```

```
        INC       R1
        SJMP      RDN1
```

（5）VIIC 的适用范围

VIIC1.0 适用于在 51 系列单片机构成的单主系统中,模拟 I^2C 总线扩展外围器件的应用程序设计。以上子程序的时序模拟基于 6 MHz 时钟,在主机时钟频率不同时,需要调整时序模拟子程序中的空操作指令数,以满足 I^2C 总线上时钟信号的最小低电平周期 4.7μs 和最小的高电平周期(4μs)的基本要求。

（6）VIIC 的装载及使用的资源

由于 WRNBYT/RDNBYT 都使用长调用命令 LCALL,故 VIIC1.0 可放在程序存储器的任意空间。

VIIC 使用了 R0、R1、R2、R3、F0、C 等资源。

5. I^2C 总线应用实例 1

（1）IC 卡

使用 IC 卡现在已经妇孺皆知了。如移动手机的 SIM 卡,公交 IC 卡,水、电、煤气卡等,IC 卡已广泛地应用在各个方面。

IC 卡(Integrated Circuit Card)是一种内部镶嵌有集成电路的塑料卡片,全称集成电路卡。IC 卡通常可分为存储卡、加密卡和智能卡三类。存储卡是可以对其进行读、写操作的存储器;加密卡是在存储卡的基础上增加了读、写加密功能,对加密卡进行操作时,必须首先核对卡中的密码,密码正确才能进行正常操作;智能卡带有 CPU。从 IC 卡信号传输接口方式来分,有接触式 IC 卡、非接触式 IC 卡以及两种界面合一的双界面 IC 卡。

接触式 IC 卡是由读、写设备的接触头与卡片上的集成电路的接触点相接触进行信息读、写的,读写器结构简单可靠。IC 卡具有抗干扰能力强、防磁和防静电等特点。

（2）AT24C01 系列存储芯片

IC 卡中的集成电路核心是存储器。AT24C01 系列存储芯片是 Atmel 公司生产的 I^2C 总线型 EEPROM 芯片,数据擦写 10 万次以上,保存时间长达百年,芯片功耗低(μA 级),并且价格便宜,在 IC 卡中得到广泛的应用。AT24C01 系列包括 AT24C01/02/04/08/16/32 几种。其中:AT24C01 或 24C02 的容量分别为 128×8 位(1K)和 256×8 位(2K),主要特性如下:

- 具有页写功能,AT24C0 为 4B,24C02 为 8B;
- 可擦写次数 >100000 次;
- 数据保存时间 100 年;
- 8 引脚 DIP 或 SOIC 封装。

AT2401 或 2402 的 DIP 封装引脚如图 7-2-6 所示,其中:

- A0、A1、A2 为引脚地址选择线(器件地址为 1010);
- WP(EN)为写保护端(当该端口为高电平时,不能对存储器写操作);
- V_{DD}:1.8~5.5 V;

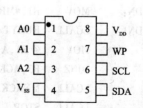

图 7-2-6　AT24C01/02 引脚

● V_{SS}接地。

（3）IC 卡读写电路·

IC 卡读写硬件电路如图 7 - 2 - 7 所示。读写电路采用 89S51 单片机,用 P3.4/P3.5 模拟 SCL/SDA 口线。AT24C02 的器件地址为 1010,在 IC 卡内部已将 AT24C02 芯片 A2、A1、A0 和 WP 接地,即 AT24C02 的引脚地址为 000,允许对 AT24C02 读/写操作。如果需要控制 AT24C02 的写操作,可以另外加一根 I/O 口线接 WP 端。

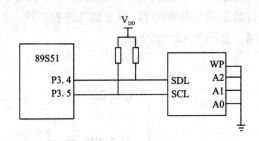

图 7 - 2 - 7　IC 卡读写硬件电路

（4）IC 卡读写程序设计

例 7.2　设 89S51 单片机片内 RAM 中 31H ~ 38H 单元存放有待写入 AT24C02 的数据,30H 单元中是 AT24C02 存放数据的子地址,数据长度存放在 3AH 单元。

要求:①编写将数据写入 AT24C02 的程序。

②编写程序读出以上写入的数据,存放在单片机 50H ~ 57H 单元。

写入数据程序:

```
VSDA     BIT  P3.5        ;P3.5 模拟 SDA
VSCL     BIT  P3.4        ;P3.4 模拟 SCL
SLAW     EQU  0A0H        ;定义器件写地址
SLAR     EQU  0A1H        ;定义器件读地址
SLA      EQU  40H         ;设定 40H 为寻址字节存放单元
NUMBYT   EQU  3AH         ;3AH 单元存放待传送数据字节数
MTD      EQU  30H         ;30H 为发送缓冲区首地址
         ORG  0000H
         AJMP MAIN
         ORG  0100H
MAIN:
         MOV  SP,#60H
         MOV  SLA,#SLAW    ;寻址 24C02,24C02 为接收器
         MOV  NUMBYT,#08H  ;设定发送字节数
         LCALL WRNBYT      ;调用 VIIC1.0 的发送 N 个字节数据子程序
         END
```

读出数据程序:

```
……
MRD      EQU  50H
         MOV  SLA,#SLAR    ;寻址 24C02,24C02 为发送器
         MOV  NUMBYT,#08H
         LCALL RDNBYT      ;调用 VIIC1.0 的接收 N 个字节数据子程序
         RET
```

6. I²C 总线应用实例 2

在许多单片机应用控制系统中,复杂的后台运算处理与高实时性的前端控制分别由不

同的单片机操作。在这样的系统中,单片机之间的通信是需要解决的主要问题之一。采用 I^2C 总线的多主方式,将 2 片或多片单片机与 1 片铁电存储器连接起来,用铁电存储器作为串行数据通信的缓冲器,再增加几条握手线,就可以构成线路非常简单的 I^2C 总线串行通信电路。如图 7 - 2 - 8 所示。

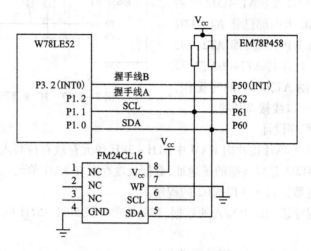

图 7 - 2 - 8　I^2C 总线的多主方式串行通信电路

(1)异型单片机的组合系统

随着单片机及其应用技术的发展,不断涌现出的各种功能各异的单片机为我们的应用系统设计提供了许多新的思路和方法。其中采用功能不同的单片机组合成为一个系统也是一种新的、实用的方法。

W78LE52 是华邦的 51 兼容单片机,其主要组成和特性是:8KFlash,256BRAM,32/36 个 I/O 口,3 个定时器,8 个中断源,宽工作电压。

EM78P458 是台湾义隆公司的一款 OTP 精简指令单片机。EM78P458 具有如下特点:

- 8 路 8 位 A/D 转换器,其中 2 路可选择 5 级放大增益;
- 2 路脉宽调制输出,10 位分辨率,可用作 D/A 转换器;
- 1 个比较器,可产生中断,外接反馈电阻可构成运放;
- 8 级硬件堆栈,方便程序调用;
- 6 个中断源:定时/计数器溢出中断;I/O 口输入电平变化中断(从 SLEEP 方式唤醒时);外部中断;A/D 转换完成中断;比较器中断(结果为高);PWM 中断;
- 4096 × 13bit 片内 ROM,96 × 8bit RAM;
- 工作电压:2.2 ~ 6.0V,工作频率:DC ~ 16MHz;
- 功耗低:5V/4MHz 1.5mA;3V/32kHz 15μA;SLEEP1μA;
- 8 个 I/O 口输入电平变化产生中断唤醒 SLEEP;
- I/O 口可编程为上拉、下拉和集电极开路;
- 16 个双向 I/O 口,20 引脚;
- 速度快:99% 为单指令周期,每条指令周期为 2 个时钟周期;
- 电源上电检测器,检测电压为 2.0 ±0.15V;

- 8 位定时/计数器,可 8 位预分频;
- 片内看门狗计数器,可 8 位预分频。

EM78P458 的引脚排列如图 7 - 2 - 9 所示,功能如下:

OSC1、OSC0:分别为振荡输入/输出端,可外接标准晶振、陶瓷振荡或 RC 振荡器;P50 ~ P57:双向 I/O 口,P50 可以编程为外部中断输入,P51、P52 可编程为 PWM1 和 PWM2,P53 可以作为 A/D 转换器的参考电压端,P54 兼作外部计数脉冲输入(TCC),P55、P56 和 P57 分别作为比较器的负输入、正输入和输出;P60 ~ P67:双向 I/O 口,可作为 8 路模拟信号输入。

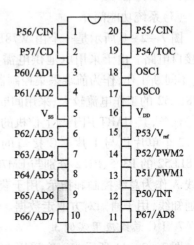

图 7 - 2 - 9 EM78P458 的引脚

(2)铁电存储器

FRAM 铁电存储器,是由美国 RAMTRON 公司研制的新型存贮器,经过多年的研发和生产,目前已走向成熟。它的核心技术是铁电晶体材料,兼具 RAM 和 ROM 的特性。

RAMTRON 公司的 FRAM 产品有三大系列,其中:FM31 系列具有处理器外围接口的芯片拥有高集成度的混合信号与模拟电路功能,拥有实时时钟(RTC)、系统监测、看门狗、低电压检测等其他处理器外围电路功能。FM32 系列功能与 FM31 类似,但是不具有实时时钟。

并行接口系列铁电存储器有 FM1608、FM1808、FM20L08 等品种。串行接口的 FRAM 有 2 个系列,FM24 系列是 I^2C 总线型,FM25 系列是 SPI 总线型。FM24 系列 FRAM 与相同容量的 AT24C 系列 EEPROM 结构兼容。

FRAM 与 EEPROM 相比较主要有以下优点:

① FRAM 以总线速度写入数据,而且在写入后不需要任何延时等待,而 E^2PROM 在得到写入命令后一般需要 5 ~ 10 ms 的等待数据写入时间;

② FRAM 有近乎无限次的写入寿命,而一般 E^2PROM 的寿命在 10 万到 100 万次。

③ FRAM 写入数据时消耗的电能比 E^2PROM 低 2000 多倍。

由于 FRAM 写入速度快,所以特别适合于对数据采集、写入实时性要求很高的场合;其近乎无限次写入的使用寿命,很适合担当重要系统里的数据暂存器,用来在子系统之间传输各种数据,供各个子系统频繁读写。FRAM 的能量消耗特别低,非常适合于使用电池供电的设备。

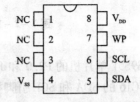

图 7 - 2 - 10 FM24C16 的外形封装

从 FRAM 问世以来,凭借其各种优点,已经被广泛应用于仪器仪表、航空航天、工业控制系统、网络设备、自动取款机等领域。

FM24C16 工作电压 +5V,工作电流 1.0mA,外形封装见图 7 - 2 - 10。FM24C16 存储容量为 16KBit(2048 × 8 b),共分 8 页,每页 256 B;接口方式为工业标准的 2 线(I^2C)接口;功能操作和串行 E^2PROM 相似,读/写时序符合 I^2C 总线要求。

FM24C16 的写操作可以分为两种:字节写和页面写。字节写就是每次写入单个字节,页面写可以一次写入一整页的数据。在页面写时不需要数据缓冲，没有写延时，数据写入速度快(一般为 μs 级)。

(3)系统功能简介

图 7-2-8 所示是一个由 W78LE52 和 EM78P458 单片机组成的工业流量计的远程通信接口电路。由于采用电池供电需要特别考虑能耗问题。EM78P458 单片机工作电流较小，不间断工作，作为前端采集控制器，通过传感器实时采集流量、温度和压力等模拟信号；W78LE52 的工作电流较大，采用间断工作方式，执行流量的非线性校正、参数输入、液晶显示等任务，其 UART 用于与上位机的远程通信。

2 个单片机与 1 片 I^2C 接口的 FRAM(FM24CL16)组成 2 主 1 从的 I^2C 总线系统。W78LE52 的 P3.5、P3.2 分别与 EM78P458 的 P51、P50 相连接作为握手线 A 和 B。其中：握手线 A 作为总线控制和指示，用于获取总线控制权和判别总线的"忙"或"闲"。握手线 B 作为通知线，用于通知对方取走数据。

7. I^2C 总线应用实例 3

图 7-2-11 所示为一个采用 2 片 AT89S51 单片机和 1 片 FM24C16 构成的 I^2C 总线型系统。每片 AT89S51 单片机组成一个子系统，每个子系统都要频繁读写存储器，而且实时性要求高。系统中 FM24C16 一方面作为公共数据区，同时又是 2 片 MCU 间的一个模拟的通讯口，可以省去不必要的 MCU 间的通讯。

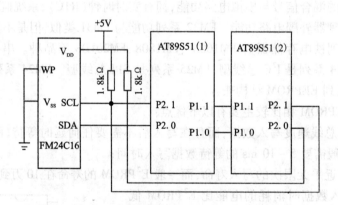

图 7-2-11 89S51 与 24C16 构成的 I^2C 总线系统

AT89S51 单片机的 P2.0 和 P2.1 口分别与 SDA,SCL 相连接，模拟 SDA 和 SCL 的功能。在 FM24C16 的 SDA 和 SCL 引脚接 1.8 kΩ 的上拉电阻到 +5 V,WP 引脚接电源地允许任意读/写数据。2 片 AT89C51 用 P1.0,P1.1 作为握手线，以商定谁操作 FM24C16。片 1 操作前，检测 P1.0 口，如果它为高，则置低 P1.1 口，向片 2 发出占用 FM24C16 信号，然后再检测 P1.0 口，它还为高，则进入操作，若为低，则退出操作并把 P1.1 口置高；如果 P1.0 口为低，则说明片 2 正占用 FM24C16,片 1 就放弃操作，等待下次查询和操作。片 2 的操作与片 1 相同。

7.2.2 SPI 串行总线

SPI 总线是 Motorola 公司最先推出的一种(3 线)串行总线技术，它是在芯片之间通过串行数据线(MISO、MOSI)和串行时钟线(SCK)实现同步串行数据传输的技术。支持 SPI 总线系统的外围设备种类繁多,从最简单的 TTL 移位寄存器到复杂的 LCD 显示驱动器、网络控制器等,可谓应有尽有。

1. SPI 总线型单片机系统组成

用 SPI 接口总线可以组成单主机或多主机的系统。单主机系统是使用一个单片机作为主器件,其他单片机或其他外围器件作为从器件;多主机的系统是采用多个单片机作为主器件,其他的单片机或外围器件作为从器件。SPI 总线组成的系统有单主/单从和单主/多从两种典型的应用方式。

(1) 单主/单从系统

单主/单从 SPI 串行总线系统的电路结构如图 7 - 2 - 12 所示。主器件与从器件的 MISO、MOSI、SCK 口线对应相连。主器件与从器件的 $\overline{SS}$(或CS下同)引脚也直接相连,$\overline{SS}$ 的功能可以由主器件的软件设置实现。在图示的电路中SS也可以通过硬件方法实现功能,即将主器件的 $\overline{SS}$ 接 V + 确认为主器件,从器件的SS接地确认为从器件。由图还可以看出,主器件的 SPI 时钟发生器的输出分别送到两个器件的移位寄存器。移位寄存器中数据的传送方向如图中所示。

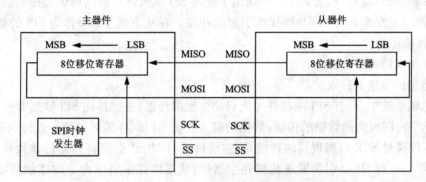

图 7 - 2 - 12 单主/单从 SPI 串行总线系统的电路结构

(2) 单主/多从系统

由一个主机、四个从机组成的 SPI 总线型系统的结构如图 7 - 2 - 13 所示。系统采用一个单片机作为主器件,其余 4 个为从器件的方案。由图中可见主、从器件之间的 MISO、MOSI、SCK 口线仍然是全部按同名口线相互连接。从器件可以是单片机,也可以是其他具有 SPI 接口的外围器件,例如,存储器、显示器、A/D 转换器件等。当 SPI 接口上有多个 SPI 接口的单片机时,应区别主从关系。

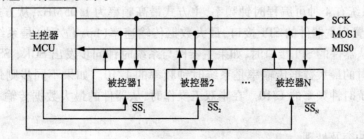

图 7 - 2 - 13 单主/多从 SPI 总线系统的结构

主机使用 I/O 端口 P1 的引脚控制从器件的$\overline{SS}$引脚,选通从器件。主机的$\overline{SS}$引脚可以拉高为 V +,通过硬件确认为主器件。

2. SPI 总线的口线

SPI 总线由四种 I/O 线构成,它们分别是串行时钟线 SCK、主机输入/从机输出数据线 MISO、主机输出/从机输入数据线 MOSI 和从机选择线$\overline{SS}$。单片机与外围扩展器件的时钟线 SCK、数据线 MOSI 和 MISO 都是同名端相连。带 SPI 接口的外围器件都有片选端$\overline{SS}$。在扩展多个 SPI 外围器件时,单片机需要通过 I/O 口线分时选通各外围器件。

(1)串行数据线(MISO、MOSI)。MISO 和 MOSI 用于串行同步数据的接收和发送,若 SPI 设置为主方式时,即 SPI 控制寄存器(SPCR)中的主从工作选择方式位 MSTR 置 1,MISO 是主机数据的输入线,MOSI 是主机数据的输出线。若 MSTR 置 0 时,工作在从方式下,MISO 为从机数据输出线,而 MOSI 为从机数据输入线。

(2)串行时钟线(SCK)。SCK 用于同步从 MOSI 和 MISO 输入/输出数据的传送。当器件设置为主机方式时,SCK 为同步时钟输出;设置为从机方式时,SCK 引脚为同步时钟输入。

(3)片选线$\overline{SS}$。在从机方式中,$\overline{SS}$线用于使能 SPI 从机进行数据传送。在主机方式中,$\overline{SS}$用来保护在主方式下 SPI 同步操作所引起的冲突。在从方式下,$\overline{SS}$作为 SPI 的数据和串行时钟接收使能端。

3. SPI 总线的工作特性

(1)数据的发送和接收

SPI 总线系统中,只有 SPI 主器件才能启动数据的传输,主器件向 SPI 数据寄存器 SPDR 写入数据字节,即可启动数据的传输;数据的输入和输出以同样的时钟信号进行全双工同步通信,主器件通过 SCK 引脚提供时钟信号;主器件通过 MOSI 引脚将数据传送到从器件时,从器件也可以通过 MISO 引脚发送数据到主器件;从器件在主机发命令时才能接收或发送数据。从器件可以只接收或只发送信息给主器件,在这种情况下从器件可以省略 MISO 或 MOSI 线。串行数据的传送次序通常是 MSB(高位)在前,LSB(低位)在后,有些单片机也可以选择相反的数据传送次序,即 LSB 在前,MSB 在后。

(2)时钟频率和数据传输率

当某单片机被设置为主器件时,SCK 信号由单片机内部时钟产生。当主器件启动一次传输时,在 SCK 引脚自动发出 8 个时钟脉冲。在主器件和从器件中,SCK 信号的一个跳变进行数据移位,在数据稳定后的另一个跳变进行采样。SCK 由主器件的 SPCR 寄存器的 SPI 波特率选择位 SPR1、SPR0 来选择时钟速率。

SPI 总线系统有 4 种可编程时钟频率,主方式最高频率为 1.05MHz,从方式最高频率为 2.1MHz。被设置为主器件的 SPI 接口,最大数据传输速率(bps 位/秒)是系统时钟频率的 1/2;被设置为从器件的 SPI 接口时,如果主器件与系统时钟同步发出 SCK、$\overline{SS}$和串行数据,则全双工操作时的最大数据传输率是系统时钟频率的 1/10。如果不同步则最大数据传输率必须小于系统时钟频率的 1/10。在半双工操作时,从器件的最大数据传输率是系统时钟频率的 1/4。

(3)总线冲突及处理

在单主系统中,单片机与外围扩展器件的时钟线 SCK、数据线 MOSI 和 MISO 都是同名端相连。为防止 MISO 或 MOSI 线上的总线冲突,主器件在一次数据传输期间,仅可选中一个从器件发送或接收数据。

在多主系统中,同一 SPI 总线上可以有多个主器件。系统提供三种信号标志,分别是:传送结束中断标志、写冲突出错标志、总线冲突出错标志。当两个或多个主器件试图同时进行数据传输时,系统利用标志信号实现冲突检测功能。

在主器件复位期间,由于各 I/O 端口的默认输出值均为高电平,所以所有的从器件均未被选中,整个系统中无冲突发生,处于稳定安全状态。

4. AT89S8252 单片机 SPI 总线接口的工作原理

(1) AT89S8252 单片机 SPI 接口的特点

- 全双工、同步数据传送;
- 可选择工作模式;
- 4 种可编程的位传送速率,最大位传送速率 1.5 Mbps;
- 可编程使 LSB 或 MSB 在先;
- 传送停止可引发中断;
- 写冲突标志保护;
- CPU 处于从机模式时,SPI 接口的操作可将 CPU 从待机状态中唤醒。

AT89S8252 单片机的 SPI 接口逻辑电路框图如图 7 - 2 - 14 所示。

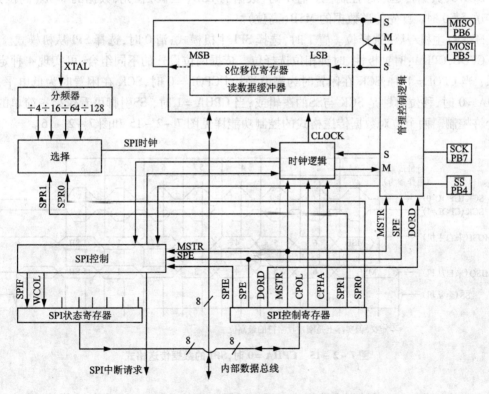

图 7 - 2 - 14　AT89S8252 的 SPI 接口逻辑电路框图

（2）SPI 接口的特殊功能寄存器

与 SPI 接口有关的特殊功能寄存器有：SPI 工作方式控制寄存器 SPCR、SPI 状态标志寄存器 SPSR 和数据寄存器 SP2DR，它们均为 8 位寄存器。通过对它们的各个功能位进行编程，即可实现对 SPI 接口工作状态的控制。

①控制寄存器 SPCR

控制寄存器 SPCR 的字节地址为 D5H，系统复位后的状态为：00 × × × × × ×B。SPCR 的格式及各位的作用如下：

SPCR
(D5H)

MSB							LSB
SPIE	SPE	DORD	MSTR	CPOL	CPHA	SPR1	SPR0

SPIE：SPIE 中断允许位。SPIE 位与 IE 寄存器中的 ES 位配合，以确定 SPI 中断是否允许。当 ES = 1，且 SPIE = 1 时，允许 SPI 接口中断；若 ES 和 SPIE 中有一个为 0，则不允许 SPI 接口中断。

SPE：SPI 操作允许位。要启动 SPI 总线的任何操作必须首先设置该位。设置为 1 时，允许 SPI 操作，并且将 $\overline{SS}$，MOSI，MISO 和 SCK 信号从内部连接至 P1.4，P1.5，P1.6 和 P1.7；为 0 时，禁止 SPI 操作。

DORD：数据传送顺序控制位。置 1 时，数据的 LSB（低位）在先，数据的 MSB（高位）在后传送；清 0 时，首先传送数据的 MSB（高位）。

MSTR：主机/从机选择位。置 1 时，选择 SPI 主机模式；清 0 时，选择 SPI 从机模式。

CPOL，CPHA：时钟极性、时钟相位选择位。依据两位设置的不同组合，可实现 4 种定时关系：当 CPOL = 1 时，SCK 在闲置时为高电平；当 CPOL = 0 时，SCK 在闲置时为低电平；当 CPHA = 0 时，移位时钟是 SCK 与 $\overline{SS}$ 的逻辑或；当 CPHA = 1 时，$\overline{SS}$ 引脚可看作是一简单的输出允许控制。两个位对数据传送格式的控制功能详见图 7 - 2 - 15 和图 7 - 2 - 16。

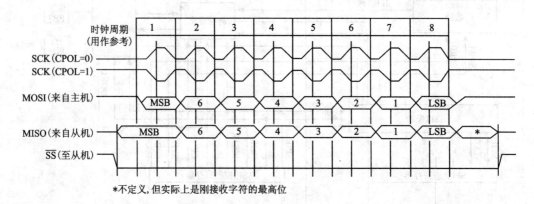

*不定义，但实际上是刚接收字符的最高位

图 7 - 2 - 15　CPHA = 0 时，SPI 的数据传送格式

SPR1，SPR0：SPI 时钟频率选择位。用于选择主机的 SCK 频率，在从机模式中，这两位不用。SCK 与晶振频率 f_{osc} 之间的关系见表 7 - 2 - 2。

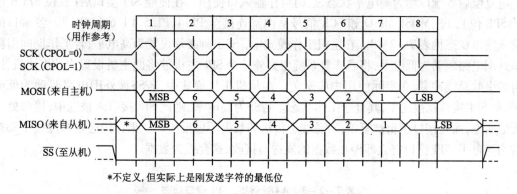

图7-2-16　CPHA=1时,SPI的数据传送格式

表7-2-2　SCK与振荡频率之间的关系

SPR1	SPR0	SCK 频率	SPR1	SPR0	SCK 频率
0	0	$f_{osc}/4$	1	0	$f_{osc}/64$
0	1	$f_{osc}/16$	1	1	$f_{osc}/128$

② SPI 状态标志寄存器 SPSR

SPI 状态标志寄存器 SPSR 的字节地址为 AAH,系统复位后的状态为 00×××××B。其格式及各位的作用如下:

SPSR	MSB							LSB
(AAH)	SPIF	WCOL	–	–	–	–	–	–

SPIF:SPI 中断标志位。当传送完成时,SPIF 位被置 1,如果 SPIE=1 且 ES=1,那么将向 CPU 申请中断。SPI 中断和串行口中断使用相同的中断向量入口地址 0023H。中断服务程序通过读取 SPSR 的 SPIF 位判断是否为 SPI 中断,随后将 SPIF 位清零。

WCOL:写冲突标志位。如果在数据传送完成之前,SPI 数据寄存器被再次写入,则置位 WCOL 标志。在数据传送过程中,对 SPI 数据寄存器进行读取,结果可能出现错误,对其写入则不起作用。在读取 SPSR 后,WCOL 标志被清零。

③ SPI 数据寄存器 SPDR

SPDR	MSB							LSB
(86H)	D7	D6	D5	D4	D3	D2	D1	D0

SPI 数据寄存器 SPDR 的字节地址是 86H,复位值为 00H。SPDR 用于在 CPU 与 SPI 移位寄存器之间传送数据。SPDR 寄存器可读写操作,执行写该寄存器的指令时,即使能 SPI 接口,启动数据传送。

在实际应用中,AT89S8252 单片机一般作为系统中的 SPI 主机。由于 AT89S8252 单片机上电复位后各端口均为高电平状态,这时可作输入口使用。在使能 SPI 接口后(置位 SPCR 中的 SPE 位),$\overline{SS}$,MOSI,MISO 和 SCK 信号从内部连接至 P1.4,P1.5,P1.6 和 P1.7。各端口的输入输出状态见表 7 - 2 - 3。在主机工作模式中,$\overline{SS}$ 引脚必须设置为高电平;若工作期间引脚被外围电路驱动为低电平,将意味着系统中另外一个 SPI 主机欲将此主机设置为 SPI 从机,这可能引起总线冲突,在实际使用中应避免。在从机工作模式中,若 SS 被外围电路驱动为低电平,此 SPI 接口就被选中,其处于工作状态。若 $\overline{SS}$ 为高电平,则此 SPI 接口未被选中,接口处于无效状态,而且接口逻辑被复位,对总线上传输的数据不做反应。如果在传送数据过程中 SS 被拉为高电平,SPI 接口将立即停止数据的发送与接收,这会丢失数据。

表 7 - 2 - 3　AT89S8252 SPI 端口状态

引脚	主 SPI	从 SPI
MOSI(P1.5)	输出	输入
MISO(P1.6)	输入	输出
SCK(P1.7)	输出	输入
$\overline{SS}$(P1.4)	输入(需接高电平)	输入

5. SPI 总线型显示/键盘接口

单片机因为体积小,所以 I/O 口资源不够丰富。而在应用系统中采用并行方式接口独立或矩阵键盘,以及显示器需要占用较多的 I/O 端口。这对于设计者是必须面对的问题。采用串行 2 线或 4 线串行总线的显示/键盘接口芯片,可以很大程度上减少 I/O 口的占用。

典型的 SPI 总线接口方式 LED 显示接口芯片有 PS7219。PS7219 是武汉力源公司生产的一种高性能、低价格的多位 LED 显示接口芯片。与 MAXIM 公司的 MAX7219 完全兼容,并增添了位闪等功能,PS7219 最多可同时驱动 64 只独立的 LED。

zlg7289 是广州周立功单片机有限公司的一款具有 SPI 串行接口功能,可同时驱动 8 位共阴式数码管或 64 只独立 LED 以及 64 个键的显示/键盘矩阵接口芯片。一片 zlg7289 即可完成 LED 显示、键盘接口的全部功能。芯片内部含有译码器可直接接受 BCD 码或十六进制码,并同时具有 2 种译码方式。zlg7289 有配合硬件使用的多种操作指令,如消隐、闪烁、左移、右移、段寻址等等,可广泛应用于仪器仪表、工业控制器以及条形显示器等。

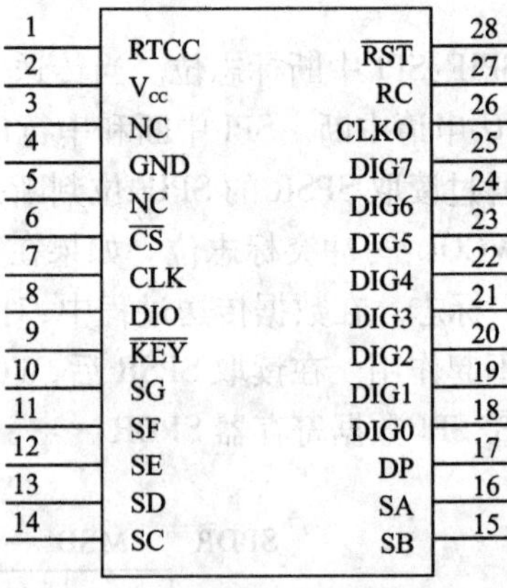

图 7 - 2 - 17　zlg7289 封装

(1)zlg7289 的特点

zlg7289 的主要特点包括:

● 串行接口,无需外围元件可直接驱动 LED 数码管。

● 具有段寻址指令,可方便控制独立的 LED 数码管。

● 键盘控制器内含去抖动电路。

● 各位独立控制译码/不译码、消隐和闪烁属性。

● 功能上可以完全替代 8279、7219 等显示/键盘器件。

zlg7289 采用 DIP24 封装,引脚排列如图 7 – 2 – 17 所示,各引脚功能见表 7 – 2 – 4。

表 7 – 2 – 4　zlg7289 引脚功能

引脚	名称	说明
1,2	RTCC,V_{CC}	正电源
3,5	NC	悬空
4	GND	接地
6	$\overline{CS}$	片选输入端,此引脚为低电平时,可向芯片发送指令及读取键盘数据
7	CLK	同步时钟输入端,向芯片发送数据及读取键盘数据时,此引脚电平上升沿表示数据有效
8	DIO	串行数据输入/输出端,当芯片接收指令时,此引脚为输入端;当读取键盘数据时,此引脚在"读"指令最后一个时钟的下降沿变为输出端
9	$\overline{KEY}$	按键有效输出端,平时为高电平,当检测到有效按键时,此引脚变为低电平
10 ~ 16	SG ~ SA	段 g ~ 段 a 驱动输出
17	DP	小数点驱动输出
18 ~ 25	DIG0 ~ DIG7	数字 0 ~ 数字 7 驱动输出
26	CLKO	振荡器输出端
27	RC	振荡器输入端
28	$\overline{RST}$	复位端

（2）zlg7289 的操作指令和时序

zlg7289 的操作指令包括纯指令和数据指令两种。纯指令包括复位、清除、测试、左移、右移、循环左移、循环右移等指令;数据指令包括闪烁控制、消隐控制、段点亮、段关闭、读键盘数据等。读键盘数据指令可直接从 7289 中读出当前的按键代码。zlg7289 与 CPU 通信时,串行数据从 DATA 引脚送入单片机并由 CLK 端同步。当片选信号 $\overline{CS}$ 变为低电平后,DATA 引脚上的数据在 CLK 引脚的上升沿被写入芯片内部缓冲寄存器。根据 zlg7289 的指令结构,其通信时序也略有不同。主要区别为,不带数据的纯指令的指令宽度为 8 位,即 CPU 需发送 8 个 CLK 脉冲;带有数据的指令宽度为 16 位,即 CPU 需发送 16 个 CLK 脉冲;读取键盘数据指令宽度为 16 位,前 8 位为微处理器发送到 zlg7289 的指令,后 8 位为 zlg7289 返回的键盘代码。执行此指令时 zlg7289A 的 DATA 端在第 9 个 CLK 脉冲的上升沿变为输出状态,并在第 16 个脉冲的下降沿恢复为输入状态并等待接收下一个指令。zlg7289 串行 SPI 接口的时序如图 7 – 2 – 18 所示。

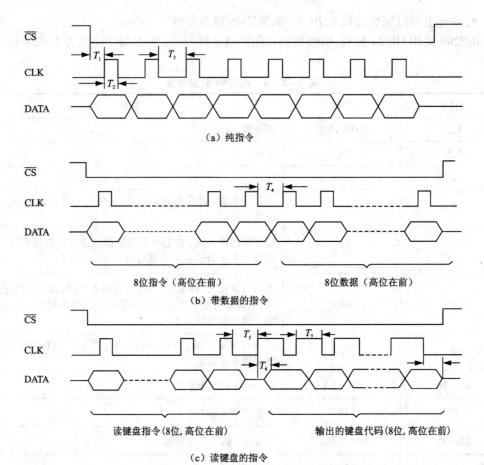

（a）纯指令

8位指令（高位在前）　　　　　　　　8位数据（高位在前）

（b）带数据的指令

读键盘指令（8位，高位在前）　　　　输出的键盘代码（8位，高位在前）

（c）读键盘的指令

图 7 - 2 - 18　zlg7289 接口的指令操作时序

（3）zlg7289 的应用电路

zlg7289 的典型应用电路如图 7 - 2 - 19 所示。zlg7289 需要外接晶体振荡电路，晶振频率为 12 ~ 16MHz，电容 15pF。一般 RESET 端可以和系统的 V_{CC} 直接相连，当可靠性要求高时，可以外接复位电路或直接由 CPU 的 I/O 口控制。在上电或执行复位操作后，RESET 端的高电平需保持 18 ~ 25 ms，芯片才会进入正常工作状态。

zlg7289 采用循环扫描的方式驱动显示，数码管采用共阴极类型，数码管的尺寸一般不宜大于 1 英寸，如需要使用大数码管应增加相应的驱动电路。电路中不需要的数码管和键盘可以不连接。如果不用键盘则图 7 - 2 - 19 所示电路中连接到键盘的 8 只 10kΩ 电阻和 8 只 100 kΩ 下拉电阻均可以省去；如果使用键盘电路，必须连接全部 8 只 100 kΩ 的下拉电阻。使用数码管时，串入 DP 及 SA - SG 连线的 8 只 270Ω 电阻均不能省去。

芯片上电后所有的显示均为空，当有键按下时，KEY 引脚输出低电平。此时如果接收到读键盘指令，zlg7289 将输出所按键的代码，键盘代码见图 7 - 2 - 19。图中代码以十进制表示。如果在没有按键的情况下收到读键盘指令，芯片固定输出数值 0FFH（255）。

使用 zlg7289 的详细介绍，参见 zlg7289B 应用指南（www.zlgmcu.com）。

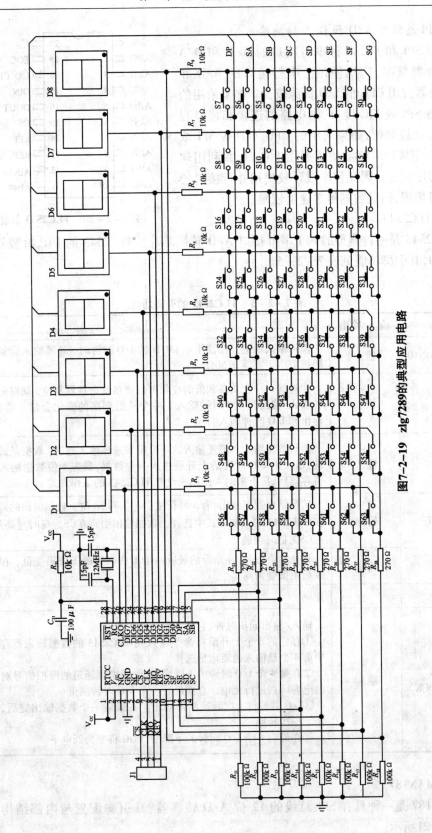

图7-2-19　zlg7289的典型应用电路

6. SPI 总线型 A/D 和 D/A 转换器

目前 SPI 和 I2C 两种串行接口的 A/D 和 D/A 转换器种类繁多,广泛使用。串行接口的 A/D 和 D/A 转换器占用 CPU 的 I/O 资源较少。如果采用的 CPU 具备 SPI 或 I2C 接口,则电路的连接和接口程序设计都比较简便;如果采用的 CPU 不具备 SPI 或 I2C 接口,则接口电路需使用通用 I/O 口,并利用软件模拟程序实现。因此程序设计较使用并行接口的芯片略显烦琐,而且数据传送速度较慢。

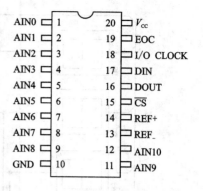

图 7 – 2 – 20　TLC2543 封装图

（1）TLC2543

TLC2543 是一种典型的 SPI 串行接口 A/D 转换芯片。TLC2543 的 DIP 封装外形见图 7 – 2 – 20,其引脚功能见表 7 – 2 – 5。

表 7 – 2 – 5　TLC2543 的引脚功能

引脚	输入/输出	功能
AIN0 ~ AIN10	输入	模拟输入通道。在使用 4.1MHz 的 I/O 时钟时,外部输入设备的输出阻抗应小于或等于 50Ω
$\overline{CS}$	输入	片选端。一个从高到低的变化可以使系统寄存器复位,同时使能系统的输入/输出和 I/O 时钟输入。一个从低到高的变化会禁止数据输入/输出和 I/O 时钟输入
DIN	输入	串行数据输入。最先输入的 4 位用来选择输入通道,数据是最高位在前,每一个 I/O 时钟的上升沿送入一位数据,最先 4 位数据输入到地址寄存器后,接下来的 4 位用来设置 TLC2543 的工作方式
DOUT	输出	转换结束数据输出,有 3 种长度:8、12 和 16 位。数据输出的顺序可以在 TLC2543 的工作方式中选择。数据输出引脚在 $\overline{CS}$ 为高时呈高阻状态,在 $\overline{CS}$ 为低时使能
EOC	输出	转换结束信号,在命令的最后一个 I/O 时钟的下降沿变低,在转换结束后由低变为高
GND		地
SCLK (I/O CLOCK)	输入	输入/输出同步时钟,它有 4 种功能: ①在它的 8 个上升沿将命令输入到 TLC2543 的数据输入寄存器。其中前 4 个是输入通道地址选择 ②在第 4 个 I/O 时钟的下降沿,选中的模拟通道的模拟信号对系统中的电容阵列进行充电。直到最后一个 I/O 时钟结束 ③I/O 时钟将上次转换结果输出。在最后一个数据输出完后,系统开始下一次转换 ④在最后一个 I/O 时钟的下降沿,EOC 将变为低电平

（2）MAX187

MAX187 是一种具有 SPI 总线的 12 位 A/D 转换器,其引脚配置与内部结构框图如图 7 – 2 –21所示。

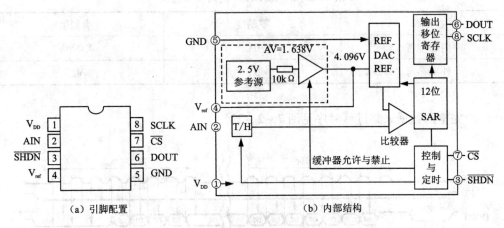

（a）引脚配置　　　　　　　　　　　　（b）内部结构

图 7 – 2 – 21　MAX187 引脚配置与内部结构框图

MAX187 各引脚的功能如下：

V_{DD}：电源输入，+5V。

AIN：模拟输入，输入范围为 $0 \sim V_{ref}$。

$\overline{SHDN}$：参考电源控制，有三种状态。若 $\overline{SHDN}$ 拉到低电平，则表示芯片处于低功耗状态，此时的电源电流为 $10\mu A$；若 $\overline{SHDN}$ 拉到高电平，则允许使用内部的参考电源；若 $\overline{SHDN}$ 处于悬浮状态，则禁止内部参考电源，允许使用外部参考电源。

V_{ref}：参考电压端。当允许内部参考源时，输出 4.096V 的电压；当禁止内部参考源时，可输入 $2.5V \sim V_{DD}$ 范围内的精密电压作参考电压。若采用内部参考源，则退耦电容容量为 $4.7\mu F$；若加上的是外部参考源，则还需要加 $0.1\mu F$ 的退耦电容。

GND：模拟地及数字地

DOUT：串行数据输出。在 SCLK 的下降沿，数据改变状态。

SCLK：串行时钟输入，时钟输入速率为 5MHz。

$\overline{CS}$：片选段，输入，低电平有效。在 $\overline{CS}$ 的下降沿初始化转换。当 $\overline{CS}$ 为高时 DOUT 线为高组态。

MAX187 使用采样/保持器（T/H）和逐位逼近寄存器（SAR）电路将一个模拟输入信号转换成一个 12 位的数字输出。采样/保持器无需外部的保持电容。MAX187 的输入信号在 $0 \sim V_{ref}$ 范围内，转换时间包括 T/H 的采样时间在内为 $10\mu s$。串行接口只需要三根数字线：SCLK、$\overline{CS}$ 和 DOUT，与微处理器的接口非常简单

转换器有两种工作方式：正常方式和暂停方式。将 $\overline{SHDN}$ 拉成低电平，器件处于暂停状态，电源电流减至 $10\mu A$；当 $\overline{SHDN}$ 拉成高电平或不接时，器件将进入正常工作方式。$\overline{CS}$ 的下降沿将初始化转换。转换结果是在 DOUT 端以单极性串行格式输出，转换结束（EOC）为高电平，然后是串行数据流（MSB 在先）。

MAX187 运行于内部参考或外部参考两种状态之一。强迫 $\overline{SHDN}$ 为高时，选择内部参考运行；$\overline{SHDN}$ 悬浮时，选择外部参考运行。两种状态见表 7 – 2 – 6 所示。

表 7 – 2 – 6　MAX187 的两种状态表

参考源	零刻度	满刻度
内部参考	0V	4.096V
外部参考	0V	V_{ref}

一个完整的数据采集过程时序见图 7 – 2 – 22。

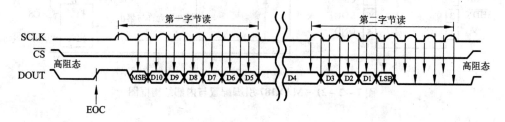

图 7 – 2 – 22　MAX187 的传输时序 (CPOL = CPHA)

MAX187 与 89S51 的接口非常简单,只需三根线:CS、SCLK 和 DOUT。接口电路见图 7 – 2 – 23。

89S51 的 P1.5、P1.6 和 P1.7 分别与 MAX187 的 $\overline{CS}$、SCLK 和 DOUT 相连接。

在串行接口有效时,设置 CPU 的串行接口为主方式,因而 CPU 发出串行时钟,并选择时钟频率为 2.5MHz。过程如下:

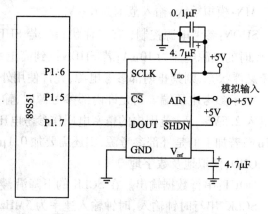

图 7 – 2 – 23　MAX187 接口电路

① 用 P1.5 将芯片的片选拉成低电平 $\overline{CS}$,并保持 SCLK 为低电平。

② 等待最大转换时间,检测 DOUT 的上升沿,确定转换是否结束。

③ 输出 SCLK。SCLK 至少保持 13 个时钟周期有效。在时钟的第一个下降沿,DOUT 端将出现转换结果的最高位(MSB)。DOUT 端在 SCLK 的下降沿出现数据,在 SCLK 的上升沿数据稳定,89S51 可以读入数据。

④ 在时钟的第 13 个下降沿或之后,将 $\overline{CS}$ 拉成高电平。如果此后 $\overline{CS}$ 仍为低电平,在输出 LSB 位之后将输出 0。

⑤ 随着 $\overline{CS}$ = 1,等待特定的时间 t_{cs} 之后,若 $\overline{CS}$ 拉成低电平,将进行新的一次转换。如果在转换结束之前,将 ES 拉成高电平来中止转换,则需要至少等待一个采样时间 t_{AQCQ},才能启动一次新的转换。

(3) TLC5615 D/A 转换器

TLC5615 是电压输出型 SPI 接口 D/A 转换器,可以通过外接的基准电压来调节电压输

出幅度,电路比较简单。TLC5615 的主要特点如下:

- 10 位 CMOS 电压输出型 DAC;
- 5V 单电源工作;
- 3 线 SPI 串行接口;
- 高阻抗基准电压输入;
- 电压输出最大为基准输入电压的 2 倍;
- 内部上电复位;
- 低功耗,最大 1.75mW;
- 建立时间 12.5μs(0.5LSB)。

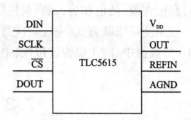

图 7 - 2 - 24　TLC5615 封装图

TLC5615 采用 8 脚 DIP 或 SOP 封装,8 脚 DIP 封装如图 7 - 2 - 24 所示。其引脚功能如表 7 - 2 - 7 所列,其中 DOUT 引脚只有在多个 TLC5615 级联时才使用,REFIN 是基准电压输入端,典型值取为 2.0V。

表 7 - 2 - 7　TLC5615 引脚功能

引脚名称	引脚号	I/O 方向	功能
DIN	1	输入	串行数据输入
SCLK	2	输入	串行时钟输入
$\overline{CS}$	3	输入	芯片选择
DOUT	4	输出	串行数据输出
AGND	5		模拟地
REFIN	6	输入	基准输入
OUT	7	输出	DAC 模拟电压输出
V_{DD}	8		正电源(+5V)

TLC5615 内部结构如图 7 - 2 - 25 所示。TLC5615 芯片上电时,内部电路将把 DAC 寄存器复位至全零。电阻网络把 10 位数字数据转换为模拟电压电平后,通过固定增益为 2 的运放缓冲输出,模拟量输出与基准输入 REF 的极性相同。

当 $\overline{CS}$ 为高电平时,串行输入数据 DIN 不能送入移位寄存器;输出数据 DOUT 保持最近的数值不变。当 $\overline{CS}$ 为低电平时,串行输入数据 DIN 由时钟 SCLK 同步送入移位寄存器,输出模拟电压。

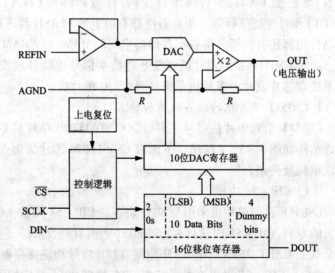

图 7 - 2 - 25　TLC5615 内部结构

TLC5615 的使用有级联方式和非级联方式。使用非级联方式时,TLC5615 的 DAC 输入锁存器为 12 位宽。DIN 输入的 12 位数据格式为:前 10 位为输入的 D/A 转换有效数据,输入时高位在前,低位在后,最后两位写在 LSB 之后,数值为 0。

如果使用级联方式,完成一次数据输入需要 16 个时钟周期,输入的数据也为 16 位。输入 16 位数据中,前 4 位为虚拟位,中间 10 位为 D/A 转换数据,最后 2 位为 0。

7.3　SOC 型单片机

所谓 SOC(System on Chip)技术,是一种高度集成化、固件化的系统集成技术。SOC 技术的核心思想,就是要把整个应用电子系统全部集成在一个芯片中。在使用 SOC 技术设计的应用系统中,除了那些无法集成的外部电路或机械部分以外,其他所有的系统电路全部集成在一起。

SOC 型单片机,即片上系统型单片机,把单片机应用系统常用的一些功能模块全部都做在一片芯片上,使之成为一个完整的测量与控制系统。美国 Silabs(Silicon Laboratories)公司的 C8051F 系列单片机和 ADI(Analog Device Inc.)公司的 ADuC84x 系列单片机,是目前两种比较著名的、以 8051 为核心的 SOC 型单片机。Philips 公司的 P89 系列单片机也集成了许多功能部件和大容量的片内 Flash ROM。本章介绍 C8051F 和 ADuC84×系列单片机。

7.3.1　C8051F 系列单片机

C8051F 系列单片机具有与 8051 单片机兼容的微控制器内核,与 MCS – 51 指令系统完全兼容。除具有标准 8051 的数字外设部件外,片内增加的外设或功能部件包括:模拟多路选择器、可编程增益放大器、ADC、DAC、电压比较器、电压基准、温度传感器、SMBus(与 I^2C 兼容)增强型 UART、SPI、可编程定时/计数器阵列(PCA)、电源监视器、看门狗定时器(WDT)和时钟振荡器等。所有器件都有内置的 FLASH 程序存储器和 256B 的内部 RAM,有些品种内部还有位于外部数据存储器空间的 RAM,即 XRAM。

由于 C8051F 系列单片机既能处理数字信号也能处理模拟信号,所以又称它为混合信号系统级芯片或片上单片机系统,简称 SOC 单片机。

1. C8051F 单片机的组成结构和特点

C8051F 系列单片机型号很多,其中 C8051F020 单片机是一个比较有代表性的品种,其组成结构如图 7 – 3 – 1 所示。下面以 C8051F020 芯片为例介绍 C8051F 系列单片机的主要组成结构及特点。

(1) CIP – 51 内核

C8051F 系列单片机采用与 805l 兼容的 CIP – 51 内核。CIP – 51 微控制器内核是 Silabs 公司的专利,CIP – 51 内核具有标准 8052 的所有外设部件,包括 3 个 16 位的定时/计数器、1 个全双工 UART、256B 内部 RAM 空间、128B 特殊功能寄存器(SFR)地址空间及 4 个 8 位的 I/O 端口。CIP – 51 采用流水线结构,与标准的 8051 结构相比指令执行速度有很大的提高。在标准的 8051 中,大部分指令的执行需要 1~2 个机器周期,即 12 或 24 个系统时钟周期,MUL 和 DIV 指令执行时间更长,最大系统时钟频率为 12~24MHz。而对于 CIP – 51 内核,指令的执行以系统时钟周期为单位,70% 的指令执行时间为 l 或 2 个系统时钟周期,只有 4

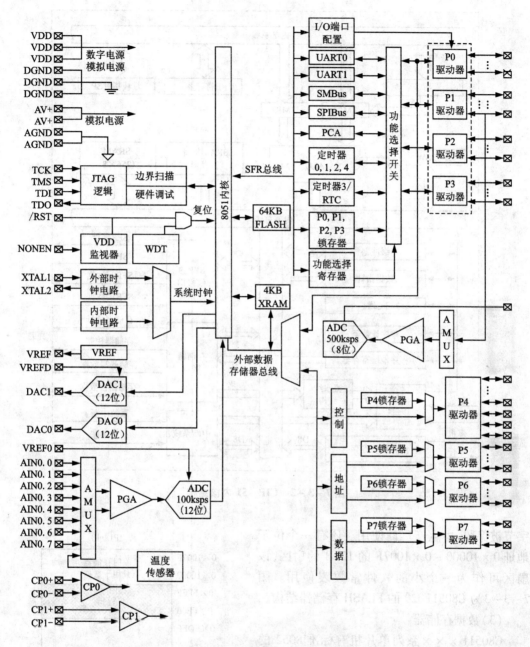

图 7 - 3 - 1   C8051F020 单片机

条指令的执行时间大于 4 个系统时钟周期。

如 C8051F020 中的 CIP - 51 工作在最大系统时钟频率 25MHz 时,它的峰值速度达到 25MIps(兆指令/秒)。CIP - 51 内核结构如图 7 - 3 - 2 所示。

(2)FLASH 存储器

C8051F 的程序存储器为 8～128KB(不同型号有区别)的 FLASH 存储器,以 512B 为一个扇区,可以在系统编程,且无需在片外提供编程电压。

C8051F020 的程序存储器包含 64KB Flash 存储器。从 0 × FE00 到 0 × FFFF 的 512 个

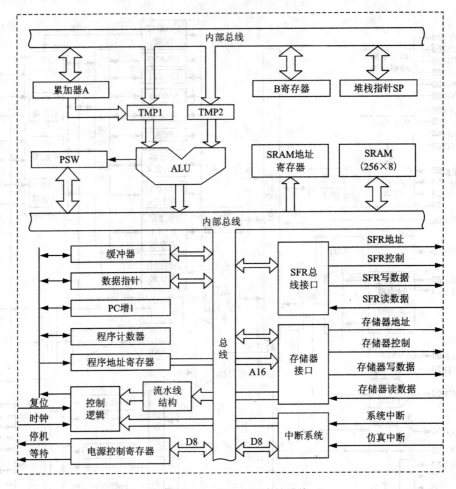

图 7-3-2 CIP-51 内核结构

字节被保留,由生产厂商使用。还有一个位于地址 0×10000 ~ 0×1007F 的 128B 的扇区,该扇区可作为一个小的软件常数表使用。图 7-3-3 为 C8051F020 的 FLASH 存储器结构。

(3)数据存储器

C8051F×××系列单片机有标准 8052 的数据地址配置。它包括 256B 的核内数据 RAM,多数品种中还有 1~4KB 位于外部数据存储器地址空间的片内 XRAM,以及用于访问外部数据存储器或其他 I/O 器件的外部数据存储器接口((External Memory Interface,EMIF)。

C8051F020 的数据存储器配置如图 7-3-4所示,包含片内 256BRAM,4KBXRAM。此外还有外部存储器接口 EMIF。外部数据存

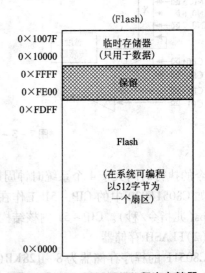

图 7-3-3 C8051F020 程序存储器

储器地址空间 4KB 以下的地址指向片内,4KB 以上的地址指向 EMIF。EMIF 可以被配置为地址/数据线复用方式或非复用方式。

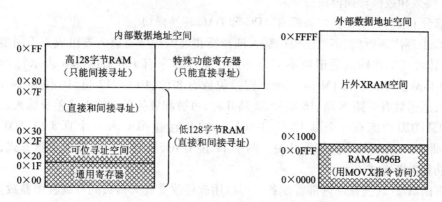

图 7 - 3 - 4　C8051F020 的数据存储器配置

（4）并行接口

C805lF 单片机的并行接口（即一般单片机的通用 I/O 端口），不同型号其端口的引脚数量不同,有 11 脚、22 脚、32 脚和 64 脚等多种。

C8051F020 单片机有 8 个 I/O 端口,分别为 P0、P1、P2、P3、P4、P5、P6、P7,每个端口有 8 个引脚,都可以用作通用的 I/O 端口。此外,它还具有以下特点:

其一,P0 ~ P3 口的每个管脚通过独立编程还能作为特殊功能的输入或输出,即同一个引脚可以作为片上不同外围功能模块的信号输入输出端口。其二,I/O 端口可以通过软件设置改变引脚的输入输出硬件状态配置,例如:弱上拉输入、推拉输出、开漏输出等。I/O 端口的第 3 个特点是,通过对外部存储器接口的配置,可以灵活地选择作为地址数据总线用的 I/O 端口及控制线,并可以选择复用和非复用方式。

（5）串行接口

C8051F 系列单片机除了具有全双工 UART 串行口之外,还增加了 SPI 总线和 SMBus/I²C（SMBus 与 I2C 兼容）总线接口。每种串行总线都能向 CIP - 51 发出中断申请,因此很少需要 CPU 的干预。这些串行总线不"共享"定时器、中断或端口 I/O,所以可以全部同时使用或单独使用其中任何一个。还有少数型号配置了 USB 和 CAN 串行接口。

C8051F020 有 SPI 和 SMBus/I2C,还有 2 个增强型全双工 UART,具有硬件地址识别和错误检测功能。

（6）定时器和可编程计数器阵列

在 C8051F×××系列单片机中都具有 2 ~ 4 个通用定时/计数器,它们与 80C51 系列单片机中的计数器/定时器功能基本相同。

除通用计数器/定时器外,C8051F020 等型号还有一个片内可编程定时/计数器阵列（PCA）。PCA 包括 1 个专用的 16 位定时/计数器时间基准和 5 个可编程的捕捉/比较模块。时间基准可以选择 6 种时钟源之一。每个捕捉/比较模块都有 4 种或 6 种工作方式:边沿触发捕捉、软件定时器、高速输出、8 位脉冲宽度调制器、频率输出、16 位脉冲宽度调制器。

（7）中断系统

扩展的中断系统可响应 22 个中断源的中断申请,这些增加的中断源大大增加了单片机对现场复杂多变情况的反应能力,便于多任务实时系统的设计应用。

(8)模数和数模转换模块

大部分 C8051F 单片机内部都有 ADC 和 DAC 转换模块。

ADC 由逐次逼近型、多通道模拟输入选择器和可编程增益放大器组成。不同型号的转换位数、转换速率和输入通道数不完全相同。采样速率有 100 ksps(sps 表示每秒采样次数)、200 ksps、500ksps 和 1Msps 几种。转换位数有 8 位、10 位、12 位、16 位和 24 位几种。外部输入通道数有 2 路、8 路、16 路和 32 路几种,可被配置为单端输入或差分输入。

CS051F020 内部有一个真 12 位、100 ksps 的 8 通道 ADC 和一个真 8 位、500 ksps 的 ADC,均带 PGA 和模拟多路转换开关。两个 12 位 DAC,具有可编程数据更新方式,可以设置为低功耗关断方式。

所有的 A/D 转换模块内部都配备了可以用软件改变放大倍数的可编程增益放大器,有的还设有温度传感器。DAC 模块可以使用内部或外部的电压基准。

(9)多复位源

C8051F 系列单片机设置了 7 种复位源使系统的可靠性和灵活性提高。7 种复位源分别是内部复位:WDT 看门狗定时器、时钟丢失检测器、比较器 0 输出电平检测、软件强制复位;外部复位:片内电源 V_{DD} 监视、CNVSTR 信号复位和外部引脚RST复位。每个复位源都可以由用户用软件禁止,有利于低功耗设计。

(10)时钟源

C8051F 系列单片机有内部独立的时钟源,内部时钟误差在 2% 以内。系统复位时默认内部时钟。外部时钟可以是晶体、陶瓷谐振器、电容、RC 或外部时钟源产生的系统时钟。如果需要可接外部时钟并可在程序运行时实现内外部时钟的切换,降低功耗。

(11)JTAG 接口

JTAG(Joint Test Action Group)接口是 1985 年制定的检测 PCB(印刷电路板)和 IC 芯片的 IEEE 1149.1 标准。它对外有 TMS、TCK、TDI 和 TDO 4 个引脚。

C8051F 配备的片内 JTAG 接口完全符合 IEEE 1149.1 标准,可为生产和测试提供完全的边界扫描功能,以实现对器件所有引脚及相应引线的控制与观察。在 PC 机支持下,通过片内 JTAG 接口可直接对安装在最终应用系统上的产品 MCU 进行非侵入式(不占用片内资源),实时在系统仿真调试。该调试系统支持观察和修改存储器及寄存器,支持断点、单步、运行和停机命令。在使用 JTAG 调试时,所有的模拟和数字外设都可全功能运行。

(12)降低系统功耗

C8051F 单片机采用了降低系统功耗的多种方法。由于功耗与电压和频率是成正比的,C8051F 采用 3V(2.7~3.6V)供电,其时钟系统可在满足响应速度的前提下,使系统的平均时钟频率最低。因而降低功耗;多种复位源可使系统在掉电方式下,方便灵活地重新复位;片上功能模块都能单个关闭或全部关闭以降低功耗。

2. 外形封装

C8051F 系列单片机不同子系列单片机的引脚数量有较大差别。以 C8051F02× 为例,其封装形式是 TQFP(Thin Quad Flat Package),有 64 脚和 100 脚两种。它的体积很小、很薄,是一种表面贴焊的方形封装芯片,尺寸为 7mm×7mm。此外其他型号还有 LQFP(Leadless Quad Flat Package）和 MLP（Minimal Leadless Package）的封装形式，LQFP – 100 脚的尺寸为 14mm×14mm，MLP 的最小尺寸仅为 3mm×3mm。因篇幅所限，C8051F02×单片机的外形、引脚的名称和功能恕不详述，读者可参阅参考文献[11]或[12]。

3．C8051F 系列单片机分类

C8051F 系列单片机型号很多，按照它们的主要特点，可以分为以下 6 类。

（1）通用型

通用型 C8051F 单片机具有 SOC 型单片机的基本特性，功能比较全面、通用性较好、应用较广泛。如以上重点介绍的 C8051F020 所具有的 CIP – 51 微控制器内核、存储器、模拟外设、数字外设、时钟源、多复位源、片内 JTAG 调试电路、低系统功耗设置等。通用型的其他型号基本结构类似，但在模拟、数字外设和存储器数量上有一定区别，这类单片机的典型型号为 C8051F310/020/022/005/330 等。

（2）超微型

超微型以 C805IF30×子系列为代表。它的主要特点是结构简化，功能减少，体积大大缩小，仅有 3mm×3mm，外部 11 只引脚。与通用型的主要不同点如下：

①存储器。C8051F30×单片机有 256 B 的核内数据 RAM，程序存储器为 2~8 KB（视型号容量不同）的闪存。

②模拟外设。为一个 8 位 ADC，采样转换速率可以编程，最大为 500 ksps，转换位数为 8 位。外部输入通道数有 8 路，可被配置为单端输入或差分输入。内部都配置了可以用软件改变放大倍数的可编程增益放大器（放大倍数分别为 4,2,1,0.5）。其内部有温度传感器，具有电压超限监测器。

③数字外设。数字外设包括：8 个 I/O 端口，SMBus 和 UART 2 种串行口，3 个通用 16 位定时器，可编程的 16 位定时/计数器，3 个比较/捕捉模块。其余特点与通用型芯片相同。

（3） CAN 型

CAN 型以 C8051F04×为代表。它的主要特点是增加了 CAN 总线。

与通用型的主要不同是：配置的 CAN 控制器符合 CAN 总线 2.0B 协议，传输距离可达 10km，传输速度可达 1Mbps，有可靠的错误处理和检测机制。CAN 总线系统在小型汽车控制系统中应用较多。

（4）精确 AD 型

精确 AD 型有 2 种类型，一类是 C8051F35×，一类是 C8051F06×子系列。其主要的共同特点是具有转换精度较高的 AD 模块。

C8051F35×的主要特点是具有转换位数高达 16 位或 24 位的高精度 AD 转换模块。

C8051F06×单片机的主要特点是具有转换位数高达 16 位的高精度 AD 转换模块，且转换速度比 C8051F35×快，同时它也具有 CAN 总线控制器，因而也可以把它分类为 CAN 型。

（5）USB 型

USB 型（C8051F32×）的主要特点是具有 USB 功能控制器。USB 功能控制器符合 USB 规范 2.0，可以以高速 12Mbps 或低速 15Mbps 运行。支持 8 个可灵活配置的端点，有专用的 1KB 的 USB 数据缓冲器，有集成的收发器，无需 JTAG 调试。其余配置与通用型芯片基本相同。

（6）高速型

高速型以 C8051F12×/13×为代表。它的主要特点是采用高速 8051 控制器内核，有片内时钟倍频电路 PLL,运行速度可高达 100 兆指令/秒或 50 兆指令/秒。

7.3.2　ADuC841 单片机

美国 ADI(Analog Device Inc.)公司是一家著名的半导体生产厂商,在 20 世纪 90 年代后期也开始生产与 8051 兼容的单片机——ADI 微转换器(MicroConverter)。ADI 早期的产品是 ADuC812、ADuC816 和 ADuC824,分别具有 12 位、16 位和 24 位 ADC。

与普通的 8051 单片机相比较,其突出的优点是:微转换器芯片中集成了精密 ADC、DAC及快闪存储器;用 RS - 232 或一根口线实现在线调试和在线编程的功能。只要有一台 PC机或笔记本电脑,不需要专门的硬件仿真器和 JTAG 接口,便能对系统硬件进行在线调试、编程或对系统升级。这个功能在现有单片机中是独一无二的。

目前 ADI 公司主要推介 ADuC84 × 系列单片机。相比于早期的 ADuC81 × 系列,ADuC84 × 系列在速度上大幅度提升,达到了一个时钟周期执行一条指令的速度,最快为 25 MHz(5 V 时)或 16 MHz(3 V 时)。同时,片内集成的功能部件的可靠性和功耗等方面也达到了一个崭新的水平。ADuC84 × 系列单片机主要包括 ADuC841、ADuC842 和 ADuC843 三个品种,这里以 ADuC841 为代表来介绍 ADuC84 × 系列单片机。

1. ADuC841 的组成结构和主要特点

(1)基于 8051 的内核

ADuC841 系列单片机的内核采用基于 8051 的单指令周期内核,指令系统与 8051 的指令系统完全兼容。ADuC841 系列单片机的内核性能远高于普通 8051 单片机,峰值指令执行速度达到 20MIps(兆指令/秒)。ADuC841 包括 8052 的全部功能部件,其主要部件有:

① 32kHz 外部晶振;

② 片内可编程锁相环 PLL(最高时钟频率 12.58 MHz);

③ 三个 16 位定时/计数器;

④ 26 条可编程输入/输出线;

⑤ 12 个中断源,两个优先级;

⑥ 双数据指针;

⑦ 扩展的 11 位堆栈指针。

(2)存储器

ADuc841 的存储器组织有几个不同的存储空间,如图 7 - 3 - 5 所示。每个存储空间都具有连续的字节地址空间,其地址是从 0 开始至最大存储范围的字节地址,即它们的地址是全部重叠的。存储空间之间利用不同的指令寻址方式来区别访问。

①程序存储器(ICODE)区

ADuC841 的程序存储器区只在片内,最大有 62KB(0000H ~ F7FFH)。片内程序存储器(ICODE)是快闪存储器 Flash,可以多次擦写,FLASH/EE 存储器具有 100 年寿命,100K 写入次数;闪速/电擦除程序存储器具有三级安全设置功能,加强了保密性能。

②数据存储器

ADuC841 的数据存储器区分成以下几个区域:

- 特殊寄存器 SFR 与 8052 相同;

- 片内前 128B RAM 称为 DATA 区,其访问速度快于其他片内 RAM;

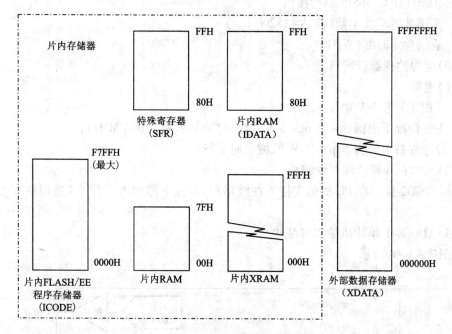

图 7 – 3 – 5　ADuc841 的存储器组织

• 从 80H 开始有附加的 128B 片内 RAM,称为 IDATA,只用间接寻址方式访问,以区别于地址空间相同的特殊寄存器 SFR。

• 片内 XRAM　ADuC841 的片内有一个以 FLASH/EEPROM 存储器构成的非易失性数据存储空间,大小为 4KB,称 XRAM 区。

• ADuC841 的最大一个数据存储空间为 16 MB,采用 24 位地址寻址,称做外部数据区,简称 XDATA 区。XDATA 数据存储空间包含片外扩展 RAM 和一些需要通过总线接口的外围器件。

(3) ADC

ADuC841 的片上 ADC 为 8 通道、高速(420ksps)的 12 位精密 ADC,单电源供电,并具有以下特性:

• 基于开关电容的逐次转换型 ADC;

• 片上提供低漂移(15×10^{-6}/℃)、高精度参考电源;

• 利用 DMA 控制器设置为 DMA 方式,不需要 CPU 的参与,ADC 的转换结果会自动存储到外部数据 RAM(XDATA)中;

• 片上温度监测和校准功能。

(4) DAC

• 2 通道 12 位/8 位电压输出 DAC;

• 2 通道 PWM/$\sum$ – Δ 型 DAC,ADuC841 片上的 PWM 具有很高的灵活性,可编程的分辨率、时钟和具有六种工作模式。片上的两个 PWM 都可以设置为 16 位的 $\sum$ – Δ 型 DAC。

(5)双激励电流源

(6)时间间隔计数器(TIC,唤醒/RTC 定时器)

（7）UART、I²C 和 SPI 串行接口

（8）高速波特率发生器（高达 115200 bps）

（9）看门狗定时器（WDT）

（10）电源监视器（PSM）

（11）电源

● 可用 3 V 和 5 V 电压工作；

● 正常情况下电源为 4.5 mA/3 V（核心时钟频率为 2.098 MHz）；

● 掉电保持电流为 10 μA/3 V，唤醒定时运行。

（12）实时在线调试和在线编程

利用 RS232 接口在 PC 机的支持下在线串行，高速下载修改程序，其通用性好于 JTAG 接口。

（13）ADuC841 单片机的内部结构

如图 7 - 3 - 6 所示。

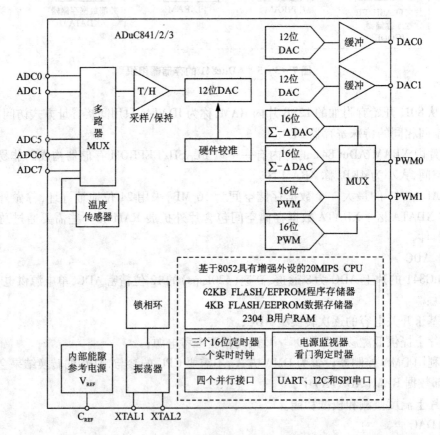

图 7 - 3 - 6　ADuC841 单片机的内部结构

（14）ADuC841 单片机的外形封装

ADuC841 单片机的外形封装有 52 脚 PFP 封装和 56 脚 CSP 封装，见图 7 - 3 - 7。ADuC841 单片机的引脚定义见表 7 - 3 - 1。

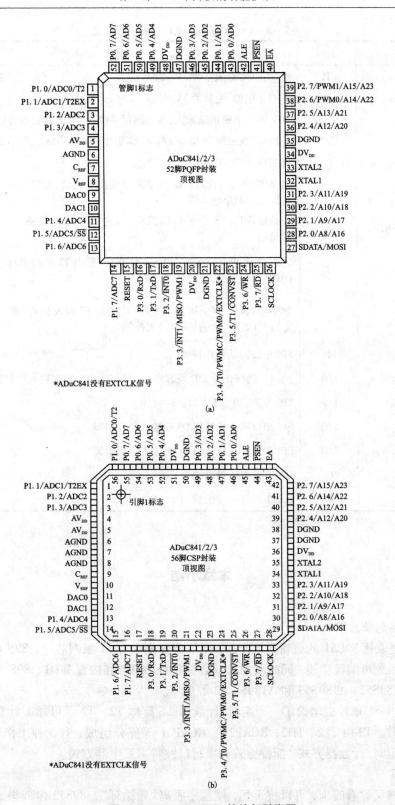

图 7 - 3 - 7　ADuC841 的外部引脚图

表 7 – 3 – 1 ADuC841 单片机的引脚定义

符号	类型	功能
DV$_{DD}$	P	数字正电源,通常为 3V 或 5V
AV$_{DD}$	P	模拟正电源,通常为 3V 或 5V
C$_{REF}$	I/O	片上参考电源退耦输入,通常通过一枚 0.17μF 陶瓷电容接地
V$_{REF}$	NC	不连接,该引脚为 ADuC841 的参考电源输出,用 C$_{REF}$ 引脚替代该引脚
AGND	G	模拟地,作为模拟信号的参考点
P1.0 ~ P1.7	I	P1 口能作为输入口。缺省定义为模拟输入口,写"0"到 P1 口可以把它定义为数字输入口。
ADC0 ~ ADC7	I	模拟输入口。8 个单端模拟输入,通过专用寄存器 ADCCON2 选择通道
T2	I	定时/计数器 T2 的数字输入。使能后,每当 T2 引脚出现由"1"到"0"的跳变时,定时/计数器 T2 加 1
T2EX	I	数字输入口。该引脚用于定时/计数器 T2 触发捕捉/重加载,也作为定时/计数器 T2 的加/减计数控制
$\overline{SS}$	I	SPI 串口的从机选择输入
SDATA	I/O	用户可选择作为 I2C 兼容串口,或 SPI 串口数据输入/输出脚
SCLOCK	I/O	I2C 兼容,或 SPI 串口的时钟脚
MOSI	I/O	SPI 串口的主机输出/从机输入信号引脚
MISO	I/O	SPI 串口的从机输出/主机输入信号引脚
DAC0	O	DAC0 的电压输出端
DAC1	O	DAC1 的电压输出端

本章小结

1. 89S 系列单片机

89S51 是取代 89C51 的更新换代产品,向下兼容 89C 等 51 系列芯片。89S 系列芯片具有 ISP 在线系统可编程功能,同时增加了双数据指针 DPTR 和内置 WDT。89S 系列复合型单片机有 AT89S52、AT89S53 和 AT89S8252 等型号。

(1)AT89S52 单片机增设了一个定时/计数器 2,简称 T2。T2 既可加 1 计数也可以设置为减 1 计数。T2 由 TL2、TH2、RCAP2H、RCAP2L 等部分组成,有 3 种工作方式:16 位自动重装载定时/计数器方式、捕捉方式和串行口波特率发生器方式。

(2)WDT

程序监视又称看门狗,可以抗干扰,使程序脱离"死循环"。89S52 内部集成了硬件看门狗定时器 WDT。89S52 的 WDT 包括一个 14 位计数器和一个复位寄存器 WDTRST。

（3）采用 CHMOS 工艺制造的 AT89S52 单片机提供休眠方式和掉电保持两种节电运行方式。

2. 串行总线接口技术

（1）I^2C 总线

I^2C（亦写作 I^2C）总线是一种双线串行标准总线，其数据传输采用 2 条线：一条 SDA 线，一条 SCL 线。一个 I^2C 总线网络中可以挂接多个单片机，以及存储器、A/D、D/A 转换器、LED 或 LCD 驱动器、时钟器件等多种外围设备。

实际应用的 I^2C 单片机系统大部分采用单主结构形式。在 VIIC1.0 的支持下，一般的 51 单片机用 2 根普通 I/O 口线就可扩展 I^2C 总线外围器件。将 VIIC1.0 软件包装入程序存储器中，对其中的符号单元赋值后，使用 3 条通用操作命令就可实现任何 I^2C 总线外围器件的应用程序设计。I^2C 总线目前大量应用于 IC 卡系统。

FRAM 铁电存储器，兼具 RAM 和 ROM 的特性。凭借其各种优点，已经被广泛应用于仪器仪表、航空航天、工业控制系统、网络设备、自动取款机等领域。

（2）SPI 总线

SPI 总线是一种 3 线串行标准总线。在芯片之间通过串行数据线（MISO、MOSI）和串行时钟线（SCK）实现同步串行数据传输的技术。支持 SPI 总线系统的外围设备种类繁多，如 TTL 移位寄存器、LCD 显示驱动器、网络控制器等。

AT89S8252 单片机具有 SPI 接口。与 SPI 接口有关的特殊功能寄存器有：SPI 工作方式控制寄存器 SPCR、SPI 状态标志寄存器 SPSR 和数据寄存器 SP2DR，它们均为 8 位寄存器。通过对它们的各个功能位进行编程，即可实现对 SPI 接口工作状态的控制。

zlg7289 是一款具有 SPI 串行接口功能，可同时驱动 8 位共阴式数码管或 64 只独立 LED 以及 64 个键的显示/键盘矩阵接口芯片。

TLC2543 和 MAX187 是 2 种 SPI 总线 A/D 转换器；TLC5615 是一种电压输出型 SPI 接口 D/A 转换器。

3. SOC 型单片机

SOC 型单片机，即片上系统型单片机，它把单片机应用系统常用的一些功能模块全部做在一片芯片上，使之成为一个完整的测量与控制系统。

（1）C8051F 系列单片机具有与 8051 单片机兼容的 CIP－51 内核，与 MCS－51 指令系统完全兼容；程序存储器为 8 ～ 128KB，可以在系统编程；数据存储器配置包含片内 256BRAM 和 4KBXRAM，此外还有外部存储器接口 EMIF；C8051F 除具有标准 8051 的数字外设部件外，片内增加的外设或功能部件包括：模拟多路选择器、可编程增益放大器、ADC、DAC、电压比较器、电压基准、温度传感器、SMBus（与 I2C 兼容）、增强型 UART、SPI、可编程定时/计数器阵列（PCA）、电源监视器、看门狗定时器和时钟振荡器等。

（2）ADuC841 系列单片机的内核采用基于 8051 的单指令周期内核，指令系统与 8051 的指令系统完全兼容，峰值指令执行速度达到 20MIps（兆指令/秒）。ADuC841 包括 8052 的全部功能部件。与 8051 相比较其突出的特点是芯片中集成了精密 ADC、DAC 及快闪存储器；用 RS－232 或一根口线即可实现在线调试和在线编程的功能；最大有 62KB 片内程序存储器；有一个以 FLASH/EEPROM 存储器构成的 4KB XRAM、UART、I2C 和 SPI 串行接口、WDT 等。

学习本章以后，应达到以下教学要求：

(1)熟悉定时/计数器2的结构和工作原理，及其3种工作方式；

(2)熟悉看门狗定时器 WDT 的功能和工作原理，掌握 89S52 看门狗的使用方法；

(3)熟悉 AT89S52 单片机休眠方式和掉电保持两种节电运行方式；

(4)熟悉 I2C 总线 IC 卡系统，掌握使用 VIIC1.0 软件包进行 I2C 总线外围器件的应用程序设计的方法；

(5)熟悉 FRAM 铁电存储器的特性。

(6)了解 SPI 串行总线接口的特点和应用；

(7)了解 SOC 型单片机的组成结构特点和和应用。

思考与练习题

7.1 简述 89S 系列几种复合型单片机的型号和特点。

7.2 T2CON 中的 RCLK 和 TCLK 用来选择什么？如果两者都被清零，则 T2 工作在什么方式？此时的计数脉冲是什么？

7.3 T2 的捕捉和重装载分别在什么情况下发生？发生的结果是什么？

7.4 设 T2 工作在波特率发生器方式，且其 $C/T2 = 0$，试问在系统时钟为 11.0592 MHz 时，若要求波特率为 19200bit/s，则 T2 的重复装载常数应为多少？

7.5 AT89S52 的 WDT 由哪两部分组成？如何启动和运行？

7.6 试画出 I2C 总线一次完整的数据传送格式图。

7.7 编程将 0~9 写入 AT24C02 的 0~9 单元。

7.8 编程将 AT24C02 的 0~9 单元内容读出并分别存入内部 RAM 的 20H~29H 单元。

*7.9 试用一片 TLC5615 设计一个 51 波形发生器，使能产生方波、锯齿波。

7.10 试归纳总结 C8051F02×单片机和 ADuC841 系列单片机的内核与 MCS-51 内核的异同点。

7.11 C8051F02×单片机内部包含哪些主要逻辑功能部件？各有什么主要功能？

第 8 章 单片机应用系统的设计

【本章要点】 从总体设计、硬件设计、软件设计、可靠性设计、系统调试与测试等几个方面介绍单片机应用系统设计的方法及基本过程，并给出典型设计实例。重点在于单片机应用系统开发的方法与实际应用，难点在于将单片机应用系统开发的方法应用于实际工程中，设计出最优的单片机应用系统。

单片机应用系统是指以单片机为核心、配以一定的外围电路和软件、能实现某种或几种功能的应用系统。

单片机应用系统的设计是一个综合运用知识的过程，其设计内容包括硬件和软件两大部分。硬件设计以芯片和元器件为基础，包括扩展的存储器、键盘、显示、前向通道、后向通道、控制接口电路以及相关芯片的外围电路等；软件设计是基于硬件基础上的程序设计。软件的功能就是指挥单片机按预定的功能要求进行操作。对于一个单片机系统，只有系统的软、硬件紧密配合，协调一致，才是高性能的单片机系统。

8.1 单片机应用系统的设计原则与过程

尽管单片机应用系统的应用领域和应用规模多种多样，系统的设计方案和具体的技术指标也千变万化，但在单片机应用系统的设计与实现过程中，都有共同遵循的设计原则和步骤。

8.1.1 单片机应用系统的设计原则

单片机应用系统的基本设计原则主要是以下四个方面。

1. 可靠性高

高可靠性是系统应用的前提，在系统设计的每一个环节，都应该将可靠性作为首要的设计准则。通常，高可靠性可从以下 5 个方面进行考虑：

(1) 使用可靠性高的元器件，以防止器件的损坏影响系统的可靠运行；

(2) 设计电路板时布线和接地要合理，严格安装硬件设备及电路；

(3) 采取必要的抗干扰措施，以防止环境干扰(如空间电磁辐射、强电设备启停、酸碱环境腐蚀等)、信号串扰、电源或地线干扰等影响系统的可靠性；

(4) 请专家和有经验的设计人员对系统的设计方案严格把关；

(5) 作必要的冗余设计或增加自诊断功能。

2. 性能价格比高

单片机除体积小、功耗低等特点外，最大的优势在于高性能价格比。一个单片机应用系统能否被广泛使用，性价比是其中一个关键因素。因此，设计时，除了保持高性能外，简化外围硬件电路，在系统性能和速度许可的范围内，尽可能用软件程序取代硬件功能电路，以降低系统的制造成本。

3. 操作简便、维护方便

操作简便表现在操作简单、直观形象和便于操作，应从普通人的角度考虑操作和维护方便，尽量减少对操作人员专门知识的要求，以利于系统的推广。因此，设计时，在系统性能不变的情况下，应尽可能减少人机交互接口，多采用操作内置或简化的方法。

维护方便体现在易于查找和排除故障。设计时，应尽可能采用功能模板式结构，便于更换故障模板，系统应配有现场故障诊断程序，一旦发生故障能保证有效地对故障进行定位，以便进行维修。

4. 设计周期短

系统设计周期是衡量一个产品有无效益的一个主要依据，只有缩短设计周期，才能有效地降低设计成本，充分发挥新系统的技术优势，及早地占领市场并具有一定的竞争力。

8.1.2　单片机应用系统的设计过程

单片机系统的开发过程一般包括系统的总体设计、硬件设计、软件设计和系统总体调试四个阶段。这几个设计阶段并不是相互独立的，它们之间相辅相成、联系紧密，在设计过程中应综合考虑、相互协调、各阶段交叉进行。

1. 系统总体设计

系统总体设计是单片机系统设计的前提，合理的总体设计是系统成败的关键。总体设计关键在于对系统功能和性能的认识和合理分析，系统单片机及关键芯片的选型，系统基本结构的确立和软、硬件功能的划分。

（1）需求分析

在设计一台单片机应用系统时，设计者首先应进行需求分析。对系统的任务、测试对象、控制对象、硬件资源和工作环境做出详细的调查研究，必要时还要勘察工业现场，进行系统试验，明确各项指标要求。

（2）确定技术指标

在现场调查的基础上，要对产品性能、成本、可靠性、可维护性及经济效益进行综合考虑，并参考同类产品，提出合理可行的技术指标。主要技术指标是系统设计的依据和出发点，此后的整个设计与开发过程都要围绕着如何能达到技术指标的要求来进行。

（3）方案论证

设计者还需要组织有关专家对系统的技术性能、技术指标和可行性做出方案论证，并在分析研究基础上对设计目标、被控对象系统功能、处理方案、输入输出速度、存储容量、地址分配、输入输出接口和出错处理等给出明确定义，以拟定出完整的设计任务书。

（4）主要器件的选型

单片机的型号主要根据精度和速度要求来选择，其次根据单片机的输入输出口配置、程序存储器及内部 RAM 的大小来选择，另外要进行性能价格比较。可考虑优先选用片内带有闪烁存储器的产品。例如 Atmel 公司的 89 系列单片机 89C51/89C52/89C55、89S51/98S52/89S55。89 系列单片机是以 8051 为内核构成的,和 8051 系列单片机是兼容的系列产品。使用此类芯片,可省去扩展单片机程序存储器的工作,从而减少芯片的数目,缩小体积。

传感器是单片机应用系统设计的一个重要环节,因为工业控制系统中所用的各类传感器是影响系统性能的重要指标。只有传感器选择得合理,设计的系统才能达到预定设计指标。

在总体方案设计过程中,对软件和硬件进行分工是一个首要的环节。原则上,能够由软件来完成的任务就尽可能用软件来实现,以降低硬件成本,简化硬件结构。同时,还要求大致规定各接口电路的地址、软件的结构和功能、上下位机的通信协议、程序的驻留区域及工作缓冲区等。总体方案一旦确定,系统的大致规模及软件的基本框架就确定了。

2. 硬件设计

硬件设计的第一步是要根据总体设计要求设计出硬件的原理图,其中包括单片机程序存储器的设计、外部数据存储器的设计、输入输出接口的扩展、键盘显示器的设计、传感器检测控制电路的设计、A/D 及 D/A 转换器的设计。

下面讨论 MCS‑51 单片机应用系统硬件电路设计时应注意的几个问题。

(1)程序存储器

程序存储器的使用在第 6 章 6.1.3 节中已经讨论过,主要考虑利用单片机内部的 ROM资源。在设计时,可根据程序量的大小,选用片内含有足够 FlashROM 容量的单片机的芯片。

(2)数据存储器和 I/O 接口

数据存储器由 RAM 构成。一般单片机片内都提供了小容量的数据存储区,只有当片内数据存储区不够用时才扩展外部数据存储器。

数据存储器的设计原则是:在存储容量满足的前提下,尽可能减少存储芯片的数量。建议使用大容量的 RAM 芯片,如 6116(2KB)、6264(8KB) 或 62256(32KB) 等,以减少存储器芯片数目,使译码电路简单,但应避免盲目地扩大存储容量。

由于外设多种多样,使得单片机与外设之间的接口电路也各不相同。因此,I/O 接口常常是单片机应用系统中设计最复杂也是最困难的部分之一。

I/O 接口若口线要求不多,仅需要简单的输入或输出功能,可用 TTL 电路或 CMOS 电路实现;如果接口功能较复杂,应尽量考虑使用各种串行接口实现。

A/D 和 D/A 电路芯片主要根据精度、速度和价格等来选用,同时还要考虑与系统的连接是否方便。

(3)地址译码电路

基本上所有需要扩展外部电路的单片机系统都需要设计译码电路,译码电路的作用是为外设提供片选信号,也就是为它们分配独一无二的地址空间。译码电路在设计时要尽可能简单,这就要求存储器空间分配合理,译码方式选择得当。

通常采用全译码、部分译码或线选法,应考虑充分利用存储空间和简化硬件逻辑等方面的问题。MCS‑51 系统有充分的存储空间,包括 64KB 程序存储器和 64KB 数据存储器,所以在一般的控制应用系统中,主要是考虑简化硬件逻辑。当存储器和 I/O 芯片较多时,可选用译码器 74LSl38 或 74LSl39 等。

（4）总线驱动能力

如果单片机外部扩展的器件较多，负载过重，就要考虑设计总线驱动器。MCS－51 系列单片机的外部扩展功能强，但 4 个 8 位并行口的负载能力是有限的。P0 口能驱动 8 个 TTL 电路，P1～P3 口只能驱动 4 个 TTL 电路。在实际应用中，这些端口的负载不应超过总负载能力的 70%，以保证留有一定的余量。如果满载，会降低系统的抗干扰能力。在外接负载较多的情况下，如果负载是 MOS 芯片，因负载消耗电流很小，所以影响不大。如果驱动较多的 TTL 电路，则应采用总线驱动电路，以提高端口的驱动能力和系统的抗干扰能力。

数据总线宜采用双向 8 路三态缓冲器 74LS245 作为总线驱动器，地址和控制总线可采用单向 8 路三态缓冲区 74LS244 作为单向总线驱动器。

（5）系统速度匹配

MCS－51 系列单片机时钟频率可在 2MHz～12MHz 之间任选。在不影响系统技术性能的前提下，时钟频率选择低一些为好，这样可降低系统中对元器件工作速度的要求，从而提高系统的可靠性。

最后，应注意在系统硬件设计时，要尽可能充分地利用单片机的片内资源，使自己设计的电路向标准化、模块化方向靠拢。

3. 软件设计

软件是单片机应用系统中的一个重要组成部分。在进行应用系统的总体设计时，软件设计和硬件设计应统一考虑，相互结合进行。当系统的电路设计定型后，软件的任务也就明确了。软件设计主要包括拟定程序总体方案、画出程序流程图、编制具体程序以及程序检查修改等内容。软件设计的流程如图 8－1－1 所示，可分为以下几个方面。

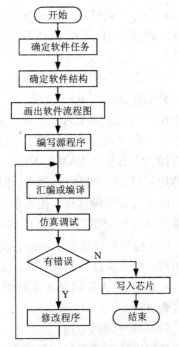

图 8－1－1　软件设计的流程图

（1）软件方案设计

软件方案设计是指从系统高度考虑程序结构、数据形式和程序功能的实现方法和手段。由于一个实际的单片机控制系统的功能复杂、信息量大、程序较长，这就要求设计者能合理选用程序设计方法。开发一个软件的明智方法是尽可能采用模块化结构。根据系统软件的总体构思，按照先粗后细的方法，把整个系统软件划分成多个功能独立、大小适当的模块。应明确规定各模块的功能，尽量使每个模块功能单一，各模块间的接口信息简单、完备、接口关系统一，尽可能使各模块间的联系减少到最低限度。这样，各个模块可以分别独立设计、编制和调试，最后再将各个程序模块连接成一个完整的程序进行总调试。

单片机应用系统的软件主要包括两大部分：用于管理单片机微机系统工作的监控程序和用于执行实际具体任务的功能程序。对于前者，应尽可能利用现成微机系统的监控程序。为了适应各种应用的需要，现在的单片机开发系统的监控软件功能相当强，并附有丰富的实用子程序，可供用户直接调用，例如键盘管理程序、显示程序等。因此，在设计系统硬件逻辑和确定应用系统的操作方式时，就应充分考虑这一点。这样可大大减少软件设计的工作量，提高编程效率。后者要根据应用系统的功能要求来编写程序。例如，外部数据采集、控制算法的实现，外设驱动、故障处理及报警程序等。

(2)建立数学模型

在软件设计中还应对控制对象的物理过程和计算任务进行全面分析，并从中抽象出数学表达式，即数学模型。建立的数学模型要能真实描述客观控制过程。要精确而简单。因为数学模型只有精确才会有实用意义，只有简单才便于设计和维护。

(3)软件程序流程图设计

不论采用何种程序设计方法，设计者都要根据系统的任务和控制对象的数学模型画出程序的总体框图，以描述程序的总体结构。

(4)编制程序

完成软件流程图设计后，依据流程图即可编写程序。只要编程者既熟悉所选单片机的内部结构、功能和指令系统，又能掌握一定的程序设计方法和技巧，那么依照程序流程图即可编写出具体程序。

(5)软件检查

源程序编制好后要进行静态检查，这样会加快整个程序的调试进程，静态检查采用自上而下的方法进行。如发现错误及时加以修改。

4. 系统调试

单片机应用系统的总体调试是系统开发的重要环节。当完成了单片机应用系统的硬件、软件设计和硬件组装后，便可进入单片机应用系统调试阶段。系统调试的目的是要查出用户系统中硬件设计与软件设计中存在的错误及可能出现的不协调问题，以便修改设计，最终使用户系统能正确可靠地工作。

系统调试包括硬件调试、软件调试和软、硬件联调。根据调试环境不同，系统调试又分为模拟调试与现场调试。系统调试的一般过程如图 8 - 1 - 2 所示。

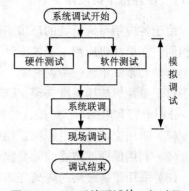

图 8 - 1 - 2 系统调试的一般过程

(1)硬件调试

硬件调试是利用开发系统、基本测试仪器(万用表、示波器等)，通过执行开发系统有关命令或运行适当的测试程序(也可以是与硬件有关的部分用户程序段)，检查用户系统硬件中存在的故障。

(2)软件调试

软件调试是通过对用户程序的汇编、连接、执行来发现程序中存在的语法错误与逻辑错误并加以排除纠正的过程。调试时应先分别调试各模块子程序，调试通过后，再调试中断服务子程序，最后调试主程序，并将各部分进行联调。

(3)系统调试

当硬件和软件调试完成之后，就可以进行全系统软、硬件调试。系统联试的任务是排除软、硬件中的残留错误，使整个系统能够完成预定的工作任务，达到要求的性能指标。

（4）现场调试

一般情况下，通过系统联调后，用户系统就可以按照设计目标正常工作了。但在某些情况下，由于用户系统运行的环境较为复杂（如环境干扰较为严重、工作现场有腐蚀性气体等），在实际现场工作之前，环境对系统的影响无法预料，只能通过现场运行调试来发现问题，找出相应的解决办法；或者虽然已经在系统设计时考虑到抗环境干扰的对策，但是否行之有效，还必须通过用户系统在实际现场的运行来加以验证。

在调试过程中要不断调整、修改系统的硬件和软件，直到其正确为止。联机调试运行正常后，将软件固化到 ROM 中，脱机运行，并到生产现场投入实际工作，检验其可靠性和抗干扰能力，直到完全满足要求，系统才算研制成功。

8.2 单片机应用系统的抗干扰设计

在单片机应用系统中，影响系统可靠工作的主要因素是各种干扰。干扰的主要来源有电源电网的波动、大型用电设备（如电炉、电机、电焊机等）的启停、高压设备和电磁开关的电磁辐射、传输电缆的共模干扰等。为了保证单片机应用系统能够长期稳定、可靠地工作，在系统设计时必须对抗干扰能力给予足够的重视。

8.2.1 硬件抗干扰设计

由于各应用系统所处的环境不同，面临的干扰源也不同，相应采取的抗干扰措施也不尽相同。在单片机应用系统的设计中，硬件抗干扰措施主要从下面几个方面考虑。

1. 供电系统干扰的抑制措施

对于单片机应用系统来说，最严重的干扰来源于电源。由于任何电源及电线都存在内阻、分布电容和电感等，正是这些因素引发了电源的噪声干扰。一般解决的方法是：

（1）采用交流稳压电源保证供电的稳定性，防止电源的过电压和欠电压。

（2）利用低通滤波器滤除高次谐波，改善电源波形。

（3）采用带屏蔽层的隔离变压器，以减少其分布电容，提高抗共模干扰能力。

（4）主要集成芯片的电源采用去耦电路，增大输入/输出滤波电容，以减少公共阻抗的相互耦合以及公共电源的相互耦合。

2. 输入输出通道干扰的抑制措施

输入输出通道是单片机与外设、被控对象进行信息交换的渠道。由输入输出通道引起的干扰主要由公共地线引发，其次是受到静电噪声和电磁波干扰。常用的方法有：

（1）模拟电路通过隔离放大器隔离，数字电路通过光电耦合器隔离。模拟接地和数字接地严格分开，隔离器输入回路和输出回路的电源分别供电。

（2）采用屏蔽措施：金属盒罩、金属网状屏蔽线。但金属屏蔽本身必须接真正的地（保护地）。

（3）用双绞线作长线传输线能有效地抑制共模噪声及电磁场干扰，并应对传输线进行阻抗匹配，以免产生反射，使信号失真。

（4）采用长线传输的阻抗匹配，有四种形式，如图 8 - 2 - 1 所示。

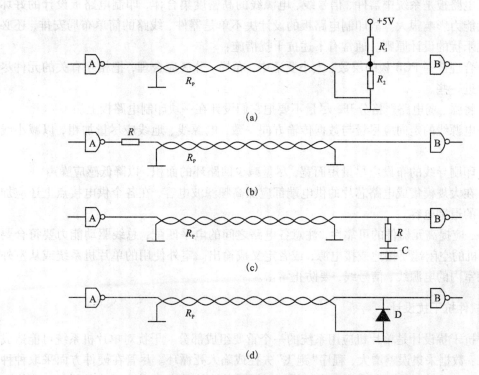

图 8 - 2 - 1　长线传输的阻抗匹配形式

① 终端并联阻抗匹配：如图 8 - 2 - 1(a)所示，$R_P = R_1 // R_2$，其特点是终端阻值低，降低了高电平的抗干扰能力。

② 始端串联匹配：如图 8 - 2 - 1(b)所示，匹配电阻 R 的取值为 R_P 与 A 门输出低电平的输出阻抗 R_{out}（约 20Ω）之差值，其特点是终端的低电平抬高，降低了低电平的抗干扰能力。

③ 终端并联隔直流匹配：如图 8 - 2 - 1(c)所示，$R = R_p$，其特点是增加了对高电平的抗干扰能力。

④ 终端接钳位二极管匹配：如图 8 - 2 - 1(d)所示，利用二极管 D 把 B 门输入端低电平钳位在 0.3V 以下。其特点是减少波的反射和振荡，提高动态抗干扰能力。

（5）传感器后级的变送器应尽量采用电流型传输方式，因电流型比电压型抗干扰能力强。

3. 电磁场干扰及抗干扰措施

若系统的外部存在电磁场的干扰源或系统的被控对象本身就是电磁场干扰源，如控制电机的起停和控制继电器的通断等，这些被控对象在被激励后，会产生强烈的电磁感应，影响系统的可靠性。电磁场干扰可以采用屏蔽的方法加以解决。

（1）对干扰源进行电磁屏蔽（如变压器、继电器等）。

（2）对整个系统进行电磁屏蔽，传输线采用屏蔽线。

　　4．印制电路板（PCB）设计中的抗干扰措施

　　印制电路板是系统中器件、信号线、电源线的高密度集合体，印制电路板设计的好坏对抗干扰能力影响很大。故印制电路板的设计决不单是器件、线路的简单布局安排，还必须符合抗干扰的设计原则。通常有下述抗干扰措施：

　　（1）合理选择 PCB 板的层数，大小要适中，布局、分区应合理，把相互有关的元件尽量放得靠近一些。

　　（2）将强、弱电路严格分开，尽量不要把它们设计在一块印制电路板上。

　　（3）电源线的走向应尽量与数据传输方向一致，电源线、地线应尽量加粗，以减小线路阻抗。

　　（4）印刷导线的布设应尽量短而宽，尽量减少回路环的面积，以降低感应噪声。

　　（5）在大规模集成电路芯片的供电端都应加高频滤波电容，在各个供电接点上还应加足够容量的退耦电容。

　　此外，应提高元器件的可靠性，注意各电路之间的电平匹配，总线驱动能力要符合要求，单片机的空闲端要接地或接电源，或者定义成输出。室外使用的单片机系统或从室外架空引入室内的电源线、信号线，要防止雷击。

8.2.2　软件抗干扰设计

　　软件抗干扰设计是单片机应用系统的一个重要组成部分。干扰对单片机系统可能造成下列后果：数据采集误差增大，程序"跑飞"失控或陷入死循环。尽管在硬件方面采取种种抗干扰措施，但仍不能完全消除这些干扰，必须同时从软件方面采取适当的措施，才能取得良好的抗干扰效果。如能正确地采用软件抗干扰措施，与硬件抗干扰措施构成双重抑制，将大大地提高系统的可靠性。而且采用软件抗干扰设计，通常成本低、见效快，能起到事半功倍的效果。软件方面抗干扰措施通常有以下几种方法。

　　1．实时数据采集系统的软件抗干扰

　　对于实时数据采集系统可以利用软件技术对信号实现数字滤波。下面介绍几种常用的方法。

　　（1）算术平均值法：对一点数据连续多次采样，取其算术平均值。还可以扩展成采样值的加权平均值法，即对于每一个采样数据乘以各自的权值后，加以平均，以其作为该点的采样结果。这种方法可以减小系统的随机干扰对数据采集的影响。

　　（2）比较舍取法：对每个采样点连续采样几次，根据所采样数据的变化规律，确定取舍办法来剔除偏差数据。例如，"采三取二"，即对每个采样点连续采样三次，取两次相同数据作为采样结果。

　　（3）中值法：对一个采样点连续采集多个信号，并对这些采样值进行比较，取中间值作为该点的采样结果。

　　（4）一阶递推数字滤波法：这是利用软件完成 RC 低通滤波器的算法，具体的算法为：

$$Y_n = QX_n + (1 - Q)Y_{n-1}$$

式中：Q 为数字滤波系数；X_n 为第 n 次采样时的滤波器输入；Y_n 为第 n 次采样时的滤波器输出；Y_{n-1} 是第 $(n-1)$ 次采样时的滤波器输出。

　　滤波系数 $Q = \Delta T / T_f < 1$，其中 ΔT 为采样周期；T_f 为数字滤波器的时间系数。具体的

参数应通过实际运行选取适当数值,使周期性噪声减至最弱或全部消除。

2.开关量控制系统的软件抗干扰

在一个应用系统工作过程中,经常需要读入一些状态信息,而且还要不断地发出各种开关控制命令到执行部件上,如继电器,电磁阀等。为了提高开关量输入输出的可靠性,在软件设计上可以采取下列措施:

(1)对于开关量输入,为了确保信息的正确性,可以采取多次读入进行比较,取多数情况的状态。

(2)对于开关量输出,通常是用来控制电感性的执行机构,如控制电磁阀。为了防止电磁阀因干扰产生误动作,可以在应用程序中每隔一段时间(比如几个毫秒)发出一次命令,不断地关闭阀门或打开阀门。这样就可以较好地消除由于扰动而引起的误动作。

(3)对于输入开关量的机械抖动干扰,软件程序可以通过延时来进行消除。

3.程序"跑飞"失控或进入死循环

系统受到干扰导致 PC 值改变后,PC 值不是指向指令的首字节地址而可能指向指令中的中间字节单元即操作数,将操作数作为指令码执行;或使 PC 值超出程序区,将非程序区的随机数作为指令码运行,从而使程序失控"跑飞",或由于偶然巧合进入死循环。这里所说的死循环并非程序编制中出现的死循环错误,而是指正常运行时程序正确,只是因为干扰而产生的死循环。解决方法如下。

(1)软件陷阱技术

在非程序区安排指令,将捕获的"跑飞"程序引向复位入口地址 0000H。有如下两种设置方法:

① 在 ROM 中的非程序区设置软件陷阱,软件陷阱一般 1KB 空间有 2~3 个就可以进行有效拦截。指令如下:

   NOP

   NOP

   LJMP 0000H

② 在未使用的中断服务程序中设置软件陷阱,能及时捕获错误的中断。指令如下:

   NOP

   NOP

   RETI

(2)指令冗余技术

在程序的关键地方人为插入一些单字节指令,或将有效单字节指令重写,称为指令冗余。通常是在双字节指令和三字节指令后插入两个字节以上的 NOP。这样即使程序"跑飞"到操作数上,由于空操作指令 NOP 的存在,避免了后面的指令被当做操作数执行,程序自动纳入正轨。此外,对系统流向起重要作用的指令(如 RET,RETI,LCALL,LJMP,JC 等指令)之前也可插入两条 NOP 指令,确保这些重要指令的执行。

(3)程序监视定时器(Watchdag,WDT)技术

当程序失控"跑飞"进入到一个临时的死循环中时,软件陷阱就无能为力了,系统将完全瘫痪。使程序从死循环中恢复到正常状态的有效方法是设置程序监视定时器。监视定时器又称"看门狗"。监视定时器有两种:一种是硬时钟,一种是软时钟。硬时钟是在 CPU 芯

片内或外用硬件构成一个定时器,软时钟是利用片内定时/计数器,定时时间比正常执行一次程序循环所需时间要大。正常运行未受干扰时,CPU每隔一段时间"喂狗"一次,即对硬时钟输出复位脉冲使其复位;对软时钟重置时间常数复位。"喂狗"时间应比设定的定时时间要短,即在狗"未饿未叫"时"喂狗"(复位),使其始终不"叫"(不中断、不溢出)。当受到干扰,程序不能正常运行,陷入死循环时,因不能及时"喂狗",硬时钟或软时钟运行至既定的定时时间,硬时钟输出一个复位脉冲至 CPU 的 RESET 端使单片机复位。软时钟可产生中断,在中断服务子程序中修正或复位。上述硬、软时钟只需设置其中一种,各有利弊。软时钟不需增加硬件电路但要占用一个宝贵的定时/计数器资源;如果使用外部硬时钟不占资源,但要增加硬件电路和材料成本。

8.3　DS18B20 数字温度计的设计

在日常生活及工农业生产中,经常要用到温度检测及控制,传统的测温元件有热电偶和热电阻,而热电偶和热电阻输出的一般都是电压,需要信号调理电路、A/D 转换及相应的接口电路,才能把电压信号转换成数字信号送到计算机去处理,硬件电路复杂,制作成本较高。采用 DS18B20 设计的数字式温度计,能够较好地解决以上问题。

8.3.1　功能要求

数字式温度计测温范围在 $-55 \sim +125$℃,误差在 ± 0.5 ℃以内,采用 LED 数码管显示测量温度值。

8.3.2　设计方案选择

本数字温度计采用美国 DALLAS 半导体公司生产的 DS18B20 作为检测元件,测量范围为 $-55 \sim +125$℃,最高分辨率可达 0.0625℃。

DS18B20 可以直接读出被测温度值,而且采用三线制与单片机相连,减少了外部的硬件电路,具有低成本和易使用的特点。

按照系统设计功能的要求,确定系统由 3 个模块组成:主控制器、测温电路和显示电路。总体电路结构框图如图 8-3-1 所示。

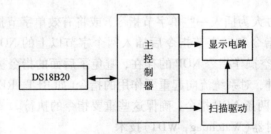

图 8-3-1　数字温度计总体电路结构框图

8.3.3　DS18B20 的性能特点和内部结构

1. DS18B20 的性能特点

DS18B20 是 DALLAS 公司生产的一线式数字温度传感器,采用 3 脚(或 8 脚)TO-92 封装形式,如图8-3-2所示。DQ(2 脚)为数字信号输入/输出端,GND(1 脚)为电源地,V_{DD}(3 脚)为外接供电电源输入端(在寄生电源接线方式时接地)。与传统的热敏电阻等测温元件相比,它能直接读出被测温度。DS18B20 具有如下性能特点:

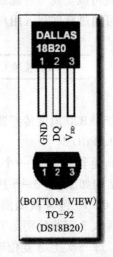

图 8-3-2　DS18B20 引脚图

(1)单线接口,只有一根信号线与 CPU 连接;

(2)不需要备份电源,可通过数据线供电,电源电压范围为3.3~5V;

(3)多个 DS18B20 可以并联到 3 根或 2 根线上,CPU 只需一根端口线就能与诸多 DS18B20 通信,占用微处理器的端口较少,可节省大量的引线和逻辑电路;

(4)传送串行数据,不需要外部元件;

(5)用户可设定非易失性的报警上下限值;

(6)报警搜索命令可以识别哪片 DS18B20 温度超限;

(7)通过编程可实现 9~12 位的数字温度值读数方式(出厂时被设置为 12 位),在93.75ms 和 750ms 内将温度值转化为 9 位和 12 位的数字量;

(8)零功耗待机;

(9)现场温度直接以一线总线的数字方式传输,大大提高了系统的抗干扰性,适合于恶劣环境的现场温度测量。

2. DS18B20 的内部结构

DS18B20 内部结构如图 8-3-3 所示。

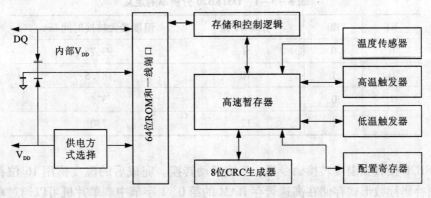

图 8-3-3　DS18B20 的内部结构

ROM 中的 64 位序列号是出厂前被光刻好的,结构如图 8-3-4 所示。开始 8 位是产品类型的编号;接着是每个器件的唯一的序号,共有 48 位;最后 8 位是前面 56 位的 CRC

检验码。ROM 的作用是(通过其中存储的产品识别代码)使每一个 DS18B20 都各不相同，这样就可以实现一根总线上挂接多个 DS18B20 的目的。非易失性温度报警触发器 TH 和 TL，可通过软件写入用户报警上下限数据。

8 位检验 CRC	48 位序列号	8 位工厂代码(10H)

图 8 - 3 - 4　64 位 ROM 结构框图

DS18B20 温度传感器的内部存储器还包括一个高速暂存 RAM 和一个非易失的可电擦除的 EEPROM。

高速暂存器是一个 9 字节的存储器，结构如图 8 - 3 - 5 所示。开始两个字节(0、1)包含被测温度的数字量信息；第 2、3 字节分别是 TH 和 TL 的临时拷贝，每一次上电复位时被刷新；第 4 字节为配置寄存器，其内容用于确定温度值的数字转换分辨率，DS18B20 工作时按此寄存器中的分辨率将温度转换成相应精度的数值。该字节各位的定义如

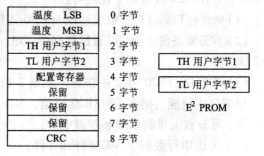

图 8 - 3 - 5　高速暂存器 RAM 结构

图 8 - 3 - 6所示。其中 R1 和 R0 决定温度转换的精度位数，定义方法见表 8 - 3 - 1。第 5、6、7 字节未用，表现为全逻辑 1；第 8 字节读出的是前面所有 8 个字节的 CRC 码(检查识别码)，可用来保证通信正确。

0	R1	R0	1	1	1	1	1

图 8 - 3 - 6　配置寄存器位定义

表 8 - 3 - 1　DS18B20 分辨率的定义

R1	R0	分辨率/位	温度最大转换时间/ms
0	0	9	93.75
0	1	10	187.5
1	0	11	375
1	1	12	750

DS18B20 接收到温度转换命令后，开始启动转换。完成后的温度值用 16 位符号扩展的二进制补码读数形式存储在高速暂存 RAM 的第 0、1 字节中。单片机可以通过单线接口读出该数据。读数据时，低位在先，高位在后，数据格式以 0.0625℃/LSB 形式表示。温度值格式如表 8 - 3 - 2 所示。

表 8 - 3 - 2　DS18B20 的 16 位温度读数形式

S	S	S	S	S	2^6	2^5	2^4	2^3	2^2	2^1	2^0	2^{-1}	2^{-2}	2^{-3}	2^{-4}
符号位					整数部分							小数部分			

表中高 5 位 S 为扩展符号位。当 S = 0 时表示测得的温度值为正值,可以直接将二进制位转换为十进制;当 S = 1 时,表示测得的温度值为负值,要先将补码变成原码,再计算十进制值。表 8 - 3 - 3 是部分温度值对应的二进制温度表示数据。

表 8 - 3 - 3　DS18B20 温度与表示值对应表

温度/℃	二进制表示	十六进制表示	温度/℃	二进制表示	十六进制表示
+ 125	0000 0111 1101 0000	07D0H	0	0000 0000 0000 0000	0000H
+ 85	0000 0101 0101 0000	0550H	- 0.5	1111 1111 1111 1000	FFF8H
+ 25.0625	0000 0001 1001 0001	0191H	- 10.125	1111 1111 0101 1110	FF5EH
+ 10.125	0000 0000 1010 0010	00A2H	- 25.0625	1111 1110 0110 1111	FE6FH
+ 0.5	0000 0000 0000 1000	0008H	- 55	1111 1100 1001 0000	FC90H

DS18B20 完成温度转换后,就把测得的温度值与 RAM 中的 TH、TL 字节内容作比较,若 T > TH 或 T < TL,则将该器件内的报警标志位置位,并对主机发出的报警搜索命令作出响应。因此,可用多只 DS18B20 同时测量温度并进行报警搜索。

在 64 位 ROM 的最高有效字节中存储有循环冗余检验码(CRC)。主机根据 ROM 的前 56 位来计算 CRC 值,并与存入 DS18B20 的 CRC 值作比较,以判断主机接收到的 ROM 数据是否正确。

8.3.4　DS18B20 的测温原理

DS18B20 的测温原理如图 8 - 3 - 7 所示,图中低温度系数晶振的振荡频率受温度影响很小,用于产生固定频率的脉冲信号送给计数器 1。高温度系数晶振随温度变化其振荡率明显改变,所产生的信号作为计数器 2 的脉冲输入。

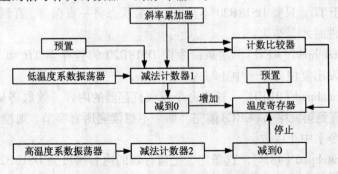

图 8 - 3 - 7　DS18B20 测温原理图

图中还隐含着计数门，当计数门打开时，DS18B20 就对低温度系数振荡器产生的时钟脉冲进行计数，进而完成温度测量。计数门的开启时间由高温度系数振荡器来决定，每次测量前，首先将 −55℃所对应的一个基数分别置入减法计数器 1 和温度寄存器中，减法计数器 1 和温度寄存器被预置在 −55℃所对应的一个基数值。

计数器 1 对低温度系数振荡器产生的脉冲信号进行减法计数，当计数器 1 的预置值减到 0 时，温度寄存器的值将加 1，计数器 1 的预置将重新被装入，计数器 1 重新开始对低温度系数振荡器产生的脉冲信号进行计数，如此循环直到计数器 2 计数到 0 时，停止温度寄存器值的累加，此时温度寄存器中的数值即为所测温度值。斜率累加器用于补偿和修正测温过程中的非线性，其输出用于修正计数器 1 的预置值，只要计数门仍未关闭就重复上述过程，直到温度寄存器值达到被测温度值。

8.3.5 DS18B20 的各条 ROM 命令和接口程序设计

1. DS18B20 的各条 ROM 命令

（1）Read ROM［33H］。这条命令允许总线控制器读到 DS18B20 的 8 位系列编码、唯一的序列号和 8 位 CRC 码。只有在总线上存在单只 DS18B20 时，才能使用该命令。如果总线上有不止一个从机，则当所有从机试图同时传送信号时就会发生数据冲突。

（2）Match ROM［55H］。这是一条 ROM 匹配命令，后跟 64 位 ROM 序列码，让总线控制器在多点总线上定位一只特定的 DS18B20。只有与 64 位 ROM 序列码完全匹配的 DS18B20 才能响应随后的存储器操作。所有与 64 位 ROM 序列码不匹配的从机都将等待复位脉冲。这条命令在总线上有单个或多个器件时都可以使用。

（3）Skip ROM［0CCH］跳过 ROM 匹配命令。这条命令允许总线控制器不用提供 64 位 ROM 编码就使用存储器操作命令，在单从机应用情况下，可以节省时间。如果总线上不止一个从机，则在 Skip ROM 命令之后跟着发一条读命令，而由于多个从机同时传送信号，所以总线上就会发生数据冲突。

（4）Search ROM［0F0H］，搜索 ROM 命令。当一个系统初次启动时总线控制器可能并不知道单总线上有多少器件或它们的 64 位 ROM 编码。搜索 ROM 命令允许总线控制器用排除法识别总线上的所有从机的 64 位编码。

（5）Alarm Search［0ECH］。这条命令的流程与 Search ROM 相同。然而，只有在最近一次测温后遇到符合报警条件的情况下，DS18B20 才会响应这条命令。报警条件定义为温度高于 TH 或低于 TL。只要 DS18B20 不掉电，报警状态将一直保持，直到再一次测量的温度达不到报警条件时才会结束。

（6）Write Scratchpad［4EH］。这条命令向 DS18B20 的暂存器 TH 和 TL 中写入数据。可以在任何时刻发出复位命令来中止写入。

（7）Read Scratchpad［0BEH］。这条命令读取暂存器的内容。读取将从第一字节开始，一直进行下去，直到第九字节（CRC）读完。如果不想读完所有字节，则控制器可以在任何时间发出复位命令来中止读取。

（8）Copy Scratchpad［48H］。这条命令把暂存器的内容拷贝到 DS18B20 的 E^2PROM 存储器里，即把温度报警触发字节存入非易失性存储器里。如果总线控制器在这条命令之后跟着发出读时间隙，而 DS18B20 又忙于把暂存器拷贝到 E^2PROM 存储器，则 DS18B20 就会输出一个 0；如果拷贝结束，则 DS18B20 输出 1。如果使用寄生电源，则总线控制器必须在这条命令发出后立即启动强上拉，并最少保持 10ms。

（9）Convert T［44H］。这条命令启动一次温度转换而无需其他数据。温度转换命令被执行后 DS18B20 保持等待状态。如果总线控制器在这条命令之后跟着发出读时间隙，而 DS18B20 又忙于做时间转换，则 DS18B20 将在总线上输出 0；如果温度转换完成，则输出 1。如果使用寄生电源，则总线控制器必须在发出这条命令后立即启动强上拉，并保持 500ms 以上时间。

（10）Recall E^2［0B8H］。这条命令把报警触发器里的值拷贝回暂存器。这种拷贝操作在 DS18B20 上电时自动执行，这样器件一上电暂存器里马上就存在有效的数据了。若在这条命令发出之后发出读数据隙，器件会输出温度转换忙的标识：0 表示忙；1 表示完成。

（11）Read Power Supply［0B4H］。若把这条命令发给 DS18B20 后发出读时间隙，器件会返回它的电源模式：0 表示寄生电源；1 表示外部电源。

2. DS18B20 的接口程序设计

由于 DS18B20 与单片机采用串行数据传送，通信功能是分时完成的，有严格的时序要求，因此，对 DS18B20 进行读/写编程时必须严格地保证读/写时序，具体流程如图 8－3－8 所示。

（1）DS18B20 初始化

DS18B20 的初始化是使 DS18B20 复位，然后通过判断存在脉冲的形式来实现的。首先，主机发复位脉冲，即宽度范围为 $480\mu s \leqslant t \leqslant 960\mu s$ 的负脉冲，拉高 $15\sim90\mu s$ 以延时等待，然后通过输入/输出线读存在脉冲，其值为低则说明存在，复位成功；其值为高则说明不存在，复位失败，必须重新对 DS18B20 初始化。

（2）字节写 DS18B20

字节写的时序是拉低输入/输出线至少 $15\mu s$ 以作为起始信号，按从低到高顺序取出欲写字节中的 1 位数据，写入输入/输出线，延时等待 $15\mu s$ 后将输入/输出线拉高作为停止信号，以等待下一位的写入。字节写 DS18B20 的程序设计要严格按照上述时序。

（3）DS18B20 读操作

读操作主要是读出 DS18B20 暂存器中的温度数据（16 位），并通过程序转换为原码输出，其具体流程如图 8－3－9 所示。

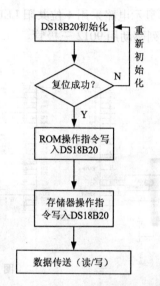

图 8－3－8　DS18B20 操作流程图

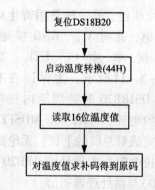

图 8－3－9　DS18B20 读操作流程图

8.3.6　系统硬件电路的设计

温度计电路设计原理图如图 8－3－10 所示，控制单片机采用 AT89S51，温度传感器使用 DS18B20，用 4 位共阳 LED 数码管以动态扫描法实现温度显示。

1. 主控制器

主控制器选用 Atmel 公司 89 系列单片机中的 AT89S51。89 系列单片机是以 8031 为内核构成的，和 8051 系列单片机是兼容的系列产品。对于熟悉 8051 的用户来说，用 Atmel 公司的 89 系列单片机取代 8031 进行系统设计是很容易的事。AT89S51 单片机片内有 4KB 的 Flash 存储器，可以在线下载程序，方便在系统的开发过程中进行程序的调试。

2. 显示电路

显示电路采用 4 位共阳 LED 数码管，从 P0 口输出段码，列扫描用 P2.0 ~ P2.3 口来实现，列驱动用 9012 三极管。

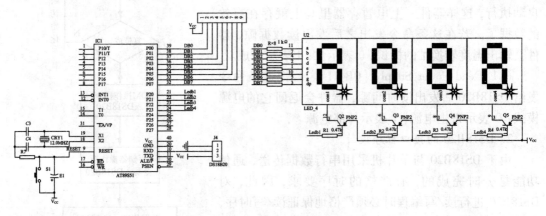

图 8 - 3 - 10　数字温度计硬件原理图

3. DS18B20 与单片机的接口电路

DS18B20 与单片机的连接有两种方法，一种是 V_{DD} 接外部电源，GND 接地，DQ 与单片机的 I/O 线相连；另一种是用寄生电源供电，此时 V_{DD}、GND 接地，DQ 接单片机 I/O，如图 8 - 3 - 11 所示。为保证在有效的 DS18B20 时钟周期内提供足够的电流，可用一个 MOSFET

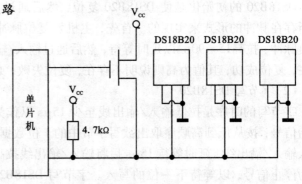

图 8 - 3 - 11　DS18B20 采用寄生电源的电路图

管来完成对总线的上拉。无论是内部寄生电源还是外部供电，I/O 口线都要接 4.7kΩ 左右的上拉电阻。本设计 DS18B20 采用外接电源方式，DQ 端（2 脚）接 AT89S51 的 P3.0 脚（RXD）与微处理器通信。

8.3.7　系统软件的设计

系统程序主要包括主程序、读出温度子程序、温度转换命令子程序、计算温度子程序和显示数据刷新子程序等。

1. 主程序

主程序的主要功能是测温系统初始化,温度的实时显示、读出并处理 DS18B20 的测量温度值。主程序流程图如图 8 - 3 - 12 所示。

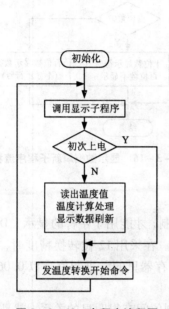

图 8 - 3 - 12   主程序流程图

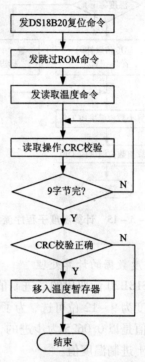

图 8 - 3 - 13   读出温度子程序流程图

2. 读出温度子程序

读出温度子程序的主要功能是读出 RAM 中的 9 字节。在读出时须进行 CRC 校验,校验有错时不进行温度数据的改写。

读出温度子程序流程图如图 8 - 3 - 13 所示。

3. 温度转换命令子程序

温度转换命令子程序主要是发温度转换开始命令。当采用 12 位分辨率时,转换时间约为 750ms。

温度转换命令子程序流程图如图 8 - 3 - 14 所示。

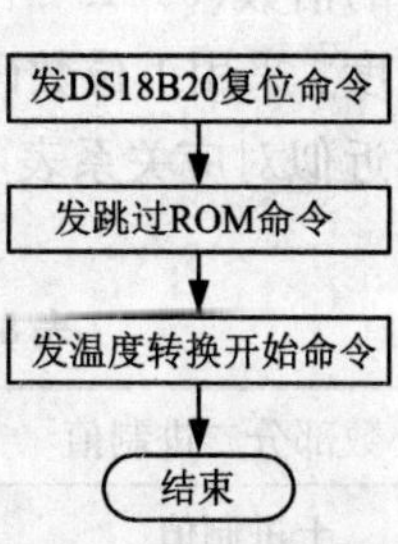

4. 计算温度子程序

计算温度子程序将 RAM 中的读取值进行 BCD 码的转换、运算,并进行温度值正负的判定。

计算温度子程序流程图如图 8 - 3 - 15 所示。

5. 显示数据刷新子程序

显示数据刷新子程序主要是对显示缓冲器中的显示数据进行刷新操作,当最高数据显示位为 0 时,将符号显示位移入下一位。显示数据刷新子程序流程图如图 8 - 3 - 16 所示。

图 8 - 3 - 14   温度转换命令子程序流程图

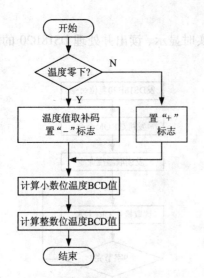

图 8 – 3 – 15　计算温度子程序流程图

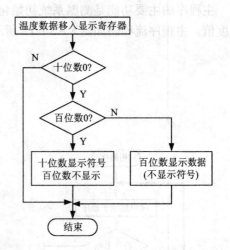

图 8 – 3 – 16　显示数据刷新子程序流程图

6. 温度数据的计算处理

从 DS18B20 读取出的二进制值必须先转换成十进制, 才能用于字符的显示。DS18B20 的转换精度为 9 ~ 12 位可选, 为了提高精度采用 12 位。在采用 12 位转换精度时, 温度寄存器里的值是以 0.0625 为步进的, 即温度值为温度寄存器里的二进制值乘以 0.0625, 就是实际的十进制温度值。

通过观察表 8 – 3 – 3 发现, 一个十进制值与二进制值间有很明显的关系, 就是把二进制的高字节的低半字节和低字节的高半字节组成一字节, 这个字节的二进制值化为十进制值后, 就是温度值的百、十、个位值, 而剩下的低半字节化成十进制后, 就是温度值的小数部分。因为小数部分是半字节, 所以二进制值范围是 0 ~ F, 转换成十进制小数值就是 0.0625 的倍数(0 ~ 15 倍)。这样需要 4 位的数码管来显示小数部分。实际应用不必有这么高的精度, 采用 1 位数码管来显示小数, 可以精确到 0.1℃。表 8 – 3 – 4 就是二进制与十进制的近似对应关系表。

表 8 – 3 – 4　小数部分二进制和十进制的近似对应关系表

小数部分二进制值	0	1	2	3	4	5	6	7	8	9	A	B	C	D	E	F
十进制值	0	0	1	1	2	3	3	4	5	5	6	6	7	8	8	9

8.3.8　调试及性能分析

硬件调试比较简单, 首先检查电路的焊接是否正确, 然后可用万用表测试或通电检测。

软件调试可以先编写显示程序并进行硬件的正确性检验, 然后分别进行主程序、读出温度子程序、温度转换命令子程序、计算温度子程序和显示数据刷新子程序等的编程及调试。

　　软件调试到能显示温度值，而且在有温度变化时（例如用手去接触）显示温度能改变，就基本完成。

　　性能测试可用制作的温度计和已有的成品温度计同时进行测量比较。由于 DS18B20 的精度很高，所以误差指标可以限制在 ±0.5℃ 以内。

　　DS18B20 温度计还可以在高低温报警、远距离多点测温控制等方面进行应用开发，但在实际设计中应注意以下问题：

　　（1）DS18B20 工作时电流高达 1.5mA，总线上挂接点数较多且同时进行转换时要考虑增加总线驱动，可用单片机端口在温度转换时导通一个 MOSFET 供电。

　　（2）连接 DS18B20 的总线电缆是有长度限制的，因此在用 DS18B20 进行长距离测温系统设计时要充分考虑总线分布电容和阻抗匹配等问题。

　　（3）在 DS18B20 测温程序设计中，向 DS18B20 发出温度转换命令后，程序总要等待 DS18B20 的返回信号。一旦某个 DS18B20 接触不好或断线，当程序读该 DS18B20 时，将没有返回信号，程序进入死循环。这一点在进行 DS18B20 硬件连接和软件设计时要给予一定的重视。

　　另外，–55 ~ +125℃ 的测温范围使得该温度计完全适合一般的应用场合，其低电压供电特性可做成用电池供电的手持电子温度计。

8.3.9　源程序清单

1. 汇编语言源程序清单

```
; * * * * * * * * * * * * * * * * * * * * * * * * * * * * * * * * * * * * * *
;                           ; DS18B20 温度计
; 采用 4 位 LED 共阳显示器显示测温值，显示精度 0.1℃，测温范围 –55 ~ +125℃
; 用 AT89S51 单片机，12MHz 晶振
; * * * * * * * * * * * * * * * 工作内存定义 * * * * * * * * * * * * * * * * *
TEMPER_H        EQU     20H       ; 用于暂存读出温度的高 8 位
TEMPER_L        EQU     21H       ; 用于暂存读出温度的低 8 位
TEMPL           EQU     30H       ; 用于保存读出温度的低 8 位
TEMPH           EQU     31H       ; 用于保存读出温度的高 8 位
TEMPLC          EQU     32H       ; 温度转换寄存器低 8 位
TEMPHC          EQU     33H       ; 温度转换寄存器高 8 位
BUF1            EQU     34H       ; 显示缓冲寄存器小数位
BUF2            EQU     35H       ; 显示缓冲寄存器个数位
BUF3            EQU     36H       ; 显示缓冲寄存器十数位
BUF4            EQU     37H       ; 显示缓冲寄存器百数位
FLAG1           EQU     38H       ; 是否检测到 DS18B20 标志位
; * * * * * * * * * * * * * * * * 引脚定义 * * * * * * * * * * * * * * * * * *
TEMPDIN         BIT     P3.0              ; 数据脚定义
; * * * * * * * * * * * * * * * * 主程序 * * * * * * * * * * * * * * * * * * *
                ORG     0000H
                AJMP    MAIN              ; 转主程序
```

```
                ORG     0030H
MAIN:           MOV     SP,#50H
                MOV     P2,#0FFH
LPTEMP:
                LCALL   GET_TEMPER      ;调用读温度子程序
                LCALL   CONVTEMP        ;温度 BCD 码计算处理子程序
                LCALL   DISPBCD         ;显示区 BCD 码温度值刷新子程序
                LCALL   DISPLAY         ;调用显示子程序
                AJMP    LPTEMP
; * * * * * * * * * * * * * * * * * * * * * * * * * * * * * * * * * * * * * * *
                                        ;子程序区
; * * * * * * * * * * * * * * DS18B20 复位子程序 * * * * * * * * * * * * * * *
INIT_1820:      SETB    TEMPDIN
                NOP
                CLR     TEMPDIN
                MOV     R1,#3           ;延时 537μs 的复位低脉冲
TSR1:           MOV     R0,#107
                DJNZ    R0,$
                DJNZ    R1,TSR1
                SETB    TEMPDIN         ;拉高数据线
                NOP
                NOP
                NOP
                MOV     R0,#25H
TSR2:           JNB     TEMPDIN,TSR3    ;等待 DS18B20 回应
                DJNZ    R0,TSR2         ;延时
                LJMP    TSR4
TSR3:           SETB    FLAG1           ;置标志位，表示 DS1820 存在
                LJMP    TSR5
TSR4:           CLR     FLAG1           ;清标志位，表示 DS1820 不存在
                LJMP    TSR7
TSR5:           MOV     R0,#117
TSR6:           DJNZ    R0,TSR6         ;时序要求延时一段时间
TSR7:           SETB    TEMPDIN
                RET
; * * * * * * * * * DS18B20 写字节子程序,待写字节数据在 A 中 * * * * * * * * * * *
WRITE_1820:MOV  R2,#8           ;1 字节 8 位
                CLR     C
                SETB    TEMPDIN
                NOP
                NOP
WR1:            CLR     TEMPDIN         ;产生写信号
                MOV     R3,#7
```

```
            DJNZ    R3, $              ; 延时 15μs
            RRC     A                 ; 取出待写位
            MOV     TEMPDIN, C        ; 写入 DS18B20
            MOV     R3, #52
            DJNZ    R3, $             ; 延时 105μs
            SETB    TEMPDIN           ; 停止
            NOP
            DJNZ    R2, WR1           ; 1 字节写完否?
            SETB    TEMPDIN           ; 写完后恢复返回
            RET
```

; * * * * * * * * * * * * * * 读出转换后的温度值 * * * * * * * * * * * * * * * *

```
GET_TEMPER:
            SETB    TEMPDIN
            LCALL   INIT_1820         ; 复位 DS18B20
            JB      FLAG1, TSS2
            RET                       ; 判断 DS1820 是否存在, 若 DS18B20 不存在则返回
TSS2:       MOV     A, #0CCH          ; 跳过 ROM 匹配
            LCALL   WRITE_1820
            MOV     A, #44H           ; 发出温度转换命令
            LCALL   WRITE_1820
            LCALL   DISPLAY           ; 调用显示子程序实现延时, 等待转换结束
            LCALL   INIT_1820         ; 复位
            MOV     A, #0CCH          ; 跳过 ROM 匹配
            LCALL   WRITE_1820
            MOV     A, #0BEH          ; 发出读温度命令
            LCALL   WRITE_1820
            LCALL   READ_1820         ; 将读出的温度数据保存到 30H、31H
            RET
```

; * * * * * * * * * * * * * * 处理温度 BCD 码子程序 * * * * * * * * * * * * * * * *

```
CONVTEMP:   MOV     A, TEMPH
            ANL     A, #80H
            JZ      TEMPC1            ; 判断温度是否在零下?
            CLR     C                 ; 温度值补码 变成原码
            MOV     A, TEMPL
            CPL     A
            ADD     A, #01H
            MOV     TEMPL, A
            MOV     A, TEMPH
            CPL     A
            ADDC    A, #00H
            MOV     TEMPH, A          ; TEMPHC HI = 符号位
            MOV     TEMPHC, #0BH      ; 置 "-" 标志
            SJMP    TEMPC11
```

```
TEMPC1：      MOV     TEMPHC, #0AH              ;置" + "标志
TEMPC11：     MOV     A, TEMPHC                 ;计算小数位温度 BCD 值
              SWAP    A
              MOV     TEMPHC, A
              MOV     A, TEMPL
              ANL     A, #0FH                   ;乘 0.0625
              MOV     DPTR, #TEMPDOTTAB
              MOVC    A, @ A + DPTR
              MOV     TEMPLC, A                 ;TEMPLC LOW = 小数部分 BCD
              MOV     A, TEMPL                  ;计算整数位温度 BCD 值
              ANL     A, #0F0H
              SWAP    A
              MOV     TEMPL, A
              MOV     A, TEMPH
              ANL     A, #0FH
              SWAP    A
              ORL     A, TEMPL
              MOV     TEMPER_L , A
              LCALL   HEX2BCD1                  ;调用单字节十六进制转 BCD 子程序
              MOV     TEMPL, A
              ANL     A, #0F0H
              SWAP    A
              ORL     A, TEMPHC                 ;TEMPHC LOW = 十位数 BCD
              MOV     TEMPHC, A
              MOV     A, TEMPL
              ANL     A, #0FH
              SWAP    A                         ;TEMPLC HI = 个位数 BCD
              ORL     A, TEMPLC
              MOV     TEMPLC, A
              MOV     A, R7
              JZ      TEMPOUT
              ANL     A, #0FH
              SWAP    A
              MOV     R7, A
              MOV     A, TEMPHC                 ; TEMPHC HI = 百位数 BCD
              ANL V   A, #0FH
              ORL     A, R7
              MOV     TEMPHC, A
TEMPOUT：     RET
              ; 小数部分码表
TEMPDOTTAB：
              DB      00H, 01H, 01H, 02H, 03H, 03H, 04H, 04H, 05H, 06H
              DB      06H, 07H, 08H, 08H, 09H, 09H;
```

```
; * * * * * * * * * * * * * 显示区 BCD 码温度值刷新子程序 * * * * * * * * * * * * *
DISPBCD:    MOV    A, TEMPLC           ;温度数据移入显示寄存器
            ANL    A, #0FH
            MOV    BUF1, A             ;显示小数
            MOV    A, TEMPLC
            SWAP   A
            ANL    A, #0FH
            MOV    BUF2, A             ;显示个位
            MOV    A, TEMPHC
            ANL    A, #0FH
            MOV    BUF3, A             ;显示十位
            MOV    A, TEMPHC
            SWAP   A
            ANL    A, #0FH
            MOV    BUF4, A             ;显示百位
            MOV    A, TEMPHC
            ANL    A, #0F0H
            CJNE   A, #10H, DISPBCD0   ;百位数 = 0?
            SJMP   DISPOUT
DISPBCD0:
            MOV    A, TEMPHC
            ANL    A, #0FH
            JNZ    DISPOUT             ;十位数是 0?
            MOV    A, TEMPHC
            SWAP   A
            ANL    A, #0FH
            MOV    BUF4, 0AH           ;符号位不显示
            MOV    BUF3, A             ;十位数显示符号
DISPOUT:    RET
; * * * * * * * * * * * * * 单字节十六进制转 BCD * * * * * * * * * * * * * * * * *
HEX2BCD1:   MOV    B, #100
            DIV    AB
            MOV    R7, A               ;R7 = 百位数
            MOV    A, #10
            XCH    A, B
            DIV    AB                  ;A = 十位数, B = 个位数
            SWAP   A
            ORL    A, B
            RET
; * * * * * * * * * * * * * * * CRC - 8 校验程序 * * * * * * * * * * * * * * * * *
CRC8CAL:    PUSH   ACC
            MOV    R7, #08H
CRC8LOOP1:  XRL    A, B
```

```
                    RRC     A
                    MOV     A, B
                    JNC     CRC8LOOP2
                    XRL     A, #18H
        CRC8LOOP2:  RRC     A
                    MOV     B, A
                    POP     ACC
                    RR      A
                    PUSH    ACC
                    DJNZ    R7, CRC8LOOP1
                    POP     ACC
                    RET
```

; ＊＊＊读 DS18B20 的程序,从 DS18B20 中读出 9 个字节数据, 开始的两个字节为温度数据＊＊＊＊

```
        READ_1820:  MOV     R4, #9              ; 将温度高位和低位从 DS18B20 中读出
                    MOV     R1, #TEMPER_L       ; 低位存入 TEMPER_L,高位存入 TEMPER_H
                    MOV     B, #00H
        RE00:       MOV     R2, #8              ; 数据一共有 8 位
        RE01:       CLR     C
                    SETB    TEMPDIN
                    NOP
                    NOP
                    CLR     TEMPDIN             ; 产生读信号
                    NOP
                    NOP
                    NOP
                    SETB    TEMPDIN             ; 准备读入数据
                    MOV     R3, #9
        RE10:       DJNZ    R3, RE10            ; 等待
                    MOV     C, TEMPDIN          ; 读入数据
                    MOV     R3, #60
        RE20:       DJNZ    R3, RE20            ; 延时 120μs
                    RRC     A                   ; 右移以拼装数据字节
                    DJNZ    R2, RE01
                    MOV     @R1, A
                    INC     R1
                    LCALL   CRC8CAL
                    DJNZ    R4, RE00
                    MOV     A, B
                    JNZ     READ_OUT
                    MOV     TEMPL, TEMPER_L
                    MOV     TEMPH, TEMPER_H
        READ_OUT:   RET
```

; ＊＊＊＊＊＊＊＊＊＊＊＊＊＊＊＊显示子程序＊＊＊＊＊＊＊＊＊＊＊＊＊＊＊＊＊＊＊

; 显示数据在 34H – 37H 单元内, 用 4 位 LED 共阳数码管显示, P0 口输出段码数据

; P2 口作扫描控制, 每个 LED 数码管亮 1ms 时间再逐位循环

; *

```
DISPLAY:    MOV     R1, #34H              ;指向显示数据首址
            MOV     R5, #01H              ;扫描控制字初值
PLAY:       MOV     P0, #0FFH
            MOV     A, R5                 ;扫描字放入 A
            MOV     P2, A                 ;从 P2 口输出
            MOV     A, @R1                ;取显示数据到 A
            MOV     DPTR, #TAB            ;取段码表地址
            MOVC    A, @A + DPTR         ;查显示数据对应段码
            MOV     P0, A                 ;段码放入 P0 口
            MOV     A, R5
            CJNE    A, #01, LOOP5         ;小数点处理
            CLR     P0.7
LOOP5:      LCALL   DL1MS                ;显示 1ms
            INC     R1                   ;指向下一地址
            MOV     A, R5                ;扫描控制字放入 A
            CJNE    A, #03H, LOOP6       ;ACC.2 = 0 时一次显示结束
            JMP     ENDOUT
LOOP6:      RL      A                    ;A 中数据循环左移
            MOV     R5, A                ;放回 R5 内
            AJMP    PLAY                 ;跳回 PLAY 循环
ENDOUT:     MOV     P0, #0FFH            ;一次显示结束, P0 口复位
            MOV     P2, #0FFH            ;P2 口复位
            RET                          ;子程序返回
TAB:        DB      0C0H, 0F9H, 0A4H, 0B0H, 99H, 92H, 82H, 0F8H, 80H, 90H, 0FFH, 0BFH
```

; 共阳段码表 "0", "1", "2", "3", "4", "5", "6", "7", "8", "9", "不亮", " – "

; * * * * * * * * * * * * * * * * * * 1ms 延时子程序 * * * * * * * * * * * * * * * * * *

```
DL1MS:      PUSH    06H
            PUSH    07H
            MOV     R6, #32H             ;1ms 延时程序, LED 显示程序用
DL1:        MOV     R7, #10H
DL2:        DJNZ    R7, DL2
            DJNZ    R6, DL1
            POP     07H
            POP     06H
            RET
            END
```

2. C 语言源程序清单

// *

//DS18B20 温度计 C 程序

//使用 AT89S51 单片机, 12MHz 晶振, 用共阳 LED 数码管

```
    //P0 口输出段码，P2 口扫描
// * * * * * * * * * * * * * * * * * * * * * * * * * * * * * * * * * * * *
#include"reg51. h"
#include"intrins. h"
unsigned char code tab[ ] = {0xc0, 0xf9, 0xa4, 0xb0, 0x99,
                0x92, 0x82, 0xf8, 0x80, 0x90};          //数码管段码表
unsigned char fuhao;          // 负号寄存器
sbit DQ = P3^0;               //定义 DS18B20 数据端口
sbit p07 = P0^7;              //小数点控制 IO
// * * * * * * * * * * * * * * 延时函数 * * * * * * * * * * * * * * * * * * *
void delay(unsigned int i)
{
while( i - - );
}
// * * * * * * * * * * * * * * 显示函数 * * * * * * * * * * * * * * * * * * *
void display( int k)
{
if( fuhao! = 0)          // 判断负号是否有效
{
P2 = 0x08;               //是负温度就显示 " - "号
P0 = 0xbf;
delay(120);
P0 = 0Xff;
}
else
{                        //若是正温度
P2 = 0x08;
if( k/1000 = = 0)        //若百位是 0，消隐
P0 = 0Xff;
else                     //若百位非 0，显示百位
P0 = tab[ k/1000];
delay(120);
P0 = 0Xff;
}
P2 = 0x04;
If( ( k%1000/100 = = 0)&&( k/1000 = = 0))     //若百位、十位同时为 0，消隐
P0 = 0xff;
else                     //若十位非 0，显示十位
P0 = tab[ k%1000/100];
delay(120);
P0 = 0Xff;
P2 = 0x02;               //个位显示
P0 = tab[ k%100/10];
```

```
p07 = 0;                    //点亮小数点
delay(120);
P0 = 0Xff;
P2 = 0x01;                  //小数点后第一位
P0 = tab[k%10];
delay(120);
P0 = 0Xff;
}
// * * * * * * * * * * * * * *初始化函数* * * * * * * * * * * * * * * * * * *
Init_DS18B20(void)
{
unsigned char x = 0;
DQ = 1;                     //DQ 复位
delay(8);                   //稍做延时
DQ = 0;                     //单片机将 DQ 拉低
delay(80);                  //精确延时 大于 480μs
DQ = 1;                     //拉高总线
delay(14);
x = DQ;                     //稍做延时后,如果 x = 0 则初始化成功; x = 1 则初始化失败
delay(20);
}
// * * * * * * * * * * * * * *读一个字节* * * * * * * * * * * * * * * * * * *
ReadOneChar(void)
{
unsigned char i = 0;
unsigned int dat = 0;
for (i = 8; i > 0; i - -)
{
DQ = 0;                     // 给脉冲信号
dat > > = 1;
DQ = 1;                     // 给脉冲信号
if(DQ)
dat | = 0x80;
delay(4);
}
return(dat);
}
// * * * * * * * * * * * * * *写一个字节* * * * * * * * * * * * * * * * * * *
WriteOneChar(unsigned char dat)
{
unsigned char i = 0;
for (i = 8; i > 0; i - -)
{
```

```
DQ = 0;
DQ = dat&0x01;
delay(5);
DQ = 1;
dat > > = 1;
}
}
//* * * * * * * * * * * * * * * * * *读取温度* * * * * * * * * * * * * * * * * * * *
ReadTemperature(void)
{
unsigned char a = 0;
unsigned char b = 0;
unsigned int t = 0;
float tt = 0;
Init_DS18B20();
WriteOneChar(0xCC);        // 跳过读序号列号的操作
WriteOneChar(0x44);        // 启动温度转换
Init_DS18B20();
WriteOneChar(0xCC);        //跳过读序号列号的操作
WriteOneChar(0xBE);        //读取温度寄存器等(共可读9个寄存器) 前两个就是温度
a = ReadOneChar();         //低位
b = ReadOneChar();         //高位
fuhao = b&0x80;
if(fuhao! = 0)             //判断温度是否为负
{                          //负温度的计算方法
b = ~b;
a = ~a;
tt = ((b * 256) + a + 1) * 0.0625;
tt = tt * 10;
t = (int)tt;
}
else
{                          //正温度的计算方法
tt = ((b * 256) + a) * 0.0625;
tt = tt * 10;
t = (int)tt;
}
return(t);
}
//* * * * * * * * * * * * * * * * * * * *主函数* * * * * * * * * * * * * * * * * * * *
void main(void)
{
unsigned int i = 0;
```

```
while(1)
{
i = ReadTemperature();      //读温度
display(i);                  //调显示
  }
}
```

8.4　超声波测距仪的设计

超声波测距仪可应用于汽车倒车、建筑施工工地以及一些工业现场的位置监控,也可用于如液位、井深、管道长度、物体厚度等的测量。超声波测距原理简单、成本低、制作方便,但其应用有一定局限性。这是因为超声波的传输速度受温度影响较大,不同的温度下传播速度不一样。对于远距离的障碍物,由于反射波过于微弱,使得灵敏度下降。故超声波测距仪一般应用在短距离测距,最佳测量距离为 4~5m。

8.4.1　超声波测距的工作原理

利用超声波测量距离的原理可用图 8-4-1 示意。

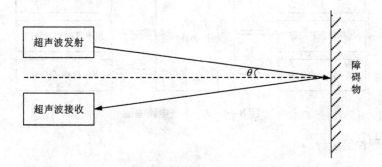

图 8-4-1　超声波测量距离原理示意图

超声波发射器定期发送超声波,当发出的超声波遇到障碍物时发生反射,发射波经由接收器接收并转化为电信号,这样只要测出发送和接收的时间差 Δt,然后按式(8.1)即可求出距离:

$$S = C\Delta t/2 \tag{8.1}$$

式中: C 为超声波在空气中的传播速度,0℃时为 331m/s,25℃时为 347m/s,其与环境温度 T(℃)的关系如下:

$$C = 331.4 + 0.61 \times T \tag{8.2}$$

由此可见,声速与温度有密切关系。在应用中,如果温度变化不大,并且无特殊精度要求,可认为声速是基本不变的。

另外,从图 8-4-1 还可以看出,由于超声波利用接收发射波来进行距离的计算,因而不可避免地存在发射与反射之间的夹角,其大小为 2θ。当 θ 很小时,可直接按式(8.1)

进行计算得到距离；当 θ 较大时，则必须进行距离修正，修正公式为：

$$S = \cos\theta \times C\Delta t/2 \qquad (8.3)$$

8.4.2　功能要求

(1)测量距离范围要求为 0.10 ~ 5.00m；

(2)测量精度为 1cm；

(3)显示方式为数码管显示；

(4)具有 RS – 232 通信能力，便于扩展；

(5)具有较强的抗干扰能力，安装简单；

(6)体积小、功耗低，便于嵌入其他系统。

8.4.3　设计方案选择

按上述设计要求，本例确定为以单片机作为系统主控制器，用数码管通过动态扫描实现距离显示；通过按键来启动和停止测距；声波发射与接收采用分离设计，即单独采用发射器和接收器，提高系统安装的灵活性；RS – 232 接口电路设计采用 MAX232 芯片实现，简单可靠；超声波驱动信号用单片机的定时器完成。设计原理框图如图 8 – 4 – 2 所示。

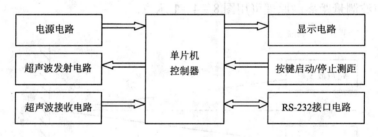

图 8 – 4 – 2　系统电路框图

8.4.4　系统硬件的设计

硬件电路主要包括单片机系统及显示电路、超声波发射电路、超声波检测接收电路和 RS – 232 串口通信电路四部分。

1. 单片机系统及显示电路

单片机采用 Atmel 公司的 AT89S51 或其兼容系列。系统采用 12MHz 高精度的晶振，以获得较稳定的时钟频率，并减少测量误差。单片机用 P1.0 端口输出超声波换能器所需的 40kHz 方波信号，利用外中断 0 口监测超声波接收电路输出的返回信号。显示电路采用简单实用的 4 位共阳 LED 数码管。单片机系统及显示电路如图 8 – 4 – 3 所示。

2. 超声波发射电路

超声波发射电路原理图如图 8 – 4 – 4 所示。发射电路主要由反向器 74LS04 和超声波换能器构成，单片机 P1.0 端口输出的 40kHz 方波信号一路经一级反相器后送到超声波换能器的一个电极，另一路经两级反相器后送到超声波换能器的另一个电极，用这种推挽形式将方波信号加到超声波换能器两端可以提高超声波的发射强度。输出端采用两个反向器并联，用以提高驱动能力。上拉电阻 R_1、R_2 一方面可以提高反向器 74LS04 输出高电平的

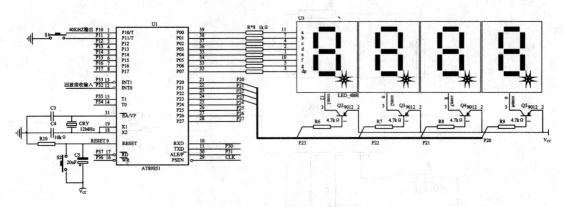

图 8 - 4 - 3　单片机系统及显示电路图

驱动能力；另一方面可以增加超声换能器的阻尼效果，以缩短其自由振荡的时间。

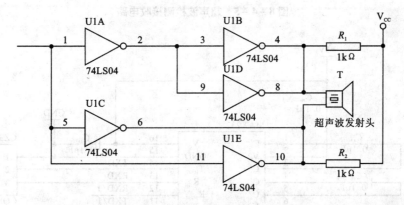

图 8 - 4 - 4　超声波发射电路原理图

3. 超声波接收电路

集成电路 CX20106A 是一款红外线检波接收的专用芯片，常用于电视机红外遥控接收器。考虑到红外遥控常用的载波频率 38kHz 与测距的超声波频率 40kHz 较为接近，可以利用它制作超声波接收检测电路，如图 8 - 4 - 5 所示。实验证明，用 CX20106A 接收超声波（无信号时输出高平）具有很高的灵敏度和较强的抗干扰能力。适当地更改电容 C_4 的大小，可以改变接收电路的灵敏度和抗干扰能力。

4. RS - 232 接口电路设计

通过 RS - 232 接口实现测距仪与 PC 机通信，扩展系统功能。AT89S51 有一个标准的通用异步接收/发送（UART）通信接口，该接口有 TXD（P3.1，发送）和 RXD（P3.0，接收）两个外部引脚，引脚的信号电平为 TTL 类型。而 PC 机串口的异步串行通信基于 RS - 232C 标准，两者的信号逻辑电平不一致，必须进行信号电平转换。选用内部含有电压倍增电路的电平变换芯片 MAX232，MAX232 具有两对收/发单元，此处只用到了一对。这里的 RS - 232 接口只使用到了 3 根线，即 TXD（发送）、RXD（接收）和 GND（地）。设计具体接口电路如图 8 - 4 - 6 所示。

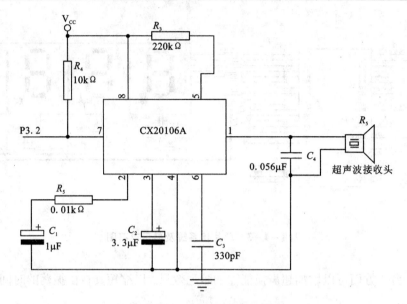

图 8 - 4 - 5 超声波检测接收电路

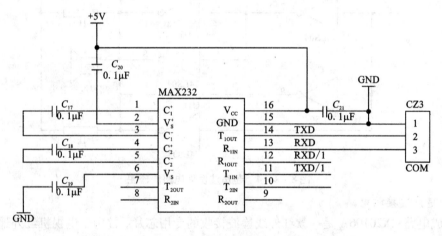

图 8 - 4 - 6 RS - 232 接口电路图

8.4.5 系统程序的设计

超声波测距仪的程序主要包括主程序、超声波发射控制程序、超声波接收中断处理子程序、显示子程序及距离计算子程序等功能模块。

1. 主程序设计

主程序首先要对系统初始化,设置定时器 T0 工作模式为 16 位定时器模式,T1 为 8 位定时器自动重装模式,置位中断允许位 EA 并对显示缓冲区清 0,然后调用超声波发生子程序送出一个超声波脉冲。为了避免超声波从发射器直接传送到接收器引起的直射波触发,需要延时约 0.1ms(这也就是超声波测距器会有一个最小可测距离的原因)后才打开外中断 0 接收返回的超声波信号。由于采用的是 12MHz 的晶振,计数器每计一个数就是 1μs,所以当主程序检测到接收成功的标志位后,将计数器 T0 中的数据(即超声波来回所用的时

间)按式(8.1)计算,即可获得被测物体与测距器之间的距离。设计时取 20℃时的声速为
344 m/s,则有

$$S = (C \times \Delta t)/2 = (172\Delta t/10000)\,\text{cm}$$

其中:Δt 为计数器 T_0 的计数值。

测出距离后,结果将以十进制 BCD 码方式送往 LED 显示,然后再按键重复测量过程。

主程序流程图见图 8 - 4 - 7
所示。

2. 超声波发生子程序和超声波
接收中断程序

超声波发生子程序的作用是通
过 P1.0 端口发送两个左右的超声
波脉冲信号(频率为 40kHz 的方
波),脉冲宽度为 12μs 左右,同时
把计数器 T_0 打开进行计时。

超声波测距仪主程序利用外部
中断 0 检测返回超声波信号,一旦
接收到返回超声波信号(即 $\overline{INT0}$ 引
脚出现低电平),立即进入超声波
接收中断程序。进入该中断后,就
立即关闭计时器 T_0,停止计时,并
将测距成功标志位置 1。

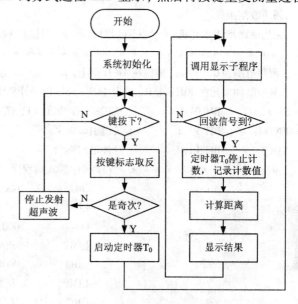

图 8 - 4 - 7　主程序流程图

如果当计时器溢出时还未检测到超声波返回信号,则定时器 T_0 溢出中断将外中断 0
关闭,本次测距不成功。

8.4.6　调试与分析

1. 系统调试

在平面上放一块挡板,确定测量的起点位置,调试时预先用卷尺测出起点与挡板的距
离,然后用测距仪测量。本测距仪安装时应保持发射探头与接收探头中心轴线平行并相距
4~8cm,利用按键 S_1 启动和停止测距,通过比较得出测量精度和误差。数据可以直接从 4
位 LED 数码管读出,动态直观。本测距仪实测精度最优达到 1%,测量盲区小于 100mm,
最大测量距离为 5.0m。

2. 误差分析及结论

本测距仪误差产生的途径主要有以下两方面的原因:

(1)由于利用接收发射波来进行距离的计算,因而不可避免地存在发射与反射之间的
夹角。这个夹角的大小与发射和接收探头的物理位置有关,程序设计中没有考虑夹角这个
因素,所以夹角越大误差也越大。对于夹角带来的误差文中已提到,当夹角较大时应采用
式(8.3)加以修正,在程序设计时相应的程序段也要修改。

(2)设计时取 20℃时声速 344 m/s,实际上超声波也是一种声波,其声速 C 与温度有
关。要提高测量精度,就必须进行温度补偿。可以在硬件设计中增加数字温度传感器

DS18B20 测温，每次先按照式(8.2)计算当时声速 C，然后再按照式(8.1)计算距离，从而计算得到的距离值也比较精确。

8.4.7 源程序清单

```
; * * * * * * * * * * * * * * * * * * * * * * * * * * * * * * * * * * * * *
;超声波测距仪
;采用 AT89S51 单片机，4 位共阳 LED 显示器，晶振频率 12MHz
; * * * * * * * * * * * * * * * * * * * * * * * * * * * * * * * * * * * * *
; 测距范围为 0.1~5m，堆栈在 4F H 以上，20H 用于标志
; 显示缓冲单元在 40H~43H，内存 44H~46H 用于计算距离
S1_FLAG      BIT 01H          ;按键标志，奇次 =1，偶次 =0
ENTER        BIT P1.1         ;按键引脚定义
VOUT         BIT P1.0         ;脉冲输出端口
; * * * * * * * * * * * * * * * 中断入口程序 * * * * * * * * * * * * * * * *
                     ORG       0000H
                     LJMP      START
                     ORG       0003H
                     LJMP      PINT0
                     ORG       000BH
                     LJMP      INTT0
                     ORG       001BH
                     LJMP      INTT1
; * * * * * * * * * * * * * * * * 主程序 * * * * * * * * * * * * * * * * * *
                     ORG       0030H
MAIN：        MOV   SP, #4FH
             MOV   R0, #40H          ;40H~43H 为显示数据存放单元(40H 为最高位)
             MOV   R7, #0BH
CLEARDISP：   MOV   @R0, #00H
             INC   R0
             DJNZ  R7, CLEARDISP
             MOV   20H, #00H
             MOV   TMOD, #21H        ;T1 为 8 位自动重装模式，T0 为 16 位定时器
             MOV   TH0, #00H         ;65ms 初值
             MOV   TL0, #00H
             MOV   TH1, #0F2H        ;40kHz 初值
             MOV   TL1, #0F2H
WAIT_START：  JNB   ENTER，MAIN_1     ;等待键按下
             LCALL DISPLAY
             SJMP  WAIT_START
             MOV   R5, #05           ;延时去抖
MAIN_1：      LCALL DISPLAY
             DJNZ  R5, MAIN_1
```

```
              JB      ENTER，WAIT_START
              CPL     S1_FLAG              ；按键标志取反
              JB      S1_FLAG，MAIN_2；偶次按键(包括未按键)则停止测距
              CLR     TR0                 ；关定时器 T0
              CLR     ET0
              SJMP    WAIT_START          ；等待按键
MAIN_2：      MOV     R4，#04H             ；超声波脉冲个数控制(为赋值的一半)
              SETB    PX0
              SETB    ET0
              SETB    EA
              SETB    TR0                 ；开启测距定时器
MAIN_3：      LCALL   DISPLAY
              JNB     00H，MAIN_3          ；收到反射信号时标志位为1
              CLR     EA
              LCALL   COMPUTER            ；计算距离子程序
              SETB    EA
              CLR     00H
              SETB    TR0                 ；重新开启测距定时器
              MOV     R2，#64H             ；测量间隔控制，约 4ms(100 = 400ms)
MAIN_4：      LCALL   DISPLAY
              DJNZ    R2，MAIN_4
              SJMP    WAIT_START
; * * * * * * * * * * * * * * * * * * * * * *中断程序* * * * * * * * * * * * * * * * * * *
; T0 中断，65ms 中断一次
INTT0：       CLR     EA
              CLR     TR0
              MOV     TH0，#00H
              MOV     TL0，#00H
              SETB    ET1
              SETB    EA
              SETB    TR0                 ；启动计数器 T0，用以计算超声来回时间
              SETB    TR1                 ；开启发超声波用定时器 T1
OUT：         RETI
; T1 中断，发超声波用
INTT1：       CPL     VOUT
              DJNZ    R4，RETIOUT
              CLR     TR1                 ；超声波发送完毕，关 T1
              CLR     ET1
              MOV     R4，#04H
              MOV     R7，#20             ；延时 100us
INTT1_1：     NOP
              NOP
              NOP
```

```
               DJNZ   R7, INTT1_1
               SETB   EX0                 ;开启接收回波中断
RETIOUT:       RETI
;外中断0, 收到回波时进入
PINT0:         CLR    TR0                 ;关计数器
               CLR    TR1
               CLR    ET1
               CLR    EA
               CLR    EX0
               MOV    44H, TL0            ;将计数值移入处理单元
               MOV    45H, TH0
               SETB   00H                 ;接收成功标志
               RETI
```

; *显示程序* *
;40H 为最高位, 43H 为最低位, 先扫描高位

```
DISPLAY:       MOV    R1, #40
               MOV    R5, #0F7H
PLAY:          MOV    A, R5
               MOV    P0, #0FFH
               MOV    P2, A
               MOV    A, @R1
               MOV    DPTR, #TAB
               MOVC   A, @A + DPTR
               MOV    P0, A
               LCALL  DELAY1MS
               INC    R1
               MOV    A, R5
               JNB    ACC.0, ENDOUT
               RR     A
               MOV    R5, A
               AJMP   PLAY
ENDOUT:        MOV    P2, #0FFH
               MOV    P0, #0FFH
               RET
TAB:           DB     0C0H, 0F9H, 0A4H, 0B0H, 99H, 92H, 82H, 0F8H, 80H, 90H, 0FFH, 88H,
                      0BFH
```

;共阳段码表 0, 1, 2, 3, 4, 5, 6, 7, 8, 9, 不变, A, -
; *延时程序* *

```
DELAY1MS:      MOV    R6, #14H
DL1:           MOV    R7, #19H
DL2:           DJNZ   R7, DL2
               DJNZ   R6, DL1
               RET
```

```
; * * * * * * * * * * *距离计算程序(距离 =计数值(17/1000cm) * * * * * * * * * * * * * *
COMPUTER：      PUSH  ACC
                PUSH  PSW
                PUSH  B
                MOV   PSW, #18H
                MOV   R3, 45H
                MOV   R2, 44H
                MOV   R1, #00D
                MOV   R0, #17D
                LCALL MUL2BY2
                MOV   R3, #03H
                MOV   R2, #0E8H
                LCALL DIV4BY2
                LCALL DIV4BY2
                MOV   40H, R4
                MOV   A, 40H
                JNZ   JJ0
                MOV   40H, #0AH      ; 最高位为 0, 不点亮
JJ0：           MOV   A, R0
                MOV   R4, A
                MOV   A, R1
                MOV   R5, A
                MOV   R3, #00D
                MOV   R2, #100D
                LCALL DIV4BY2
                MOV   41H, R4
                MOV   A, 41H
                JNZ   JJ1
                MOV   A, 40H         ; 次高位为 0, 先看最高位是否为不亮
                SUBB  A, #0AH
                JNZ   JJ1
                MOV   41H, #0AH      ; 最高位不亮, 次高位也不亮
JJ1：           MOV   A, R0
                MOV   R4, A
                MOV   A, R1
                MOV   R5, A
                MOV   R3, #00D
                MOV   R2, #10D
                LCALL DIV4BY2
                MOV   42H, R4
                MOV   A, 42H
                JNZ   JJ2
                MOV   A, 41H         ; 次次高位为 0, 先看次高位是否为不亮
```

```
                SUBB   A, #0AH
                JNZ    JJ2
                MOV    42H, #0AH          ; 次高位不亮, 次次高位不亮
JJ2:            MOV    43H, R0
                POP    B
                POP    PSW
                POP    ACC
                RET
; * * * * * * * * * * * * *2字节无符号数乘法程序* * * * * * * * * * * * * * * *
; R7R6R5R4 ≤ R3R2 × R1R0
MUL2BY2:        CLR    A
                MOV    R7, A
                MOV    R6, A
                MOV    R5, A
                MOV    R4, A
                MOV    46H, #10H
MULLOOP1:       CLR    C
                MOV    A, R4
                RLC    A
                MOV    R4, A
                MOV    A, R5
                RLC    A
                MOV    R5, A
                MOV    A, R6
                RLC    A
                MOV    R6, A
                MOV    A, R7
                RLC    A
                MOV    R7, A
                MOV    A, R0
                RLC    A
                MOV    R0, A
                MOV    A, R1
                RLC    A
                MOV    R1, A
                JNC    MULLOOP2
                MOV    A, R4
                ADD    A, R2
                MOV    R4, A
                MOV    A, R5
                ADDC   A, R3
                MOV    R5, A
                MOV    A, R6
```

```
                ADDC  A, #00H
                MOV   R6, A
                MOV   A, R7
                ADDC  A, #00H
                MOV   R7, A
MULLOOP2：      DJNZ  46H, MULLOOP1
                RET
; * * * * * * * * * * * *4 字节/2 字节无符号数除法程序 * * * * * * * * * * * * * * *
; R7R6R5R4/R3R2 = R7R6R5R4(商)…R1R0(余数)
DIV4BY2：       MOV   46H, #20H
                MOV   R0, #00H
                MOV   R1, #00H
DIVLOOP1：      MOV   A, R4
                RLC   A
                MOV   R4, A
                MOV   A, R5
                RLC   A
                MOV   R5, A
                MOV   A, R6
                RLC   A
                MOV   R6, A
                MOV   A, R7
                RLC   A
                MOV   R7, A
                MOV   A, R0
                RLC   A
                MOV   R0, A
                MOV   A, R1
                RLC   A
                MOV   R1, A
                CLR   C
                MOV   A, R0
                SUBB  A, R2
                MOV   B, A
                MOV   A, R1
                SUBB  A, R3
                JC    DIVLOOP2
                MOV   R0, B
                MOV   R1, A
DIVLOOP2：      CPL   C
                DJNZ  46H, DIVLOOP1
                MOV   A, R4
                RLC   A
```

```
MOV   R4, A
MOV   A, R5
RLC   A
MOV   R5, A
MOV   A, R6
RLC   A
MOV   R6, A
MOV   A, R7
RLC   A
MOV   R7, A
RET
END    ; 程序结束
```

本章小结

本章重点介绍了单片机应用系统设计的原则和方法。

单片机应用系统设计的基本原则是：具有较高的可靠性，使用和维修要方便，并且应该具有良好的性能价格比。设计步骤包括：可行性分析，总体方案设计、应用系统硬件设计，应用系统软件设计，仿真调试。

为了提高单片机应用系统的可靠性，在应用系统的硬件和软件设计等方面要采取一定的抗干扰设计。

通过对本章的教学，应使学生掌握单片机应用系统的设计、开发和调试的思路和方法；了解单片机应用系统抗干扰设计的基本方法；理解单片机应用系统调试的基本方法；了解应用实例软、硬件设计过程。

思考与练习题

8.1　设计一个单片机应用系统，一般需要哪几个步骤？各步骤的主要任务是什么？

8.2　为了提高单片机应用系统的可靠性，硬件和软件设计中有哪些措施？

8.3　DS18B20 内部主要部件有哪些？

8.4　DS18B20 要求有严格的时序来保证数据的完整性，请以写时隙为例作简单说明。

8.5　超声波测距的原理是什么？

8.6　影响超声波测距精度的原因主要有哪些？如何提高超声波测距的精度？

8.7　试设计一个能对 8 路温度监测的报警系统。温度范围是：−20 ～ +120℃，精度为 0.5℃。当温度达到 100℃ 时，系统能发出声光报警，并显示报警点。要求画出硬件电路框图和程序流程图。

第 9 章　51 单片机的 C 语言程序设计

【**本章要点**】　介绍单片机 C 语言程序的编译、各语句的用法及意义。主要内容包括：单片机 C 语言编译器、C51 的基本数据类型、存储类型、存储器模式、8051 结构的 C51 定义、运算符与表达式、程序结构与函数、流程控制语句等基础知识。通过实例介绍 8051 单片机的 C51 编程方法。最后总结 C51 的使用技巧和使用规范。

C 语言是一种使用非常方便的高级语言。C 语言具有良好的结构性和模块化，容易阅读和维护。目前单片机仿真器已经能很好地进行 C 语言程序调试，为单片机编程使用 C 语言提供了便利条件。用 C 语言开发单片机的应用系统，是单片机开发、应用的重要发展趋势。

9.1　单片机 C 语言与汇编语言

对用惯了汇编语言的人来说，C 语言可控性不好，不如汇编语言那样能够随心所欲。但是，汇编语言的可读性和可维护性不强，特别是当程序没有很好地标注的时候，代码的可重用性也比较低。而使用 C 语言就可以很好地解决这些问题。

用 C 语言编写程序比用汇编语言更符合人们的思考习惯，开发者可以更专心地考虑算法而不是考虑一些细节问题；用 C 语言编写的程序有很好的可移植性，功能化的代码能够很方便地从一个工程移植到另一个工程，这样就减少了开发和调试的时间。很多处理器支持 C 语言编译器，使用像 C 这样的语言，程序员不必十分熟悉处理器的具体内部结构，使得用 C 语言编写的程序比汇编程序有更好的可移植性。

C 语言既具有一般高级语言的特点，又能直接对计算机的硬件进行操作。对于大多数 51 系列单片机，使用 C 语言与使用汇编语言相比具有如下优点：

（1）对单片机的指令系统不要求了解，仅要求对 8051 的存储器结构有初步了解；

（2）寄存器分配、不同存储器的寻址及数据类型等细节可由编译器管理；

（3）可进行结构化程序设计，表达能力强，可移植性好；

（4）提供的库包含许多标准子程序，具有较强的数据处理能力；

（5）程序的开发和调试时间大大缩短，提高了效率；

（6）通过 C 语言可实现模块化编程技术，从而可将已编制好的程序加入到新程序中。

所有这些并不说明汇编语言就没了立足之地，很多系统特别是实时时钟系统都是用 C 语言和汇编语言联合编写程序的。在对时钟要求很严格时，使用汇编语言成了唯一的方法。在实际编程中常常以 C 语言为主，汇编语言为辅，充分发挥各自的优势。

9.2 单片机 C 语言程序的编译与开发调试

应用单片机 C 语言，首先要选择相应的单片机 C 语言编译器，即单片机的 C 语言开发集成系统软件。

9.2.1 单片机 C 语言编译器

8051 单片机的 C 语言编译器是一个应用软件，其作用是把用 C 语言编写的程序编译成 8051 单片机能够识别和执行的目标代码，即生成后缀为 .HEX 的文件。将此文件通过 51 编程器写入单片机后，单片机就可以按照 C 语言编写的程序工作了。

目前单片机 C 语言编译器的功能不仅限于此，而且是一个单片机开发的集成系统（IDE），一般都具有工程建立和管理、编译、连接、目标代码生成、软件仿真及硬件仿真等完整的开发功能。

单片机 C 语言编译器有很多种，目前应用最广泛的是德国 Keil 公司出品的 Keil C51 编译器。Keil C51 软件提供丰富的库函数和功能强大、全 Windows 界面的集成开发调试工具 Vision。这是一个非常优秀的 51 单片机开发平台，它几乎支持所有 51 系列单片机的 C 语言和汇编语言编程，同时它内嵌的仿真调试软件可以让用户采用模拟仿真和实时在线仿真两种方式对目标系统进行开发。软件仿真时，除了可以模拟单片机的 I/O 口、定时器、中断外，甚至可仿真单片机的串行通信。其演示版可以到 http：www. keil. com 网站免费下载。

9.2.2 单片机 C 语言程序开发流程

单片机 C 语言程序开发流程与使用汇编语言基本相同，其流程如图 9 - 2 - 1 所示。

Keil C51 单片机开发集成系统软件可以完成 C 语言程序开发。首先用 Keil C51 自带编辑器编写源程序，源程序文件名的后缀为 .C；然后用 C51 编译器进行编译，生成扩展名为 .OBJ 的文件；再用 BL51 连接器/定位器进行连接、定位，生成扩展名为 .HEX 的文件，然后就可以通过 51 编程器写入单片机内。在写入单片机之前还可以进行软件仿真或硬件仿真（详见第 10 章）。

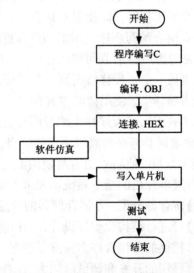

图 9 - 2 - 1 单片机 C 语言程序开发流程

9.3 C51 数据与运算

9.3.1 数据类型、常量与变量

单片机的基本功能是进行数据处理，数据在进行处理时需要先存放到单片机的存储器中。所以编写程序时对使用的常量与变量都要先声明数据类型，以便把不同的数据类型定位在 51 单片机的不同存储区中。

1. 数据类型

数据类型是用来表示数据存储方式及所代表的数值范围的，C51 的数据类型可归纳如下：

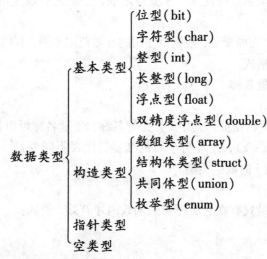

C51 数据类型与标准 C 数据类型的最大不同之处是位变量。C51 编译器支持的数据类型的取值范围如表 9 – 3 – 1 所示。

表 9 – 3 – 1 C51 数据类型的取值范围

数据类型	长度（bit）	长度（byte）	值域范围
bit	1		0，1
unsigned char	8	1	0 ~ 255
signed char	8	1	− 128 ~ + 127
unsigned int	16	2	0 ~ 65535
signed int	16	2	− 32768 ~ + 32767
unsigned float	32	4	0 ~ 4294967295
signed float	32	4	− 2147483648 ~ + 2147483647
float	32	4	± 1.176E − 38 ~ ± 3.40E + 38（6 位数字）
double	64	8	± 1.176E − 38 ~ ± 3.40E + 38（10 位数字）
一般指针	24	3	存储空间 0 ~ 65535

2. 常量

在程序运行过程中其值不能改变的量称为常量，常量的数据类型有整型、字符型和字符串型等。

整型常量就是整型常数，通常采用十进制表示，如 0、1、23 等。在表示十六进制数时，要在开头写上"0x"作为前缀。

字符型常量的表示方法，是将字符使用单引号括起来，例如，'a'、'b'、'x'等。

字符串型常量是由双引号""内的字符组成，如"ABCD"、"＄1234"等都是字符串常量。当双引号内的字符个数为 0 时，称为空字符串。书写时要特别注意单引号与双引号的使用，如'a'与"a"是不一样的，'a'是字符常量，"a"是字符串常量。

3. 变量

变量是一种在程序执行过程中其值能不断变化的量。C 语言中的每个变量都必须有一个标志符作为它的变量名。在使用一个变量之前，必须先对该变量进行定义，指出该变量的数据类型。

同时，程序中所使用的变量，根据所使用的有效范围不同，有局部变量和全局变量之分。

（1）变量定义的格式

变量数据类型变量名称

如，unsigned int i;

声明 i 为无符号整数变量。其中 i 为变量名称，变量名称可以使用大写英文字母(A ~ Z)或小写英文字母(a ~ z)，大写与小写的变量，代表不同变量。变量名称 i 前边的"unsigned int"是定义变量 i 的数据类型。

（2）局部变量

局部变量是指变量只有在它所声明的函数内才有效，例如：

```
void scan_kl( )
    {
        unsigned int     i;        /＊局部变量 i 声明＊/
                         ⋮
}
```

程序中变量 i 为局部变量，其只有在 scan_kl 函数内才有效。

（3）全局变量

全局变量的有效范围是在整个文件内(＊.c)，文件内可能包含很多的函数，全局变量在各函数内的任何处均有效，例如：

```
void scan_kl( );              /＊scan_kl( )函数声明＊/
unsigned char set;            /＊全局变量 set 声明＊/
void main( )
    {
        while(1)
            {
            if ( P3_2 = =0) scan_kl( );
            switch( set)
```

```
                {
                  ⋮
                }
            }
        }
```

在程序中，变量"set"放在整个程序的前边进行声明，成为全局变量。它不仅在主函数 main(　)内有效，而且在函数 scan_kl(　)内也有效。

4. 数组

数组是一种结构化的数据类型。它是将许多相同数据类型的变量集合起来，以一个名称来代表，称为数组名。数组中元素是按顺序存放在一个连续的存储空间中，即最低的地址存放第一个元素，最高的地址存放最后一个元素，数组中元素的顺序用下标表示，下标放在[　]方括号内。数组必须先定义，然后才能使用。

一维数组定义的一般形式：

数据类型　　数组名　　[元素个数]；

例如：int a [8]是定义一个数组，数组名为 a，数组包括 8 个整型的元素。

C 语言中数组的下标是从 0 开始的，因此对于数组 int a [8]来说，其中 8 个元素是 a[0] ~ a[7]，不存在元素 a[8]，这一点在引入数组元素时应加以注意。

在编程中，数组的一个很有用的用途就是查表。单片机处理一些复杂的控制动作时，编程一般采用查表的方法，先将控制码建成一个表存入程序存储器中，再根据需要在表中将控制码按顺序读取出，其中所说的表就是数组。

9.3.2　数据的存储类型及存储区

C51 编译器完全支持 8051 单片机及其扩展系列的硬件结构，并提供对 8051 所有存储区的访问。编译器通过将变量、常量定义成不同的存储类型的方法，将它们定位在不同的存储区中。存储类型与 8051 单片机实际存储空间的对应关系如表 9 - 3 - 2 所示。

表 9 - 3 - 2　C51 存储类型与 MCS - 51 单片机存储空间的对应关系

存储类型	与存储空间的对应关系
data	直接寻址片内数据存储区，访问速度快(128 字节)
bdata	可位寻址片内数据存储区，允许位与字节混合访问(16 字节)
idata	间接寻址片内数据存储区，可访问片内全部 RAM 地址空间(256 字节)
pdata	分页寻址片外数据存储区(256 字节)，由 MOVX @ Ri 访问
xdata	片外数据存储区(64K 字节)，由 MOVX @ DPTR 访问
code	代码存储区(64K 字节)，由 MOVC @ DPTR 访问

当使用 code 存储类型定义数据时，C51 编译器会将其定义在代码空间(ROM)，这里存放着指令代码和其他非易变信息。

当使用 xdata 存储类型定义常量、变量时，C51 编译器会将其定位在外部数据存储空间

（片外 RAM）。

pdata 存储类型属于 xdata 类型，它的一字节地址（高 8 位）被妥善保存在 P2 口中，用于 I/O 操作。

idata 存储类型可以间接寻址内部数据存储器（可以超过 27 个字节）。

访问片内数据存储器（data，bdata，idata）比访问片外数据存储（xdata，pdata）相对要快一些，因此可将经常使用的变量置于片内数据存储器，而将规模较大的，或不常使用的数据置于片外数据存储器中。

C51 存储类型及其大小和值域如表 9 – 3 – 3 所示。

表 9 – 3 – 3　　C51 存储类型及其大小和值域

存储类型	长度（bit）	长度（byte）	值域范围
data	8	1	0 ~ 255
idata	8	1	0 ~ 255
pdata	8	1	0 ~ 255
xdata	16	2	0 ~ 65535
code	16	2	0 ~ 65535

变量的存储类型举例：

char data var1：字符变量 var1 被定义为 data 存储类型，C51 编译器将把该变量定位在 8051 片内数据存储区中（地址：00H ~ 0FFH）。

bit bdata flags：位变量 flags 被定义为 bdata 存储类型，C51 编译器将把该变量定位在 8051 片内数据存储区中的位寻址区（地址：20H ~ 2FH）。

float idata x，y，z：浮点变量 x，y，z 被定义为 idata 存储类型，C51 编译器将把该变量定位在 8051 片内数据存储区，并只能用间接寻址的方法进行访问。

unsigned char xdata vector[10][4][4]：无符号字符三维数组变量 vector[10][4][4] 被定义为 xdata 存储类型，C51 编译器将其定位在 8051 片外数据存储区（片外 RAM）中，并占据 10 × 4 × 4 = 160 个字节存储空间，用于存放该数组变量。

9.3.3　存储器模式

C51 编译器允许采用三种存储器模式：SMALL、COMPACT 和 LARGE。一个函数的存储器模式确定了函数的参数和局部变量在内存中的地址空间。在定义一个函数时可以明确指定该函数的存储器模式。一般形式为：

函数类型　　函数名（形式参数表）[存储器模式]

如：void fun1(void) small { }；

其中，存储器模式是 C51 编译器扩展的一个选项。不用该选项时即没有明确指定函数的存储器模式，这时该函数按编译时的默认存储器模式处理。

C51 编译器的三种存储器模式详细说明如表 9 – 3 – 4 所示。

表 9 - 3 - 4 C51 编译器的存储模式及说明

存储模式	说 明
SMALL	所有参数及局部变量都放入可直接寻址的片内存储器(最大 128 字节,默认存储类型是 data),因此访问十分方便。另外所有对象,包括栈,都必须嵌入片内 RAM。栈长很关键,因为实际栈长依赖于不同函数的嵌套层数。
COMPACT	所有参数及局部变量放入分页片外存储区(最大 256 字节,默认的存储类型是 pdata),通过寄存器 R0 和 R1 间接寻址,栈空间位于内部数据存储区中。
LARGE	所有参数及局部变量直接放入片外数据存储区(最大 64KB,默认存储类型为 xdata),使用数据指针 DPTR 来进行寻址。用此数据指针访问的效率较低,尤其是对两个或多个字节的变量,这种数据类型的访问机制直接影响代码的长度,另一不方便之处在于这种数据指针不能对称操作。

9.3.4 8051 结构的 C51 定义

1. 特殊功能寄存器(SFR)的 C51 定义

8051 单片机片内有 21 个特殊功能寄存器(SFR),它们分散在片内 RAM 区的高 128 字节中,地址为 80H ~ 0FFH,对 SFR 的操作,只能用直接寻址方式。为了能直接访问这些特殊功能寄存器 SFR,C51 编译器提供了一种自主形式的定义方法,这种方法与标准 C 语言不兼容,只适用于对 8051 系列单片机进行 C 编程。这种定义方法是引入两个关键字"sfr"和"sbit"。

(1)定义特殊功能寄存器用 sfr

例如:

sfr SCON = 0x98; /* 串行口控制寄存器地址 98H */

sfr TMOD = 0x89; /* 定义定时器/计数器方式控制寄存器 TMOD 的地址为 89H */

(2)定义可位寻址特殊功能寄存器的位用 sbit

例如:

sfr PSW = 0xD0; /* 定义程序状态字 PSW 的地址为 D0H */

sbit CY = 0xD7; /* 定义进位标志 CY 的地址为 D7H */

sbit AC = 0xD0^6; /* 定义辅助进位标志 AC 的地址为 D6H */

sbit RS0 = 0xD0^3; /* 定义 RS0 的地址为 D3H */

标准 sfr 在 reg51. h 头文件中已经被定义,只要用文件包含做出申明即可使用。

2. I/O 口的 C51 定义

当使用 C51 进行编程时,8051 片内 I/O 与片外扩展 I/O 口可以统一在头文件中定义,也可以在程序中(一般在开始的位置)进行定义,其方法如下:

对于单片机内部并行 I/O 口用关键字 sfr 来定义。

例如:sfr P1 = 0x90; /* 定义 P1 口的地址为 90H */

对于片外扩展 I/O 口,则根据其硬件译码地址,将其视为片外数据存储器的一个单元,使用#define 语句进行定义。

例如:

#include " absacc. h"

#define PA XBYTE[0xffec] /* 将 PA 定义为外部 I/O 口,地址为 0xffec,长度为 8 位 */

在头文件或程序中对这些片内外 I/O 口进行定义后，程序中就可以自由使用这些口。C51 编译器按 8051 实际硬件结构建立 I/O 口变量名与其实际地址的联系，可以用软件模拟 8051 的硬件操作。

3. 位变量(bit)的 C51 定义

除了通常的 C 数据类型外，C51 编译器还支持 bit 数据类型。

(1) 位变量 C51 定义的语法

bit lock;　　　　/ * 将 lock 定义为位变量 * /

bit dirention;　　　/ * 将 dirention 定义为位变量 * /

(2) 对位变量定义的限制

不能定义位变量指针，如不能定义：bit * bit_pointer。

不存在位变量数组，如不能定义：bit b_array[ ]。

9.3.5　运算符、表达式及其规则

运算符是完成某种特定运算的符号，按其在表达式中所起的作用，可分为算术运算符、关系运算符、逻辑运算符、位运算符、复合赋值运算符、增量与减量运算符、指针和地址运算符等。

1. 算术运算符与表达式

(1)C51 最基本的算术运算符有五种：

+ —— 加法运算符

- —— 减法运算符

* —— 乘法运算符

/ —— 除法运算符

% —— 模运算或取余运算符

(2)算术表达式、优先级与结合性：

用算术运算符将运算对象连接起来的式子称为算术表达式。

C 语言中规定了运算符的优先级和结合性。在求一个表达式的值时，要按运算符的优先级别进行。算术运算符中取负值(-)的优先级最高，其次是乘法(*)、除法(/)和取余(%)运算符，加法(+)和减法(-)运算符的优先级最低。需要时可在算术表达式中采用圆括号来改变运算符的优先级。如果在一个表达式中各个运算符的优先级别相同，则计算时按规定的结合方向进行。例如：由于" + "和" - "优先级别相同，计算时按"从左至右"的结合方向，这种"从左至右"的结合方向称为"左结合性"，而"从右至左"的结合方向称为"右结合性"。

例：(a + b) * (c - d) - e；在这个表达式中括号的优先级别最高，* 次之，减号优先级最低，故先运算(a + b)和(c - d)，然后再将二者的结果相乘，最后与 e 相减。

如果一个运算符的两侧的数据类型不同，则必须通过数据类型转换将数据转换成同种类型。

转换的方式有两种：

一种是自动(缺省)类型转换，即在程序编译时由 C 编译自动进行数据类型转换。如 char, int 变量同时存在时，必定先将 char 转换成 int 类型；int 与 long 型数据进行运算时，

先将较低类型 int 转换成较高的类型 long，然后再进行运算，结果为 long 类型。一般来说，当运算对象的数据类型不相同时，先将较低的数据类型转换成较高的数据类型，运算结果为较高的数据类型。

另一种数据类型的转换方式为强制类型转换，需要使用强制类型转换运算符，其形式为：

（类型名）（表达式）；

例：（double）a　　将 a 强制转换成 double 类型。

（int）（x + y）　　将（x + y）的值强制转换成 int 类型。

2．关系运算符、表达式及优先级

（1）C51 提供 6 种关系运算符

< ——小于

< = ——小于等于

> ——大于

> = ——大于等于

= = ——测试等于

! = ——测试不等于

（2）关系运算符的表达式及优先级

前 4 种关系运算符具有相同的优先级，后两种关系运算符也具有相同的优先级；但前 4 种的优先级高于后 2 种。用关系运算符将两个表达式连接起来即成为关系表达式。

例如：x > a、x + y > b、(x = 3) > (y = 4) 都是合法的关系表达式。

关系运算符通常用来判别某个条件是否满足，关系运算的结果只有 0 和 1 两种值。当所指定的条件满足时结果为 1，条件不满足时结果为 0。

例　若 a = 4，b = 3，c = 1，则 a > b 的值为"真"，表达式值为 1；

b + c < a 的值为"假"，表达式值为 0。

3．逻辑运算符、表达式及优先级

C51 提供 3 种逻辑运算符：

&& ——逻辑与

| | ——逻辑或

! ——逻辑非

逻辑运算符用来求某个条件式的逻辑值，用逻辑运算符将关系表达式或逻辑量连接起来就是逻辑表达式。逻辑运算符的优先级为(由高至低)：逻辑非，逻辑与，逻辑或。

当连接的两个条件式都为真时，逻辑与的结果为真(1)，否则为假(0)。

当连接的两个条件式之中有一个为真时，逻辑或的结果为真(1)，否则为假(0)。

当条件式的结果为真时，逻辑非的结果为假，反之，则为真。

例　若 a = 4，b = 5，则 ! a 为假(0)［因为 a = 4 为真，所以! a 为假(0)］。

　　　　　　　　　　a | | b 为真(1)［因为 a 、b 为真，两者相或也为真]。

　　　　　　　　　　a&&b 为真(1)。

4．位操作及表达式

C51 提供了如下位操作运算符：

    & —— 按位与   相当于 ANL 指令

    | —— 按位或   相当于 ORL 指令

    ^ —— 按位异或   相当于 XRL 指令

    ~ —— 按位取反   相当于 CPL 指令

    < < —— 位左移   相当于 RL 指令

    > > —— 位右移   相当于 RR 指令

运算符的作用是按位对变量进行运算，并不改变参与运算的变量的值。若希望按位改变运算变量的值，则应利用相应的赋值运算。另外位运算符只能是整型或字符型数，不能为实型数据。位运算符的优先级从高到低依次是：

按位取反(~)、左移(< <)和右移(> >)、按位与(&)、按位异或(^)、按位或(|)。

例：若 a = 0XEA = 11101010B

则表达式：a = a < < 2，将 a 值左移两位，其结果为 0XA8 = 10101000B。

5. 自增减运算符、复合运算符及其表达式

(1) 增量和减量运算符

++：增量运算符，   --：减量运算符

增量和减量是 C 语言中特有的一种运算符，它们的作用分别是对运算对象作加 1 和减 1 运算。

如：+ + i, i + + , − − j, j − − 等。看起来 + + i 和 i + + 的作用都是使变量 i 的值加 1，但是由于运算符 + + 所处的位置不同，使变量 i 加 1 的运算过程也不同。+ + i(或 − − i)是先执行 i + 1(或 i − 1)操作，再使用 i 的值，而 i + + (或 i − −)是先使用 i 的值，再执行 i + 1(或 i − 1)操作。

例：若 i 的值原来为 5，

则 j = + + i, j 值为 6, i 值也为 6；

j = i + + , j 值为 5, i 值为 6。

增量运算符(+ +)和减量运算符(− −)只能用于变量，不能用于常数或表达式。(+ +)和(− −)的结合方向是"自右向左"。

(2) 复合赋值运算符及其表达式

C51 共提供了 10 种复合赋值运算符：

  + = 加法赋值   > > = 右移位赋值   − = 减法赋值   & = 逻辑与赋值

  * = 乘法赋值 | = 逻辑或赋值   / = 除法赋值   ^ = 逻辑异或赋值

  % = 取模赋值   ~ = 逻辑非赋值   < < = 左移位赋值。

采用这种复合赋值运算符，可以使程序简化，同时还可以提高程序的编译效率。例如：

  a + = b 等价于 a = (a + b)   x * = a + b 等价于 x = (x * (a + b))

  a& = b 等价于 a = (a&b)   a < < = 4 等价于 a = (a < < 4)

6. 指针和地址运算符

指针是 C 语言中一个十分重要的概念，在 C 语言的数据类型中专门有一种指针类型。变量的指针就是该变量的地址，可以定义一个指向某个变量的指针变量。为了表示指针变量和它所指向的变量地址之间的关系，C 语言提供了两个专门的运算符：

　　 * 取内容　　　　& 取地址

取内容和取地址运算的一般形式分别为：

变量 = * 指针变量

指针变量 = & 目标变量

　　取内容运算的含义是将指针变量所指向的目标变量的值赋给左边的变量；取地址运算的含义是将目标变量的地址赋给左边的指针变量。需要注意的是，指针变量中只能存放地址（即指针型数据），不要将一个非指针类型的数据赋值给一个指针变量。

9.4　单片机 C 语言程序的基本结构

　　单片机 C 语言程序一般由头文件、主函数和函数三部分组成。

9.4.1　主函数

　　主函数，即主程序，是单片机 C 语言程序执行的开始，不可缺少。主函数以 main 为其函数名称，例如：

```
main( )
{
    执行语句；
}
```

　　每个 C51 程序至少包含一个主函数 main( )，也可以是一个主函数和若干其他函数。主函数是一个控制程序流程的特殊函数，它是程序的入口，程序运行时都是由主函数 main( )开始的。主函数可以调用其他子函数，调用完毕后回到主函数，主函数中的所有语句执行完毕，则程序结束。

9.4.2　函数

　　在 C 语言中，函数相当于汇编中的子程序，函数调用相当于汇编中调用子程序的 LCALL 语句。函数可以命名为各种名称，但不可以与 C 语言保留字相同。

　　C51 中函数分为两大类：库函数和用户定义函数。库函数是 C51 在库文件中已经定义的函数，其函数说明在相关的头文件中。用户在编程时只要用 include 预处理指令将头文件包含在用户文件中，直接调用即可。用户函数是用户自己定义、自己调用的一类函数。对于一些需要经常使用的子程序可以按函数来设计，并且可以将自己所设计的功能函数做成一个专门的函数库。

9.4.3　头文件

　　头文件用来定义 I/O 地址、参数、符号。使用时通过 include 指令加载，将头文件包含在所编写的单片机 C 程序中，这样在编写单片机 C 程序时，就可以不需要考虑单片机结构的 C51 定义、存储器分配等问题了。例如：

#include < reg51. h >

例中 reg51.h 为 51 单片机的头文件,使用时需要用 include 指令,并将头文件用括号"< >"括起来。

9.5　C51 流程控制语句

C51 语言有 3 种基本流程结构:顺序结构、分支结构和循环结构。

9.5.1　顺序结构

顺序结构是最基本、最简单的结构,这种结构的程序流程是按语句的顺序依次执行的。

9.5.2　分支结构

分支结构可以使程序具有决策能力,它根据给定的条件进行判断,由判断的结果决定执行两支或多支程序中的一支。分支结构语句有以下几种形式。

1. if 语句

if 语句有三种形式:单分支选择 if 语句、双分支选择 if 语句和多分支选择 if 语句。

(1)单分支 if 语句

If(表达式){语句;}

首先判断表达式的值,若表达式的结果为真(非0),则执行表达式后面的语句;若表达式的结果为假(0 值),则不执行表达式后面的语句。这种条件语句的执行过程流程图如图 9 - 5 - 1(a)所示。

(2)双分支 if 语句

if(表达式){语句 1;} else {语句 2;}

当表达式的结果为真(非 0 值),则执行语句 1;当表达式的结果为假(0 值),则执行语句 2。这种条件语句的控制流程图如图 9 - 5 - 1(b)所示。

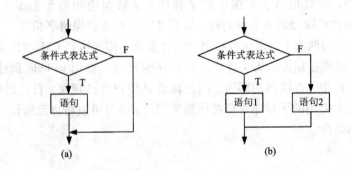

图 9 - 5 - 1　条件语句的执行

(3)多分支 if 语句

if(条件表达式 1){语句 1;}

else if(条件表达式 2) {语句 2；}
else if(条件表达式 3) {语句 3；}
⋮
else if(条件表达式 n) {语句 n；}
else {语句 n + 1；}

这种条件语句常用来实现多方向条件分支,如果表达式 1 的值为非,则执行语句 1,后面的语句不再执行;否则执行 else 后面的语句。其控制流程图如图 9 - 5 - 2 所示。

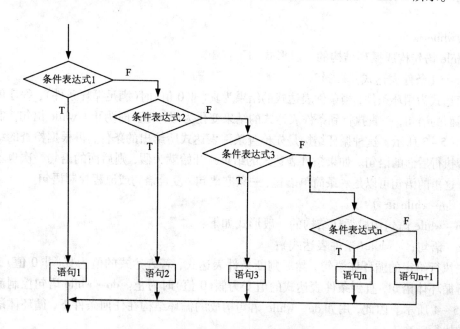

图 9 - 5 - 2　多分支条件语句的执行

2. switch 语句

switch 语句是另一种用来实现多方向条件分支的语句,其特点是可以根据一个表达式的多种值,选择多个分支,因而也称为开关语句(其执行方式相当于汇编中的散转程序)。它的一般形式如下:

switch(表达式)
{
case 常量表达式 1：{语句 1；} break；
case 常量表达式 2：{语句 2；} break；
⋮
case 常量表达式 n：{语句 n；} break；
default：{ 语句 n + 1；}
}

当 switch 括号中的表达式的值与某一 case 后面的常量表达式的值相等时,就执行它后面的语句,然后因遇到 break 而退出 switch 语句。若所有的 case 中的常量表达式的值都没有与表达式的值相匹配时,就执行 default 后面的语句。

（3）goto 转向语句

goto 语句是无条件转向语句，它的一般形式如下：

goto 语句标号；

执行 goto 语句后，程序将无条件地转到标号后面的语句处执行。

9.5.3 循环结构

循环结构一般是在给定的条件为真时，反复执行某个程序段。循环结构有以下几种形式。

1. while 语句

while 语句构成循环结构的一般形式如下：

while（条件表达式）｛语句；｝

表达式为循环条件，当条件表达式的结果为真（非 0 值）时（满足循环条件），程序就重复执行后面的语句，一直执行到条件表达式的结果变化为假（0 值）时为止。while 语句控制流程如图 9-5-3 所示。这种循环结构是先检查条件表达式所给出的条件，再根据检查的结果决定是否执行后面的语句。如果条件表达式的结果一开始就为假，则后面的语句一次也不会被执行。这里的语句可以是一条简单语句、一条空语句、复合语句或流程控制语句。

2. do - while 语句

do - while 语句构成循环结构的一般形式如下：

do｛语句；｝while（条件表达式）；

先执行给定的循环体语句，然后判断条件表达式，若表达式的值为真（非 0 值），则重复执行循环体语句，直到条件表达式的值变为假（0 值）时为止。do - while 语句控制流程如图 9-5-4 所示。因此，用如 do - while 语句构成的循环结构在任何条件下，循环体语句至少会被执行一次。

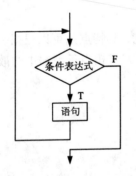

图 9-5-3　while 语句的执行过程

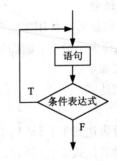

图 9-5-4　do - while 循环结构的流程图

3. for 语句

for 语句构成循环结构的一般形式如下：

for（表达式 1；表达式 2；表达式 3）｛语句；｝

其中语句为循环体。执行过程是：先计算出初值设定表达式 1 的值作为循环控制变量的初值，再检查循环条件表达式 2 的结果，当满足循环条件时就执行循环体语句并计算更新表达式 3，然后再根据更新表达式 3 的计算结果来判断循环条件是否满足……一直进行到循环条件表达式的结果为假(0 值)时，退出循环体。for 语句是 C 语言中使用最为灵活方便的循环控制语句，它不仅可以用于循环次数已经确定的情况，而且可以用于循环次数不确定而只给出循环结束条件的情况。

例如：int i；

for(i = 0 ; i < 100 ; i + +)

      {语句；}   /∗ 执行 100 次 ∗/

执行 for 循环 100 次后，表达式 2 为假，此时离开 for 循环，往下执行程序。

另外，for 语句中的三个表达式是相互独立的，并不一定要求三个表达式之间有依赖关系，可以没有表达式 1、表达式 2 或表达式 3，但无论缺省哪一个表达式，其中的两个分号都不能缺省。若 3 个表达式都没有，则相当于一个无限循环，与汇编语言"SJMP ＄"相同。

例如：for(; ;) ；   /∗ 执行无限多次 ∗/

for (; ;)

{语句；}   /∗ 执行无限多次 ∗/

9.6　C51 函数

9.6.1　函数定义的一般形式

自定义函数是用户根据自己的需要编写的能实现特定功能的函数，它必须先进行定义之后才能调用。

函数定义的一般形式为：

函数类型　函数名(形式参数表)

    形式参数说明；

      {

      局部变量定义；

      函数体语句；

      }

其中，"函数类型"说明了自定义函数返回值的类型。

"函数名"是自定义函数的名字。

"形式参数表"中列出的是在主调用函数与被调用函数之间传递数据的形式参数，形式参数的类型必须要加以说明。标准 C 允许在形式参数表中对形式参数的类型进行说明。如果定义的是无参函数，可以没有形式参数表，但圆括号不能省略。

"局部变量定义"是对在函数内部使用的局部变量进行定义。

"函数体语句"是为完成该函数的特定功能而设置的各种语句。

9.6.2　库函数

C51 编译器提供了丰富的标准库函数，用户可以根据需要随时调用这些函数。使用时只需要在源程序的开头用编译预处理命令#include 将相关的头文件包含进来即可。如 AT89C51.H 就是库函数,它定义了 AT89C51 单片机各 I/O 口地址、参数、符号等。使用时通过加载头文件,在编写 C51 程序时,就可以不需要考虑单片机内部的存储器分配问题,例如:

```
#include <AT89C51.H>
main()
{
    If(P3 = =0xfe) P1 = =0x55;        /* P3、P1 已经在头文件 AT89C51.H 中定义 */
}
```

9.6.3 中断函数

8051 单片机的中断系统十分重要,C51 编译器支持在 C 源程序中直接开发中断服务程序,为此 C51 编译器对函数的定义进行了扩展,增加了一个扩展关键字 interrupt。中断过程通过使用 interrupt 关键字和中断编号 0~4 来实现。定义中断服务函数的一般形式为:

函数类型　函数名(形式参数表)[interrupt n][using n]

{ 函数体语句 }

n 对应中断源的编号,具体的中断号 n 和中断向量取决于不同的 8051 系列单片机芯片。8051 单片机的常用中断源和中断向量如表 9-6-1 所示。using 指定该中断服务程序要使用的工作寄存器组号,using 后的变量为 0~3 的常整数,分别表示 51 单片机内的 4 个寄存器组。

表 9-6-1　常用中断号和中断向量

n	中断源	中断向量 8 * n + 3
0	外中断 0	0003H
1	定时器 0	000BH
2	外中断 1	0013H
3	定时器 1	001BH
4	串行口	0023H

用 C 语言编写中断服务程序时,只要使用 interrupt 和 using 声明是中断服务函数,就不必像使用汇编语言那样,考虑中断入口、现场保护和现场恢复处理等。这些问题都由系统自动解决,显然比使用汇编语言编写中断服务程序时简单。

中断服务函数是系统调用的,程序中的任何函数都不能调用中断服务函数。

9.7　单片机 C 语言编程实例

9.7.1　单片机内部资源的 C 语言编程

单片机内部资源主要有中断系统、定时/计数器、并行 I/O 口以及串行口。下面分别举例说明。

例 9.1　单片机 P1 端口接 8 个发光二极管(LED)，电路图如图 9 – 7 – 1 所示。试编程实现 8 只发光二极管轮流循环点亮。

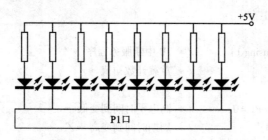

图 9 – 7 – 1　单片机 P1 端口输出电路

解：低电平使发光二极管点亮，高电平使发光二极管截止，编程如下：

```c
#include < reg51. h >
void delay (void)                 /* 延时函数 */
{   unsigned char i, j;            /* 这个函数执行时间的延迟 */
    for (i = 0; i < 255; i + + )
        for(j = 0; j < 255; j + + )
        ;
}

void main (void)
{    unsigned char j = 0XFE;        /* 声明变量 j */
    while (1)                     /* 无穷循环 */
    {
        j = (j < < 1) | 0x01;      /* 依次让 LED 0, 1, 2, 3, 4, 5, 6, 7 闪烁 */
        if(j = = 0XFF) j = 0XFE;
        P1 = j;                    /* 将数值输出到 Port1，控制 LED 亮或灭 */
        delay();                   /* 调用延时函数 */
    }
}
```

例 9.2　设单片机晶振频率 $f_{osc} = 12MHz$，要求在 P1.0 脚上输出周期为 2.5s，占空比 20% 的脉冲信号。

解：使用定时器定时 10ms，周期 2.5s，需 250 次中断，占空比 20%，高电平应为 50 次中断。

晶振 $f_{osc} = 12MHz$，10ms 定时。

需定时器计数次数 $= 10 \times 10^3 \times 12/12 = 10000$，定时器初值为：$2^{16} - 10000 = 55536$。

中断服务程序流程如图 9 – 7 – 2 所示。

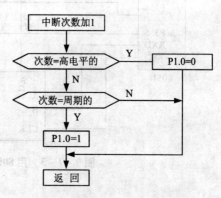

图 9 – 7 – 2　中断服务流程图

程序清单如下：

```
#include <reg51.h>
#define uchar unsigned char
uchar time;
uchar period = 250;
uchar high = 50;
timer0 (  ) interrupt 1 using 1{      /* T0 中断服务程序 */
TH0 = 55536/256;                     /* 重载计数初值 */
TL0 = 55536%256;
if ( + + time = = high) P1 = 0;      /* 高电平时间到变低 */
else if (time = = period) {          /* 周期时间到变高 */
  time = 0;
  P1 = 1;
  }
}
main (   ) {
TMOD = 0x01;                         /* 定时/计数器 T0 方式 1 */
TH0 = 55536/256;                     /* 预置计数初值 */
TL0 = 55536%256;
EA = 1;                              /* 开 CPU 中断 */
ET0 = 1;                             /* 开 T0 中断 */
TR0 = 1;                             /* 启动 T0 */
do {  } while (1);
  }
```

例 9.3　8051 串行口扩展的矩阵键盘如图 9-7-3 所示，利用 8051 串行口扩展一种矩阵键盘接口电路。74LS164 串入/并出移位寄存器将来自 8051 串行口线 P3.0(RXD) 的串行数据转换成 8 位并行数据，P3.4 和 P3.5 定义为输入口线，从而实现一个 2×8 矩阵键盘接口。试编写键盘接口的 C51 驱动程序。

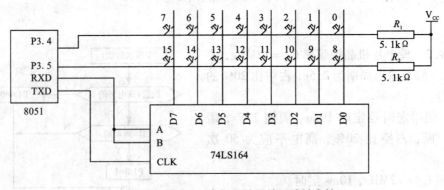

图 9-7-3　用 8051 串行口扩展的矩阵键盘接口

解：程序由主函数 main( )、读键盘函数 get_char( ) 和延时函数 delay( ) 组成。主函数将 8051 串行口初始化为工作方式 0，采用查询式输入输出，然后调用读键盘函数读入按键的编码值并存入以 keybuf 为首地址的 16 个内部 RAM 单元中。读键盘函数 get_char( ) 判断是否有键按下，有按键时进行键值分析并将按键的键值返回给主调用函数。延时函数 delay( ) 的功能是提供一段延时时间以防止按键抖动对键值分析的影响。

程序清单如下：

```c
#include    <reg51.h>
#include    <intrins.h>
Sbit    P34 = P3^4;
Sbit    P35 = P3^5;
unsigned char get_char(void);                    /* 函数说明 */
void delay (void);
main( )
{
unsigned char keybuf[16], count;                 /* 键盘缓冲区和读键盘计数变量 */
SCON = 0;                                        /* 将串行口设置成方式 0 */
ES = 0;                                          /* 禁止串口中断 */
EA = 0;
count = 0;
while ( count < 16 ) keybuf[count + +] = get_char( );  /* 读入 16 个按键的键值 */
}
unsigned char get_char(void)
{
unsigned char key_code, column = 0, mask = 0x00;
                                                 /* 定义表示列号、键序号和待发送数据的
                                                    变量 column、key_code 和 mask */
TI = 0;                                          /* 从串行口向 74LS164 移位输出 8 个 0 */
SBUF = mask;
while(TI = = 0);
```

/* 下列语句通过检测 P3.4 和 P3.5 是否为零来判断是否有键按下，检测到有键按下时延时 10ms 以消除按键抖动，然后继续检测 P3.4 和 P3.5 是否为 0，若不为 0 则表明检测到干扰信号并继续等待按键，否则表示有一个键被可靠按下并退出循环 */

```c
while(1)
{
while ((P34&&P35) ! = 0);
delay( );
if ((P34&P35) ! = 0) continue;
else break;
}
/* 下列语句分析被按下的键所在的列号 */
mask = 0xfe;
while (1)
{
```

```
TI = 0;
SBUF = mask;
while(TI = = 0);
if((P34&&P35) ! = 0)
{
mask = _crol_(mask, 1);                          /* mask 的值循环左移一位 */
column + +;
if( column > = 8) column = 0;
continue;
}
else break;
}
/* 下列语句分析被按下的键所在的行号并计算键序号 */
if( P34 = = 0) key_code = column;
else key_code = 8 + column;
return( key_code);
}
void delay( void)
{
unsigned int i = 10;
while ( i - - );
}
```

9.7.2 8051 控制步进电机的 C 编程

例 9.4 三相六拍运行方式的 C 编程。

步进电机与单片机的接口电路见：第 6 章，图 6 - 2 - 14。采用三相六拍运行方式，步进电机正转时，绕组通电顺序为：A→AB→B→BC→C→CA→A, P1 口发出的控制字为 01H →03H→02H→06H→04H→05H→01H；步进电机反转时，绕组通电顺序为：A→CA→C→CB→B→BA→A, P1 口发出的控制字为 01H→05H→04H→06H→02H→03H→01H。

产生六拍方式控制脉冲的 C51 函数如下：函数包含步进电机的转动方向和转动的步数参数。正转和反转的 6 个控制字放在数组中，以 00 作结尾字节便于判断。

在下面的步进电机控制程序中，采用定时器定时延时，在 C/T0 的中断服务程序中输出控制脉冲。程序名为 step36. c。

```
#include < reg51. h >
#define DL 50
#define DR 0
#define uchar unsigned char
#define uint unsigned int
uchar idata plus[7] = {0x01, 0x03, 0x02, 0x06, 0x04, 0x05, 0x00};  /* 正转 */
uchar idata minu[7] = {Ox01, 0x05, 0x04, 0x06, 0x02, 0x03, 0x00};  /* 反转 */
uchar k = 0;
uchar idata * x;
```

```
        void control( cf, n)
        bit cf;
        uint n;
        { uint i;
          if(cf = =0)x = &plus[0];        /*指向正转控制字首址*/
          else x = &minu[0];             /*指向反转控制字首址*/
          TMOD =0x01;                     /*C/T0 初始化*/
          TH0 = - DL * 500/256;
          TL0 = - DL * 500%256;
          TR0 =1; ET0 =1; EA =1;
          for(i =0; i < n; i + +) {        /*步数计数*/
             while(k = =0);              /*等待中断*/
          k =0;
          }
        }
    void delay(void)interrupt 1 using 1
    {
        P1 = * x + +;                     /*输出时序脉冲到 P1*/
        if( * x = = 0)x = x -6;           /*判6个控制字结束后恢复初值*/
        TH0 = - DL * 500/256;
        TL0 = - DL * 500%256;
        k =1;                             /*设置中断标志*/
        }
        void main(void)
    {
        if(DR = =0)control(0, 10);
        else control(1, 10);
    }
```

9.7.3　D/A 转换接口及驱动程序

例 9.5　图 9 – 7 – 4 是 DAC0832 与 8031 的单缓冲方式接口电路，通过运算放大器 5G24 可得到 0 ~ 5V 的输出电压。按照电路采用线选方式确定 DAC0832 的端口地址为 7FFFH。

设计如下 C51 函数，可在运放输出端得到一个锯齿波电压信号，程序名为 da0832. c。

```
#include < absacc. h >
#include < reg51. h >
#define DAC0832 XBYTE [0x7fff]          /* 定义 DAC0832 端口地址 */
#define uchar unsigned char
void stair (void)
{
uchar i;
while(1){
```

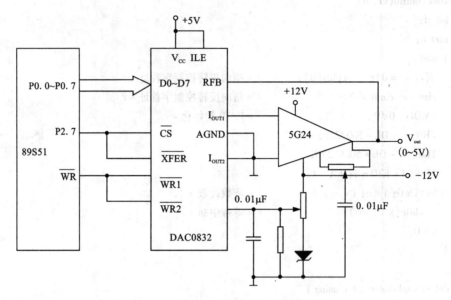

图 9 – 7 – 4　DAC0832 与单片机 8031 的接口

```
for( i = 0; i < = 255; i + + )            / * 形成锯齿波输出值，最大 255 * /
{
DAC0832 = i;                             / * D/A 转换输出 * /
}
    }
}
```

9.8　C51 的使用技巧和规范

9.8.1　使用 C51 的技巧

　　C51 编译器能从 C 程序源代码中产生高度优化的代码，而通过一些编程上的技巧又可以帮助编译器产生更好的代码。下面总结一些使用技巧。

　　1. 采用短变量

　　一个提高代码效率的最基本的方式就是减小变量的长度。使用 C 语言编程时我们都习惯于对循环控制变量使用 int 类型，这对 8 位的单片机来说是一种极大的浪费。应该仔细考虑所声明的变量值可能的范围，然后选择合适的变量类型。对 8051 单片机经常使用的变量应该是 unsigned char，它只占用一个字节。

　　2. 使用无符号类型

　　由于 8051 不支持符号运算，所以程序中也不要使用含有带符号变量的外部代码。除了根据变量长度来选择变量类型外，还要考虑变量是否会出现负数，如果程序中不需要负数，就可以把变量都定义成无符号类型的。

3. 避免使用浮点指针

在 8 位单片机上使用 32 位浮点数会浪费大量的时间，所以当你要在系统中使用浮点数的时候要考虑是否可以通过提高数值数量级和使用整型运算来消除浮点指针。处理 int 和 long 比处理 double 和 float 要方便得多，代码执行起来会更快，也不用连接处理浮点指针的模块。如果一定要在代码中加入浮点指针，代码长度会增加，程序执行速度也会比较慢。

如果浮点指针运算能被中断的话，必须确保要么在中断中不会使用浮点指针运算，要么在中断程序前使用 fpsave 指令把中断指针推入堆栈，在中断程序执行后使用 fprestore 指令恢复指针，参考下面程序。还有一种方法是当要使用像 sin( ) 这样的浮点运算程序时，禁止使用中断，在运算程序执行完之后再使用它。

```
#include  <math.h>
void timer0_isr(void) interrupt 1 {
struct FPBUF fpstate;
...                          //初始化代码或非浮点指针代码
fpsave(&fpstate);            //保留浮点指针系统
...                          //中断服务程序代码，包括浮点指针代码
fprestore(&fpstate);         //复位浮点指针，系统状态；非浮点指针，中断
...                          //服务程序代码
}
float my_sin(float arg) {
float retval;
bit old_ea;
old_ea = EA;                 //保留当前中断状态
EA = 0;                      //关闭中断
retval = sin(arg);           //调用浮点指针运算程序
EA = old_ea;                 //恢复中断状态
return retval;
}
```

4. 使用位变量

对于某些标志位，应使用位变量而不是 unsigned char，这将节省 7 位存储区，而且在 RAM 中访问位变量只需要一个处理周期。

5. 用局部变量代替全局变量

把变量定义成局部变量比全局变量更有效率，因为编译器在内部存储器中为局部变量分配存储空间，而在外部存储区中为全局变量分配存储空间，这会降低访问全局变量速度。另一个避免使用全局变量的原因是，因为在中断系统和多任务系统中不止一个过程会使用全局变量，需要在系统的处理过程中调节使用全局变量，会增加编程的难度。

6. 为变量分配内部存储区

局部变量和全局变量都可被定义在想要的存储区中，但是把经常使用的变量放在内部 RAM 中时，可以提高程序的速度，缩短程序代码，因为外部存储区寻址的指令相对要麻烦一些。考虑到存储速度，一般按下面的顺序使用存储器，即 DATA、IDATA、PDATA、XDATA，同时要留出足够的堆栈空间。

7. 使用特定指针

当在程序中使用指针时，应指定指针的类型，确定它们指向哪个区域，如 XDATA 或 CODE 区，这样编译器不必去确定指针所指向的存储区，所以代码会更加紧凑。

8. 使用调令

对于一些简单的操作，如变量循环位移，编译器提供了一些调令供用户使用。许多调令直接对应着汇编指令，而另外一些比较复杂并兼容 ANSI，所有这些调令都是再入函数，可在任何地方安全地调用它们。和单字节循环位移指令 RL A 和 RR A 相对应的调令是 _crol_（循环左移）和_cror_（循环右移）。如果要对 int 或 long 类型的变量进行循环位移，调令将更加复杂而且执行的时间会更长。对于 int 类型调令为_irol_，_iror_，对于 long 类型调令为_lrol_，_lror_。在 C 中也提供了像汇编中 JBC 指令那样的调令_testbit_，如果参数位置位，将返回 1，否则将返回 0。这条调令在检查标志位时十分有用，而且使 C 的代码更具有可读性，调令将直接转换成 JBC 指令。参考下面程序。

```
#include  < instrins. h >
void serial_intr( void) interrupt 4 {
if ( ! _testbit_(TI)) {      //是否是发送中断
P0 = 1;                      // 翻转 P0.0
_nop_( );                    //等待一个指令周期
P0 = 0;
 ⋮
}
if ( ! _testbit_(RI)) {
test = _cror_(SBUF, 1);    //将 SBUF 中的数据循环
                           //右移一位
 ⋮
}
}
```

9. 使用宏替代函数

对于小段代码，像使用某些电路或从锁存器中读取数据，可通过使用宏来替代函数，以使程序有更好的可读性。也可把代码定义在宏中，这样看上去更像函数。编译器在碰到宏时，按照事先定义的代码去替代宏。宏的名字应能够描述宏的操作。当需要改变宏时，只要修改该宏定义处即可。

```
#define led_on( ) {
led_state = LED_ON;
XBYTE[ LED_CNTRL ]  = 0x01; }
#define led_off( ) {
led_state = LED_OFF;
XBYTE[ LED_CNTRL ]  = 0x00; }
#define checkvalue( val)
( ( val < MINVAL || val > MAXVAL) ? 0 : 1 )
```

宏使得访问多层结构和数组更加容易，可以用宏来替代程序中经常使用的复杂语句，以减少工作量，并使程序有更好的可读性和可维护性。

9.8.2　C51 使用规范

现在单片机的程序设计，C51 已经得到广泛的推广和应用，算是单片机的主流设计程序，甚至可以说作为单片机开发人员必须要掌握的一门语言了。为了增强程序的可读性，便于源程序的交流，减少合作开发中的障碍，应当在编写 C51 程序时遵循一定的规范。

1. 注释

(1) 采用中文。

(2) 开始的注释。

文件(模块)注释内容：公司名称、版权、作者名称、修改时间、模块功能、背景介绍等，复杂的算法需要加上流程说明。例如：

```
/**********************************/
/* 公司名称：*/
/* 模块名：LCD 模块 LCD 型号：HD44780 */
/* 创建人：zhaojunjie 日期：2008 – 03 – 05 */
/* 修改人：日期：2008 – 03 – 05 */
/* 功能描述：*/
/* 其他说明：*/
/* 版本：
/**********************************/
```

(3) 函数开头的注释内容。

函数名称、功能、说明、输入、返回、函数描述、流程处理、全局变量、调用样例等，复杂的函数需要加上变量用途说明。

```
/**********************************/
* 函数名：v_LcdInit
* 功能描述：LCD 初始化
* 函数说明：初始化命令：0x3c, 0x08, 0x01, 0x06, 0x10, 0x0c
* 调用函数：v_Delaymsec( ), v_LcdCmd( )
* 全局变量：
* 输入：无
* 返回：无
* 设计者：Zhao 日期：2008 – 03 – 05
* 修改者：Zhao 日期：2008 – 03 – 05
* 版本：
**********************************/
```

(4) 程序中的注释内容。

修改时间和作者、方便理解的注释等。注释内容应简练、清楚、明了，对一目了然的语句不加注释。

2. 命名

命名必须具有一定的实际意义。

(1) 常量的命名：全部用大写。

(2) 变量的命名：变量名加前缀，前缀反映变量的数据类型，用小写；反映变量意义的第一个字母大写，其他小写。

例如：ucReceivData 接收数据

(3)函数的命名：函数名首字母大写,函数名若包含有两个单词,则每个单词首字母大写。

函数原型说明包括：引用外来函数及内部函数,外部引用必须在右侧注明函数来源（模块名及文件名）,内部函数只要注释其声明文件名。

3.编辑风格

(1)缩进：缩进以 Tab 为单位,一个 Tab 为 4 个空格大小。预处理语句、全局数据、函数原型、标题、附加说明、函数说明、标号等均顶格书写。语句块的"{""}"配对对齐,并与其前一行对齐。

(2)空格：数据和函数在其类型、修饰名称之间适当空格并据情况对齐。关键字原则上空一格, 如：if(…)等。运算符的空格规定为："–>"、"["、"]"、"++"、"——"、"~"、"!"、"+"、"–"（指正负号）、"&"（取址或引用）、"*"（指使用指针时）等几个运算符两边不空格（其中单目运算符系指与操作数相连的一边）,其他运算符（包括大多数二目运算符和三目运算符"?:"两边均空一格。"("、")"运算符在其内侧空一格,在作函数声明时还可据情况多空或不空格来对齐,但在函数实现时可以不用。","运算符只在其后空一格,对语句行后加的注释应用适当空格与语句隔开并尽可能对齐。

(3)对齐：原则上关系密切的行应对齐,对齐包括类型、修饰、名称、参数等各部分对齐。另每一行的长度不应超过屏幕太多,必要时适当换行。换行时尽可能在","处或运算符处。换行后最好以运算符打头,并且以下各行均以该语句首行缩进,但该语句仍以首行的缩进为准, 即如其下一行为"{"应与首行对齐。

(4)空行：程序文件结构各部分之间空两行,若不必要也可只空一行,各函数实现之间一般空两行。

(5)修改：版本封存以后的修改一定要将旧语句用"/* */"封闭,不能自行删除或修改,并要在文件及函数的修改记录中加以记录。

(6)形参：在声明函数时,在函数名后面括号中直接进行形式参数说明,不再另行说明。

本章小结

本章重点介绍了 C51 的数据类型、8051 结构的 C51 定义、单片机的 C 语言程序设计等基础知识。

51 单片机程序设计中, C 语言编程是重点。因此要精通 51 单片机程序设计,学好 C 语言编程是一个必要条件。通过本章的学习,读者可以了解数据类型、变量与常量、数组、指针、结构、共用体、枚举等概念,熟悉运算符与表达式、程序结构与函数等内容,掌握 C 语言流程控制语句设计方法,具备单片机基本的 C 语言程序设计能力。

思考和练习题

9.1　哪些变量类型是 8051 单片机直接支持的？

9.2　C51 对标准 C 语言进行了哪些扩展？

9.3　C 语言中的 while 和 do-while 的不同点是什么？

9.4　用三种循环方式分别编写程序完成 $1+2+3+\cdots+100$ 的和。

9.5　编写程序，将外部数据存储器的 000BH 和 00CH 单元的内容互换。

9.6　设 $f_{osc}=6MHz$，编写程序，利用单片机定时器 T0 的方式 1 在 P1.0 口产生一串 50Hz 的方波，定时器溢出时采用中断方式处理。

9.7　用单片机制作一个模拟航标灯，灯接在 P1.7 口上，$\overline{INT0}$ 接光敏元件，使它具有如下功能：

（a）白天航标灯熄灭，夜间间歇发光，亮 2s，灭 2s，周而复始。

（b）将 $\overline{INT0}$ 信号作门控信号，启动定时器定时。

9.8　用单片机进行程序控制。很多生产过程，都是按照一定顺序完成预定的动作。设某个生产过程有六个工序，每道工序的时间分别为 10s、8s、12s、15s、9s 和 6s。设延时程序 DELAY 的延时时间为 1 s。用单片机通过 P1 口来进行控制。P1 口中的一位就可以控制某一工序的起停。试编写有关的程序。

9.9　用 89S51 单片机和 DAC0832 数/模转换产生梯形波。梯形波的斜边采用步幅为 1 的线性波，幅度从 00H 到 80H，水平部分靠调用延时程序来维持。写出梯形波产生的程序。

第 10 章　单片机仿真设计技术

【本章要点】　介绍 Proteus 软件的基本使用方法；并通过一些简单的单片机系统的设计和仿真，介绍运用 Proteus 软件实现单片机应用系统的设计和仿真的方法。还介绍了 Keil μVision2 的基本使用方法。Keil 与 Proteus 可以联合使用，结合 Keil 与 Proteus 各自的特点，综合运用，可以提高开发工作效率。

随着科学技术的发展，计算机技术在电子电路设计中发挥着越来越大的作用。20 世纪 80 年代后期，出现了一批优秀的电子设计自动化（Electronic Design Automation, EDA）软件，如 PSPICE、EWB、Protel99Se 等，EDA 软件工具代表着电子系统设计的技术潮流，已逐步成为电子工程师理想的设计工具，也是电子工程师和高等院校电子类专业学生必须掌握的基本工具。

目前，我国高等院校都在加强 EDA 实验室的软、硬件建设。EDA 软件的品种有许多，其中使用比较广泛的电路设计软件有 Protel99Se，AutoCAD 和 EWB 系列的 Multisim7 等。

Protel99Se 在电子线路印刷电路板的设计方面功能比较完善，在电子产品业界使用非常广泛。AutoCAD 是一种工程制图软件，主要用于机械图设计，同时也是电路图设计和电路板规划设计的主要 EDA 软件之一。在电气领域 AutoCAD 主要用于强电系统设计和控制电路 T 形图设计。

Multisim7 是电子线路仿真软件 EWB 较新的升级版。它可以对模拟、数字和模拟/数字混合电路进行仿真，用虚拟的元件搭建各种电路，用虚拟的仪表进行各种参数和性能指标的测试。因此，在电子线路的工程设计，特别是高校电子类教学领域中得到广泛应用。与其他电路仿真软件相比，其特点是：操作比较简单；能提供种类比较多的元件和模型；有些虚拟仪器的面板、旋钮和按键的功能与实际仪表完全相同。

Proteus 软件是英国 Lab Center Electronics 公司研制的 EDA 工具软件。Proteus 包含 ISIS 和 ARES 两个软件，其中 ISIS 是一款电子系统仿真软件，ARES 是电子线路布线软件。Proteus 软件可运行于 Windows 操作系统之上，具有 Windows 的界面和操作风格。利用 Proteus ISIS 软件的 VSM（虚拟仿真技术），用户可以对模拟、数字等各种电路进行仿真。在 Proteus 中配置了各种虚拟仪器，如示波器、逻辑分析仪、频率计、I^2C 调试器等，便于测量和记录仿真的波形、数据。

特别值得推崇的是 Proteus 软件可用于单片机系统及其外围接口器件的仿真，如 PIC、AVR、68000、HC11 和 8051 等；ISIS 的调试工具，可对寄存器、存储器实时监测；具有断点调试功能及单步调试功能；具有对显示器、按钮、键盘等外设进行交互可视化仿真的功能。此外，Proteus 可对汇编程序以及 Keil C51 等开发工具编制的源程序进行调试，可与 Keil

C51 实现联调。

　　Proteus 软件的应用克服了传统的单片机应用系统设计受实验室客观条件限制的局限性，给予单片机应用系统设计相关的课程教学带来极大的便利。

　　本章介绍 Proteus 软件的基本使用方法；并通过一些简单的单片机系统的设计和仿真，介绍运用 Proteus 软件实现单片机应用系统的设计和仿真的方法。

10.1　ISIS 编辑界面

　　使用快捷图标或者开始菜单启动 ISIS 软件之后，系统就进入 ISIS 编辑程序主界面，如图 10 - 1 - 1 所示。可见 Proteus ISIS 软件基本上是一个标准的 Windows 风格软件。ISIS 编辑程序主界面上部排列着菜单选项和快捷功能图标，左侧排列着操作模式选择按钮。主要的显示区域分成三个窗口。其中，编辑窗口用于放置元件、进行连线、绘制原理图。对象选择器中排列操作者选出的元器件名称。预览窗口一般显示全部原理图的缩影，但当从对象选择器中选中一个新的对象时，预览窗口将显示选中对象的图形符号。

图 10 - 1 - 1　ISIS 编辑程序窗口

10.1.1　编辑窗口的基本设置

　　编辑窗口的界面设置和操作工具如图 10 - 1 - 2 所示。操作工具的功能由左至右依次为：点状栅格显示/隐藏、设置虚拟坐标原点、设置显示中心、图纸放大、图纸缩小、显示全部、区域缩放。

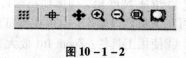

图 10 - 1 - 2

　　1. 编辑窗口的点状栅格

　　在设计电路图时，图纸上的格点有助于定位放置元件和连接线路，也方便图中元件的对齐和排列。

　　单击工具栏中的点状栅格显示/隐藏图标（或快捷键 G），可以选择显示或隐藏窗口中的点状栅格。在菜单 View 中也可实现对点状栅格的操作，如图 10 - 1 - 3 所示。

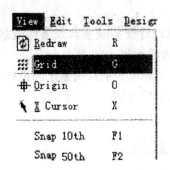

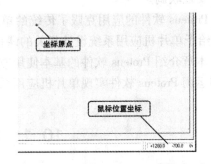

图 10 - 1 - 3　点状点栅格的操作　　　　　图 10 - 1 - 4　鼠标在编辑窗口中的位置

2. 鼠标的位置和绘图页中心

ISIS 编辑窗口的右下方以坐标形式显示鼠标在编辑窗口中的位置, 其坐标原点为绘图页中心, 如图 10 - 1 - 4 所示。坐标的计量单位为 th(毫英寸, 1th = 1mil = 0.0254mm)。

10.1.2　编辑窗口的基本操作

设计人员在工作过程中, 常常需要查看整张电路原理图或者查看某个局部区域直至某个具体的元件, 因此经常需要调整显示中心, 或对图件进行放大或缩小。ISIS 中提供了多种改变显示中心和放大与缩小原理图的方式。

1. 改变显示中心

①在编辑窗口点击滚轮, 然后移动鼠标, 此时编辑窗口的显示中心将随着鼠标的移动而移动。当出现期望显示的部分, 点击鼠标左键, 编辑窗口将显示期望的部分。

②将鼠标放置在期望显示的部分, 按下 F5 键, 编辑窗口将显示期望的部分。

③在预览窗口, 在期望显示的部分点击鼠标左键, 即可改变编辑窗口的显示中心。

④使用工具栏✚图标改变显示中心。

2. 图件缩放

①使用鼠标滚轮缩放原理图: 向前滚动滚轮, 将放大原理图; 向后滚动滚轮, 将缩小原理图。

②使用功能键缩放原理图: 将鼠标指向想要进行缩放的部分, 并按下 F6(放大), F7(缩小), 编辑窗口将以鼠标指针的位置为中心缩放显示。

③按住 Shift 键, 用鼠标左键将期望放大的部分选中, 此时选中的部分将会被放大(鼠标可在编辑窗口操作, 也可在预览窗口操作)。

④使用工具栏: Zoom In(放大)、Zoom Out(缩小)、Zoom All(显示整张图纸, F8 键为 Zoom All 的快捷键)或 Zoom Area(区域缩放)。

10.1.3　Proteus ISIS 的系统设置

Proteus ISIS 的系统设置分成两部分, 一部分在菜单 Template 项下, 另一部分在菜单 System 项下。

1. Template(设计文件模板)设置

Template 项下有 6 个设置选项:

　　Set Design Defaults　　默认模板设置。包含纸张颜色，格点颜色，编辑环境的字体，仿真时正负电源，地等位置的颜色等设置项目。

　　Set Graph Colours　　设置图形颜色。

　　Set Graphics Styles　　设置总体图形风格。

　　Set Text Styles　　设置总的字体风格。

　　Set Graphics Text　　设置图形字体格式。

　　Set Junction Dots　　设置节点的大小和形状。

　　2. System(系统运行方式) 设置

　　System 项下有 9 个设置选项，其中用得较多有：

　　Set Sheet size　　设置图纸规格，其默认值为 A4。

　　Set Environment　　设置系统运行环境，如：自动保存间格时间、是否实时标注、是否实时捕捉等。

　　Set Path　　设置系统对设计文件路径的管理模式。

　　Set Animation Options　　电路仿真方式的设置。如：仿真速度、电压/电流的范围等。

　　以上的设置选项操作均是典型的 windows 风格，操作者多练习几次就能掌握，一般的设置选择默认就可以了。

10.2　设计电路原理图

　　与其他 EDA 软件类似，用 Proteus ISIS 设计电路原理图的一般步骤是：建立设计文件→放置元器件→连接线路→电气规则检查→修改，直至获得满意的电路原理图。

　　下面以图 10 - 2 - 1 所示的一个单片机实验电路为例介绍电路原理图的设计过程。

10.2.1　建立设计文件

　　1. 创建设计文件夹

　　Proteus 系统默认的新建设计文件的目录如：e：\..\Labcenter Electronics\Proteus7 Professional\TEMPLATES\DEFAULT. DTF。根据笔者的操作经验，在 Proteus 软件使用过程中，系统将会自动产生许多项目文件，建议使用者首先选定期望保存设计文件的硬盘分区，并在其中自行创立专门的文件夹，例如，将文件夹路径设置为：D：\单片机仿真技术\LED灯。以后在创建设计文件时，只需将存放目标设置为 LED 灯文件夹，则在 Proteus 软件使用过程中，系统产生的各种项目文件将全部自动地存放在该文件夹中。

　　2. 建立和保存设计文件

　　在 ISIS 主界面点选菜单项：File→New Design，弹出图 10 - 2 - 2 所示的对话框，示选设计文件模板，默认的选项为 DEFAULT 模板，一般单击 OK 即可。

　　再点选菜单项：File→Save Design，弹出图 10 - 2 - 3 所示的对话框。通过浏览方式在"保存在"下拉列表框中选择文件存放路径(例如：D\书稿\仿真技术\LED 指示灯)，并在"文件名"框中输入设计文件名称(文件名默认以 .DSN 做扩展名)，文件保存类型一般直接使用默认的 Design Files，单击"保存"，完成设计文件的建立和保存。

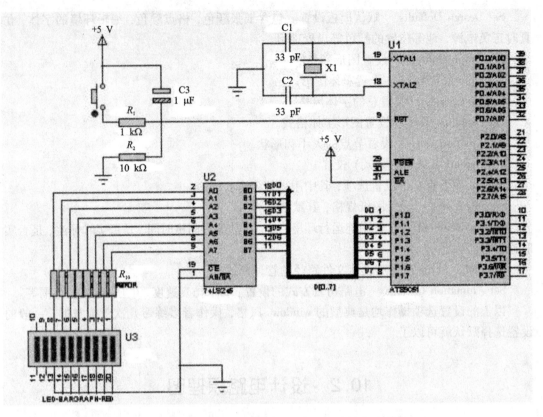

图 10 - 2 - 1   单片机驱动 8 位 LED 实验电路

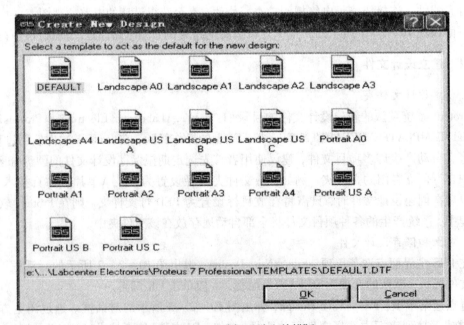

图 10 - 2 - 2   选择设计文件模板

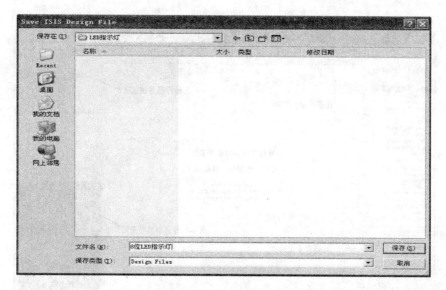

图 10 - 2 - 3　保存设计文件

10.2.2　电路原理图设计

1. 打开元件库

设计电路原理图的首要任务是从元件库选取绘制电路所需的元件。Proteus ISIS 提供四种打开元件库的方法：

（1）点选对象选择器顶端左侧"P"元件库浏览键，如图 10 - 2 - 4 所示。

（2）或使用库浏览的键盘快捷方式"P"（在英文输入法下有效）。

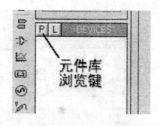

图 10 - 2 - 4　元件库浏览键

（3）在原理图编辑窗口点击鼠标右键，将弹出右键菜单，选择 Place→Component→From Libraries 命令。

（4）使用菜单 Library→Pick→Device/Symbol。

执行上述每一操作，都将弹出如图 10 - 2 - 5 所示的元件查找对话框（Pick Devices）。该对话框，从上到下，从左至右分成：关键词、元器件分类列表、元器件子类列表、制造商列表、元器件查找结果列表、元件符号预览、元件外形封装预览和外形封装选择区域。

2. 从元件库查找元件

Proteus ISIS 提供了多种查找元件的方法，我们只介绍一种复合查找方式。

例如：查找 1kΩ 电阻。在 Keywords 区域键入 1，然后选择 Category 中的 resistors 类，此时，将在 Results（元件查找结果）列表区出现图 10 - 2 - 6 所示信息。根据这些信息可以快速查找到所需元件：MINRES 1K（1kΩ 小型金属膜电阻），单击 OK，或在结果列表区该元件的条目上双击左键，则该元件的条目将被提取到对象选择器中。（参见图 10 - 1 - 1）

Proteus ISIS 的元件库包含数千种元器件，要从其中迅速地提取出所需的元件，尽可能多了解常用元件的英文名称，及其部分描述的含意是十分必要的。同时，还可以参考元件符号和元件外形封装预览区的图形选择元件。

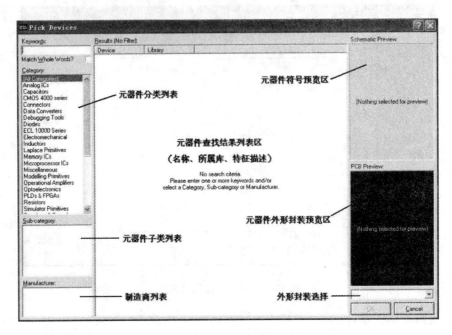

图 10 - 2 - 5　　元件库浏览对话框

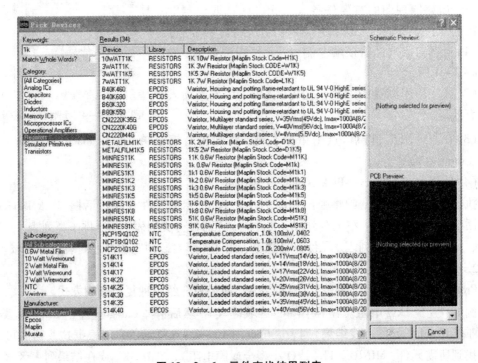

图 10 - 2 - 6　　元件查找结果列表

如图 10 - 2 - 1 中电容器 C1，30pF，一般选择陶瓷无极性电容，键入关键词 30p，点击 Capacitor 类，在结果列表区查找，最合乎要求的是 33p Ceramic Capacitor。

又如 C3，10μF，键入关键词 10u，可找到 10u 16V Radial Electrolytic capacitor（10μF/16V 有极性电解电容（注：在英文输入方式下没有 μ 符号，ISIS 中用 u 代替 μ）。

再如 U3，键入关键词 LED，在元件分类目录中选择 Optoelectronics（光电子元件），即可找到 LED – BARGRAPH – RED（红色条形 LED 显示器）。

3. 放置元件

用以上介绍的方法将电路需要的元件大部分提取到对象选择器中以后，就可以开始放置元件了。如果以后需要增加元件可以用上述的方法继续查找并提取到对象选择器中。

（1）工具箱

在绘制电路图时经常要用到 ISIS 编辑程序窗口左边的工具箱，点击工具箱中不同的工具按键后，鼠标的功能相应地发生改变。下面简要介绍工具箱中各个工具的名称和用法。

编辑：单击编辑窗口内的元件后，编辑元件的属性
元件放置：点击后，再点选对象选择器中的元件条目，在编辑窗口内放置元件
节点放置：在电路中放置节点
网络标号：给线路命名
文本编辑：输入文字
画总线：绘制总线
画方框图：绘制方框图或子电路块
端口：点击后，对象选择器中将列出电源、输入和输出等各种终端，供选择放置
引脚：点击后，对象选择器中将列出多种引脚，供选择放置
仿真图表：点击后，对象选择器中将列出多种仿真分析用的图表，供选择使用
磁带记录器：需要对电路分割仿真时，使用此功能
激励源：点击后，对象选择器中将列出多种激励源，供选择使用
电压探针：在电路中放置电压探针，仿真时将显示该处的电压
电流探针：在电路中放置电流探针，仿真时将显示该处的电流
虚拟仪器：点击后，对象选择器中将列出多种虚拟仪器，供选择使用
2D 画线工具：点击后，对象选择器中将列出多种画直线的工具，供选择使用
画方框工具
画圆工具
画弧线工具
画任意图形工具
文本编辑：用于插入文字说明
电路符号：点击后，用 P 键可调出符号库，将需要的符号添加到对象选择器中
标记符号：点击后，对象选择器中将列出多种标记符号，供选择使用

注：工具箱中各工具用法的详细介绍，请参阅参考文献[16]、[17]。

（2）放置元件

点击工具箱的元件放置键，进入元件放置状态，再点选对象选择器中的元件条目，此时，预览窗口将出现所选元件的符号。必要时，可以使用旋转或翻转键调整元件的方向，

如图10-2-7所示。将鼠标移动到编辑窗口内单击左
键，鼠标下出现该元件的外观，且跟随鼠标移动，再次
单击放置该元件。也可以连击左键直接放置该元件。

　　例如，放置图10-2-1所示电路中的按键开关K1。

　　在元件放置状态，点选对象选择器中的BUTTON条
目，预览窗口出现按键开关K1的符号，点击逆时针旋
转键，调整开关方向后，将K1放置到电路的合适位置。

　　(3)元件的选中状态和元件的移动、属性编辑

　　放置好的元件需要移动或者编辑其属性时首先需要
选中相应的元件。要选中单个元件时，将鼠标移到元件
上，元件四周出现虚线框，单击元件，符号变成红色，
则该元件处于选中状态。要选中一部分区域的元件时，

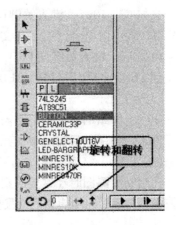

图10-2-7　放置元件

单击该区域的左上角，按住鼠标，向右下角拖拽出一片区域后松开鼠标，则该区域内的元
件全部被选中，符号和导线等变成红色。

　　在空白处单击，则取消选中状态，颜色复原。

　　鼠标点击，并保持按住处于选中状态的元件，元件将随鼠标移动；而点击处于选中状
态的区域内任一元件时，该区域内的元件将全部随鼠标移动。

　　单击处于选中状态的元件，或连击元件时出现Edit Component(元件属性编辑)对话框，
可以修改或隐藏元件的标号和元件值。

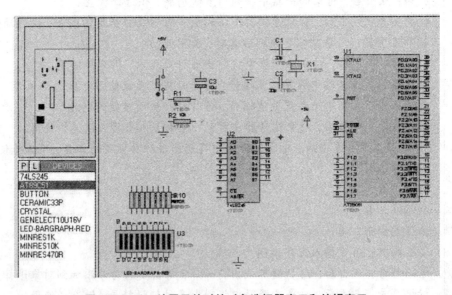

图10-2-8　放置元件时的对象选择器窗口和编辑窗口

　　4. 连线

　　放置元件完成后的操作是连线。我们可以将全部元件放置到编辑窗口内以后，再开始
连线，也可以先放置部分元件，以后边连线边补充元件。

　　Proteus ISIS的连线操作是智能化的，不管用工具箱选定哪种工作方式，当鼠标靠近元件
引脚端头时鼠标立刻自动转变成绿色笔，引脚端头出现方框，提示可以执行连线操作。

如果先后点击两个可连接点，ISIS 会自动走线连接两个点；需要指定连线路径时，只要在拐角处单击，分段走线，即可。元件放置好以后的编辑窗口如图 10 - 2 - 8 所示。完成走线以后的电路如图 10 - 2 - 1 所示(图中省略了编辑界面的其他部分)。

10.2.3　电路测试和材料清单

1. 电路测试

电路图绘制完成后，通常需要进行电气法则测试(Electrical Rule Check)。电气法则测试是利用电路设计软件对用户设计好的电路进行测试，以便能够检查出人为的错误或者疏忽。执行测试后，程序会自动生成报表，报告电路测试结果，提示可能存在的错误，常见的设计错误例如：悬空的管脚、没有连接的电源和地、节点设置等等。

在编辑主界面中，点选 Tools→Electrical Rule Check 菜单命令后，系统执行电气法则测试，并给出电路测试结果报表。对图 10 - 2 - 1 所示电路执行电路测试后，结果报表如图 10 - 2 - 9 所示。

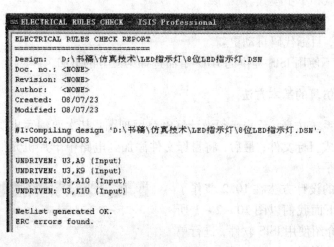

图 10 - 2 - 9　电路测试结果报表

从结果报表可以看出，网络表已经建立，电路存在 ERC 错误。错误的位置和类型：U3 的 A9、K9、A10、K10 未驱动。当然，我们知道 9、10 两个 LED 没使用，电路其他部分没有错误，可以认为电路检查合格。

2. 材料清单

Proteus ISIS 提供设计电路的材料清单(Bill of Materials)。提取材料清单的操作，使用菜单命令：Tools→Bill of Materials。

10.3　ISIS 的单片机系统仿真

虚拟系统仿真(Virtual System Modeling, VSM)以其简单易用、节约成本等特点在 EDA 技术中扮演的角色越来越重要。然而大部分虚拟仿真技术主要面向一般的模拟和数字的硬件电路。Proteus 软件除了具有与其他 EDA 工具一样的原理图设计、PCB 布线及电路仿真的功能外，其革命性的功能是微控制器仿真。

10.3.1　ISIS 的单片机仿真功能

Proteus ISIS 提供的平台，使用户可以在其设计的单片机应用系统电路原理图上，直接虚拟运行应用程序。ISIS 提供的单片机模型有 ARM7、PIC、AVR、Motorola HCXX 以及 8051 系列，ISIS 支持这些微控制器的仿真调试。

用户可以对微控制器所有的周围电子器件一起仿真，可以使用动态的键盘、开关、按钮，使用 LED/LCD、RS232、I^2C、SPI 终端等动态外设模型来对设计进行交互仿真，实时观察运行中的输入输出效果。

ISIS 也可用于软件开发和调试。ISIS 仿真系统将源代码的编辑和编译整合到同一设计环境中，用户可以在 ISIS 中直接编辑源程序，编译成目标程序后模拟运行，可以很容易地查看到源程序修改后对仿真结果的影响。ISIS 提供足够的调试工具，包括寄存器和存储器的观察窗口，断点和单步模式。

ISIS 中定义了源代码编译为目标代码的规则。启动执行源程序，进行仿真时，这些规则将被实时加载，目标代码自动更新。

用户也可以不使用 ISIS 提供的 IDE①，而选择第三方的 IDE。

10.3.2　单片机仿真的基本方法

单片机应用系统仿真，首先必须设计好电路原理图；其次要编写出源程序文件，并将源程序文件编译成目标文件；最后，将目标文件添加到电路中单片机元件的属性中，就可以仿真运行电路了。

电路原理图的设计方法在 10.2 节作了较详细的介绍，下面我们以图 10 - 2 - 1 所示的电路为例，介绍使用 ISIS 软件，进行单片机应用系统仿真的基本方法。

1. 在 ISIS 中建立源程序文件

首先进入 Proteus ISIS 编辑程序主界面。选择 Source→Add/Remove Source Files 菜单项，弹出添加/删除源代码文件对话框。

在代码生成工具（Code Generation Tool）

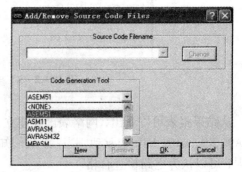

图 10 - 3 - 1　添加/删除源代码文件对话框

栏目中，选择 51 汇编语言工具"ASEM51"，与电路原理图 10 - 2 - 1 中的 89C51 相匹配，如图 10 - 3 - 1 所示。

点击 New 键，弹出"New Source File"新源文件（路径）设置窗口。在查找范围栏目中设置文件存放的文件夹。

文件名栏目中输入"8 位 LED 指示灯"，文件类型采用默认的 ASEM51 source file(*.

---

① Integerated Development Environment 集成开发环境（IDE），是一种集成了源代码编辑器、编译器、调试器等与开发有关的实用工具的软件。由于大部分常用工具都集成在一起，所以使用 IDE 来进行开发工作会使工作效率极大地提高。现在已经很少有人不用 IDE 来进行开发工作了。

ASM)，如图 10 – 3 – 2 所示。

图 10 – 3 – 2　新源文件(路径)设置窗口

点选"打开"，弹出图 10 – 3 – 3 的新文件建立确认窗口，点击"是"出现源文件信息确认窗口，如图 10 – 3 – 4。如果有必要，还可以修改文件名称、存放路径和代码生成工具。

图 10 – 3 – 3　新文件创建确认窗口

图 10 – 3 – 4　源文件信息确认窗口

点击 OK，则确认，完成新文件的建立。

注：如果在打开的设计文件中执行建立源代码文件的操作，源文件信息确认窗口中的路径栏仅给出底层文件夹名称。

2. 在 ISIS 中编辑源程序文件

在 ISIS 编辑程序主界面，点"Source"键，出现下拉菜单，如图 10 – 3 – 5，选择 1.8 位 LED 指示灯. ASM，打开源程序编辑窗口如图 10 – 3 – 6 所示，用户可以在窗口中写入源程序。如果用户已经有经过第三方编译软件调试通过的源程序，也可以用文本形式，直接复制到源程序编辑窗口中。

图 10 - 3 - 5　打开源程序编辑窗口

图 10 - 3 - 6　源程序编辑窗口

源程序文件编辑完成后注意执行菜单命令 File→Save 保存源程序文件。

3. 编译生成目标文件

输入菜单命令 Source→Build All 命令, 见图 10 - 3 - 5, ISIS 将执行编译功能, 完成后弹出 BUILD LOG 对话框, 给出编译结果, 如图 10 - 3 - 7 所示。如果源程序没有语法错误或其他异常情况, 将给出 Source build completed OK 信息, 提示编译成功。

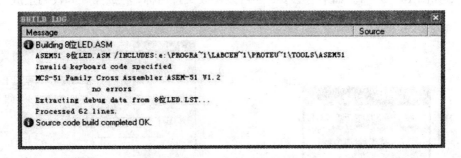

图 10 - 3 - 7　编译结果提示框

4. 将目标文件"植入"单片机

在图 10 - 3 - 8 所示 ISIS 的编辑窗口中, 左键双击 AT89C51 芯片, 将出现 Edit Component 元件属性编辑窗口, 见图 10 - 3 - 9。窗口中的 Program File 一栏此时是空白的, 点击栏框右侧的文件打开按钮, 可以打开文件浏览窗口, 见图 10 - 3 - 10。在浏览窗口选中 8 位 LED. HEX, 然后点击打开键, 编辑窗口退回元件属性编辑窗, Program File 栏出现文件名: 8 位 LED. HEX, 表示目标文件已经"植入"了单片机。点选 OK 键, 完成"植入"操作, 回到图 10 - 3 - 8 所示的实验电路界面。

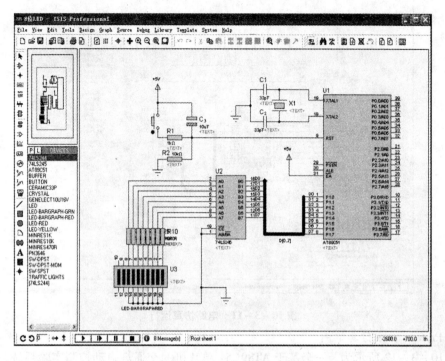

图 10 – 3 – 8　8 位 LED 实验电路

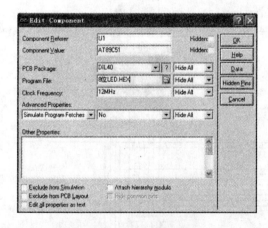

图 10 – 3 – 9　元件属性编辑窗口

图 10 – 3 – 10　文件浏览窗口

5. 仿真运行

编辑窗口左下角布置了一个操作键盘 ▶ ▶ ‖ ■ ，其功能依次为：全速运行、单步运行、暂停、停止。

按下运行键 ▶ 电路开始仿真运行，如图 10 – 3 – 11 所示。这时可以通过显示器件观察输出功能，通过电平指示观察各处的电平。

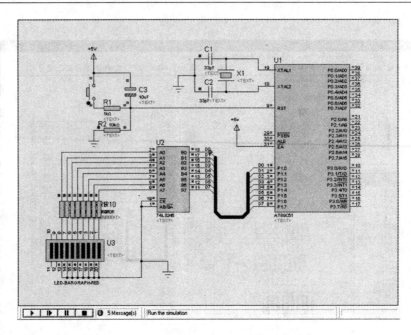

图 10 - 3 - 11　电路仿真运行

6. Proteus ISIS 仿真举例

　　图 10 - 3 - 12 所示为,一个基于 AT89C51 单片机的交通灯自动控制实验系统,后面还给出了汇编语言源程序。

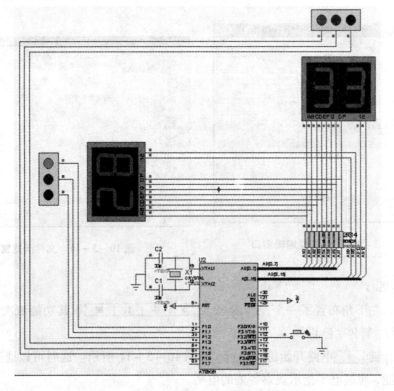

图 10 - 3 - 12　交通灯自动控制实验系统

　　系统采用 89C51 单片机控制纵－横双向红－黄－绿三色交通灯；并采用 LCD 显示器，显示各方向的通行/等待时间。读者可以练习绘出电路图后，植入目标码进行仿真实验。

```
; 交通灯实验源程序
; 定时时间均按 12MHz 晶振频率计算
        ORG     0000H
        AJMP    START
        ORG     0003H
        AJMP    INT
        ORG     000BH
        AJMP    DISP
        ORG     001BH
        AJMP    TIME
        ORG     0030H
; * * * * * * * * * * * * * * * * * 初始化 * * * * * * * * * * * * * * * * * * *
START:  MOV     SP, #60H
        MOV     P1, #0
        MOV     R3, #0
        MOV     TMOD, #11H
        MOV     TH0, #0D8H      ; 10ms 定时
        MOV     TL0, #0F0H
        MOV     TH1, #03CH      ; 50ms 定时
        MOV     TL1, #0B0H      ; 初值 15536
        SETB    EA              ; 总中断开
        SETB    IT0             ; 脉冲触发方式 IT = 1
        SETB    EX0             ; 开外部中断 0
        SETB    ET0             ; 开定时中断 0
        SETB    ET1             ; 开定时中断 1
        SETB    TR0             ; 开启定时器 0
        SETB    TR1             ; 开启定时器 1
; * * * * * * * * * * * * * * * * * 主程序 * * * * * * * * * * * * * * * * * * *
MAIN:   SETB    P1.0            ; 开东西绿灯
        SETB    P1.5            ; 开南北红灯
        MOV     R2, #40         ; 东西绿灯 40s
LOOP:   MOV     30H, R2
        MOV     A, R2
        ADD     A, #5
        MOV     32H, A
        JNB     00H, NEXT       ; 00H 标志位为 1 说明有救护车到达，需要执行相应的设置
        ACALL   HELP            ; 调用 10s 救护车处理程序
NEXT:   CJNE    R2, #0, LOOP
        MOV     30H, #0
        MOV     32H, #5
        CLR     P1.0            ; 关东西绿灯
```

```
            SETB    P1.1            ; 开东西黄灯
            MOV     R2, #5          ; 东西黄灯闪 5s
LOOP1：     MOV     30H, R2
            MOV     32H, R2
            JNB     00H, NEXT1
            ACALL   HELP
NEXT1：     ACALL   DELAY1          ; 延时 0.08s
            SETB    P1.1            ; 开黄灯
            ACALL   DELAY1          ; 延时 0.08s
            CLR     P1.1            ; 关黄灯
            CJNE    R2, #0, LOOP1   ; 时间未到零, 继续循环
            MOV     30H, #0
            MOV     32H, #0
            CLR     P1.1            ; 关东西黄灯
            CLR     P1.5            ; 关南北红灯
            SETB    P1.2            ; 开东西红灯
            SETB    P1.3            ; 开南北绿灯
            MOV     R2, #35         ; 东西红灯 35s
LOOP2：     MOV     30H, R2
            MOV     A, R2
            SUBB    A, #5
            MOV     32H, A
            JNB     00H, NEXT2
            ACALL   HELP
NEXT2：     CJNE    R2, #5, LOOP2
            MOV     32H, #0
            CLR     P1.3            ; 关南北绿灯
            SETB    P1.4            ; 开南北黄灯闪 5s
LOOP3：     MOV     30H, R2
            MOV     32H, R2
            JNB     00H, NEXT3
            ACALL   HELP
NEXT3：     ACALL   DELAY1
            SETB    P1.4
            ACALL   DELAY1
            CLR     P1.4
            CJNE    R2, #0, LOOP3
            MOV     30H, #0
            MOV     32H, #0
            CLR     P1.2            ; 关东西红灯
            CLR     P1.4            ; 关南北黄灯
            AJMP    MAIN
```

; ＊＊＊＊＊＊＊＊＊＊＊＊＊＊＊＊＊0.08s 延时子程序＊＊＊＊＊＊＊＊＊＊＊＊＊＊＊＊＊

```
; 延时约 0.08s
DELAY1:MOV    55H, #200
YS:    MOV    56H, #200
       DJNZ   56H, $
       DJNZ   55H, YS
       RET
; * * * * * * * * * * * * * * *救护车响应子程序* * * * * * * * * * * * * *
HELP:  MOV    50H, R2        ;保护 R2
       MOV    51H, P1        ;保护 P1
       MOV    P1, #0
       SETB   P1.2          ;开东西红灯
       SETB   P1.5          ;开南北红灯
       MOV    R2, #10       ;10s
D1:    MOV    30H, R2
       MOV    32H, R2
       CJNE   R2, #0, D1
       MOV    30H, #0
       MOV    32H, #0
       CLR    00H           ;清标志位 00H
       MOV    R2, 50H
       MOV    P1, 51H
       RET
; * * * * * * * * * * * * * *外部中断服务程序* * * * * * * * * * * * * * *
INT:   CLR    EA
       PUSH   ACC
       PUSH   PSW
       SETB   00H           ;设置标志位 00H
       POP    PSW
       POP    ACC
       SETB   EA
       RETI
; * * * * * * * * * * * * * *显示中断处理程序* * * * * * * * * * * * * * *
DISP:  CLR    EA
       CLR    TR0
       PUSH   ACC
       PUSH   PSW
       ACALL  HEX BCD       ;把十六进制数变成十进制数
       MOV    A, 30H
       JNZ    QING1         ;为零不显示
       MOV    40H, #10
       MOV    41H, #10
QING1: MOV    A, 32H
       JNZ    QING2         ;为零不显示
```

```
          MOV     44H, #10H
          MOV     45H, #10H
QING2：   MOV     R0, #40H          ; R0 指向显示缓冲区首址
          MOV     R1, #0000001B     ; 首位位选字送 R1
LD0：     MOV     P2, R1            ; 从 P2 口输出位选码
          MOV     DPTR, #TAB
          MOV     A, @R0            ; 取要显示的数
          MOVC    A, @A + DPTR      ; 查表获得七段码
          MOV     P0, A             ; 从 P0 口输出段选码
          ACALL   DELAY             ; 调用延时程序
          INC     R0                ; 指向缓冲区下一单元
          MOV     A, R1             ; 位选码送 A
          JB      ACC.5, EXIT1      ; 判六位是否显示完, 显示完毕返回
          RL      A                 ; 未显示完, 将位选码变成下一个选字
          MOV     R1, A             ; 修改后的位选码送 R1
          AJMP    LD0               ; 循环显示
EXIT1：   MOV     TH0, #0D8H        ; 定时 10ms
          MOV     TL0, #0F0H
          POP     PSW
          POP     A
          SETB    TR0               ; 开启定时器 0
          SETB    EA                ; 开中断中开关
          RETI                      ; 中断返回
; * * * * * * * * * * * * * 十六进制转十进制子程序 * * * * * * * * * * * * * * *
HEX BCD：
          MOV     A, 30H
          MOV     B, #10
          DIV     AB
          MOV     40H, B
          MOV     41H, A
          MOV     42H, #10
          MOV     43H, #10
          MOV     A, 32H
          MOV     B, #10
          DIV     AB
          MOV     44H, B
          MOV     45H, A
          RET
; * * * * * * * * * * * * * * * 1ms 延时子程序 * * * * * * * * * * * * * *
DELAY：   MOV     R5, #10
DEL：     MOV     R6, #50
          DINZ    R6, $
          DJNZ    R5, DEL
```

```
              RET
; * * * * * * * * * * * * * * * 定时中断处理程序 * * * * * * * * * * * * * * * * * *
TIME:  CLR     EA
       CLR     TR1
       PUSH    ACC
       PUSH    PSW
       INC     R3
       CJNE    R3，#20，EXIT0    ；50ms×20＝1s 定时
       MOV     R3，#0
       DEC     R2
EXIT0: MOV     TH1，#03CH       ；50ms 定时
       MOV     TL1，#0B0H
       POP     PSW
       POP     ACC
       SETB    TR1
       SETB    EA
       RETI
TAB:   DB      0C0H，0F9H，0A4H，0B0H，99H，92H，82H，0F8H，80H，90H，0FFH
```

10.4　Keil 与 Proteus 的综合应用

　　Keil 是德国 Keil Software 公司开发的一个 51 单片机开发软件平台，是一个用户群比较广大的单片机应用系统开发软件。KeilC51 μVision IDE 是 Keil Software 公司针对 51 系列单片机推出的基于 32 位 Windows 平台，以 51 系列单片机为开发目标、高效率的 C 语言集成为基础的开发环境。Keil 的最新版本是 μVision3，与 μVision2 相比较，μVision3 增加了支持 ARM 单片机的功能。Keil 与 Proteus 可以联合使用，在单片机应用系统开发工作中，结合 Keil 与 Proteus 各自的特点，综合运用，可以提高开发工作效率。

　　μVision2 主要包括：C51 编译器、A51 汇编器、LIB51 库管理器、BL51 连接器/定位器、OH51Intel HEX 格式文件转换器、RTX51 实时操作系统以及单片机软件仿真器 Dscopc 51。μVision2 将项目管理、源代码编辑、程序调试等集成到一起，其 C 编译工具在产生代码的准确性和效率方面达到了较高的水平。μVision2 内嵌多种灵活的控制选项，比较适宜大型项目的开发。

10.4.1　μVision2 的基本使用方法

　　启动之后，μVision2 的工作界面如图 10‑4‑1 所示，主要由菜单栏、工具栏、源文件编辑区、项目管理区和输出窗口 5 部分组成。

　　工具栏为一组快捷工具图标，包括：基本文件工具栏、构造工具栏和调试工具栏。

　　基本文件工具栏包括新建、打开、复制、粘贴等基本文件操作快捷工具。

　　构造工具栏主要包括文件编译、目标文件编译链接、所有目标文件编译链接、目标选项和一个目标选择窗口。

　　调试（DEBUG）工具栏主要包括一些仿真调试源程序的基本操作，如：单步、复位、全

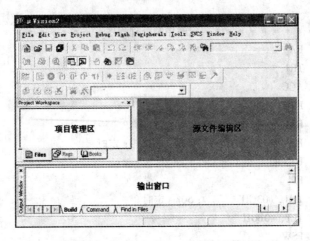

图 10 – 4 – 1 μVision2 的工作界面

速运行等。

在工具栏下面，默认设置项目管理、编辑和输出 3 个窗口。

项目管理区：显示项目文件的目录。项目文件以目标（Target）、源文件组（Source group）的形式出现。一个项目可以包含多个不同类型的文件，如汇编或 C 语言编写的源文件，以及库文件或文本文件。

编辑窗口提供一个源文件编辑环境，用户可以在这个窗口里对源文件进行编写和复制、粘贴、修改等操作。可以用其他文本文件的形式（如 Word 文件）编写源文件，再复制到编辑窗口中，这对编写源文件的注释提供了方便。

输出窗口显示源文件的编译结果。文件编辑完成后，可以对源文件编译链接，编译的结果显示在输出窗口里。如果文件在编译链接中出现错误，将给出错误提示，包括错误类型及行号；如果没有错误将生成"HEX"后缀的目标文件。

用 μVision IDE 编辑应用程序的一般步骤是：编辑源文件、建立项目文件、编译文件。

1. 编辑源文件

在主菜单中，点选 File→New，弹出文本编辑窗口 Text1，用户可以在这个窗口编写源程序文件。（如果有用其他编辑工具编写好的源程序，可以用 File→Open 命令打开）程序文件编辑完成后，选择 File→Save as 命令，将文件保存在用户所建立的一个目录中。保存时，汇编程序文件的扩展名为：. asm，C 语言文件的扩展名为：. c。

用户也可以用 Word 文档编写源程序文件，再将编好的文件复制到 μVision2 的文本编辑窗口中。这种方法还有一个

图 10 – 4 – 2 μVision2 编辑窗口的 C 语言源程序

好处是方便书写中文注释。10. 3 节中 8 位 LED 指示灯的源程序用 C 语言编写后复制到 μVision2 的编辑窗口，并保存，结果如图 10 – 4 – 2 所示。

2. 建立项目文件

μVision2 IDE 不支持独立文件的操作和处理，只支持项目文件的编译、链接定位和仿真等操作。建立项目文件需要进行以下操作。

（1）新建项目文件

在 μVision2 的工作界面选择菜单命令：Project→New Project，系统弹出 Create New Project（新建项目）对话框，如图10－4－3所示。选择保存路径，在文件名栏中输入后缀名为 .uv2 的项目文件，然后单击"保存"。

（2）选择 CPU

保存项目文件后，立即弹出 Select Device for Target'Target1'（选择器件对话框），如图 10－4－4。对话框左边窗

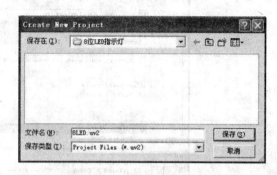

图 10－4－3　新建项目文件

口是单片机厂商列表和该厂家生产的器件型号，右边窗口显示该类型单片机性能的说明。单击选中需要的单片机芯片后，确定。

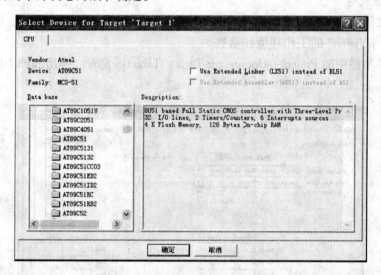

图 10－4－4　选择器件对话框

（3）添加程序文件

选择 CPU 器件后，在项目窗口出现"＋target1"的图标；单击"＋"号，显示 Source Group1；在其上单击鼠标右键，出现下拉菜单，选择 Add files to Group'Source Group1'（添加文件到 Source Group1），如图 10－4－5 所示。在弹出的添加文件窗口中选择 .asm 或 .c 格式的源程序文件，如前面输入的 8LED.c，单击 ADD 按钮，源文件便添加到 Source Group1。点击 Close 返回。

文件组中可以放置多个不同格式的源文件，如要增加新的源文件到文件组 Source Group1，必须重复前述编辑源文件的操作，再添加程序文件。

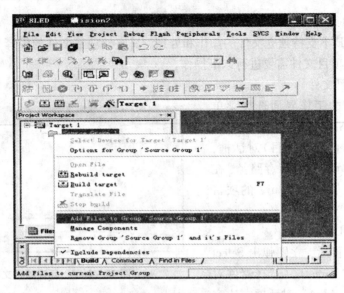

图 10 - 4 - 5　添加程序文件到 Source Group1

3. 编译源文件

编译源文件一般要经过参数设置和编译构建目标文件两个操作过程。

（1）设置 μVision2 的工作环境和参数

点选主菜单栏中的 Project→Options for Target'Target1'命令，弹出如图 10 - 4 - 6 所示窗口。

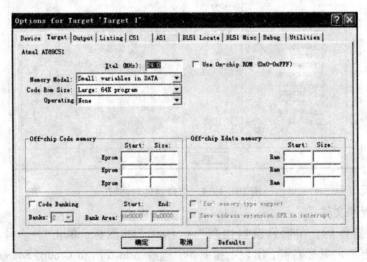

图 10 - 4 - 6　工作环境和参数设置窗口

窗口中的参数选项很多，其中项目调试参数和输出 Hex 代码文件选项必须设置；其他参数设置，初学者一般情况下可以使用默认值，以后再逐步了解它们的作用。

图 10 - 4 - 6 所示为 Target 设置窗口。显示目标单片机的一些基本信息，如晶振频率、存储器空间大小等。在晶体 Xtal(MHz)栏中选择单片机晶振频率，默认值为 24 MHz，用户

可以根据实际情况设置。

图 10 - 4 - 7 为 Output 栏，点击选中 Create Hex file（生成 HEX 格式文件）选项，同时保持默认选中 Debug Information 和 Browse Information 两栏，点击"确定"退出参数设置。

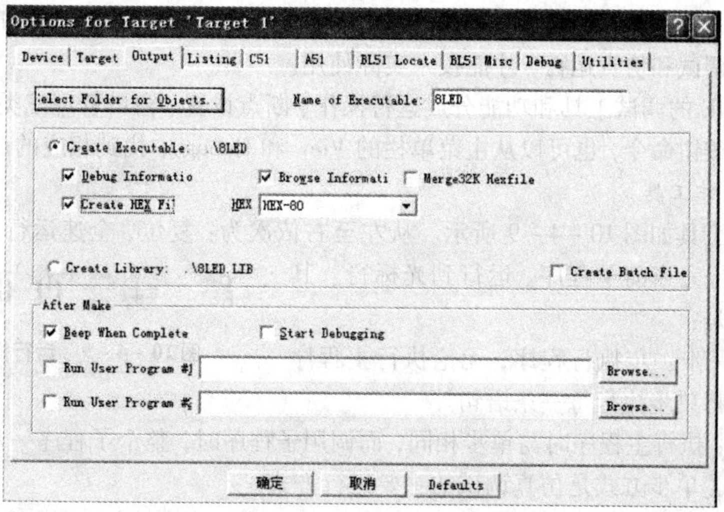

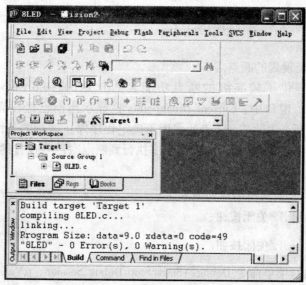

图 10 - 4 - 7　Output 栏的设置

（2）构建目标文件

执行主菜单中的 Project→Built all Target（构建全部目标文件）命令（也可使用快捷键 F7 或建造工具栏中的 图标），这时输出窗口出现源程序的编译结果。如果编译结果提示有错（会同时给出错误的类型和行号），则需要重新修改源程序，直至编译通过为止，如图 10 - 4 - 8 所示。

图 10 - 4 - 8　构建目标文件

编译通过后将输出一个以 HEX 为后缀名的绝对目标文件(本例中为8LED.hex)。用户可以用这个目标文件进行软件调试;也可将目标文件写入硬件后进行仿真调试。

10.4.2 μVision2 的调试工具和功能

编译通过的源程序只能表明其语法正确,而不能保证其能够顺利运行和实现预计的功能。必须经过调试和仿真运行,才能投入实际使用。

μVision IDE 的调试工具和功能分成运行操作、断点设置、窗口管理三类。操作可以执行主界面上的按钮命令,也可以从主菜单栏的 View 和 Debug 中找到相应的命令。

1. 运行操作工具

运行操作工具如图 10-4-9 所示。从左至右依次为:复位、全速运行、暂停、单步、跨越单步、执行完当前子程序、运行到光标行。其中需要说明的是:

单步:即一步一步执行程序,无论执行主程序还是子程序都将单步执行每一条语句。

图 10-4-9 运行操作工具

跨越单步:执行主程序时与单步相同,而调用子程序时,整个子程序一步执行。

单步和跨越单步方式是仿真调试的主要运行方式。

运行到光标处:程序从当前位置一直执行到光标所在的位置,此命令要求一次执行多条语句,并显示执行结果。

2. 断点设置功能

断点功能对于用户程序的仿真调试是十分重要的,合理设置断点,可以迅速查找或排除错误,提高调试工作效率。

μVision IDE 的断点设置工具如图    所示。其功能分别是:

① 在编辑窗口当前光标所在行上设置/删除一个断点(用鼠标双击该行可以实现同样功能);

② 启用/屏蔽当前光标所在行的断点;

③ 屏蔽全部断点;

④ 清除所有已经设置的断点。

μVision IDE 还提供了较高级的断点功能。单击 Debug→Breakpoint 选项,将弹出 Breakpoint 对话窗口。窗口中:Current Breakpoints 栏显示当前已经设置的断点列表;Expression 栏用于输入断点表达式,该表达式用于确定程序停止运行的条件;Count 栏用于输入断点通过的次数;Command 用于输入当程序执行到断点时需要执行的命令。

3. 窗口管理

μVision2 管理主界面窗口的按钮有 2 个。

是项目窗口打开/关闭按钮;

是输出窗口打开/关闭按钮。

点击   键或执行菜单命令 Debug→Start/Stop Debug Session,μVision2 进入调试状态。在调试状态下"项目窗口"自动切换到"Regs"标签页,以显示调试过程中单片机的工作寄存器 R0~R7、累加器 A、堆栈指针 SP、数据指针 DPTR、程序计数器 PC 以及程序状态字

PSW 等存储单元的内容。

μVision2 还提供了反汇编窗口以及堆栈、代码、串行口和存储器观察窗口。各窗口开闭的按钮如图：🔍 📶 ᶜᵒᵈᵉ ⚒ ▭ ▤示。其中：

反汇编窗口：单击按钮，程序将以汇编和二进制代码两种格式在源文件窗口出现。

存储器窗口：单击按钮，存储器窗口将被激活，可以显示指定范围内的存储器内容。如在地址框中键入 d：00H，将显示以 0000H 开始的数据存储器的内容。

μVision IDE 支持所有 8051 内核的单片机，能够访问 51 系列单片机的所有存储器空间。常见存储器空间的表示如下：

Code：程序空间(64KB)，通过 MOVC@ A + DPTR 访问；

Data：直接访问的内部数据存储器(128 B)；

Idata：间接访问的内部数据存储器，可以访问所有的内部存储器空间(256B)；

Bdata：可位寻址的内部数据存储器，可以字节方式也可以位方式访问(20H ~ 2FH，共 16B)；

Xdata：外部数据存储器(64 KB)，通过'MOVX @ DPTR'访问；

Pdata：分页的外部数据存储器(256B)，通过'MOVX @ Ri'访问。

μVision2 还有一些其他的图标和窗口，有兴趣的读者可以查阅 Keil μVision2 的使用手册。

4. 在线修改和汇编功能

一般在调试环境下，如果发现程序有错误，需要对源程序进行修改，必须先退出调试环境，修改源程序后重新进行编译、链接后再进入调试。

μVision IDE 提供的在线修改汇编功能比较方便。将光标移到需要修改的程序语句上，点击菜单命令 Debug→Inline Assembly，将出现 Inline Assembly 对话框。

在 Enter New 后面的编辑框内直接输入需要更改的程序语句，输入完成后回车，程序将自动指向源程序的下一条语句，可以继续修改，如果不需要继续修改，点击窗口右上角的关闭按钮，关闭窗口，就可以继续进行调试工作了。

10.4.3　Keil 与 Proteus 的联合仿真调试

将 Keil 与 Proteus 综合运用于设计和仿真、调试是一种效率比较高的设计开发方法。下面介绍将 Keil 与 Proteus 相结合，进行设计和仿真、调试的一般方法和过程。

1. 环境与设置

(1)Keil 与 Proteus 的联合仿真调试，除了必须安装 Keil 和 Proteus 软件外，还需要安装 Keil 与 Proteus 软件的链接文件 vdmagdi. exe。

(2)把 Proteus\Models 目录下的 VDM51. dll 文件复制到 Keil 安装目录的\C51\BIN 目录中。

(3)用记事本打开 KeilC \C51 \TOOLS. ini 文件，在［C51］段加入 TDRV5 = BIN \ VDM51. DLL ("Proteus VSM Monitor – 51 Driver")，并保存，如图 10 – 4 – 10 所示。

说明：①"TDRV5"中的"5"不一定是 5，只要不与原来的数值重复就可以。

②以上(1)(2)(3)项只需在初次使用时设置一次。

(4) 设置 Proteus 的遥控监视功能。

图 10 – 4 – 10 在 TOOLS. ini 文件中加入 TDRV5 = BIN\VDM51. DLL

在 Proteus ISIS 主界面,点击 Debug 菜单项,选中 Use Remote Debug Monitor 功能。

(5)设置 μVision 2 与 Proteus 的链接关系。

①使用 Proteus VSM Simulator 功能

在 μVision 2 的主界面,执行菜单命令:Project→Options for Target'Target1',在弹出的对话框中,点选 Debug 项,出现如图 10 – 4 – 11 所示窗口。在右上侧"▼"选项栏点选 Proteus VSM Simulator,再选中该栏左侧的"Use"项。

②设置 VDM 服务器

在图 10 – 4 – 11 窗口点击 Proteus VSM Simulator 右侧的 Settings 栏,弹出 VDM51 Target Setup 窗口。

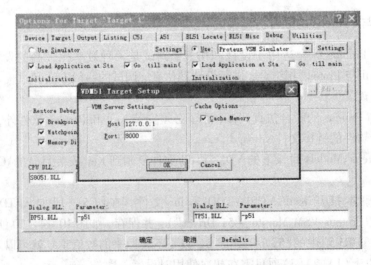

图 10 – 4 – 11 设置 μVision 2 与 Proteus 的链接关系

　　μVision 2 与 Proteus 联合仿真调试时，可以在同一台微机上进行，通过界面切换观察仿真运行情况；也可以用两台微机，一台运行 Keil，另一台运行 Proteus，实现远程仿真调试。两种仿真方式下，Host 的设置有所不同，用一台微机时，IP 地址为 127.0.0.1；用两台微机进行远程仿真调试时，填运行 Proteus 微机的 IP 地址。Port 号一律设为 8000。

　　2. Keil 与 Proteus 的综合运用

　　综合运用 Keil 与 Proteus 进行设计和仿真、调试的步骤。

　　(1)用 Proteus ISIS 设计电路原理图，并经过电气规则检查、修改，直至获得满意的电路原理图。

　　(2)在 Word 中编写汇编语言或 C 语言源程序。

　　(3)将编好的源程序文件复制到 μVision IDE 的文本编辑窗口中。

　　(4)在 μVision IDE 中建立项目文件、编译文件。编译通过后得到以.HEX 为后缀名的绝对目标文件。(注意：用 μVision IDE 编辑应用程序时，CPU 器件以及其他基本信息，如：晶振频率、存储器空间大小等要与 Proteus 中的原理图相同。)

　　(5)将.HEX 目标文件植入 Proteus 原理图的 CPU 中。

　　(6)启动 Keil 的调试状态，Proteus 也进入调试状态。

　　如果用两台微机进行远程仿真调试，可以在 Keil 中调试，进行在线修改和汇编；同时在 Proteus 中直观地查看结果。

本章小结

　　Proteus 软件是一种可用于单片机系统及其外围接口器件仿真的 EDA 软件，它包含 ISIS 和 ARES 两个软件系统，其中 ISIS 是电路原理图设计及系统仿真软件，ARES 是电子线路(板)布线软件。

　　ISIS 编辑程序的主界面的显示区域分成三个窗口。其中，编辑窗口用于放置元件、进行连线、绘制原理图；对象选择器中排列操作者选出的元器件名称；预览窗口一般显示全部原理图的缩影。

　　用 Proteus ISIS 设计电路原理图的一般步骤是：建立设计文件→放置元器件→连接线路→电气规则检查→修改，直至获得满意的电路原理图。

　　用 Proteus 进行单片机应用系统仿真，要编写出源程序文件，并将源程序文件编译成目标文件；而后，将目标文件"植入"电路原理图中的单片机，就可以仿真运行了。

　　KeilC51 μVision2 IDE 是针对 51 系列单片机推出的基于 Windows 平台，以 51 系列单片机为开发目标的 C 语言集成开发环境。Keil 与 Proteus 可以联合使用，在单片机应用系统开发工作中，结合 Keil 与 Proteus 各自的特点，综合运用，可以提高开发工作效率。用 μVision2 IDE 编辑应用程序的一般步骤是：编辑源文件、建立项目文件、编译文件。

　　安装 Keil 与 Proteus 的链接文件 vdmagdi.exe 和进行相关的设置后，可以实现 Keil 与 Proteus 的联合仿真调试。

　　学习本章以后，应该达到以下要求：

　　(1)熟悉 ISIS 编辑窗口的界面设置和操作工具、掌握编辑窗口的基本操作；能够使用

Proteus ISIS 设计电路原理图。

（2）熟练使用 μVision2 IDE 编辑应用程序。

（3）掌握综合运用 Keil 与 Proteus 的基本方法。

思考与练习题

10.1 水塔水位控制与报警系统仿真设计。

（1）水位控制原理

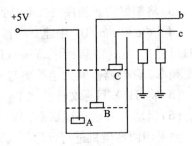

题图 10-1 是水塔水位控制原理图。图中虚线表示允许水位变化的上、下限。在正常情况下，应保持水位在虚线范围之内。为此，在水塔内的不同高度安装 3 根金属棒，以感知水位变化情况。其中 B 棒处于下限水位，C 棒处于上限水位，A 棒处于 B 棒之下。A 棒接 +5V 电源，B 棒、C 棒各通过一个电阻与地相连。

题图 10-1 水塔水位控制原理图

水塔由电机带动水泵供水，单片机控制电机转动以达到对水位控制的目的。供水时，水位上升，当达到上限时，由于水的导电作用，B 棒、C 棒连通 +5V 电源。因此 b、c 两端为 1 状态，这时应停止电机和水泵的工作，不再给水塔供水。

当水位降到下限时，B 棒、C 棒都不能与 A 棒导电，因此 b、c 两端均为 0 状态。这时应启动电机，带动水泵工作，给水塔供水。

当水位处于上、下限之间时，B 棒与 A 棒导通。因 C 棒不能与 A 棒导通，b 端为 1 状态，c 端为 0 状态。这时，无论是电机已带动水泵给水塔加水使水位上升，还是电机没有工作，用水使水位下降，都应继续维持原有的工作状态。

水位信号 b 由 P1.0 输入，c 由 P1.1 输入，共有四种状态组合。控制信号由 P1.2 端输出，去控制电机。为了提高控制的可靠性，需要使用光电耦合。由 P1.3 输出报警信号，驱动一只发光二极管进行光报警。

表 10-1 所示为水塔水位状态控制表。其中第三种组合（b=0，c=1）在正常情况下是不可能发生的，但在设计中还是应该考虑到，作为一种故障状态。

表 10-1 水塔水位状态控制表

P1.1(C)	P1.0(B)	操作
0	0	电机运转
0	1	维持原状
1	0	故障报警
1	1	电机停转

（2）要求

① 使用 Proteus ISIS 软件设计电路原理图；

② 使用伟福(如 WAVE6000)仿真软件或 Keil μVision 2 编写和编译汇编语言源程序；

③ 在 Proteus ISIS 环境中进行系统的仿真运行和调试。

10.2　电脑时钟的设计与仿真。

（1）电脑时钟的功能要求如下：

① 能自动计时，由 6 位 LED 显示器显示时、分、秒；

② 具备校准功能，可以直接由 0~9 数字键设置当前时间；

③ 具备定时闹钟功能；

④ 电脑时钟工作流程如下：

● 时间显示：上电后，系统自动进入时钟显示，从 00－00.00 开始计时，此时可以设定当前时间。

● 时间调整：按下 SET 键，系统停止计时，进入时间设定状态，系统保持原有显示，等待输入当前时间。按下 0~9 数字键可以顺序设置时、分、秒，并在相应 LED 管上显示设置值，直至 6 位设置完毕，再按下 SET 键。系统将自动由设定后的时间开始计时显示。

● 闹钟设置/启闹/停闹：按下 ALM 键，系统继续计时，显示 00－00－00，进入闹钟设置状态，等待输入启闹时间。按下 0~9 数字键可以顺序进行相应的时间设置，并在相应 LED 管上显示设置值，直至 6 位设置完毕，再按一下 ALM 键，启动定时启闹功能，并恢复时间显示。定时时间到，蜂鸣器鸣叫，直至重新按下 ALM 键停闹，并取消闹钟设置。

（2）资源和方法：利用 89S51 内部的定时/计数器进行中断定时，配合软件延时实现时、分、秒的计时。

（3）要求

① 使用 Proteus ISIS 软件设计电路原理图；

② 使用 Keil μVision 2 编写和编译 C 语言源程序；

③ 使用 Keil 和 Proteus 联合仿真调试。

附　录

附录 A　MCS-51 单片机分类指令表

类别	助记符	功能简述	字节数	机器周期数
数据传送类	MOV A,Rn	寄存器内容送 A	1	1
	MOV A,dir	直接地址单元内容送 A	2	1
	MOV A,@ Ri	间址 RAM 单元内容送 A	1	1
	MOV A,#data	立即数送 A	2	1
	MOV Rn,A	A 内容送寄存器	1	1
	MOV Rn,dir	直接地址单元内容送寄存器	2	2
	MOV Rn,#data	立即数送寄存器	2	1
	MOV DPTR,#data16	16 位立即数送数据指针	3	2
	MOV dir,A	A 内容送直接地址单元	2	1
	MOV dir,Rn	寄存器内容送直接地址单元	2	2
	MOV dir,dir	直接地址单元内容送直接地址单元	3	2
	MOV dir,@ Ri	间址 RAM 单元内容送直接地址单元	2	2
	MOV dir,#data	立即数送直接地址单元	3	2
	MOV @ Ri,A	A 内容送间址 RAM 单元	1	1
	MOV @ Ri,dir	直接地址单元内容送间址 RAM 单元	2	2
	MOV @ Ri,#data	立即数送间址 RAM 单元	2	1
	MOVX A,@ DPTR	DPTR 间址外部 RAM 单元内容送 A	1	2
	MOVX A,@ Ri	Ri 间址外部 RAM 单元内容送 A	1	2
	MOVX @ DPTR,A	A 内容送 DPTR 间址外部 RAM 单元	1	2
	MOVX @ Ri,A	A 内容送 Ri 间址外部 RAM 单元	1	2
	MOVC A,@ A + DPTR	A 和 DPTR 变址的 ROM 单元内容送 A	1	2
	MOVC A,@ A + PC	A 和 PC 变址的 ROM 单元内容送 A	1	2
	XCH A,Rn	A 与寄存器内容交换	1	1
	XCH A,dir	A 与直接地址单元内容交换	2	1
	XCH A,@ Ri	A 与 Ri 间址 RAM 单元内容交换	1	1
	XCHD A,@ Ri	A 与 Ri 间址 RAM 单元低 4 位内容交换	1	1
	SWAP A	A 的高低半字节交换	1	1
	PUSH dir	直接地址单元内容进栈	2	2
	POP dir	栈顶内容弹出到直接地址单元	2	2

续上表

类别	助记符	功能简述	字节数	机器周期数
算数运算类	ADD A,Rn	A与寄存器内容相加	1	1
	ADD A,dir	A与直接地址单元内容相加	2	1
	ADD A,@Ri	A与间址RAM单元内容相加	1	1
	ADD A,#data	A与立即数相加	2	1
	ADDC A,Rn	A与寄存器内容带进位加	1	1
	ADDC A,dir	A与直接地址单元内容带进位加	2	1
	ADDC A,@Ri	A与间址RAM单元内容带进位加	1	1
	ADDC A,#data	A与立即数带进位加	2	1
	SUBB A,Rn	A与寄存器带借位减	1	1
	SUBB A,dir	A与直接地址单元内容带借位减	2	1
	SUBB A,@Ri	A与间址RAM单元内容带借位减	1	1
	SUBB A,#data	A与立即数带借位减	2	1
算数运算类	MUL AB	A与B相乘	1	4
	DIV AB	A除以B	1	4
	INC A	A加1	1	1
	INC Rn	寄存器加1	1	1
	INC dir	直接地址单元加1	2	1
	INC @Ri	间址RAM单元内容加1	1	1
	INC DPTR	数据指针加1	1	2
	DEC A	A减1	1	1
	DEC Rn	寄存器减1	1	1
	DEC dir	直接地址单元减1	2	1
	DEC @Ri	间址RAM单元内容减1	1	1
	DA A	十进制加后A的调整	1	1
逻辑运算与循环类	ANL A,Rn	A和寄存器相与	1	1
	ANL A,dir	A和直接地址单元相与	2	1
	ANL A,@Ri	A和间址RAM单元相与	1	1
	ANL A,#data	A和立即数相与	2	1
	ANL dir,A	直接地址单元和A相与	2	1
	ANL dir,#data	直接地址单元和立即数相与	3	2
	ORL A。Rn	A和寄存器相或	1	1
	ORL A,dir	A和直接地址单元相或	2	1
	ORL A,@Ri	A和间址RAM单元相或	1	1
	ORL A,#data	A和立即数相或	2	1
	ORL dir,A	直接地址单元和A相或	2	1
	ORL dir,#data	直接地址单元和立即数相或	3	2
	XRL A,Rn	A和寄存器相异或	1	1
	XRL A,dir	A和直接地址单元相异或	2	1
	XRL A,@Ri	A和间址RAM单元相异或	1	1
	XRL A,#data	A和立即数相异或	2	1
	XRL dir,A	直接地址单元和A相异或	2	1
	XRL dir,#data	直接地址单元和立即数相异或	3	2

续上表

类别	助记符	功能简述	字节数	机器周期数
逻辑运算与循环类	CPL A	A 求反	1	1
	CLR A	A 清零	1	1
	RL A	A 不带进位位左循环	1	1
	RLC A	A 带进位位左循环	1	1
	RR A	A 不带进位位右循环	1	1
	RRC A	A 带进位位右循环	1	1
程序转移类	AJMP addr #11	绝对转移	2	2
	LJMP addr #16	长转移	3	2
	SJMP rel	短转移	2	2
	JMP @ A + DPTR	间接转移	1	2
	JZ rel	A 为零转移	2	2
	JNZ rel	A 不为零转移	2	2
	DJNZ Rn,rel	寄存器减 1 不为零转移	2	2
	DJNZ dir,rel	直接地址单元减 1 不为零转移	3	2
程序转移类	CJNE A,dir,rel	A 与直接地址单元比较,不相等转移	3	2
	CJNE A,#data,rel	A 与立即数比较,不相等转移	3	2
	CJNE Rn,#data,rel	寄存器与立即数比较,不相等转移	3	2
	CJNE @ Ri,#data,rel	间址 RAM 单元与立即数不相等转移	3	2
调子与返回	ACALL addr#11	绝对子程序调用	2	2
	LCALL addr#16	长子程序调用	3	2
	RET	子程序返回	1	2
	RETI	中断返回	1	2
	NOP	空操作	1	2
位操作类	CLR C	清进位位	1	1
	CLR bit	清直接位地址单元	2	1
	SETB C	置位进位位	1	1
	SETB bit	置位直接位地址单元	2	1
	CPL C	进位位求反	1	1
	CPL bit	直接位地址单元求反	2	1
	ANL C,bit	进位位和直接位地址单元相与	2	2
	ANL C,$\overline{\text{bit}}$	进位位和直接位地址单元的反相与	2	2
	ORL C,bit	进位位和直接位地址单元相或	2	2
	ORL C,$\overline{\text{bit}}$	进位位和直接位地址单元的反相或	2	2
	MOV C,bit	直接位地址单元内容送进位位	2	1
	MOV bit,C	进位位内容送直接位地址单元	2	2
	JC rel	进位位为 1 则转移	2	2
	JNC rel	进位位为 0 则转移	2	2
	JB bit,rel	位地址单元为 1 则转移	3	2
	JNB bit,rel	位地址单元为 0 则转移	3	2
	JBC bit,rel	位地址单元为 1 则转移且清零该位	3	2

附录 B　　ASCII 码表

行	列	0③	1③	2③	3	4	5	6	7
	位 654→ ↓ 3210	000	001	010	011	100	101	110	111
0	0000	NUL	DLE	SP	0	@	P	、	P
1	0001	SOH	DC1	!	1	A	Q	a	q
2	0010	STX	DC2	"	2	B	R	b	r
3	0011	ETX	DC3	#	3	C	S	e	s
4	0100	EOT	DC4	$	4	D	T	d	t
5	0101	ENQ	NAK	%	5	E	U	e	u
6	0110	ACK	SYN	&	6	F	V	f	v
7	0111	BEL	ETB	,	7	G	W	g	w
8	1000	BS	CAN	(	8	H	X	h	x
9	1001	HT	EM	)	9	I	Y	i	y
A	1010	LF	SUB	*	:	J	Z	j	z
B	10100	VT	ESC	+	;	K	〔	k	¦¦
C	1100	FF	FS	,	<	L	\	¦¦	
D	1101	CR	GS	–	=	M	]	m	¦¦
E	1110	SO	RS	·	>	N	Ω①	n	~
F	1111	SI	US	/	?	O	–②	o	DEL

① 因使用代码的机器不同，这个符号可以是弯曲符号，向上箭头，或（–）标记；

② 因使用代码的机器不同，这个符号可以是下画线，向下箭头或心形；

③ 第 O、1、2 和 7 列特殊控制符号的功能解释如下：

NU	空	VT	垂直制表
SOH	标题开始	FF	走纸控制
STX	正文结束	CR	回车
ETX	本文结束	SO	移位输出
EOT	传输结果	SI	移位输入
ENQ	询问	SP	空间（空格）
ACK	承认	DLE	数据转换符
BEL	报警符（可听见的信号）	DC1	设备控制 1

BS	退一格	DC2	设备控制2
HT	横向列表（穿孔卡片指令）	DC3	设备控制3
LF	换行	DC4	设备控制4
SYN	空转同步	NAK	否定
ETB	信息组传送结束	FS	文字分隔符
CAN	作废	GS	组分隔符
EM	纸尽	RS	记录分隔符
SUB	减	US	单元分隔符
ESC	换码	DEL	作废

参考文献

［1］丁元杰.单片微机原理及应用.3版.北京:机械工业出版社,2006

［2］陈光东,赵性初.单片微机原理与接口技术.武汉:华中科技大学出版社,1999

［3］张俊谟.单片机中级教程——原理与应用.2版.北京:北京航空航天大学出版社.2006

［4］姜志海,刘连鑫.单片微型计算机原理及应用.北京:机械工业出版社.2007

［5］梅丽凤等.单片机原理及接口技术(修订本).北京:北京交通大学出版社.2006

［6］李朝青.单片机原理及接口技术.3版.北京:北京航空航天大学出版社.2005

［7］严天峰.单片机应用系统设计与仿真调试.北京:北京航空航天大学出版社,2005

［8］杨振江.流行单片机实用子程序及应用实例.西安:电子科技大学出版社,2002

［9］周航慈.单片机应用程序设计技术.北京:北京航空航天大学出版社,2002

［10］孙育才等.Atmel新型AT89S52系列单片机及其应用.北京:清华大学出版社,2005

［11］张迎新等.C8051F系列SOC单片机原理及应用.北京:国防工业出版社,2005

［12］鲍可进等.C8051F单片机原理及应用.北京:中国电力出版社,2006

［13］李刚等.易学易用高性能SOC单片机ADuC841.西安:电子科技大学出版社,2006

［14］朱勇,陈其乐,刘浩.单片机原理与应用技术.北京.清华大学出版社.2006

［15］马忠梅等.单片机的C语言应用程序设计.北京:北京航空航天大学出版社.2003

［16］周润景等.基于Proteus的电路及单片机系统设计与仿真.北京:北京航空航天大学出版社,2006

［17］周润景等.Proteus入门实用教程.北京:机械工业出版社,2007

图书在版编目(CIP)数据

单片机原理与应用/曾屹主编. —长沙:中南大学出版社,2009.5
(高等院校培养应用型人才电子技术类课程系列规划教材)
ISBN 978-7-81105-832-1

Ⅰ.单...　Ⅱ.曾...　Ⅲ.单片微型计算机 – 高等学校 – 教材
Ⅳ. TP368.1

中国版本图书馆 CIP 数据核字(2009)第 067156 号

单片机原理与应用

主编　曾　屹

□责任编辑　邓立荣
□责任印制　文桂武
□出版发行　**中南大学出版社**
　　　　　　社址:长沙市麓山南路　　　　　邮编:410083
　　　　　　发行科电话:0731-8876770　　　传真:0731-8710482
□印　　装　长沙市华中印刷厂

□开　　本　787×1092　1/16　□印张 22.25　□字数 561 千字
□版　　次　2009 年 6 月第 1 版　□2009 年 6 月第 1 次印刷
□书　　号　ISBN 978-7-81105-832-1
□定　　价　38.00 元